陶立璠民俗学文存

民间文学与民俗学论集

陶立璠 著

学苑出版社

图书在版编目（CIP）数据

民间文学与民俗学论集 / 陶立璠著 . — 北京：学苑出版社，2021.5
ISBN 978-7-5077-5899-3

Ⅰ.①民… Ⅱ.①陶… Ⅲ.①民间文学—文学研究—中国—文集 ②民俗学—中国 X 文集 Ⅳ.① I207.7-53 ② K892-53

中国版本图书馆 CIP 数据核字 (2020) 第 013438 号

责任编辑：徐志琴
出版发行：学苑出版社
社　　址：北京市丰台区南方庄2号院1号楼
邮政编码：100079
网　　址：www.book001.com
电子邮箱：xueyuanpress@163.com
经销电话：010-67601101（营销部）、010-67603091（总编室）
印　刷　厂：英格拉姆印刷(固安)有限公司
开本尺寸：710 mm × 1000 mm　1/16
印　　张：23.25
字　　数：350千字
版　　次：2021年5月第1版
印　　次：2021年5月第1次印刷
定　　价：160.00元

目　录

民间文学篇

中国少数民族文学 · 003
论少数民族文学对中国文学史的贡献 · 016
少数民族民间文学和作家文学 · 025
民俗学与民间文艺学的联系和分野 · 042
中国少数民族神话的体系和分类 · 051
关于少数民族神话的传播研究 · 069
少数民族民间叙事诗的产生、流传及其特色 · 081
谈少数民族的英雄史诗 · 094
论《苗族古歌》中的神话 · 110
游牧民族的创世神话
　　——谈哈萨克族《迦萨甘创世》 · 122
试论盘古神话 · 129

民俗学篇

中国民俗学五十年	149
经济转型期的中国民俗和民俗学	166
中国民俗学研究面临的新课题	179
世界文化多样性与亚细亚民俗研究	192
改革开放语境下的中国民俗学	199
比较民俗学的话题	213
傩文化刍议	222
中国傩文化的民俗学思考	233
中国的面具文化	244
从古代傩祭到钟馗信仰	256
清代宫廷的萨满祭祀	260

民俗意识的回归
　　——河北省赵县范庄"龙牌会"仪式考察 …… 275

纳西族东巴信仰与风水
　　——汉族与周边民族风水观的比较 …… 290

年中行事与农耕仪礼的变迁
　　——中日农耕民俗文化比较 …… 332

日本爱知县知多半岛龟崎町潮干祭与山车雕刻中的中国题材 …… 346

后　记 …… 363

民间文学篇

中国少数民族文学

中国是一个统一的多民族国家，除汉族外，还有55个兄弟民族和民族成分尚未确定的一些人口（如西藏的僜人、夏尔巴人，云南的苦聪人、克木人等）。在全国10亿多人口中，汉族人口占93.3%，各兄弟民族人口占6.7%，所以习惯上将人口较少的各兄弟民族称为少数民族。中国境内的各个民族，在漫长的历史发展过程中，通过各自的勤劳和智慧，共同缔造了伟大的祖国，创造了辉煌灿烂的物质文明和精神文明。就中国文学发展史而言，汉族文学是其主体，但各少数民族文学也有其不可忽视的地位和作用。从这个意义上讲，中国少数民族文学是对中国境内除汉族以外的各兄弟民族文学的总称。它包含如下几方面的意义：第一，中国少数民族文学，是相对汉族文学而言的。第二，中国少数民族文学是由历代各少数民族人民创造的。它包含了民间口头文学和书面文学两个有机部分。各民族人民在创造出丰富多彩的作品时，大部分使用本民族语言和文字，反映了本民族人民在不同的历史时期的生产、生活、思想、感情和愿望。第三，中国少数民族文学是中国文学的有机组成部分。抛开各少数民族文学，仅仅是汉族文学的所谓中国文学是不完全的。

由于历史原因，中国少数民族文学和汉族文学相比，各少数民族文学之间相比，发展极不平衡，但是这种不平衡丝毫没有湮没各民族人民的创作才能。相反，从中华民族的文学这一角度来考察，它恰恰反映出中国文学的丰富性和多层次性。许多在汉族文学中已消失的古老的文学形式，如神话、英雄叙事诗（又称英雄史诗）、古代歌谣等，至今仍在各少数民族文学中得到完好的保存和传承，有些甚至填补了中国文学史的某些空白，具有很高的科学研究价值。

一、丰富多彩的民间文学

中国各少数民族都有着十分悠久的文学传统,作为文学源头的民间口头创作更是这样。但过去各少数民族社会发展的不平衡也影响了文学的发展。直到中华人民共和国成立前夕,一些少数民族尚处于奴隶社会,甚至处于原始社会末期的历史发展阶段,经济文化十分落后。不少民族还只有本民族语言,而没有本民族文字。这种客观现实造成许多民族的文学至今还以口头创作和传承为主。在这些民族的文化史中,民间文学占有特别重要的地位,与汉族文学相比较,有其显著的特点。

少数民族民间文学丰富多彩,源远流长。各民族的神话、传说、故事、歌谣、叙事诗(包括英雄史诗和一般叙事诗)、谚语、谜语等作品,构成少数民族民间文学璀璨夺目的宝库,其中不少作品通过古代文人的采集、整理,出现在汉文文献和少数民族古代典籍之中。这种文学传统可以追溯到十分久远的时代。《诗经》是中国第一部诗歌总集,当时汉民族尚未形成民族共同体,这本诗集中的《国风》和《小雅》中的许多篇章,实际上是当时各少数民族中流传的歌谣作品。至今,湖南湘西土家族在婚礼之前的告祖仪式上,还要演奏诗经音乐,所唱歌词恰恰是《诗经》中的《关雎》《桃夭》之章。这种遗风说明《诗经》与古代少数民族的渊源。《山海经》保存了许多古代民族神话资料。和黄帝齐名的帝俊神话(高辛氏),在中国南方少数民族的神话中屡有反映,如瑶族的盘瓠神话,反映出盘瓠原是高辛氏部落联盟中以犬为图腾的部落酋长。东汉应劭所撰《风俗通义》中,完整地记载了盘瓠神话和九龙神话。晋代干宝《搜神记》中,记载了盘瓠神话的另一异文。作为中国古代神话滥觞的盘古神话,也是中国南方民族的神话。最早记录它的是三国时期的吴国人徐整。值得注意的是,在中国南方诸民族中,除普遍流行的盘古神话、盘瓠神话、九龙神话外,伏羲女娲神话、射日神话、洪水神话等也普遍流传,并且古籍记载也很多。唐代段成式《酉阳杂俎》中所载叶限故事,是世界上最早见于文字记录的"灰姑娘"型故事。它的流传地在今广西壮族地区。在藏族中流传的《尸语故事》(最早由印度传入)，在西南一些少数民族民间也有同类故事流传。由此也可以看出中国各民族民间文学与国外民间文学的相互交流和影响。民间歌谣的记录，为历代文人所重视，清代李调元编辑的《粤风》，除收入汉族情歌外，还收入瑶歌、㑣歌、壮歌共58首。至于少数民族古代典籍，更是容纳少数民族民间文学的宝库。蒙古族的《蒙古秘史》、维吾尔族的《突厥语大词典》《福乐智慧》，藏族的《米拉日巴道歌》《萨迦格言》等，都直接引入了民间流传的格言、诗歌、谚语、民间神话、传说、故事等作品。

中华人民共和国成立后，少数民族民间文学遗产得到前所未有的重视和保护。中华人民共和国成立30多年来，各民族民间文学工作者抢救、挖掘、搜集、整理、发表的各民族民间文学作品数以万计，一座座辉煌灿烂的民间文学宝库呈现在我们面前。它们通过生动形象的艺术画面，向我们展示了各民族人民在不同历史发展阶段的现实生活和精神文化，以及他们的憧憬和希望。这些艺术作品具有很高的认识价值。中国少数民族民间文学对中国文学史做出了独特的贡献，这些贡献主要表现在如下几方面：

第一，神话。中国少数民族神话宝库极为丰富，早在20世纪30年代末40年代初就引起中国许多民族学家、人类学家、民俗学家、民族语言学家、文学家的重视并对之进行研究。学者们深入少数民族地区进行调查，收集到很多少数民族神话作品，较有影响的有彝族支系阿细人的创世长诗《阿细的先基》(昆明北门出版社出版，李公朴发行，原名为《阿细的先鸡》)，它是由光未然与阿细青年毕荣亮合作记录整理的，当时只记下汉译文。1945年，北京大学袁家骅用国际音标记下毕荣亮演唱的原文，采用直译法进行字译和句译，并对音系、词汇、语法进行研究，写成《阿细民歌及其语言》，这是较早的用科学方法对少数民族创世神话所做的记译和研究。从20世纪50年代开始，对少数民族历史、语言、民间文学的调查工作的进行，揭开了中国少数民族神话的宝库。目前，从西南少数民族中搜集、整理、翻译、出版的创世纪神话叙事诗就有十几部，如纳西族的《创世纪》，白族的《创世纪》，彝族的《查姆》《梅葛》《阿细的先基》《勒俄特依》，瑶族的《密洛陀》，侗族的《侗族祖先哪里来》，苗族的《苗族史诗》《苗族古歌》，拉祜族的《牡帕密帕》，阿昌族的《遮帕麻与遮米麻》，哈尼族的《奥色密色》，佤族的《西冈里》(《葫芦的传说》）等。加上其他短篇古歌、叙事性散文神话作品，这些共同构成中国少数民族神话包罗万象的内容。其中大部分神话作品，通过丰富奇特的想象，叙述了原始人类对宇宙开辟、人类起源、自然万物生成、民族起源等的认识和解释。各民族神话，特别是创世纪神话的另一特点，是对民族文化发展的历史做了独特的记叙。这部分内容大都出现在各创世纪神话的后半部分，这是中国神话在长期的发展中，与各民族现实生活紧密结合的产物。

神话产生于人类生产水平和认识水平十分低下的原始社会，它是原始人类通过幻想的方式认识世界、解释世界，又企图用幻想的方式去征服世界的产物。这反映了原始人类独特的思维方式和特征。中国的少数民族，大都居住在祖国的边疆地区和边远山区，在中华人民共和国成立前的很长一段历史时期内，由于交通不便、文化落后，加上历代统治阶级实行民族歧视和压迫政策，许多民族的社会发展十分缓慢，这种客观条件，使各民族神话得以保存和传承。这是我们今天仍能从各民族民间口头传说中，收集到大量的神话作品的原因所在。

汉族古老的神话作品，大都保存在古籍之中，而且只留下了部分片断记载。与此相反，少数民族神话不仅作品的数量很多，而且至今还完整地流传在人们的口头，特别是一些民族的大型的创世纪神话作品，内容古朴，想象奇特，具有很高的研究价值。

第二，英雄叙事诗。英雄叙事诗，又称英雄史诗。这类体裁的作品比神话产生得晚，大约是原始社会末期和以后阶段的创作。英雄叙事诗（史诗）是一定历史环境下产生的文学现象，很多作品的情节是围绕部落纷争展开的。歌颂部落英雄，要求统一意志，是史诗的基本主题。史诗除短篇作品外，一般均为鸿篇巨制，结构庞大，气势磅礴。它往往跨越时间和空间界限，在民间长期流传，成为一个民族历史、经济、政治、文化和社会生活知识的总汇。所以某一民族的史诗，常被认为是这一民族的"百科全书"或形象化的历史。

中国少数民族史诗蕴藏十分丰富，特别是在一些古代游牧民族中，此类体裁的创作尤为发达。比如蒙古族中保存流传的中、短篇史诗有上百部；哈萨克和赫哲等民族中保存的史诗作品也很多；在西南一些民族中，近年来也发现不少英雄史诗，如傣族的《相勐》《兰嘎西贺》，壮族的《莫一大王》等。在少数民族众多的史诗作品中,特别值得重视的是藏族的《格萨尔王传》、蒙古族的《江格尔》和柯尔克孜族的《玛纳斯》。这三部史诗不仅早已被列入世界著名英雄史诗之林,而且引起越来越多的国内外学者的瞩目。其中《格萨尔王传》是世界最长的英雄史诗,长达120多部。目前,这一史诗被列为国家重点科研项目,不久我们即可见到这部史诗的全貌;《玛纳斯》共8部,搜集工作已完成。流传于新疆卫拉特蒙古族中的史诗《江格尔》,已有15章本翻译出版,最近又发现不少异文。这三部史诗各有其不同的艺术结构。《格萨尔王传》是围绕格萨尔一生的事迹展开情节的,它在藏族各地区流传时,民间艺人们又根据英雄的某一事迹敷演成篇,成为单独的一部,造成史诗十分庞杂的体系;《玛纳斯》是以玛纳斯以下八代英雄的事迹,逐步展开情节,首尾贯通,结构完整;《江格尔》则叙述了江格尔、洪古尔等英雄的征战事迹。

由于中国各少数民族有着悠久的诗歌传统,许多近代英雄人物的事迹,也通过叙事诗的形式加以表现,如蒙古族的《陶克陶之歌》《嘎达梅林》及苗族的《张秀眉之歌》等,都是优秀的英雄叙事诗。英雄史诗的出现,充分表现了中国少数民族人民惊人的创造能力。在中国文学史上,少数民族英雄史诗不仅占有特殊的地位,而且具有划时代意义。

第三,民间叙事长诗。在中国少数民族民间文学宝库中,民间叙事长诗的创作,具有特别的光彩。在汉族民间文学中,叙事长诗是屈指可数的,而在少数民族民间文学中,此类体裁的创作特别丰富和发达,几乎每一个民族都有自己的叙事长诗,有的民族甚至多到上百部或几百部,比如傣族的阿銮叙事诗,号称550部。民间叙事长诗中以爱情为题材的占大多数,也有些是一般生活叙事诗。已收集、整理、翻译和发表的优秀作品有《阿诗玛》《妈妈的女儿》(以上彝族),《召树屯》《娥并与桑洛》(以上傣族),《生产调》《逃婚调》(以上傈僳族),《鸿雁带书》《青姑娘》(以上白族),《达稳之歌》《达备之歌》《特华之歌》《唱离乱》《马骨胡之歌》(以上壮族),《仰阿莎》(苗族),《月亮歌》《伍焕林》(以上布依族),《锦鸡》(土家族),《拉仁布与且门索》(土族),《马五哥与尕豆妹》(回族),《黄黛琛》(裕固族),《艾里甫和赛乃姆》(维吾尔族),《萨里哈与萨曼》(哈萨克族),《达那巴拉》《成吉思汗的两匹骏马》(以上蒙古族)等。这些长诗从不同的角度和侧面,反映了各民族人民在不同历史时期的现实生活。它提供的有关少数民族生产、生活、风俗习惯、民族性格等的形象画面，不仅是文学研究的宝贵资料，而且对民俗学等人文学科的研究，也极有价值。

除神话、英雄史诗、叙事长诗之外，少数民族民间文学还向我们展示了其他多种多样的文学形式。其中民歌的多种表现形式，是民间诗学研究的宝贵资料。中国少数民族有着悠久的文学传统，许多民族被称为"歌的民族"，许多民族地区被誉为"歌的海洋"。民歌对唱，至今还是人们相互之间交流感情的主要工具。以歌对谈、以歌答问、以歌传情是各少数民族传统的生活习俗。中国西北地区的"花儿会"，广西壮族的"歌圩"，仫佬族的走坡，苗族的芦笙会、采花节，白族的"石宝山歌会"等，都是这些民族传统的歌节。这种歌唱习俗形成了各民族不同的民歌形式和格律。从押韵方式来讲，蒙古族民歌押头韵，西北地区各民族中流传的"花儿"押尾韵和双尾韵，壮族的"勒脚歌"押腰脚韵，苗族的古歌有的押调不押韵，音调相谐造成音乐美，侗族、壮族民歌的多声部合唱，更会使你陶醉于动人的旋律之中。从这种意义上讲，中国诗歌史的研究，大可从少数民族民歌中获得丰富的资料。

提到少数民族民间文学，应特别肯定民间歌手、民间故事家的功绩，他们在创作、保存、传承民间文学中有特殊的贡献。除柯尔克孜族的朱素甫·玛玛依，还有蒙古族的芭杰、毛依罕，藏族的扎巴、玉梅（女），傣族的康朗英、康朗甩，苗族的唐德海，赫哲族的吴连贵、葛德胜，朝鲜族的金德顺（女），满族的傅英仁等。

二、传统悠久的作家文学

和汉族文学相比，中国少数民族文学中作家文学产生较晚，但是也有着悠久的历史。

作家文学是伴随着文字的产生而产生的，使用本民族文字进行文学创作的有蒙古族、藏族、维吾尔族、哈萨克族、朝鲜族等；有些民族虽然很早就创造了本民族文字，如彝族、傣族、纳西族、满族等，但使用本民族文字进行创作的作家和作品很少。他们的文字主要用来书写经书和记录民间文学作品，还有些民族曾在汉字基础上创造了某一种土俗字,记录本民族民间文学作品,如壮族、白族、瑶族等,但这只是语言交流中的一种辅助工具,并未普遍使用,更没有用它来进行创作。中华人民共和国成立后,在党的民族政策指引下,许多少数民族创造了新文字并逐步推行,这将为使用本民族文字进行创作的作家提供了便利条件。

从古至今的少数民族作家,无论是使用本民族文字进行创作,或是用汉文进行创作,都为中国文学的繁荣和发展做出了自己的贡献。

藏族是中国古老的民族之一。其作家文学产生于公元7世纪左右。松赞干布时代,曾派遣大臣吞米桑布扎到克什米尔一带留学,学习梵文和西域各国文字,并进行比较,创造了一种有30个字母的拼音文字。藏文的创制,对藏族作家文学的产生,起了十分重要的作用。敦煌文献《赞普传略》是八九世纪的作品,已具有相当文采。从11世纪初藏族著名宗教领袖、诗人米拉日巴写作《道歌》算起,藏族作家文学已有将近千年的历史,其间出现了许多著名的作家和作品,如贡嘎坚赞的哲理诗《萨迦格言》、桑吉坚赞的传记文学《米拉日巴传》、六世达赖仓央嘉措的《仓央嘉措情歌》、才仁旺阶的长篇小说《旋努达美》等,这些都是藏族作家文学的瑰宝。藏文的产生,也给文学翻译带来繁荣,汉族文学作品和印度佛经文学的翻译和介绍,对藏族作家文学产生了深远的影响。与此同时,民间文学也借助文字被记录、保存下来,如藏族英雄史诗《格萨尔王传》,在藏族地区就有各种抄本和刻本广泛流传。

回鹘(回纥)是活跃在中国西北地区的古老民族,最初使用突厥文字。回纥人西迁以后,由原信摩尼教改信佛教,同时废弃古突厥文,逐渐采用粟特字,并创造了古回鹘文。著名的九姓回鹘可汗碑的碑文就是用古回鹘文、汉文和突厥文三种文字刻写的。后来,随着伊斯兰教的传入,阿拉伯文字取代了古回鹘文。公元10世纪后半期至12世纪,维吾尔族文学得到飞速发展,并取得了辉煌的成绩。尤素甫·哈斯·哈吉甫的叙事长诗《福乐智慧》、麻赫默德·喀什噶里的巨著《突厥语大词典》、阿合买提·玉克乃克的《真理的入门》,并称为维吾尔族文学史上的三大名著。14世纪至15世纪,维吾尔族诗坛上出现了鲁提菲等一系列著名诗人,特别是纳瓦依的创作,不仅对15世纪的维吾尔文学创作产生了巨大影响,而且对整个西亚和中亚文学而言,也是一座丰碑。18世纪以后，尼扎里的《爱情长诗集》，在维吾尔族文学史上占有十分重要的地位。

蒙古族自古以来就休养生息在中国北方草原。13世纪起，蒙古族使用畏兀儿字母拼写蒙古语，同时使用汉字。忽必烈继位后，命喇嘛八思巴创制蒙古新字，即"八思巴字"。八思巴字，是根据藏文加以变化创造的，元亡后不再使用。14世纪初，蒙古族创造了今天仍在使用的蒙古文字。随着统一语言和文字的产生，蒙古族文学有了新的发展，大量的作家和作品产生。《蒙古秘史》（旧译《元朝秘史》）大约成书于13世纪40年代，现只有汉文音译的各种版本在国内外流传。原文可能使用畏兀儿蒙古文，已湮没。这一著作对后世蒙古族历史、语言文学产生了深远影响，罗布桑丹津的《黄金史》、萨囊彻辰的《蒙古源流》以及尹湛纳希的《青史演义》都曾受到它的滋养。19世纪，蒙古族古代文学的代表作家是尹湛纳希，除《青史演义》外，他还用蒙古文创作了《一层楼》《泣红亭》等长篇小说和大量诗歌。哈斯宝的《新译〈红楼梦〉》和为此书所做的评点，在"红学"研究中独树一帜。

在中国少数民族文学中，许多少数民族出身的作家使用本民族文字，反映本民族的历史和现实生活，表现出浓郁的民族风格和特色。除此之外，也有不少古代作家，接受汉民族文化的影响，使用汉文进行创作，同样创造出辉煌的成绩。各民族长期的友好交往，相互贸易、通婚以至民族之间的战争等，都造成各民族文化的交流和影响。汉民族与少数民族、少数民族与少数民族之间的这种交流和影响，形成了中国文学的多民族的丰富性和复杂性。在中国历史上的民族大融合时期，这种影响尤为明显。自元代以后，各少数民族中用汉文从事创作并取得较高成就的作家就屡见于中国文学史。如元代诗人耶律楚材（契丹）、萨都剌（回族），散曲作家贯云石（维吾尔族），杂剧作家李直夫（女真族）；明代文学批评家李贽（回族）；清代词人纳兰性德（满族）等。白族、纳西族和壮族中也有不少用汉文创作的优秀作家。这部分作家虽用汉文创作，但他们在中国文学史上的成就和地位是不能低估的。他们同用少数民族语言文字创作的作家一起，共同丰富了中国文学宝库。

中国现代少数民族作家文学，继承"五四"新文学传统发展起来。无论是用少数民族文字创作，还是用汉文创作，都充满了反帝爱国的激情。维吾尔族爱国诗人黎·穆塔里甫和他同时代的许多诗人，在新疆"三区"革命时期所写的诗篇，以极大的热情鼓舞着各民族人民反抗日本侵略和国民党统治的勇气。有些作家则直接在革命队伍中成长起来，如苗族作家陈靖、壮族作家陆地、侗族作家苗延秀等。生活在国民党统治区的一些作家如老舍（满族）、包尔汉（维吾尔族）、沈从文（苗族）、端木蕻良（满族）等，则从另一侧面，反映了新民主主义革命时期，中国人民的生活、理想和愿望。特别是老舍的创作，在中国现代文学史上占有光辉的一页。

中华人民共和国成立后，少数民族作家文学进入一个崭新的历史时期。为了发展少数民族文学事业，党和政府特别重视少数民族文学人才的培养。凡中央举办的文学讲习班，都注意吸收少数民族作家参加；各省、市、自治区也为培养少数民族作家采取积极措施。从1950年代到1960年代初，成长起一大批少数民族作家。如蒙古族的纳·赛音朝克图、巴·布林贝赫、玛拉沁夫、阿·敖德斯尔、朝克图纳仁，彝族的李乔，壮族的韦其麟，白族的杨苏、晓雪，维吾尔族的铁依甫江·艾里耶夫、库尔班阿里，朝鲜族的李旭、金哲，赫哲族的乌·白辛，藏族的饶阶巴桑、伊丹才让，土家族的汪承栋等，他们在诗歌、小说、戏剧等领域的创作引人注目。

十一届三中全会以来，随着文学艺术战线的拨乱反正，少数民族作家文学重新获得了生机。

1980年，国家民族事务委员会和中国作家协会联合召开了"全国少数民族文学创作会议"，紧接着创办了专门发表少数民族作家作品的全国性刊物《民族文学》。1981年、1985年两次召开了全国少数民族文学创作评奖发奖大会，这些极大地调动了少数民族作家创作的积极性，在短时间内一批少数民族文学新秀成长起来。鄂温克族青年作家乌热尔图的作品，除获少数民族文学创作奖外，还自1981年至1983年连续三年获全国短篇小说创作奖。回族青年作家张承志的短篇小说和中篇小说也连连获全国奖。过去许多少数民族的文学，大都以民间口头创作为主。今天，这种状况正在迅速改变。越来越多的民族不仅有了自己的作家和作品，有些民族还逐渐形成了自己的作家群。如维吾尔族、哈萨克族、蒙古族、朝鲜族、白族、壮族、藏族等民族，都有一批作家活跃在诗歌、小说、戏剧、电影创作领域。他们出身于少数民族，熟悉本民族生活，懂得本民族历史和文化传统，所以他们创作的作品总是充满了浓郁的民族生活特色，又和时代精神息息相关。

中国少数民族作家文学自古以来就有着悠久的历史传统。这种传统首先来自各民族的民间创作，民间文学是各民族文学的源头。无论是蒙古族的《蒙古秘史》，藏族的《仓央嘉措情歌》《萨迦格言》，维吾尔族的《福乐智慧》《突厥语大词典》，还是白族的《山花碑》等，在内容和形式上都曾吸收了本民族民间文学的滋养。除少数民族文学自身的传统之外，各民族作家还注意吸收汉族以及国外一些民族文学的优秀部分，融会贯通，创作和发展本民族文学。如汉族文学、阿拉伯—波斯文学、印度佛教文学都曾对维吾尔族、藏族、蒙古族、傣族及其他民族的文学产生过深远的影响。本民族文学传统和外民族文学传统的相互吸收，是少数民族文学发展中的普遍现象。

三、少数民族文学研究的起步

中国少数民族文学遗产是极其丰富的。历代文人对其中的个别篇章不仅做过整理记录，而且做过深入的研究。如对盘古神话、《敕勒歌》等的研究。在少数民族中，也有不少文学理论方面的研究著作，如傣族古巴勐的《论傣族诗歌》，藏族学者对《诗镜》所做的许多诠释等。但是关于少数民族文学的全面研究，还是一个薄弱的环节。1958年7月17日中共中央宣传部召开座谈会，确定编写少数民族文学史或文学概况，"少数民族文学"这一概念被正式提出。到60年代初，在少数民族文学研究工作者的积极努力下，就已编写出版了《白族文学史》《纳西族文学史》《藏族文学史》《广西壮族文学》等。在文学史和文学概况编写任务带动下，民族民间文学的搜集、整理、翻译、研究、出版工作也取得了很大成绩。但是这一研究工作不久随着"文化大革命"的到来，不得不停顿下来。少数民族文学研究工作的真正起步，是"文化大革命"以后。1978年冬，在兰州召开的"《中国少数民族文学作品选》教材编写及学术讨论会"，在中国少数民族文学研究领域具有重要意义。这次会议是粉碎"四人帮"后，全国少数民族文学工作者第一次规模盛大的聚会，它对全面开展少数民族民间文学和作家文学研究起了动员和组织作用。这次会议后，在全国少数民族文学工作者的积极努力下，编辑出版了高等院校教材《中国少数民族文学作品选》（马学良主编），这是全国第一部包括55个少数民族民间文学和作家文学的选集。翌年6月，中国少数民族文学学会成立。这个学会是专门从事少数民族文学研究的群众性学术团体，在全国发展会员并定期召开学术年会和专题学术讨论会，为少数民族文学学科的建设贡献了力量。为了进一步加强少数民族文学研究、繁荣和发展少数民族文学，1980年建立了中国社会科学院少数民族文学研究所，它是中国第一个专门从事少数民族文学研究的机构。该所下设理论研究室、内蒙古及东北地区各民族文学研究室、藏族及青藏地区各民族文学研究室、西北地区各民族文学研究室、南方地区各民族文学研究室和《格萨尔王传》研究室，出版专门性的少数民族文学研究季刊《民族文学研究》。云南、新疆、内蒙古等省区的社会科学院还专门成立少数民族文学研究所。这样，就使少数民族文学研究成为一门独立的新学科。从80年代开始，少数民族文学研究有了很大的发展，表现出许多新的特点，归纳起来，有如下几点：

第一，研究队伍不断扩大。在中国从事少数民族文学研究的基本队伍，是中华人民共和国成立后培养起来的，以中青年骨干为主，老中青结合。主要力量分布在三条战线上，一是各省（区、市）的少数民族文学研究机构；二是各省（区、市）的民间文艺研究会；三是全国文科高等院校，特别是民族院校。各条战线都有一批专门从事少数民族文学研究和教学的人才。他们中的大部分人，从20世纪50年代开始，就从事少数民族民间文学的搜集工作，有丰富的实践经验，近几年转入理论研究，取得了显著的成绩。除专门的科研、教学人员外，少数民族地区高等院校特别是民族院校普遍开设了少数民族文学课程（包括作家文学和民间文学），加紧培养研究人才。中央民族学院和中国社会科学院少数民族文学研究所，还专门招收了少数民族文学硕士研究生。一批思维敏捷、锐意进取的新秀正涌现出来。

第二，研究课题不断深入。近年来，少数民族文学研究全面展开，研究领域和选题范围不断扩大，表现出向纵深发展的趋势。突出表现在自1981年以后，许多民族民间文学研究工作者视野开阔起来，不再把民间文学看作孤立的文学现象，而是将它放在一个更为广阔的时间和空间领域去考察，放在多学科联系的背景上去研究。越来越多的研究者将民族民间文学的研究与民族学、历史学、语言学、宗教学、心理学、民俗学研究结合起来，使民族民间文学研究出现崭新的局面。专题研究，如关于少数民族神话、史诗等的研究也很有起色。与此同时，少数民族作家文学的研究受到前所未有的重视，古代作家和现代作家文学的研究成绩也很突出。

在注意运用马克思主义的方法论的前提下，研究方法不断改进。随着研究工作的不断深入，越来越多的研究者感到，过去只限于某一民族、单纯从一般文艺学角度研究少数民族文学的方法，不能全面解决少数民族文学研究中存在的问题。比较文学研究方法首先受到重视和重新起用，同时研究者写出一批较有质量的文章，探讨各民族文学的相互借鉴和影响。其他如结构主义方法、系统论方法等，也为一些研究者所尝试。

第三，产生了一批理论研究成果。首先是各民族文学史和文学概况的编写进展很快，在1981年以后的短短几年时间里，《蒙古族文学简史》（齐木道吉、梁一儒、赵永铣等，1981年）、《苗族文学史》（田兵、刚仁、苏晓星、施培中，1981年）、《壮族文学概况》（胡仲实，1982年）、《白族文学史》（张文勋主编，修订本，1983年）、《布依族文学史》（田兵等主编，1983年）、《白族文学史略》（李缵绪，1984年）等相继出版。毛星主编的《中国少数民族文学》，160多万字，是中国历史上第一次全面、系统地记述中国55个少数民族文学的大型专著。这部专著虽系各民族文学概貌的介绍性著作，但它集中反映了少数民族文学研究的最新成果，具有较高的学术价值。此外，集中少数民族文学研究成果的专著和论文集尚有《少数民族民间文学概论》（朱宜初、李子贤主编）、《民族民间文学基础理论》（陶立璠）、《傣族诗歌发展初探》（王松）、《歌海漫记》（黄勇刹）、《壮族歌谣概论》（黄勇刹）、《广西民间文学散论》（蓝鸿恩）、《少数民族文学论集》（中国少数民族文学学会编）、《中国少数民族神话论文集》（田兵、陈立浩编）、《中国少数民族民间文学作品选讲》（吴重阳、陶立璠主编）等。

中国少数民族文学也越来越多地引起国外学者的注意。中国三大史诗很早就吸引东欧一些国家的学者对它进行研究，法国的石泰安研究藏族《格萨尔王传》并有专著问世。蒙古人民共和国的达木丁·苏荣对《格斯尔》（《格萨尔王传》)的研究，日本学者君岛久子、伊藤清司等对中国西南少数民族神话、传说、故事的翻译研究等，成绩也很突出。目前从事这方面研究的学者越来越多，范围也越来越广。

近几年，少数民族文学研究工作的形势是喜人的，成绩获得的原因是多方面的。其中党和政府的关怀是决定性的因素，特别是中共中央宣传部，在少数民族文学发展的每一阶段，都给予具体指示。1984年《中共中央宣传部关于加强少数民族文学研究和搜集工作的通知》，对每一位研究工作者都是鼓舞。其次，民族民间文学研究队伍中，有着很好的学术带头人和一批中青年研究力量，民间文艺学家钟敬文所写的《刘三姐传说试论》《论民族志在古典神话研究上的作用》以及一系列有关少数民族民间文学的讲话，对民族文学研究具有重要的理论指导意义。王沂暖从事藏族英雄史诗《格萨尔王传》的搜集、翻译工作50多年，并在藏族文学研究中成绩卓著。有这样一支研究队伍，再加上少数民族民间文学的搜集队伍、作家队伍、翻译家队伍，中国少数民族文学事业和研究工作的更大繁荣和发展，前景是十分喜人的。

（本文是为《中国大百科全书·中国文学卷》第1版所撰条目，署名马学良、陶立璠，陶立璠执笔）

论少数民族文学对中国文学史的贡献

中华民族是由中国境内的各民族共同组成的,中华民族的历史是由各个民族共同谱写的,中华民族光辉灿烂的文学艺术同样是由各民族人民在长期的历史发展过程中共同创造的。因此,当研究中国文学发展史时,只有充分肯定中国各少数民族文学在中国文学发展史上的地位和作用,认真研究中国少数民族宝贵的文学遗产,才是尊重中国文学发展客观历史事实的唯物主义态度。但是,长期以来,在中国文学史研究中,我们恰恰忽视了中国文学史的多民族特点,而将一部中国文学史变为汉民族文学史。

今天,我们有条件使中国文学史包括中华民族各民族优秀文学遗产,反映各民族文学的历史和现状,体现中国文学史的多民族的特色。我们应当组织相当的力量,去研究各少数民族文学,改变长期以来少数民族文学研究领域的落后状况。

一

中国少数民族文学,有着极其悠久的历史和传统。同汉民族文学一样,各少数民族文学也包括了民间口头文学和作家书面文学两个有机部分。而就中国少数民族文学的历史和现状来看,无论是没有文字还是有文字的民族,都有十分发达的民间口头文学。因为文学是语言的艺术,文字只不过是记录语言的符号。各民族只要有自己的语言(包括如回族等个别使用汉民族语言的民族)存在,就可能产生口头的语言艺术——民间口头文学。事实也正是如此，中国许多少数民族，素有"歌的民族"之称，众多的民族地区又素有"歌海"之誉。这说明，在这些地区和民族中，确实蕴藏着极其丰富的民间口头文学宝藏，它的传统一直可以追溯到史前时期。

中华人民共和国成立以来，在中国共产党的关怀和党的民族政策光辉照耀下，国家曾多次组织人力，结合少数民族社会历史调查、少数民族语言调查和少数民族民间文学调查，对少数民族民间文学进行了广泛的抢救、挖掘、搜集、整理、翻译、出版和研究，取得了很大的成绩。据不完全统计，全国从中央到地方的各出版社、各科研机构、民间文学团体、各高等院校的专业和业余的少数民族民间文学工作者，搜集、整理、翻译、发表和出版的少数民族民间文学作品，总数在千种以上。这还只是少数民族民间文学宝库中的一小部分，可以说是沧海一粟。就是把各民族地区搜集、整理、印刷的资料本，各民族民间文学工作者手头保存的资料估算在一起，也不足以反映中国少数民族民间文学宝库的全貌。

永远不要轻视文学的源头。各民族口头文学，是各民族文学的源头之一。在那里保存着许多文学珍品。中华人民共和国成立后，公开发表和出版的大量的少数民族神话、传说、故事、民歌、民间叙事长诗以及谚语、谜语等，受到中国各族人民的喜爱。如云南彝族撒尼人的叙事长诗《阿诗玛》，新疆维吾尔族的《阿凡提的故事》，蒙古族的《沙格德尔》《巴拉根仓的故事》，藏族的《阿古登巴的故事》和纳西族的《阿一旦的故事》，几乎在各民族中家喻户晓。许多优秀的少数民族民间文学作品，还被译成各种外文介绍到国外，引起国外学者的重视。这些对增进中国各民族之间文化上的相互了解和交流，对促进中国各民族文学的发展、繁荣，对增进世界各民族之间的相互了解、文化交流和友谊，起了不可估量的作用。

说到少数民族文学对中国文学史的贡献，我们要特别指出少数民族的神话、叙事长诗和史诗。这三类体裁作品（大部分在人们口头流传）的搜集、整理和出版，在某种意义上可以说填补了中国文学发展史上的空白。

由于种种历史的原因，在汉族文学中，神话、叙事长诗、史诗是一个很薄弱的方面。我们这样说，当然不是要拿少数民族文学中的这类体裁的作品去填补汉族文学史的空白，而是要指出中国文学史应该而且必须补入少数民族文学的内容。大家知道，汉族神话见于古籍记载者既零碎又简单，研究起来我们深感资料的缺乏。而在中国少数民族特别是西南少数民族中，至今还保存着神话的宝库。西方学者过去曾根据汉族文献记载，提出中国无神话的论点，这如果不是偏见，也是无知。而中国的文学史家仅就汉族文献记载，去写中国文学史的神话一章，就令人不可思议。事实上，在中国少数民族中，许多民族都有自己的创世神话（如纳西族、彝族、白族、拉祜族等），史诗神话（如藏族、蒙古族等）和古歌神话（如苗族、侗族、布依族等）。至于民间流传的关于开天辟地、自然万物、人类起源、民族族源神话，包括韵体神话和散体神话，更是浩如烟海。

这里应该特别谈谈盘古神话。盘古神话是少数民族神话，是中国开辟神话的滥觞。它最早产生于民间，流传于口头，大约在汉代及汉以前的春秋战国时代，在于湖南洞庭湖一带居住的所谓"五溪蛮"民族中口耳相传。到了汉代，南北交通大开，盘古神话随之北迁，被三国时的吴国人徐整用汉文记录下来，变为书面文学，内容如下：

> 天地浑沌如鸡子，盘古生其中，万八千岁，天地开辟，阳清为天，阴浊为地。盘古在其中，一日九变，神于天，圣于地。天日高一丈，地日厚一丈，盘古日长一丈。如此万八千岁，天数极高，地数极深，盘古极长。后乃有三皇。
>
> ——徐整《三五历记》，见《艺文类聚》卷一

> 首生盘古，垂死化身。气成风云，声为雷霆，左眼为日，右眼为月，四肢五体，为四极五岳，血液为江河，筋脉为地理，肌肉为田土，发髭为星辰，皮毛为草木，齿骨为金石，精髓为珠玉，汗流为雨泽，身之诸虫，因风所感，化为黎甿。
>
> ——徐整《五运历年记》，见《绎史》卷一

关于盘古的神话，还有许多记载和传说，这里不一一列举。但仅就这两段文字来看，也可窥见盘古神话的全貌。比起《山海经》《淮南子》《楚辞》中的

某些神话，它们毫不逊色，而就其思维形式和对天地形成的解释，似更符合原始初民对宇宙形成的观念。可惜我们的文学史家却因袭旧说，未能重视这一文学现象。

就诗歌而论，汉族是具有悠久诗歌传统的民族。从《诗经》开始，诗即是汉文学的正统、主流。后来几经变革，一直延续到今天。但是，在汉族诗歌中，特别是古典诗歌创作中，却很少留下长篇叙事诗。除《孔雀东南飞》《木兰辞》（从诗的内容看，也可能是少数民族作品，因需做进一步的考证，这里仍依旧说）外，几乎是空白。而少数民族文学中的叙事长诗，在各族人民的口头传承中，早已蔚为大观。它的搜集、整理和出版，恰好填补了中国文学发展史上叙事长诗这一体裁的空白。少数民族长篇叙事诗，目前整理出版的就有几十部，如《阿诗玛》（彝族）、《召树屯》（傣族）、《俄并与桑洛》（傣族）、《葫芦信》（傣族）、《马骨胡之歌》（壮族）、《嘎达梅林》（蒙古族）、《玉龙第三国》（纳西族）、《串枝连》（白族）、《逃婚的姑娘》（哈尼族）等。这只是少数民族中流传的极小的一部分，大量的还有待搜集和整理。据了解，有的少数民族一个民族就保存长篇叙事诗300多部。叙事长诗的产生和流传，标志着中国少数民族文学传统的悠久和创作上的成熟。

讲到英雄史诗这类体裁的作品，在汉族文学史上几乎绝迹，而在少数民族中却异常发达，甚至在有些民族中形成了史诗群（多种英雄史诗，如蒙古族巴尔虎英雄史诗）。被誉为中国三大英雄史诗的藏族的《格萨尔王传》、柯尔克孜族的《玛纳斯》、蒙古族的《江格尔》在国内外都有广泛的影响。有些国家还形成"格萨尔学""玛纳斯学"和"江格尔学"等专门学科。藏族的《格萨尔王传》是一部规模宏大的英雄史诗，120多部，100多万诗行。这么大的规模和容量，在世界范围内也是罕见的。不但荷马的《伊利亚特》《奥德赛》难以与之伦比，就是号称世界最长史诗的印度的《摩诃婆罗多》也无法与之相匹敌。《玛纳斯》是广泛流传于新疆柯尔克孜族中的一部规模宏伟、色彩瑰丽的民间英雄史诗，约有8部，20多万诗行，它以动人的情节和优美的语言，生动地描绘了玛纳斯家族好几代英雄的战斗生活和业绩，表现了柯尔克孜族人民的历史、生活、理想和愿望。除了这些长篇巨著之外，各民族中都还保存着许多短篇史诗，如维吾尔族的《乌古斯传》，蒙古族的《勇士谷诺干》《智勇的王子喜热图》等。这些英雄史诗的产生时代、思想内容及其美学价值，亟待文学史家们去探寻，以便使它们早日在中国文学史上大放光彩。由此我们也可看到中国少数民族文学，在民间文学领域对中华民族文学艺术宝库的巨大贡献。

二

和发达的民间文学相比，中国少数民族的作家文学相对比较薄弱。这种历史造成的各民族文学上的发展不平衡现象，是客观事实。但这并不是说中国少数民族无作家文学。相反，中国一些少数民族如藏族、蒙古族、维吾尔族、壮族、白族、回族等，不仅有发达的作家文学，而且在历史上曾达到很高的成就。其中藏族作家文学，早在公元10世纪左右，就有了高度的发展，并曾产生过仓央嘉措、米拉日巴、萨班·贡嘎江村、桑吉坚赞、才仁旺阶等有才华的作家。在诗歌领域，还形成了米拉日巴道歌、仓央嘉措情歌和萨迦格言等三大诗派。《青年达美》则是藏族古典文学中最早出现的韵散间行的长篇小说。蒙古族的古代作家文学更是巨著浩繁，成绩辉煌。13世纪至19世纪，相继产生了《蒙古秘史》《黄金史》《青史演义》《一层楼》《泣红亭》等名著，在作家中出现了罗布桑丹津、古拉兰萨、尹湛纳希、丹金旺吉拉、贺什格巴图等著名书面文学作家，还产生了哈斯宝那样的研究《红楼梦》的少数民族红学家。在维吾尔族文学史上，早在公元11世纪，作家文学就达到了很高的水平，出现过维吾尔族天才诗人尤素甫·哈斯·哈吉甫的叙事长诗《福乐智慧》（《库达库比里克》）。此诗长达72章，13000余行，是维吾尔族文学宝库中的珍品。同时代的另一部巨著——麻赫默德·喀什噶里的《突厥语大词典》，则是维吾尔族最古老的一部百科全书，它在研究维吾尔族古代历史、文化、语言等方面都有极其重要的价值。壮族文学，大约从秦代开始即受到汉族文学的影响而发展起来。唐朝统一中国，唐太宗大宴百官时，曾有令突默吉利起舞、南方首领冯智戴赋诗的轶事，冯智戴即是壮族。至于广西壮族的铜鼓文化，历史则更为悠久。

十分明显，少数民族作家文学，是中华民族文学宝库的一个重要组成部分，各个时代的少数民族作家都对中国文学的发展做出了自己的贡献。其中一些作家如李贽（回族）、萨都剌（回族）、贯云石（维吾尔族）、李直夫（女真族）等，有的文学史已提到，那是因为他们都是用汉文进行创作，至于大批用少数民族文字创作的作家，如上文提到的藏族、维吾尔族、蒙古族、满族等民族的作家和作品，从各个民族的文学发展本身来看，虽然十分出色，但中国文学史却不去反映他们的成就，这就很不合理。

究竟是什么原因造成了这种不合理的现象呢？我们认为，其根本原因恐怕是历史遗留下来的大汉族主义及汉文学正统思想在束缚着一些人的头脑，使他们对中国文学史的多民族性认识不清。当然，资料的缺乏、研究的薄弱也是原因之一。这样的状况不能再继续下去了。比如中国诗歌史、小说史，对少数民族诗歌和小说就很少提及，甚至只字不提。是少数民族这类体裁的作品不发达吗？当然不是。从小说史的角度来讲，作为小说源头的神话，少数民族的神话比《山海经》《淮南子》《楚辞》中的神话要丰富得多，生动得多。其中的如盘古神话，对汉族文学的发展曾产生过积极的影响。至于创作小说，如《青年达美》《青史演义》《一层楼》《泣红亭》等，都是可以加入中国文学之林，写入中国小说史的。少数民族作家正是以艰苦卓绝的劳动，为中华民族文学的发展做出了卓越的贡献，以他们创作的客观实践——作品，奠定了他们在中国文学史上的地位，这个事实是不容忽视也不能抹杀的。

三

由于种种历史的原因，少数民族文学和汉族文学相比，又是比较落后的。不承认这一事实，同样不是历史唯物主义的态度。但文学除了它的传统的继承性之外，还随着时代的发展而发展。因此，少数民族文学对中国文学史的贡献，不仅取决于历史，而且也取决于现实的文学创作，这就是它在当代文学发展上的地位。中华人民共和国的成立，使中国少数民族文学开始了一个崭新的阶段。我们党把发展少数民族文学当成社会主义文学事业的一个重要组成部分，把少数民族文学的繁荣看作社会主义文学发展、繁荣的重要标志之一。党十分重视少数民族文学的发展，注意大力培养少数民族作家。这是发展少数民族文学的基本条件。它保证了少数民族文学创作不断为社会主义文艺增添异彩。

中国少数民族作家队伍，虽然基本上是中华人民共和国成立以后成长起来的，但少数民族新文学也和汉族新文学一样，是受"五四"以来新文学的影响而萌芽的。在少数民族作家中，有一批作家直接参加了"五四"以来的新文学运动。他们以自己手中的笔为武器，与敌人进行了不屈不挠的斗争。如维吾尔族爱国诗人鲁特夫拉·穆特里夫就以他的诗歌颂了革命，维护了民族团结，最后为革命献出了宝贵的生命。在20世纪30年代至40年代，一批少数民族作家如李乔（彝族）、陆地（壮族）、沙蕾（回族）、颜一烟（满族）、苗延秀（侗族）、纳·赛音朝克图（蒙古族）、尼米希依提（维吾尔族）、关沫南（满族）、肖甘牛（壮族）等，有的奔赴革命圣地延安，有的在国民党统治区，通过自己的作品为迎接胜利的曙光而战斗。作为这支队伍的新生力量的少数民族文学新人，是在中华人民共和国成长起来并显露自己的才华的。据不完全统计，中华人民共和国成立30多年来，参加中国作家协会、中国民间文艺研究会、各地作协分会和民间文艺研究会分会的少数民族作家、诗人、民间歌手等，总数在千人以上。这支队伍的形成，是党的民族政策的成果，也是中国作家协会、地方分会辛勤培育的结果。有些地区，如内蒙古、云南、广西、新疆、贵州、吉林延边，还创造了培养少数民族作家的成功经验。中国老一辈文学家茅盾、周扬、丁玲、李季、谢冰心等，更是悉心指导了少数民族作家的创作。

人们看到，这些少数民族作家生活于本民族的生活土壤，熟悉本民族的历史和生活，了解本民族人民的思想感情、心理状态和性格特点，同时，这些少数民族作家又是在少数民族民间文学的沃土上成长的，他们中的大多数是先从喜爱、搜集、整理本民族民间文学开始进而走上文学创作的道路的。这就必然使他们受到本民族民间文学的熏陶和滋养，熟悉本民族的文化传统和表情达意的方式。正是基于以上原因，少数民族作家的作品能够鲜明地体现各自的民族文学传统和特点，具有浓厚的生活气息、民族特色和地区特色。

当我们检阅少数民族作家文学时不难发现，在诗歌、散文、小说、戏剧、电影等领域里，少数民族作家奉献了许多得力之作。中华人民共和国成立30

年来，中国出版了数以千计的少数民族文字或汉文创作的少数民族作家的作品，其中如维吾尔族的尼米希依提、艾里喀木·艾哈台木、铁依甫江、克里木·霍加，蒙古族的纳·赛音朝克图、巴·布林贝赫，壮族的韦其麟，白族的晓雪，土家族的汪承栋，藏族的饶阶巴桑和朝鲜族的金哲等人的诗歌；蒙古族玛拉沁夫、敖德斯尔，彝族李乔，壮族陆地，哈萨克族郝斯力汗，满族关沫南、李惠文，白族杨苏等人的长、短篇小说；蒙古族玛拉沁夫，白族张长、那家伦的散文；蒙古族超克图纳仁、壮族黄勇刹、朝鲜族黄凤龙、满族颜一烟、赫哲族乌·白辛的戏剧和电影等，都从不同的领域，用各自的民族特色丰富着中国社会主义文学。应该特别指出的是，从各少数民族生活实际出发，历史地真实地反映中国各少数民族人民在中国共产党的领导下所进行的斗争、民族地区翻天覆地的变革、社会主义革命和建设的壮丽图景，在这方面，少数民族作家的作品达到了汉族作家所不能达到的广度和深度。蒙古族玛拉沁夫的《茫茫的草原》、彝族李乔的《欢笑的金沙江》（三部曲）、壮族陆地的《美丽的南方》，都是反映少数民族人民生活和斗争的优秀画卷。这些作品讴歌伟大的祖国，维护祖国多民族大家庭的统一，歌颂民族间的友好团结，是当代少数民族文学创作的一个重要主题，也是少数民族文学对中国社会主义文学的一个特殊贡献。所有这些，都在中国当代文学史上占有显著的地位，应予以充分肯定。

当我们回顾少数民族文学对中国文学史的贡献时，可以看到，中国少数民族文学在其发展过程中，走过了怎样曲折、艰难的道路。中华人民共和国成立前，由于中国少数民族在民族压迫和阶级压迫下生活，社会形态极其复杂，有些民族尚处于原始社会、奴隶社会、封建农奴制社会时期，经济文化落后，加之反动统治阶级的摧残、破坏，少数民族文学根本得不到重视，它只能像压在大石下的幼芽，曲折生长。中华人民共和国成立后的17年，是中国少数民族文学的春天，一些著名的作家和优秀的作品在这一时期竞相出现。1966年开始的十年浩劫，给少数民族文学带来了空前的灾难，从我们编辑《中国少数民族现代作家传略》得到的大量资料来看，几乎所有的少数民族作家都无一幸免地被扣上"修正主义文艺黑线人物""周扬黑爪牙""民族分裂主义分子""叛国文学的炮制者"等罪名，受到批判和斗争，有的被毒打致残，有的含冤死去。他们的作品则被打成"毒草",加以封禁,大量的少数民族民间文学资料被付之一炬。"四人帮"所造成的对中国少数民族文学的浩劫是空前的。粉碎"四人帮"后,中国少数民族文学又一次得到新生。随着党的文艺政策和民族政策的落实,中国少数民族文学又一次展现出光明的前景。少数民族文学的抢救、搜集、整理、研究工作得到了有关部门的高度重视,并积极地采取了措施。中国作家协会成立了民族文学委员会,专门发表少数民族文学的刊物《民族文学》已创办和出版。少数民族作家获得解放,重新焕发了创作的青春活力,一大批少数民族文学新人崭露头角,显示出不平凡的才华。几年来,少数民族文学创作呈现新的发展和繁荣,作品题材之扩大,主题之深刻,体裁之多样,艺术之提高,比任何时候都明显,其中一些作品在各种全国性的文学评奖中获奖。

  回顾少数民族文学艰难曲折发展的这些历史过程,总结它的经验和教训,找出其发展的规律,这不仅将促进和推动少数民族文学的进一步发展和繁荣,而且必将为中国文学史的研究增加丰富的新内容,推动对中国文学多民族性的深入探讨。展望少数民族文学发展的光辉前景,我们相信,在党的民族政策和文艺政策的光辉照耀下,中国少数民族文学之花必将竞相开放,对中国文学的发展做出更大的新的贡献。

[本文与吴重阳合作,陶立璠执笔;原载《中南民族学院学报》(人文社会科学版)1981年第1期]

少数民族民间文学和作家文学

一

如何认识民间文学与作家文学的关系和意义，是民间文学理论研究中十分重要的问题。在一个民族的文学中，民间文学和作家文学是密不可分的，两者都是其有机的组成部分。所以，作为一般的文艺学或文学理论，应兼及民间文学与作家文学。

民族民间文学是各民族文学的源头，它随着社会的发展不断发展着。各民族的神话、传说、民间故事、歌谣、叙事诗、民间小戏、谚语、谜语等，无论过去和现在，都为广大人民群众所创作、享受和传承，成为人民生活中不可缺少的精神食粮。但是，我们不能不看到，在我们的文学理论研究工作中，确实存在着轻视民间文学的现象。许多人只注重作家文学的研究，看不起民间文学，甚至认为民间文学只不过是民间的粗俗之作，不能登大雅之堂。或者在理论上承认劳动人民口头创作的价值和意义，而在实践上却往往不予重视，将其看成可有可无的东西。至于少数民族的民间文学那就更不屑一顾了。

事实上，中国的少数民族民间文学确实是一种客观存在。它的历史的悠久、蕴藏量的丰富、思想和艺术上的成就，作为文学理论研究的对象是当之无愧的。而且作为一种理论的概括，民族民间文学要比作家文学复杂得多，也困难得多。这是因为作家文学属于个人创作，而且产生于特定的历史时期，反映特定的社会生活。作家的个性在其作品中是比较明显的，就是一些取材于历史题材的作品，也往往打上鲜明的时代烙印和带进作家的风格。而民族民间文学则不同，它具有直接的民族性和人民性的特征，又具有集体性、口头性和变异性的特征。此外，民族民间文学又与多种学科相联系，如历史学、民族学、人类学、社会学、民俗学、语言学、宗教学等。总之，在人文科学中，它属于一种边缘学科，具有多功能性。所以，要对民间文学进行理论概括，把握某一民族民间文学的特性，非进行多学科的互相印证不可。

研究少数民族民间文学与作家文学的关系，其目的不仅在于为了更好地继承民族文化遗产，加强民族民间文学学科的建设，更重要的是，它对发展社会主义的民族文学有着十分重要的意义。

马克思主义经典作家们历来十分重视民族民间文学与作家文学的关系，在理论上也做了很好的阐述。马克思在讲到希腊民族神话的意义时说："谁都知道，希腊神话不仅是希腊艺术的宝库，而且是希腊艺术的土壤。"[①]希腊文化的起源是很早的，希腊神话是希腊文学的源头。希腊民族在原始公社和氏族公社阶段，就已经有了一套丰富而完整的神话体系。这些神话在民间广泛流传，其中大部分保存在《荷马史诗》里。其次，也有一部分保存在希腊戏剧里。希腊戏剧，特别是悲剧，在公元前 5 世纪左右曾达到高峰，出过像埃斯库罗斯、索福克勒斯、欧里庇得斯那样的悲剧家和亚里斯多芬那样的喜剧家。希腊的音乐、建筑、绘画、雕塑艺术，更是直接取材于希腊神话。马克思所说的希腊神话"是希腊艺术的土壤"，正说明希腊民族的民间口头文学对于希腊民族的整个文化史，具有重要的意义。

高尔基是苏联无产阶级文学的奠基人，他从小就接触了俄罗斯民间文学，而且成功地把它融进自己的作品里。俄罗斯民间文学直接影响了他的创作道路，我们可以看到"在高尔基的文学语言里，在他的语汇里，在他的句子结构里，在他的语义里，以及在他的描写手法和表现手法里，都显露出民间诗歌语言的强烈影响"[②]。高尔基在他的一生中，接触了乌克兰民间文学，并孜孜不倦地研究俄罗斯民间文学。1908 年，他在《个人的毁灭》一文中对民间文

---

① 马克思：《论文化各种形态（科学、技术、艺术）的不平衡发展》，载北京大学中文系文艺理论教研室编《马克思、恩格斯、列宁、斯大林论文艺》，人民出版社，1953 年，第 64 页。
② 皮克萨诺夫：《高尔基与民间文学》，中国民间文艺出版社，1981 年，第 119 页。

学与作家文学的关系做了精辟的论述。他说：

> 各国伟大诗人的优秀作品都是从民间集体创作的宝藏中吸取滋养，自古以来这宝藏曾提供了一切诗的概括，一切有名的形象和典型。
> ....
> 弥尔顿、但丁、密茨凯维支、歌德、席勒等人的创作登峰造极之日，正是当民间集体创作鼓舞他们之时，他们从无比深刻、无比多彩、有力更聪明的民间歌谣这源泉吸取灵感。①

俄罗斯民间文学成就了像高尔基这样伟大的作家，也只有这样的作家才能深切感受到民间文学对作家文学的影响。鲁迅曾说，文人创作经常吸取民间文学的滋养，而当"旧文学衰颓时，因为摄取民间文学或外国文学而起一个新的转变，这例子常见于文学史上"②。在各民族的文学发展史上，民间文学都曾是它的先河，也是作家文学得以产生和发展的肥田沃土。人们的口头创作中蕴藏着巨大的财富，这笔财富只有辛勤而诚恳的作家才能获得。

中国除少数几个民族，如蒙古族、藏族、维吾尔族、哈萨克族、回族、纳西族、白族、彝族、傣族、壮族等有自己的作家文学外，大部分民族尚没有自己的作家文学。中华人民共和国成立后，这种状况有了很大改变。但和各民族悠久的文学传统相比，无论作家队伍还是作品数量与质量，都还不够。而且从各民族文学发展史来看，又大都以民间口头创作为主。这样，我们研究各民族民间文学与作家文学的关系，有着两方面的目的：在于说明各民族作家文学的产生、发展，自始至终受到本民族民间文学传统的影响；在于说明在社会主义条件下，各民族作家文学的发展，仍然必须借助于民族民间文学这一肥田沃土。如果说各民族作家文学有它自己的发展规律的话，那么民族民间文学起着一种基石的作用。不懂得这一点，各民族作家文学就失去它所依赖的坚实基础。

---

① 高尔基：《个人的毁灭》，载中国民间文艺研究会编《苏联民间文学论文集》，作家出版社，1958年，第82页。
② 鲁迅：《门外文谈》，载《鲁迅全集》第6卷，人民文学出版社，1953年，第76页。

二

中国是一个历史悠久的多民族国家，各民族在自己长期的历史发展过程中，都对中国统一的多民族国家的形成做出了卓越的贡献。一部中国文学发展史，更能体现它的多民族特点；而过去，这一点恰恰被许多文学史家所忽略。他们把中国文学发展史，单纯看作汉族文学史而加以阐述，是不符合中国文学史的历史真实的。离开了少数民族文学，中国文学史不仅缺少了光辉的一页，而且许多文学现象也是无法说明的。这就如同中国通史中去掉了少数民族建立的王朝，其中包括蒙古族和满族所建立的统一王朝，中国历史就要被割断。

中国文学是中国各民族人民共同缔造的，这是我们在对待各民族文学时，起码的历史唯物主义态度。但是由于历史的原因，中国各民族文学的发展又是很不平衡的。就民族民间文学而言，它的历史是非常久远的，它靠着口头的传承一代一代延续下来。而各民族的作家文学，较之汉族出现较晚，特别是那些用本民族文字创作的作家文学，那就更晚。比如，藏族是中国古老的民族之一，它是青藏高原的主人。中华人民共和国成立后，根据西藏的考古发现，证明"从大约五千年前的新石器时代起，藏族的祖先就已经在青藏高原上披荆斩棘，辛勤劳动，用自己的双手开拓了这片富饶的土地"[①]。但是藏文的创制在公元7世纪初。当时藏族历史处于松赞干布时代，松赞干布曾派遣他的大臣吞弥·桑布扎到克什米尔一带留学，学习梵文和西域各国文字，学成后，进行比较，创制了一种有30个字母的拼音文字。藏文的创制，对藏族作家文学的阐释无疑起了十分重要的作用，敦煌石窟的吐蕃文献《赞普传略》是八九世纪的作品，已具相当的文采。从11世纪初藏族著名宗教家、诗人米拉日巴（1040—1123）写作《道歌》算起，藏族的作家文学已有将近千年的历史，而且不乏著名的作家和作品，如贡嘎坚赞（1182—1251）的哲理诗《萨迦格言》、桑吉坚赞（1452—1507）的传记文学《米拉日巴传》、六世达赖

[①] 王辅仁、索文清编著：《藏族史要》，四川人民出版社，1981年，第4页。

仓央嘉措（1683—1706）的《仓央嘉措情歌》、才仁旺阶（1697—1764）的长篇小说《青年达美》等。

回鹘是中国西北地区的古老民族部落之一，公元647年建国。回鹘人起初采用突厥文字，原信摩尼教，西迁以后改信佛教，同时废弃古突厥文，逐渐采用粟特字母，创造了古回鹘文字。著名的九姓回鹘可汗碑的碑文就是用古回鹘文、汉文和突厥文三种文字刻写的。古回鹘文对西域诸民族的文化影响甚大，使用这种文字的地区，曾远达葱岭以西。13世纪，蒙古人向西发展到西域之前，已采用回鹘文字母创制了蒙古文。回鹘人西迁，在葱岭以西建立了黑汗王朝，地域邻近阿拉伯。这时他们又改信伊斯兰教。10世纪的后半期，伊斯兰教又随回鹘势力向东发展而进入喀什噶尔和高昌（吐鲁番）地区，并占统治地位。阿拉伯字母取代古回鹘文，回鹘成了后来的维吾尔族。黑汗王朝时期（公元10世纪后半期至12世纪），维吾尔族文学曾出现一个高峰。尤素甫·哈斯·哈吉甫的叙事长诗《福乐智慧》，麻赫默德·喀什噶里的巨著《突厥语大词典》是代表作。之后，维吾尔族诗歌的传统一直在继承和发展着。如黑汗王朝衰落时期，维吾尔族盲诗人阿合买提·玉克乃克的《真理的入门》（一作《真理的献礼》），与《福乐智慧》《突厥语大词典》一起被称作维吾尔族文学史上的三大名著。14世纪到15世纪，维吾尔族诗人鲁提菲的抒情诗和艾里希尔·纳瓦依的诗歌创作，对维吾尔族文学的发展影响很大。17、18世纪，阿卜杜热依·纳扎里的《爱情长诗集》共收入作者所写的七部长诗——《热碧亚——赛丁》《帕尔德——西琳》《莱依里——买吉侬》《瓦穆柯——纳孜热》《买合祖——古丽尼沙》《四个游方僧》《买斯吾提——德勒阿热》。《爱情长诗集》在维吾尔族文学史上堪称巨著。

蒙古族自古以来就生息在中国北方草原。唐代称"蒙兀室韦"，是唐王朝所属室韦诸部之一。蒙古族原先没有文字，从13世纪起开始使用畏兀儿字母拼写蒙古语，同时还使用汉字。忽必烈即位以后，为了备一代制度，便于翻译，命喇嘛八思巴创制蒙古新字，俗称"八思巴字"。八思巴字，是根据藏文加以变化创造的，共有42个字母，元亡后不再使用。14世纪初年，却吉·斡斯尔在畏兀儿字母的基础上进行改革，创造了今天仍在使用的蒙古文字。随着统一语言和文字的产生，蒙古族产生了各种形式的历史作品和文学作品。

《蒙古秘史》(旧译《元朝秘史》)当是这一时期的作品,大约成书于13世纪40年代,原文已湮没无闻,只有汉文音译的各种版本在国内外流传。据推断,如罗布桑丹津的《黄金史》、萨囊彻辰的《蒙古源流》,都曾受到《蒙古秘史》的滋养。至于尹湛纳希的历史小说《青史演义》,则更是脱胎于《蒙古秘史》。

中国历史上的其他一些少数民族,如回族、壮族、彝族、白族、纳西族等,也都有本民族的作家文学,其中有些作家使用本民族文字创作,有些作家使用汉文创作,不少作家在文学史上占有一定的地位。这类作家我们可以举出很多。如果我们把先秦时期看作中国民族大融合时期,有些作家的族属问题尚不能肯定的话,那么自两汉以后出现的许多诗人和作家,有的就是少数民族出身,如元代的耶律楚材(契丹)、萨都剌(回族)、李直夫(女真族),明代的李贽(回族),清代的纳兰性德(满族),等等。中华人民共和国成立后,在党的民族政策的光辉照耀下,大批的少数民族作家成长起来,他们以自己辛勤的劳动揭开了中国少数民族作家文学新的一页,用少数民族文字创作或用汉语言文字创作的作家已形成一支大军,代表作家有蒙古族的纳·赛音朝克图、玛拉沁夫、巴·布林贝赫、敖德斯尔,维吾尔族的铁依甫江、克里木·霍加,藏族的饶介巴桑,彝族的李乔,壮族的陆地,朝鲜族的金哲,白族的杨苏、晓雪,土家族的汪承栋,赫哲族的乌·白辛等。

我们在这里用一定篇幅谈到少数民族民间文学与作家文学,意在说明一个民族作家文学的产生,离不开文字。少数民族文字或汉语言文字,对少数民族作家文学的产生起了不可低估的作用。同时,我们也看到,少数民族作家文学较汉族作家文学产生要晚,这一特殊的文学现象,是历史原因造成的。它不应成为我们研究少数民族作家文学的障碍。

少数民族作家文学历史是客观存在的,而且它和各民族民间文学关系密切。各民族的民间文学在如下几方面影响了作家文学。

第一,各民族民间文学孕育了各民族作家文学。

文学是社会生活的反映,少数民族文学是少数民族社会生活的反映。和作家文学相比,民族民间文学比较接近本民族生活。少数民族生活习惯、心理素质和性格特征,首先在民族民间文学中得到生动形象的反映。可以这样说,在作家文学产生之前,民间文学已为它做好了各种准备。如语言的准备、体裁的准备、内容的准备，若没有这样一些基础，作家文学就无从产生。如西藏第六世达赖喇嘛仓央嘉措，是一位在藏族人民心目中享有盛誉的诗人。他的童年是在故乡度过的，他从小就受到藏族民歌的熏陶。他 14 岁坐床成为第六世达赖喇嘛后，虽然生活在贵族、僧侣的环侍之中，但他时常微服夜出，接近人民。所以他的诗歌崇尚民间语言和民谣风韵，洋溢着生活气息和真挚情感。仓央嘉措的情歌是在藏族民歌的哺育下产生的，我们试比较一首：

一次喝酒没醉，
二次喝酒没醉，
因为幼年的情人劝酒，
一杯便酩酊大醉。
——《仓央嘉措情歌》

好酒不曾醉，
此酒不曾醉，
情人斟一杯，
马上醺醺醉。
——藏族民间情歌

从这首例诗中我们可以看到，仓央嘉措的情歌在语言和思想内容上不但和藏族民间情歌一脉相承，水乳交融，而且在形式上，也多采用四句六言的藏族"谐体"民歌格律。所以我们说藏族情歌的乳汁，哺育了像仓央嘉措那样的诗人。

我们从当代少数民族作家的成长中，更可以看到民间文学对作家创作的巨大影响。许多少数民族作家在谈到他们的创作道路时，共同的体会是，民间文学是他们第一位启蒙老师。壮族诗人黄勇刹，长期生活在壮族人民群众之中，壮族民歌及民间传说浓郁的生活气息和生动多彩的艺术形象，给了他很深的印象。所以在他的诗歌创作中，自然带进许多民歌风味。蒙古诗人查干，出生在扎鲁特旗一个偏僻的山村，这里是蒙古族说唱艺人的故乡，著名的蒙古说唱艺人琶杰、毛依罕、扎那都是啜饮着这里的奶汁和山泉水长大的。查干的父亲和大哥都是当地颇有名望的说唱艺人，母亲是很会抒发激情的民歌手，又会讲很多动人的民间故事，这些都给了查干很深的影响。他在回忆自己的创作时说："如果说我自后的诗有'情'、有联想，那么，就是在这个时候萌发的。"①

第二，少数民族民间文学题材对少数民族作家文学的影响。

少数民族民间文学作品直接产生于民间，它反映了各民族劳动人民不同时代的生活、理想和愿望，具有强烈的人民性和民族性，而这种人民性和民族性又常常借助于民族民间文学题材表现出来。各民族的古代神话，常取材于自然，表现古代民族的宇宙观和他们与自然界做斗争的英勇不屈的精神。进入阶级社会之后，许多民间传说、民间故事、民歌、叙事诗更多的是反映各民族劳动人民的社会生活；谚语、谜语则总结了丰富的生活和社会斗争经验。中国的少数民族处于十分特殊的地理环境中，他们大都居住在边疆。在保卫家乡和抵抗外族侵略中所形成的各民族民间文学的爱国主题，是其共同的特色。以反封建、反压迫题材所构成的民间文学作品就更多。所有这些都直接影响了作家文学。

中国文学史上的第一个大诗人屈原的生平史料保存下来的甚少，而对他的族属问题，则根本无人提及。近年来，学术界有人大胆地写出了《屈原族别初探》的文章，指出屈原"是真正懂得并吸收了华夏文化的第一个苗族书面文学家"②。这一问题的提出是非常有意义的。因为像屈原这样的少数民族作家，在中国文学史上绝不止一人，在各个历史时期都有代表人物，是一种普遍现象；另外，对文学史上少数民族作家族别的探索，正好证明中国文学是由各民族的文学家共同创造的。

屈原的作品接受了北方文化的影响，但它在思想内容和形式上仍保留着南方文化的特色和风格。神话传说的大量采用，想象的丰富，文采的华美，感情的奔放，都和《诗经》不同。这不单单是内容和创作方法上的原

---

① 查干：《查干自传》，载吴重阳、陶立璠编《中国少数民族现代作家传略》，青海人民出版社，1980年，第259—260页。

② 龙海清、龙文王：《屈原族别初探》，《学术月刊》1981年第7期。

因，更重要的是楚民族民间文学的语言和形式所给予的重大影响。北宋黄伯思在《宋文鉴·新校楚辞序》中说："盖屈宋诸骚，皆书楚语，作楚声，纪楚地，名楚物，故可谓之楚辞。若些、只、羌、谇、蹇、纷、佗傺者，楚语也；顿挫悲壮，或韵或否者，楚声也；沅、湘、江、澧、修门、夏首者，楚地也；兰、茝、荃、药、蕙、若、苹、蘅者，楚物也。"楚语如"朝搴阰之木兰兮"（《离骚》），《说文解字》云："搴，拔取也，南楚语。""凭不厌乎求索"（《离骚》），王逸注云："楚人名满曰凭。""羌内恕己以量人兮"（《离骚》），王逸注云："羌，楚人语词也，犹言卿何为也。""倚阊阖而望予"（《离骚》），《说文解字》云："阊，天门也；阖，门扇也，楚人名门曰阊阖。"现在苗语中"阊阖"也正是门的意思。

《楚辞》中的"兮"在《诗经》中用得也很多，同样是民间口语，正如今天的"啊""呀"一样。《九歌》是屈原在楚国民间祭歌的基础上加工而成的。王逸说："《九歌》者屈原之所作也。昔楚国南郢之邑，沅湘之间，其俗信鬼而好祠，其祠必作歌乐鼓舞以乐诸神。屈原放逐，窜伏其域，怀忧苦毒，愁思沸郁，出见俗人祭祀之礼，歌舞之乐，其词鄙陋，因为作《九歌》之曲。"（《楚辞章句》）朱熹也说："蛮荆陋俗，词既鄙俚，而其阴阳人鬼之间，又或不能无亵慢荒淫之杂，原既放逐，见而感之，故颇为更定其词，去其泰甚。"（《楚辞集注》）王逸和朱熹都认为《九歌》是民间文学的改作。

从屈原的族属到他的诗歌创作，我们可以看到民族民间文学对作家的明显影响。

我们再来看唐代诗人刘禹锡的创作。刘禹锡原系匈奴后裔，郡望在河北中山，其先祖于北魏时迁居洛阳，青年时代参加以王叔文为首的政治革新运动。后王叔文失败，他被放贬直州刺史，后又贬朗州（今湖南常德）司马，一生中大部分时间生活在湘、沅、巴、蜀之间，使他有了广泛接触少数民族民间文学的机遇，写了不少《竹枝词》《杨柳枝词》。他在《竹枝词·引》中说：

> 四方之歌，异音而同乐。岁正月，余来建平，里中儿联歌《竹枝》，吹短笛，击鼓以赴节。歌者扬袂睢舞，以曲多为贤。聆其音，中黄钟之羽，其卒章激讦如吴声，虽伧儜不可分，而含思宛转，有淇、濮之艳。昔

> 屈原居湘、沅间，其民迎神，词多鄙陋，乃为作《九歌》，到于今荆楚鼓舞之。故余亦作《竹枝词》九篇，俾善歌者扬之。

从这段引言中我们可以看出刘禹锡创作《竹枝词》的用意。那么《竹枝词》究竟是哪个民族所创呢？学术界众说纷纭。白居易《竹枝词》说：

> 竹枝苦怨怨何人？
> 夜静山空歇又闻。
> 蛮儿巴女齐声唱，
> 愁杀江楼病使君。

"蛮儿巴女"即古代巴人的后裔。巴人，据历史学家潘光旦、向达考证，即现在湖南、湖北一带土家族的祖先，土家族《竹枝词》由于刘禹锡的吸收创新，曾在唐代诗坛上形成了一种刚健清新的新体裁，许多人争相仿作。鲁迅说："唐朝的《竹枝词》和《柳枝词》之类，原都是无名氏的创作，经文人的采用和润色之后，留传下来的。"[①]

总之，荆楚地区的少数民族民间文学，从题材、思想上全面影响了屈原、刘禹锡。屈原在《离骚》中所反映的怀乡忧国之情和愤世嫉俗之感，特别是众多的神话材料的交织，超现实的铺叙、描写，留下了民间文学的影子。刘禹锡《竹枝词》中爱情题材的运用，也是十分清丽纯熟的。如：

> 杨柳青青江水平，
> 闻郎江上踏歌声。
> 东边日出西边雨，
> 道是无晴却有晴。

这首《竹枝词》我们可以从土家族情歌中找到原型：

---

① 鲁迅：《门外文谈》，载《鲁迅全集》第6卷，人民文学出版社，1958年，第76页。

> 你看天上那朵云，
>
> 又像落雨又像晴（情）。
>
> 你看路边那个妹，
>
> 又想恋郎又怕人。

将这首土家族情歌与刘禹锡的《竹枝词》相对照，风格极其相似。

在少数民族当代作家之中，采用民间文学题材创作的作品则更多，如壮族诗人韦其麟的叙事长诗《百鸟衣》、黄勇刹等人的戏剧《刘三姐》，白族诗人晓雪的《大黑天神》，纳西族木丽春、牛相奎的《玉龙第三国》和戈阿干的《格拉茨姆》，东乡族诗人汪玉良的《马五哥与尕豆妹》《米拉尕黑》，蒙古族人巴·布林贝赫的《龙宫的婚礼》等都取材于本民族神话或民间故事，而且在思想性和艺术性上都有升华。

第三，少数民族民间文学在形式上对作家文学的影响。

首先，少数民族语言对作家文学有重大影响。文学是语言的艺术，无论是各民族的民间文学还是作家文学，都是以语言为工具塑造形象和典型来反映现实生活。在文学诸要素中，语言是第一要素，没有语言，就没有文学作品可言。

在中国少数民族中，除少数几个民族如回族、满族等使用汉族语言，有些少数民族无自己的语言外，其他少数民族都用自己的语言。千百年来，各民族劳动人民运用本民族语言，创造了大量的歌谣、神话、传说、故事、谚语、谜语等作品，并在此基础上孕育了本民族的作家文学。少数民族作家，当他在生活中获得了创作素材，选择了创作题材之后，必须将这些素材转化为形象化、民族化和富于感染力的语言。没有这一点，那么他们作品的思想和艺术上的民族性就要受到严重影响。所以，任何一个少数民族作家对本民族语言（指文学语言）掌握的熟悉程度，是决定他创作成败的重要因素之一。

中国少数民族作家文学，是深深扎根于民族民间文学的土壤之中的，许多作家在他们的作品中，表现了驾驭本民族语言的纯熟的功力，以至有些作品成了本民族语言的典范。如《蒙古秘史》是一部内容丰富的历史文学作品，它比较翔实地描写了12世纪至13世纪上半期蒙古地方发生的重要历史事件，简略地叙述了蒙古军在中国境内的战争以及对花剌子模等国的西征。此外，《蒙古秘史》还记载了蒙古民族起源的神话传说，13世纪蒙古社会制度、生活风俗、宗教信仰等。《蒙古秘史》还围绕成吉思汗这个主要人物，众星捧月式地刻画了十几个个性鲜明、神态毕现的人物形象。无论是其生活与战争场面的刻画，还是人物形象的着意塑造，《蒙古秘史》都从蒙古族民间文学中吸取了丰富的养料，它把蒙古民间文学中大量的歌谣、赞词、谚语、格言及英雄史诗的表现手法（韵散间行）融入故事情节，使《蒙古秘史》的"语言风格既有书面语精炼严密的特点，又有民间口语刚健清新的韵味，表现出鲜明的民族风格"[1]。

11世纪维吾尔族学者所写的《突厥语大词典》，同样具有文学性质。作者在编写这一巨著之前，曾亲自深入民间，广泛采集了维吾尔族民间故事、传说、谚语、歌谣等。这些都被作者收入《突厥语大词典》，使《突厥语大词典》成为维吾尔族最古老的一部百科全书。

藏族六世达赖仓央嘉措的情歌创作，在语言风格上，与藏族情歌更是一脉相承。它不重藻饰，刻画细腻，明白流畅，音韵铿锵。

东乡族诗人汪玉良创作的叙事长诗《马五哥与尕豆妹》，是以回族民间叙事诗《马五哥与尕豆妹》为素材进行创作的。他在创作中"严格保持'花儿'这一民间文学的特色和底本（指《马五哥与尕豆妹》资料本）中临夏地区的语言风格"[2]。

汪玉良在他的诗歌创作中，不仅吸收了民间原诗的语言，而且大量吸收了"花儿"的语言。他运用这些语言（有时是"花儿"中的原句型），意在加强人物的对话，增强人物个性的表现力。

其次，少数民族民间文学体裁样式和表现手法也给了作家文学以多方面的影响。中国少数民族诗歌体裁是很发达的，各民族又有不同的诗歌样式。它

---

[1] 齐木道吉、梁一儒、赵永铣等编著：《蒙古族文学简史》，内蒙古人民出版社，1981年，第96页。

[2] 汪玉良：《马五哥与尕豆妹》附记，载《米拉尕黑》，甘肃人民出版社，1981年，第210页。

们在格律上都有自己的民族特点，藏族的鲁体民歌与谐体民歌，蒙古族的好力宝，壮族的"欢""加""西"，瑶族的香哩歌，苗族的飞歌、嘎、嘎别福歌，侗族的琵琶歌，水族的双歌，彝族的梅葛调、先基调、查姆调，白族的打歌，赫哲族的依玛堪，傈僳族的赞哈，甘肃、青海、宁夏等地少数民族中流传的"花儿"等不下几十种。在押韵方面有押头韵的，有押脚韵的，有押腰韵或腰脚韵的，还有不押韵而押调的（如苗族古歌），即声母相谐，构成诗歌的音乐美。少数民族这些多种多样的诗歌形式，不仅对少数民族作家文学产生影响，而且对汉族文学的词、曲的发展也起了重要作用。

再次，少数民族民间诗歌中比兴手法的运用，对作家的诗歌创作影响尤为直接。我们在上面讲到的汪玉良的叙事诗《马五哥与尕豆妹》中，就用了许多"花儿"的比兴。如"月牙儿照上尕土墙，长久的日子快商量"，前句是起兴。"青石头不转河水转，我们人指望着光阴变"，前句是比喻。壮族诗人黄勇刹精通壮族民歌，他在自己的创作中，经常采用勒脚欢形式。傣族的康朗英、康朗甩、庄相等人，是由民歌手转而写新诗的，在形式上借用傣族的"赞哈"体，康朗英的叙事长诗《流沙河之歌》就是继承了傣族传统文学赞哈调而又有所创新。在小说、戏剧创作中，少数民族作家也往往借用民间文学形式，如韵散间行的创作体式，常出现在少数民族作家所写的长篇小说中。赫哲族剧作家乌·白辛，则成功地运用"依玛堪"的形式创作了大型话剧《赫哲人的婚礼》。全剧以"依玛堪"体裁划分章节，并采用"依玛堪"所特有的"回叙""对比"手法做故事情节的穿插与安排，使《赫哲人的婚礼》具有鲜明的赫哲族的风格。

三

在中国少数民族文学史上，各民族的民间文学确实是一座奇伟瑰丽的宝库，这座宝库保存了极其丰富的民间文学资料。这些资料，几千年来大部分靠各民族劳动人民口耳相传，也有一部分靠文人采录整理得以保存。从采录整理的角度来看，历代汉族文人和少数民族文人，都曾对各民族民间文学资料的保存做出过有益的贡献。从少数民族民间文学发展史来看，各民族作家文学也曾对它产生过积极的影响。

（一）作家对保存少数民族民间文学的贡献

1. 历代汉族文人、作家对少数民族民间文学作品的采录、整理

中国的历史从原始公社到中央集权的封建国家的建立，即秦始皇统一中国，经历了漫长的历史时期。从春秋战国到秦的统一这一时期，中国各民族（古代民族）曾出现过一次大的融合。这种融合带来文化上的交流与吸收。特别是两汉以后，少数民族的民间文学作品引起越来越多汉族文人的注意。它往往被汉族文人收入自己的著作之中。如三国时期的吴国人徐整，在其《三五历记》和《五运历年记》中，采录了湖南五溪地区流传的瑶族的盘古神话。这是最早见于文献记载的少数民族开辟神话。南朝梁代任昉在《述异记》中，也采录了不少关于盘古神话的资料。晋人干宝的《搜神记》中，记载了瑶族的另一则推原神话盘瓠神话。在《后汉书·南蛮传》《三才图会》《玄中记》《魏略》《晋纪》等著作中，也都记载了盘瓠神话。唐代段成式的《酉阳杂俎》中记载了壮族的《叶限》故事。这是世界上"灰姑娘"型故事最早的文献记载。这一故事的异文，目前仍在广西地区流传着。至于其他一些民族民间文学作品，见于汉族历史著作、类书、笔记小说、民族史志、风俗志者当有很多。这都说明，汉族的文人和作家在保存民族民间文学方面起了很大作用。由于他们的采集，诸如《盘古》神话之类久已失传的作品得以保存下来。

2. 少数民族历代文人、作家在收集、保存民族民间文学方面的作用，也是不能低估的

少数民族出身的作家，他们生活在本民族之中，熟悉本民族的生活、习俗、性格特征和心理素质。他们还掌握本民族文字，懂得本民族深厚的民间文学传统。我们看到，这些民族作家们不仅从本民族的民间文学中吸取创作养料，而且细心地收集和保存本民族的民间文学作品。如维吾尔族古代作家麻赫默德·喀什噶里，在其写作《突厥语大词典》时，就从民间收集了突厥民族的民歌200多首和谚语200多条，丰富了自己的创作。我们从藏族的《米拉日巴道歌》和《萨迦格言》中，也能发现许多藏族的民歌和谚语。

在少数民族民间文学的搜集、保存中，我们不应忘记那些宗教巫师的作用。如纳西族的东巴经师，彝族的毕摩、贝玛，满族的萨满等，他们一般都

掌握本民族文字，既是宗教职业者，又是本民族文人。许多民间的故事、歌谣、谚语通过他们的采录，保存在宗教经典中。如纳西族的《创世纪》《黑白战争》《鲁般鲁饶》，彝族的《勒俄特依》等，就完整地保存在《东巴经》和彝族经书中。

中华人民共和国成立以后，许多少数民族作家更是自觉地参加各民族民间文学的搜集整理工作。壮族作家肖甘牛从事民间文学工作几近半个世纪。他搜集的壮、苗、瑶、高山族民间故事已结集出版的就有15集。壮族诗人莎红搜集整理的瑶族创世史诗《密洛陀》，壮族诗人黄勇刹搜集整理的《唱离乱》《马骨胡之歌》，苗族作家唐春方等人搜集整理的《苗族古歌》，白族民间文学工作者杨亮才（与陶阳合作）搜集整理的《白族民歌集》等，都是比较优秀的本子。在这些作家的带动下，目前中国已形成了一支少数民族民间文学工作者队伍，它对挖掘中国少数民族文学遗产，推动少数民族民间文学的发展起了极其重要的作用。

（二）少数民族作家创作对少数民族民间文学的影响

各民族的民间文学哺育了作家文学，它给予作家创作以丰富的内容和多种表现形式。当各民族作家文学取材于民间文学时，又对民间文学的传播起了很大作用。

我们知道，作家的创作尽管取材于民间口头文学，但其作品并不属于民间文学，而属于作家文学。那么作家文学又是怎样影响了民间文学呢？

1. 作家创作保留了民间文学题材，并从某种意义上丰富了民间创作的内容和提高了民间文学的艺术表现技巧

前边我们已经讲过，六世达赖仓央嘉措的情歌，鲜明地带有作者自己独特的风格。但他的情歌又是受到藏族民间情歌的滋养的。由于作者卓越的天才，他的情歌在题材选择、感情抒发和表现形式上，又远远超出民间情歌，显得更加生动和细腻。正因为如此，仓央嘉措的情歌深受广大藏族群众的欢迎，使他的情歌又能回到劳动人民的口头传说中去，这对藏族民歌的发展起了很好的推动作用。应当看到，仓央嘉措对藏族民间情歌的创造性提炼，还直接影响到藏族民间诗歌的创作。我们看到，流传在藏族地区的许多民歌，就具有仓央嘉措的风格。

又如《百鸟衣》故事，它在中国南方一些少数民族中广为流传，有许多异文。有时这一故事又与其他一些故事（如田螺姑娘、蛇郎故事）合流。这或许是由于民间故事在流传中互相借用情节。壮族诗人韦其麟根据壮族民间流传的《百鸟衣》故事，创作了叙事长诗《百鸟衣》。诗人取其精华，去其糟粕，进行再创作，为了增强故事现实生活的色彩，诗人将主人公古兹和依理，塑造成一位勤劳、善良、果敢的劳动者，将宫廷发生的事件，改在土司衙门，情节上更加合理，富于传奇色彩。在主题上，使其反封建的精神更加强烈。在语言的运用上，全诗优美、流畅、洗练，富于民族特色和地方特色。《百鸟衣》在运用民间文学题材进行再创作方面是十分成功的。它使民间流传的《百鸟衣》故事，经过诗人的提炼，又回到民间，变得家喻户晓。

在戏剧方面，白族戏剧家杨明等人改编的白剧《望夫云》同样很成功。《望夫云》故事流传于风景优美的苍洱之间，在白族人民中家喻户晓。白剧《望夫云》在改编中，既保持了原传说的精神与民族特色，又有许多独创。它吸收了《辘角桩》等故事内容，加入白族歌节绕三灵习俗，构思巧妙，水乳交融。正因为白剧《望夫云》在改编和再创作中尊重民间创作，尊重白族风俗习惯，保持和发扬了白族民间故事的特色，所以它受到白族广大人民群众的欢迎。

作家对民族民间文学的影响除积极的方面外，还有消极的方面。这消极的一面首先主要表现为一些作家在对待民间口头创作时，有随意改变、胡编乱造的现象，其造成的后果是真假难辨，更有甚者以自己的创作冒充民间文学。其次，由于作家的出身、经历和世界观不同，他们在运用民间文学进行创作时，往往改变原来作品的主题，或臆造出许多情节来，使民间文学作品丢失了原有的刚健质朴的特色，渗入各种剥削阶级的阶级意识和伦理道德。这就要求我们在对待作家所搜集的民间文学作品时，要细心加以鉴别。

2. 作家创作对推动民间文学作品的流传起了很大作用

各民族民间文学作品，只靠口头流传往往推广很慢，特别是在现代，除了口头流传外，往往借助于文字，在更大范围内推广。这一方面作家文学往往起着桥梁的作用。广西壮族的《刘三姐》（一作《刘三妹》）在两广地区流传。但黄勇刹等人创作的广西彩调剧《刘三姐》的上演，使刘三姐传说很快在全国家喻户晓，不仅如此，也引起国外的注意。为什么呢？因为《刘三姐》一剧的确集中了壮族民歌和曲调的精华，唱词充满了机智、幽默和讽刺意味，技巧上完全袭用民歌形式，《刘三姐》故事正是借着剧本中那优美动人的山歌在全国流传，客观上起了传播民间故事的作用。像这样的例子是很多的。

[原载《青海民族学院学报》（社会科学版）1984年第2期]

民俗学与民间文艺学的联系和分野

民俗，作为民间风俗习惯的历史传承，是一种时空文化的连续体，时间上的一代一代沿袭和空间上的横向播布，既促进了各民族文化的交流，又极大地影响了各民族的生产和生活。从某种意义上讲，民族意识的深层结构，正是在这种丰厚的文化背景上形成的。我们看到，在民俗学研究不断深入的今天，和传统的民俗学研究相比，它的领域大为扩展，几乎深入民族生活的各个领域。诸如物质民俗中的居住、服饰、饮食、生产、交通、工艺制作等民俗，社会民俗中的家族、亲族、村落、民间职业集团、岁时节日、人生仪礼（诞生、成年、婚礼、丧礼）等民俗，精神民俗中的巫术、信仰、禁忌、宗教、道德、仪礼、游艺、体育竞技、民间文艺等民俗，都是民俗学研究的对象。此外，民俗学还与文化人类学、民族学、社会学、宗教学、语言学有诸多联系，具有边缘学科的性质。特别是民间文艺学历来被学者们划归民俗学范畴。最为典型的是英文 Folklore 一词，在中国和世界上作为学术名称使用时，既指民俗学，又指民间文学。"五四"新文化运动之后在中国兴起的民俗学研究，最初就是从搜集、研究民间歌谣开始的。这种传统似乎一直延续到现在。

实际上，在社会科学领域里，无论哪一门学科的创立和发展，都要经历一个不断深化的过程。自 1846 年汤姆斯（W. J. Thoms）提出 folklore 这一学术名称后，各国学者根据本国实际和对民俗的不同理解，赋予 folklore 以不同的含义。如：有的学者认为民俗是旧时代的"遗风"；有的学者认为民俗是俗民文化的传统部分；有的学者认为民俗是退化的宗教；有的学者认为民俗是指民间故事；有的学者认为民俗是俗民（folk）文化等。民俗学正是在这种不断深化的认识中得到发展，在同文化人类学、民族学、社会学等人文学科的比较中，形成一门独立的学科。民间文艺学的发展也是如此，起初民间文学被许多学者当作民俗传承现象来研究，于是民间文学自然成了民俗学的组成部分，这是客观的学科发展的事实。今天，民俗学和民间文艺学这两门学科已得到充分发展，并且各自的研究范围、对象、方法、理论体系越来越趋向系统化。在这种情况下，如果不突破传统观念的束缚，仍然将民俗学和民间文艺学混为一谈，势必要影响这两门学科的深入发展。因此弄清民俗学与民间文艺学的联系与分野，是摆在民俗学和民间文艺学工作者面前的重要课题，也是民俗学基础理论研究的需要。

从民俗学发展史来看，民俗学源于对民间文学作品的研究，这样就使民间文学作品及其理论研究成为民俗学的有机组成部分。国外许多民俗学家在对民俗进行分类时，把民间文学作为民俗的重要门类，就是基于这种观点，如英国民俗学家高梅氏（Gomme）主编的《民俗学概论》，将民俗分为观念和迷信的信仰、旧传的风俗、旧传的叙事和民间成语四大类。其中民间文学占两类。英国民俗学家班氏（Burne）修订高梅氏《民俗学概论》，将民俗分为信仰和行为，习惯，故事、歌谣和谚语三大类。日本民俗学创始人柳田国男将民俗分为习惯（生活技术），口碑（语言艺术），感情、观念和信仰三大类。在中国，自"五四"新文化运动以后，民俗学的研究一直未脱离对民间文学的研究。这说明民俗学与民间文艺学从一开始就结下渊源关系。

造成民俗学与民间文艺学互相粘连的第二个原因是长期以来民俗学家和民间文艺学家们将民间文学视为一种特殊的文学，民间文学的集体性、口头性、变异性、直接的人民性等特征决定它与作家文学的区别，而带有许多民俗的特性。在对民间文学作品的研究中，除强调它的文学特征外，更重要的是强调它与文化人类学、民族学、社会学、民俗学、宗教学、语言学等人文学科的联系，这在客观上造成了民俗学与民间文艺学两门学科概念上的混淆。

形成民俗学与民间文艺学互不分离的第三个原因，在中国恐怕是由民俗学和民间文艺学工作者队伍的合二而一造成的。中国的民俗学宝库是极其丰富多彩的，但从来没有一支专门的队伍去开发它、研究它。中华人民共和国成立前，除少数几位民俗学专家从事民俗学研究外，关于各民族民俗资料的调查、研究是由人类学家、社会学家、语言学家们进行的，他们取得了卓著的成绩。中华人民共和国成立后，民俗学作为一门研究民间风俗文化的科学，遭受不公正的待遇，被当作资产阶级的学问加以批判和废弃，唯有民间文学在夹缝中得以生存下来，学者们往往借民间文学论坛，阐发民俗学的余息。所以中华人民共和国成立后30多年，民俗学调查、搜集和研究的任务，实际上落在民间文学工作者身上。民俗学和民间文艺学于是在中国结下不解之缘。

民俗学和民间文艺学的天然联系，是客观存在的，不能否认。但是我们还应当看到，民俗学并不等于民间文艺学，特别是在两门学科迅速发展的今天，如果还抱着传统观念不放，势必会影响它们各自的发展。正确的态度是既要看到两门学科的内在联系，又要注意到它们之间的区别和分野。

民俗学和民间文艺学在中国已完全发展为两门独立的学科，如果我们将两门学科的研究对象、理论框架和功能加以比较就可看得十分清楚。

其一，两门学科的界定是完全不同的。民俗学是研究人们在日常生活中靠口头（语言表达方式）和行为传承的风俗习惯的科学，而民间文艺学则是研究民间口头文学创作的一门科学。前者属于文化学范畴，后者属于文艺学范畴。

其二，两门学科的研究对象不同。民俗学的研究对象，在其学科发展中几经转移，曾出现过"遗留说""成训说""民间生活说"[①]等。"遗留说"是人类学派的观点，曾被许多国家的民俗学家所接受，并用来指导民俗学的研究。人类学派把民俗作为原始观念和活动的"遗留物"来对待。汤姆斯在提出"民俗"（Folklore）概念时，就指出它的含义是"在普通人们中流传的传统信仰、传说及风俗"以及如"古时候的举止、风俗、仪式、迷信、民曲、谚语等等"。高梅氏在《民俗学概论》一书中认为民俗学是"近代文明中各种远古的信仰、风俗与成训之遗留的研究"。英国著名的民俗学者弗雷泽（J. G. Frazer）说得更加明确，他认为民俗是"在别的事情已经升到较高的平面的民族，那里所见到的较原始的观念和举动的遗留物"。日本人类学家西村真次

---

① 杨堃：《民俗学与民族学》，载张紫晨编《民俗学讲演集》，书目文献出版社，1986年，第73页。

说:"民俗学是研究原始时代习惯、信仰、故事、技术的遗留物的学问。"人类学派的"遗留物"学说,对民俗学的研究曾产生过很大的影响,后来随着民俗学研究的不断深入,这种学说因用一种僵化的观点看待生动活泼的民俗事象,自然受到动摇,人们的目光开始转移到现在仍在民间传承的民俗事象上。民俗学研究对象的这种转化,应该说是民俗学的一次革命,它极大地增强了民俗学研究的现实意义,使民俗学由一门陈旧的学问变为新鲜的学问,民俗学研究的目的更加明确。中国老一辈民俗学家钟敬文先生说,民俗学是一种现在的学问,而不是历史的学问,"这两者的不同,正像'生物学'与'古生物学'的不同一样。民俗学的记述和研究,是以国家民族生活中活生生的现象为对象的"。又说:"在说明现在民俗的起源、变迁时,不能不追溯到它过去的历史状态。但这不等于说民俗学所处理的事象,主要是历史的,它的研究资料只倚靠文献,或主要倚靠文献。"[①] 认识民俗学的"现在性"是至关重要的,它不仅使民俗学和"遗留说"划清界限,而且也和"文献民俗学"(或称历史民俗学,因其主要以文献记录作为资料和对象)相区别。

当今的民俗学是以现在仍在民间传承的活生生的民俗事象为对象,其研究领域已扩展到全部社会生活和文化领域,但又不是无限制的膨胀。在涉及具体对象时,如前所说只是限制在物质民俗、社会民俗、精神民俗三个方面。

民间文艺学的研究对象,从这门学科开始形成时,就受到严格限制。在民间口头创作方面,具体来说是对民间口头传承的神话、传说、故事、歌谣(民歌)、叙事诗(包括英雄史诗)、谚语、谜语、民间戏剧口承(或手抄)剧本的搜集、整理和研究。

其三,两门学科的理论架构不同。民俗学是在同它邻近的人文学科,如文化人类学、社会学、民族学等学科的比较、借鉴(如方法的借鉴)、发展中逐步形成独立的学科的。民间文艺学是在同民俗学、一般文艺学(主要是作家文学)的比较、发展中形成自己的理论框架的。下面试将两门学科的框架加以对比:

[①] 钟敬文:《民俗学入门·序》,载后藤兴善《民俗学入门》,中国民间文艺出版社,1984年。

```
                    ┌ A. 理论民俗学 ┌ a. 界定、对象、范围、特征、分类、功能
                    │              │ b. 方法论
                    │              └ c. 与其他社会科学的关系
                    │
                    │              ┌ a. 社会民俗学
                    │              │ b. 经济民俗学
            民俗学  │ B. 应用民俗学 │ c. 宗教民俗学
                    │              │ d. 语言民俗学
                    │              │ e. 文艺民俗学
                    │              └ f.  ……
                    │
                    │              ┌ a. 物质民俗（居住、服饰、饮食、生产、交
                    │              │    通、交易、通信……）
                    └ C. 记录民俗学 │ b. 社会民俗（家族、亲族、村落、民间组
                                   │    织、职业集团、岁时节日、人生仪礼……）
                                   └ c. 精神民俗（巫术、信仰、宗教、禁忌、道
                                        德、仪礼、民间文艺、游艺竞技……）


                    ┌ A. 基础理论 ┌ a. 界定、对象、范围、特征、功能
                    │             │ b. 与作家文学的关系
                    │             └ c. 各民族文学的交流、影响
                    │
                    │             ┌ a. 神话学
                    │             │ b. 传统学
                    │             │ c. 故事学
            民间文艺学│ B. 体裁论  │ d. 歌谣学
                    │             │ e. 史诗学
                    │             │ f. 谚语学
                    │             │ g. 谜语学
                    │             └ h.  ……
                    │
                    └ C. 资料学调查、搜集、整理、保存
```

理论框架的形成是学科成熟的标志之一，是仪式研究不断深入的结果。过去在很长一段时间里出现民俗学与民间文艺学两门学科界限不清的根本原因是，在"左"的思想和路线干扰下，民俗文化和人民的口头创作被轻视。中共十一届三中全会之后，民间文学界从一种思想桎梏中解放出来，恢复和重建中国民俗学与中国民间文艺学。1980年，钟敬文先生主编的《民间文学概论》出版，在此前后，各地出版了有关民间文学基础理论专著有七种之多。出版的民俗学专著有乌丙安的《中国民俗学》，张紫晨的《中国民俗和民俗学》和陶立璠的拙著《民俗学概论》。这些教材和专著吸收了国内外研究的最新成果，使民俗学与民间文艺学的理论更为系统化，并从理论体系上将两门学科明显地区别开来。这不能不说是中国民俗学与民间文艺学研究所取得的巨大成果。

其四，民俗学和民间文艺学对待民间文学作品的态度不同。民间文学又称民间口头创作，是相对作家文学而言的。当我们在研究中将民间文学称为特殊文学时，首先肯定它是文学，是民间靠口头创作和传承的文学，这是民间文学的根本属性。这种属性不是凭空确立的，而是在同作家文学做了细致比较之后得出的。比如民间文学和作家文学在创作方式上，作家文学是作家的个人行为，而民间文学则是集体的行为；在语言运用上，作家使用书面文学语言，而民间文学使用口头文学语言；在流传方式上，作家文学借助文字符号，而民间文学则口耳相传、口传心授；在发展上，作家文学比较稳定，版权归作家所有，而民间文学则常常处于不断的变异之中；在传播上，作家文学借现代化的传播方式（如印刷、广播），而民间文学则是自然传播；在保存上，作家文学可通过图书馆、资料库存放，而民间文学如果没有搜集整理落实在文字上，则自生自灭。作为文学，作家创作与民间口头创作，也有共性，这就是它们都通过形象反映生活，表达创作者对生活的认识、感受、理想和愿望。它们都是一门语言艺术，作家和民间歌手、故事讲述家都运用语言（书面文学语言和口头文学语言）塑造形象。语言艺术具有形象的间接性，它可以启发人们的联想，调动人们对生活的感受和理解。从这一点上讲，民间文艺学的侧重点是在民间文学作品的内容和形式、功能及作用的研究上。如果抛弃对具体民间文学作品的研究，民间文艺学就失去它存在的价值。

但是我们还应看到民间文学毕竟与作家文学不同，它是一种"特殊"的文学，这种特殊性表现为它的创作与其他人文学科，如文化人类学、民族学、社会学、语言学、宗教学、民俗学等有千丝万缕的联系。民间文学有直接的人民性、民族性品质，大量的民族、社会、宗教、语言、民俗现象在民间文学作品中得到最直接而形象的反映；所以它往往具有多学科研究的价值。我们知道，民间的口头创作是文学的源头和母体。然而这种创作最初的表现形式却是民俗的。比如《诗经》是中国第一部诗歌总集，其中的"十五国风"和《小雅》中的一部分作品就来自民间，如果当时民间没有表达劳动人民心志的歌唱风俗，没有人们（文人、官吏）对歌唱习俗的重视，就不会有《诗经》的诞生。《诗经》的问世，给我们这样的启示：当时不仅民间歌唱风俗很盛行，采诗之风也很盛行。王者巡宋，"命太师陈诗以观风俗"（《礼记·王则》）几乎是一种定制。汉魏时期，政府设立乐府机构，专门采集民歌。民间文学影响历代诗风、文风的变革，在中国文学史上更是屡见不鲜。总之，民间文学的特殊性表现为它是民间风俗的产物，和民俗学关系极为密切。在中国汉族和少数民族地区，凡是有歌唱和讲述传统的地方，民间诗歌和故事的蕴藏量均是十分丰富的。

民间文学是民俗学的研究对象之一，但从严格意义上来说，民俗学对民间文学的研究，其侧重点不在对作品内容和形式的分析、评价，而在民间创作和传承的民俗背景方面。鉴于民间文艺学在中国已发展成为一门独立学科，所以民俗学在处理口承语言民俗资料时，应与民间文艺学有所分工。这种分工大体说来有如下几点：

其一，民俗学研究的重点，不在民间文学作品的具体分析上，而要紧紧把握民间文学传承的民俗特征以及具体民俗事象间的关系。

其二，民俗学研究特别注意民间文学的民俗表现，即民间文学是怎样表现民俗事象的，借以探讨民间文学与民俗生活的关系。

其三，民俗学对民间歌手、民间故事讲述家在口承语言民俗传承中的作用，给予特别的关注，对其创作方式、创作内容、传承路线、听众反应均加以细致研讨。

其四，民俗学还要着重研究口承语言民俗与文化人类学、民族学、社会学、宗教学、语言学等人文学科的关系，运用比较研究方法，揭示语言民俗形成、发展和演变规律。

其五，民俗学对口承语言民俗的研究，以本学科的理论和方法为指导，民间文艺学的理论和方法只作为研究时的参考。

民俗学和民间文艺学的联系和分野，是一个历史遗留下来的老课题，它伴随民俗学和民间文艺学发展的历史，不时被人们提出并加以争论，但在理论和实践上并未彻底解决。今天，当中国民俗学和民间文艺学迅速发展，各自形成独立学科的形势下，认清它们之间的联系和分野有着极其重要的现实意义。

其一，有利于民俗学和民间文艺学学科建设。目前国际上对民俗学的研究就其理论和方法已达到十分精细的程度，比如日本的民俗学研究已从一般基础理论的阶梯向细分化、专题化发展，建立了许多民俗学的专题研究会，如社会传承研究会、女性民俗研究会、佛教民俗研究会、山村民俗研究会、日本民俗建筑学会、日本民具学会、日本生活学会等。同时还出版了许多民俗学专门词典，如《日本社会民俗词典》（日本民族协会编），《日本民俗资料事典》《日本民俗地图》（文化厅编），《民俗事典》（大家民俗学会编），《民间信仰辞典》（西角井正庆编），《日本祭礼行事辞典》（宫尾西格欧编）等。中国是一个多民族国家，民俗和民间文学宝库极其丰富，研究者只要在自己的领域里肯下功夫，中国民俗学和民间文艺学的研究一定会在不久的将来，在学科建设上取得突破性的进展。

其二，有利于研究机构的建立。目前，中国民间文学机构，即中央和地方的民间文艺研究会尚非专门的政府机构。学会作为群众性的学术团体，挂靠单位很不统一，大部分由各地的文艺研究会代管。这样从人力、物力、财力上均得不到保证，对民俗学学科的发展极为不利。这也是多年来我们将民俗学与民间文艺学混为一谈带来的直接后果。

其三，有利于队伍的培养和建设。中华人民共和国成立30多年来，民间文艺学学科的发展虽然历经曲折，但在队伍的培养和建设上还是取得了巨大的成绩。数以千计的民间文学工作者不同程度地接受了民间文学基础理论和工作方法的训练,老中青结合形成学术梯队。特别是钟敬文先生从事民俗学、民间文艺学教学和研究60年,培养了一批有为的学术带头人。但民俗学研究队伍的培养始终是一个薄弱环节,最近几年来,有些高等院校开设了民俗学课程,全国在北京师范大学就学的硕士研究生仅4人,这和我们这样一个多民族的民俗大国不相称。面对丰富多彩的民俗宝库,我们没有经过专门训练的队伍去开发、研究。我们需要民俗学的阵地,要使搜集、整理、研究的成果有园地发表。目前,中国还没有一份全国性的民俗学杂志或理论刊物,只是在民间文学刊物上开辟一个民俗专栏,这种现象也是不正常的。

以上所述只是笔者对民俗学和民间文艺学联系和分野的一点粗浅认识,谈出来抛砖引玉,以期和大家共同讨论。

(原载《南风》1987年第5期)

中国少数民族神话的体系和分类

中国少数民族神话是中国文学艺术宝库中一颗璀璨明丽的宝珠。近年来，它已引起中国民间文艺学界的极大兴趣和重视。云南、广西、贵州、内蒙古等地的一些从事民族民间文学研究的专家、学者和教学工作者，撰写专文对本地少数民族的古老神话做了系统的介绍和研究，取得了可喜的成绩；在各大专院校的民间文学课教学中，"神话"一章也已突破汉族神话的局限，大量引用少数民族神话资料，丰富了教学内容。但是，和中国少数民族神话的无比丰富的蕴藏量相比，目前我们所做的搜集、整理、翻译、出版和研究工作，还只是开始。对中国少数民族神话的历史和现状的研究，对它的价值及其在中国神话学上的意义的认识，还很不够。本文试就如上问题，谈一点粗浅认识，谨请识者指正。

一、中国神话的全面观

中国是一个统一的多民族国家，中华民族文学艺术的宝库，是由各民族劳动人民在长期的历史发展过程中共同创造的。作为文学源头之一的中国神话，它的产生无疑伴随着各民族古老的历史，而且一开始就具有多民族性质。出于先秦，秦汉间又有许多增益的神话巨著《山海经》中，就保留了多民族神话资料。和黄帝齐名的帝俊神话，据说是南方苗、瑶等民族的氏族族源神话。降及三国时代，南方少数民族的盘古神话，被徐整从民间采录，收入《五运历年记》和《三五历记》中。盘瓠神话被干宝采录，收入《搜神记》中。此类神话的文献年龄虽不及《山海经》，但它的历史年龄当是十分久远的，有的可追溯到人类的开辟时期。这也说明以盘古神话、盘瓠神话为代表的南方少数民族神话，早已在中国神话史上享有盛誉。

少数民族神话，作为一种文学现象，很早就引起一些文人的重视，并悉心加以采录。任昉在《述异记》中，对盘古神话就做了许多补叙，还做了一定的评价。他引了秦汉间俗说、先儒说、古说、吴楚间说，并加按语说："盘古氏，天地万物之祖也，然则生物始于盘古。"这种破千古之惑的见解告诉我们：中国并不像有些西方学者所说的那样"无神话"，而是有一套从开辟神话开始的神话体系。西方学者是根据古代文献记载的既简古又零碎的汉族神话资料得出结论的，这显然是一种偏见。在中国，许多前辈学者，如茅盾、闻一多、郑振铎、黄石、谢六逸、林惠祥等都曾致力于中国神话的研究，当时他们所凭借的也多是古文献记载的汉族神话资料。虽多有建树，但在理论概括中由于资料缺乏，遇到很大困难。这种矛盾，许多学者已经意识到了。茅盾在1928年所著《中国神话研究ABC》中即已指出："现存的中国神话只是全体中之小部，而且片断不复成系统。"还说："就我们现有的神话而分别其北中南部的成分，可说是南部的保存得最少，北部的次之，中部的最多。南部神话现在唯盘古氏的故事以历史的形式被保存着。然而我们猜想起来，已经创造了开天辟地之神话的岭南民族，一定还有其他许多神话。这些神话，因为没有文人采用，便自然而然地枯死。和南方的交通，盛于汉代，那时中国本来的（汉族的）文化已经到了相当的高度，鄙视邻近的小民族，南方的神话当然已不为重视，虽然民间也许相传，但随即混入土著的原始信仰中，渐渐改变了外形，终于化成莫名其妙的迷信的习俗，完全失却了神话的意义。"①茅盾认为：①中国神话可分为北方神话（以《山海经》为代表）、中部楚地神话（以《楚辞》《天问》为代表）、南方岭南神话（以《盘古》神话为代表）三部分；②这三部分神话"本来都是很美丽伟大，各自成为独立的系统，但不幸以各种原因而歇灭，至今三者都存了片断，并且三者合起来而成的中国神话也是不成系统，只是片断而已"②；③造成中国神话，特别是岭南民族神

---

① 茅盾：《神话研究》，百花文艺出版社，1981年，第139—140页。
② 同上书，第139页。

话保存甚少以至枯死的原因是没有文人采用、鄙视小民族、混入土著的原始信仰。在当时看来,这一概括,似乎是符合中国神话的实际的。但在今天看来,则未免失之偏颇。因为作为中国神话宝库的秘密当时并未揭开,那时的神话研究者们,目光还只是集中在汉族神话上。

真正揭开中国神话宝库的秘密,还是中华人民共和国成立以后的事。从1956年以来,在党和人民政府的关怀下,中国科学院和有关部门,曾多次组织人力,开展了少数民族历史、语言、民间文学调查。在这一调查中,惊奇地发现:在中国少数民族中,至今还口头流传和保存着许多古老而奇特的神话。这些神话和世界各国流传的神话(包括希腊神话、北欧神话、巴比伦神话、埃及神话、印度神话)相比毫不逊色;和中国汉族神话相比,更加丰富、完整、多彩。中国少数民族神话的挖掘、抢救、搜集、整理和出版,确实打开了许多民间文艺学者和神话学者的眼界。30多年来,各民族民间文学工作者已搜集到的中国少数民族神话资料,其数量已相当可观。这些神话资料,一是来源于各民族人民的口头流传;二是来源于各民族经典(如纳西族《东巴经》等);三是来源于各民族史志记载。从形式上讲,可分为韵文体和散文体两大部分。其中以韵文体神话最多,最丰富。有些神话同时以韵文体和散文体并存而流传。从内容上讲,更是包罗万象。大凡开天辟地、人类起源、自然万物起源、民族起源等等,都在神话中得到生动的反映。许多民族的神话,还呈现出自己的体系。

从少数民族神话的发掘来看,最近几年的工作特别令人振奋。早在20世纪40年代,还只有光未然搜集的彝族创世纪《阿细的先基》出版。到了50年代和60年代,纳西族的《创世纪》、彝族的《梅葛》《阿细的先基》、瑶族的《密洛陀》、白族的《开天辟地》等几部创世史诗出版。但最近几年,以创世史诗而言就有彝族的《查姆》和《勒俄特依》、苗族的《苗族古歌》、拉祜族的《牡帕密帕》、佤族的《西冈里》(《葫芦的传说》)、哈尼族的《奥色密色》、壮族的《布洛陀》和《布伯》以及布依族古歌神话、侗族的古歌神话、水族的古双歌神话等整理出版。其中有些是创世古歌,有些是大型创世史诗。类似这样的史诗,在西南其他少数民族中也有流传。如此看来,在中国西南少数民族中,的确存在着创世史诗群。

除韵文体的创世神话外，在中国少数民族中，还广泛流传着众多的散文体神话。这部分神话不像韵文体神话那样，曾引起人们的足够重视，也没有汇集成册。但散文体神话同韵文体神话一样，也往往凭借着各民族故事讲述家的口述，同样描绘了宇宙、人类、万物的起源和发展。内容同样原始而古老。总之，少数民族神话不仅填补了中国神话的许多空白，而且为中国神话学的研究提供了坚实的资料宝库。茅盾所做的关于中国神话"歇灭"和"枯死"的结论，被越来越多的少数民族古神话资料的发现所打破；他所做的关于中国神话"南部的保存得最少，北部的次之，中部的最多"的结论，也被颠倒过来，变为中国神话南部的保存得最多，中部的次之，北部的最少。这是一个十分有趣的现象。这就说明，对中国神话的研究，不能抛开少数民族神话，而要把少数民族神话放到中国神话这一整体中去考察。尊重中国神话的多民族性质，是我们应当具有的历史唯物主义态度。

二、少数民族神话的体系

神话的体系，是神话发展到后期的产物。神话体系的产生，标志着原始人类对宇宙万物认识论的完成，或一种系统的解释；也标志着人类脱离野蛮状态，向文明社会的过渡。一般来说，当神话体系出现之后，各民族神话的发展也就相对处于停滞状态。这一点在世界文明民族的神话体系中，大都有一个主神统率着一切。如埃及神话体系，大致分为两类：一类是代表自然势力的诸神，以太阳（赖神）作为本体神，自然界和人类由它统属着；另一类是冥府诸神，由冥府之王奥西里斯统属着。在巴比伦神话中，天神阿那是众神之父，伊阿是水神和智慧之神，恩里尔是素美连族的主神。阿那、伊阿、恩里尔为巴比伦神中的三巨头，分掌宇宙。在世界各民族神话中，希腊神话的体系是最为完整的。天神宙斯是最高的主宰神，天后赫拉、月神射猎神阿尔特弥斯、爱与美的女神阿佛洛狄特、爱神厄洛斯、智慧女神雅典娜、谷物女神得墨特尔、海神波塞冬、战神阿瑞斯、众神的使者赫尔墨斯等，不仅有自己的神格，而且他们的行事构成了希腊神话丰富、生动的内容，在世界上享有盛誉。中国是一个具有悠久历史和文化传统的文明古国，就以古老的神话而论，汉族神话虽多见于古籍记载，但几千年来儒家思想的统治，"不语怪力乱神"，加上文人的篡改以及把神话历史化，使原来丰富的神话逐渐失传。保存在《山海经》《楚辞》《天问》《淮南子》等著作中的神话资料，很难看出神话体系来。相反，在中国少数民族神话中，我们却不难发现它的神话的独特体系，这一体系表现在如下方面：

（一）天神体系

天神体系至少在目前已经发现创世纪的民族中，是存在着的，但在对宇宙开辟和万物起源的解释上又不尽相同。有些民族的创世纪中，出现了最高的主宰神；有的民族则完全以人、半神或人与神共同主宰世界。拉祜族神话中，宇宙万物的最高主宰者是天神厄莎。在创世纪《牡帕密帕》中叙述了他的伟大功绩：传说古时没有天地、没有日月星辰，世界茫茫一片，宇宙像一张悬空的网，厄莎和他的助手像蜘蛛一样，虚悬在空中。于是厄莎便派扎罗娜罗造天地，他自己创造了万物和人类。西双版纳傣族神话中的最高主宰者是大神"因叭"。他造了十六层天空，又造了大地。而在德宏地区的傣族神话中，则由两位天神——混散和拉果里主宰着一切。佤族神话中，利吉神和路安神是最高的主宰者。景颇族神话中则认为主宰宇宙万物的是一对代表阴阳的天鬼，男性者叫能汪拉，女性者叫能班木占。这些天神与天鬼，在创世纪神话中是万能的，是超自然、超现实的。他们的职能在于创造世界，功劳归于一神或数神。

在各民族创世纪神话中，除天神体系之外，还有神巨人体系。在某种程度上，它表现出人对自身价值和力量的认识。在这一体系中，苗族的古歌神话是最有代表性的。苗族先民认为，在天地开辟之前，先出现一批巨人，他们都具有自己的神格。如府方是开辟神，火耐是火神，耙公、秋婆、绍公、绍婆是农业神，友禄、桑扎是猎神，宝公、雄公、且公、当公是人祖神等等。这些巨人神都具有改天换地的神奇力量和出众的智慧，是集体力量的化身。神巨人神话体系中，没有主宰神，各神之间处于一种平等协作的关系之中。《苗族古歌》对神巨人开天辟地的壮举，描述得绘声绘色，具有感人的艺术魅力。在西南一些民族中，也有将神巨人推崇为宇宙万物主宰者或人祖的，那里将人神化的痕迹是十分明显的。布朗族的顾米亚，基诺族的尧白，壮族的布洛陀、布伯，瑶族的密洛陀等都是带有神性的巨人，以他们为中心的神话，集中表现出原始人类征服自然的艰苦斗争。

（二）自生体系

自生体系神话认为世界万物是自然生成的，就连那些天神、巨人也由自然变化而成。纳西族《创世纪》中说，在天地、日月星辰、山谷水渠还未形成的时候，就已有了它们的影子。之后"三生九，九生万物"。真和实配合，产生了太阳；假和虚配合，产生了月亮；太阳光变化产生白气，白气变化产生了声音，声音变化产生善神依格窝格，月亮变化产生恶神依古丁那，善神安排万物。蒙古族神话也持此说。传说，上古时候天和地还没有分割的时候，世间一片混沌，好似浮动的彩云，不知过了几千万年，产生了明暗清浊之物。不久，轻清之物，上浮为天，重浊之物下凝为地。然后，天上出现了以"多伦敦登腾格里"即"七星天"为中心的九十九尊天神，天神又创造了万物和人类。①这种神话和盘古神话有许多类似之处。神话的自生体系，看起来虽受到后世"阴阳五行"哲学思想的影响，但就其本质来说，具有朴素的唯物主义性质。

（三）图腾体系

原始神话和图腾意识（原始宗教）都源于对自然物的崇拜。在原始社会，人类受自然力的支配，往往认为某一自然物具有不可战胜的魔力，从而对其产生敬畏，这便是原始宗教或图腾崇拜。由敬畏而产生对某一图腾来源的解释，便构成神话。图腾神话在各民族神话史上有着十分重要的地位。它通过各民族人民的口头传承，延续下来，形成独特的体系。在瑶族神话中，盘瓠神话表现了瑶族先民对犬的崇拜，龙犬成了瑶民族的祖先。这说明以动物为图腾，是各民族历史发展上确曾经历过的事实。在傈僳族中，各民族祖先差不多都与动物有关，如虎氏族、熊氏族、羊氏族、鱼氏族、蛇氏族等等。白族勒墨人的氏族起源神话说，勒墨人的祖先阿布贴和阿约贴是两兄妹，洪水之后，兄妹成亲，生了五个女儿，分别嫁给老熊、老虎、青蛇、老鼠、毛虫，

---

① 齐木道吉：《蒙古族神话传说浅析》，《民族文艺论丛》1981年创刊号。

繁衍成熊氏族、虎氏族、蛇氏族、鼠氏族和毛虫氏族。贵州苗族崇拜枫树，所以在《苗族古歌》中才有《枫木歌》产生。对葫芦的崇拜，使各民族中产生了以葫芦瓜为中心情节的洪水神话。台湾高山族神话中有关于石头和竹子崇拜的传说。

天神体系、自生体系和图腾体系，构成中国少数民族神话的丰富内容。它从纵、横两个方面揭示了少数民族神话的全貌。特别是那些有创世纪神话流传的民族，神话体系更为严谨。它包罗了开天辟地、人类起源、自然万物起源、民族起源与民族迁徙，反映了原始人类完整的宇宙观。

三、少数民族神话的分类及其内容特色

研究少数民族神话，必须要重视它的分类。分类不仅可以帮助我们看清中国少数民族神话的历史全貌，而且从各类神话的联系中可以看到神话的产生、发展和演变规律；分类是神话研究的基础，它可以向我们揭示各类神话的性质、特点和意义。当然，表现形式、流传地域和氏族因素都可作为神话分类的依据，但最能体现本质特征的，是神话所含的内容特色。因此，我们试从各民族神话的内容出发，对其分类做如下探讨：

（一）开辟神话

开辟神话是神话中最古老的部分，它通过原始初民的天真幻想，解释天地及自然万物的生成。此类神话在世界各民族中都有流传和保存。在中国少数民族开辟神话中，最早为文人采用记录的是盘古神话。盘古神话，从它的历史年龄看，应属于创世时期，而它的文献年龄则起于公元3世纪。从它的流传地区及文献记载中反映的内容来看，它属于居住在荆楚地区的"五溪蛮"民族之一的瑶族。[①] 保存在瑶民族中的盘古神话，开中国创世神话的先河，它在中国神话史上，具有特殊的地位和意义。如果把中国其他少数民族的创世神话联系在一起考察，就完全打破了外国学者所谓"中国可能是主要的古代文

---

① 陶立璠：《试论盘古神话》，《山茶》1982年第5期。

明社会中唯一没有真正的创世神话的国家"[①]的结论。事实上，中国各少数民族中，至今仍口头流传保存的创世神话，就其数量，远胜于希腊、北欧、巴比伦和埃及，而且具有更为原始的性质。中国许多民族的开辟神话，与盘古神话相比，有很多共同之处：它们大都是说，宇宙开辟之时，天地混沌连成一片，分不出黑夜，分不出白天。之后，巨人出世，开天辟地。关于万物的起源，许多神话和盘古神话一样，都说是由巨人或巨兽的尸体的各部分变成的。

流传在西双版纳的布朗族神话说，天地最初是混沌的，到处是黑沉沉、飘来飘去的云雾。经过一次大的火山爆发，天地才分开来，成为三层，帕亚英住在天空，帕亚捧住在海面，帕亚那住在海底。[②]哈尼族创世纪《奥色密色》中说，很久以前，宇宙间茫茫一片，没有天地，分不清黑夜白天，天王派来九个人造地，三个人造天，杀翻一条龙牛，用神牛的各部造成万物。阿昌族神话《遮帕麻与遮米麻》中说，远古时候只有"混沌"，混沌中无明无暗，无上无下，无依无靠，无边无际，虚无缥缈。记不清是哪年哪月，混沌中突然闪出一道白光，有了白光，就有了明暗、阴阳。阴阳相合诞生了天公遮帕麻与地母遮米麻，由他们造天、造地、造万物。在纳西族《创世纪》、彝族创世史诗《阿细的先基》《查姆》《梅葛》《勒俄特依》、拉祜族创世史诗《牡帕密帕》中，对天地开辟史都有极生动的描绘。从这些描绘中，我们看到人类处于原始社会阶段时，就对天地万物起源保持着一种坚韧不拔的探索精神。他们有时说天地是由巨人或巨兽的尸体变化而成，有时又说天地是由巨人创造的。这些巨人中有男性，有女性，在开辟神话中，他们统统被神化了。

（二）人类起源神话

神话产生在人类的童年时期。当人们最初与自然界发生联系时，除从自然界索取赖以生存的物质资料外，必然地对人类及宇宙万物的生成发生极大的兴趣，做出种种符合原始人类思维特征的解释。所以在中国少数民族神话中，除宇宙开辟神话外，有关人类起源的神话极其丰富。

关于人类起源，神话和生物学的解释是截然不同的。前者纯系幻想之产

[①] 杰克·皮德：《中国古代神话》，载《民间文艺集刊》第2集，上海文艺出版社，1982年。
[②] 同上。

物。如盘古神话所说，人类是由盘古身上的诸虫，"因风所感，化为黎甿（黎甿即最初的人类）"的。又如《苗族古歌》中说，人类是由枫树生成的，等等。① 概括起来，有以下几种说法：

一是卵生说。《苗族古歌·棉婆孵蛋》② 中说：

> 四个棉婆在寨脚，
> 它们各孵一个蛋。
> 三个寡蛋丢去了，
> 剩下好蛋孵松恩。
> 四个棉婆在坡脚，
> 它们又孵蛋四个。
> 三个寡蛋丢去了，
> 剩下好蛋孵松桑。
> 就从那时起，
> 人才世上落。
> 松恩松桑盘后代，
> 侗家子孙渐渐多。

卵生说大约是原始人类观察飞禽及有关生物生殖情况以后得出的。在其他一些少数民族神话中也保存不少。事实上，盘古神话中所说"天地混沌如鸡子，盘古生其中"，苗族神话中所说妹榜妹留生十二个蛋等，也是卵生说之一种。

二是泥土造人说。众多的少数民族神话认为，最初的人类是天神用泥土做成的。哈萨克族《迦萨甘创世》中说，人是创世主迦萨甘用黄土做成的。③ 拉祜族神话《扎努扎别》中说，人类是天神厄莎用身上的垢泥创造的。④ 彝族

---

① 《苗族古歌》，贵州人民出版社，1978 年。
② 杨通山等编《侗族民歌选》，上海文艺出版社，1980 年。
③ 《新疆民族文学》1982 年第 2 期。
④ 中国少数民族文学学会编《中国少数民族民间故事选》（下册），中国民间文艺出版社，1982 年。

《天地的来源》中说，人是托罗神和沙罗神造的。他们拿黄土做人身子，用黑炭和白泥造人眼睛，造好之后，放在太阳下晒了整整七天，才变成人。两位天神还使人会呼吸、会说话、会唱歌。类似用泥土造人的神话，在苗、瑶、独龙等民族中是很多的。这与女娲神话中"女娲抟黄土造人"的情节基本相似。

三是感生说。台湾高山族雅美部落神话《人类起源的传说》中说："古时，在柏布特山的高处，有一块巨大的岩石。一天，岩石忽然一声巨响，裂成两半，里头出现了一个神人。接着又是一阵大海咆哮，波浪滔天，一个海浪打到鲁鲁塞克海岸的茂盛的竹丛里，一根大竹裂开，又走出一个神人，两人都是男神，相互结为朋友。一天，两人并枕而卧，膝头相擦，不觉一神右膝生一男孩，另一神左膝生一女孩，男女二人后来繁殖，即为人类。"①流传在云南彝族、白族中的《九龙神话》亦属此类感生神话。

四是猕猴变人说。《西藏王统记》中说，人类的祖先原系一神变的猕猴，母系一岩精，二者结为夫妻，生出六个猕猴，食果实为生。后繁殖益多，果实已尽，父猴求圣者，赠以不种自收之谷，诸猴饱食其谷，毛尾转短，能作言语，遂变成人，称雪国之人。珞巴族神话说，起初有两种猴子，一种是白毛长尾的，一种是红毛短尾的。短尾的拿着自己的毛，用石头狠敲，敲出火来，烧东西吃，于是身上不再长毛，尾巴脱落，变成了人。从人类进化的观点来看，这一解释不无道理。

五是葫芦出人说。该说认为人是从葫芦里走出来的。苗、壮、佤、傈僳、布朗、拉祜等民族神话中多有此说。佤族神话《达惹嘎木造人的故事》又说，人的首领受神的旨意与母牛媾和，产一拳头大之葫芦籽，种下这颗葫芦籽，结出像小山一样大小的葫芦，达惹嘎木劈开葫芦，人从葫芦里走出来。②也有些民族的神话说，人是从地洞里走出来的。

（三）洪水神话

少数民族神话中的洪水神话，较之人类起源神话更为丰富。一些学者认

---

① 何联奎、卫惠林：《台湾风土志》下篇，中华书局，1983年。
② 云南省文学艺术工作者联合会、中国作家协会昆明分会民族文学工作委员会编《云南民族文学资料》第一辑，云南人民出版社，1956年。

为，洪水神话是人类起源神话的一部分，即人类再造神话。其中以葫芦瓜为中心情节的兄妹结婚神话，差不多为世界各民族所共有。洪水可能是由人类历史上冰河时期冰川溶解的大惨剧造成的。但在各民族神话中所述不尽相同。造成洪水的人物和原因也各自相异。考察中国各民族的洪水神话，中心情节大致是这样的：兄妹之父与雷公（或其他神）相争，雷公被捉；后为兄妹二人所救；雷公遂拔门牙一颗相赠，得以长成葫芦瓜；雷公报复，降下洪水，全人类唯有兄妹二人因乘葫芦瓜而幸免；为了繁殖人类，兄妹二人结婚。从洪水神话的分布来看，集中在中国西南各少数民族中。这恐怕和这里的民族所处的自然环境有关。南方多雨，洪水经常酿成灾害。对于这种自然灾害，原始人以为有一种外力支配，于是产生了对自然力的崇拜，产生出洪水神话来。有趣的是，在各民族的洪水神话中，几乎都加进兄妹结婚的情节，表现人类在遭受洪水劫难后的再发展。实际上，与其说洪水神话反映了人类的再造，不如说它反映了人类处于血缘家庭阶段的社会现实。因为人类确曾有过兄妹结婚的事实。兄妹婚并不是神话，它是作为遗民故事，被置入洪水神话之中，反过来又用洪水神话对兄妹结婚做出种种合理的解释。洪水神话也不单纯是反映人类历史上的血缘婚制，它在很大程度上是和原始人类的生活习俗、祖先崇拜观点结合在一起的，它所包含的内容比我们想象的要复杂得多。

（四）自然神话

开辟神话之后的自然神话，在我们面前展现了更加广阔的五彩缤纷的世界。山川河流、日月星辰、风云雷电，自然万物是怎样形成的呢？盘古神话的解释是十分奇特的，它用巨人的"垂死化身"，将自然界万物的生成归功于盘古一人。

白族的《开天辟地》、布朗族的《顾米亚》、苗族的《创造天地万物之歌》及彝族、纳西族的创世神话中，也都有巨人、巨兽化身之说。神话的创造者们认为，在天地初开之时，草木会说话，鸟兽会说话，人也会说话，大家都有共同的语言，共同协作，相互依存。这说明，最初的人类和自然界有着密不可分的关系。就是这种社会实践，使童年时代的人类自然而然产生了"万物有灵"的观念。那时人们依赖自然，希望征服自然。但同时又对自然界的种种莫测风云产生畏惧心理。原始宗教，或带有原始宗教意识的图腾崇拜现象到处存在着。所以说，神话是人们对自然现象的蒙昧认识的反映。

在中国少数民族自然神话中，最壮丽的莫过于日月神话。许多民族的创世史诗中，都辟有专章讲述。关于日月的生成，有说是宇宙间原来就有的。如台湾高山族神话说，远古时代天上只有一个太阳，没有月亮，半年是白天，半年是黑夜，人们的生活十分困苦。后来想到要把太阳分成两半，这其中一半便成了月亮。哈尼族神话说，在很古很古的时候，天上有九个太阳。蒙古族神话说，太阳是天地刚刚分开的时候生成的，那时太阳还很年轻。有说是巨人和巨兽的尸体化生的。盘古神话、白族神话都有这样的说法。彝族神话《梅葛》中说，太阳是老虎的左眼变的，月亮是老虎的右眼变的，虎须变成阳光。有说太阳、月亮是由开天辟地的巨人创造的。布依族神话说，补杰（相传为布依族祖先）用黄泥仿照葫芦的样子造了十二个太阳，其中一个只发寒光，便是月亮。《苗族古歌》中说，宝公、雄公、且公、当公（均是苗族神话传说中的巨人）为了造太阳，到处仿样子。他们走到大河边，一块石头滚进河里激起圆水圈，他们便仿照水圈铸造日月。关于日月的数目，有说是一个，有说是两个，也有说三个、六个、七个、九个、十二个，甚至有说九十九个。关于日月的性别关系，有说日月全为男性，有说日为男，月为女。其关系为兄弟、兄妹、姐妹、夫妻。有时又反过来。珞巴族神话说，天和地结婚，生了九个太阳，九个太阳是兄弟。黎族神话说，太阳和月亮是亲生的两姐妹。壮族神话说，太阳和月亮是夫妻等等。问题不在于日月的生成、数目、性别和关系，而在于日月神话中所反映的人和太阳的勇敢无畏的斗争。从保存日月神话最多的西南、中南地区的少数民族来看，它们地处亚热带和热带地区。这一地理环境造成频繁的水旱灾害。水患是洪水神话、雷公神话产生的自然条件；而旱灾，则是日月神话产生的自然条件。在一部分少数民族神话中，将日月的性格描述得温柔、善良。有时又和如上描写恰恰相反，如《淮南子·本经篇》说："尧之时，十日并出，焦禾稼，杀草木，而民无所食。"这种惨象在少数民族日月神话中经常讲到。瑶族神话说，从前太阳和月亮各有十二个，它们一齐出来，给人类带来严重灾难：土地烤焦了，禾苗晒死了，沙石也被晒得融化了。高山族神话《太阳和月亮的故事》中说，太阳、月亮是两兄弟，弟弟性情温和，哥哥性情暴躁，当太阳哥哥出现时，人和动物得赶快躲进山洞，来不及躲藏的就会被活活晒死，或变成小爬虫。正由于这样，在日月神话中常常出现像羿一样的许许多多射日射月的英雄。他们为了挽救人类于危亡之中，披挂出征。有时是单独一人，有时是父子二人，有时是集体行动。高山族神话《射日》中说，古时天上只有一个太阳，没有月亮，半年是白天，半年是黑夜，人们生活十分困苦。为了把太阳分成两半，有三个健壮青年，各人把自己的婴孩背在身上，出发时沿途种植橘树为记号。一年一年过去了，三位青年都已经须发斑白，最后在接近太阳的地方，三个人都死了。可是婴孩都已长大成人，他们继续长辈的事业。当射日成功归来时，橘树成林，他们也成了弯腰拄杖的老头子。

少数民族的日月神话，反映了原始初民对太阳的力量和效用的认识。太阳是一切生物赖以生存的根源，所以特别引起人们的关注，有时诅咒，有时崇拜，有时为了争夺太阳而发生征战（如纳西族的《黑白之战》）。从这里，我们看到了远古初民战胜自然的英雄主义精神。

（五）生活、技艺神话

人类在他的童年时期，过着采集和狩猎生活，之后慢慢有了农业种植。而火的发明对人类的发展无疑是一个极大的推动。在各民族中流传的生活、技艺神话中，关于谷种和火的来源的神话很多。藏族的《青稞种子的来历》、布依族的《茫耶寻谷种》、水族的《谷种》、苗族的《派狗去天上取谷种》、侗族的《谷种的来源》等，都是关于谷种的推原神话。哈尼族的《阿扎》和高山族的《火鸟》等是关于火的神话。其中的阿扎，实是一位普罗米修斯式的窃火者。关于弓箭、渔网、犁杖等生产技术神话在少数民族神话中占有一定比重。此外，各民族中还有一些畜牧神话，如怒族的《女猎神》等。蒙古族神话中的吉雅其夫妇、保牧乐属于畜牧保护神，这具有游牧民族特色。

（六）民族族源神话

民族族源神话，属于各民族历史推原神话。大多以讲述本氏族、部落、民族始祖来源为内容。在各民族人类起源神话中，有些已含有氏祖神话的特色。《苗族古歌·枫木歌》中的蝴蝶妈妈，就被认为是苗族祖先；瑶族开天辟地的密洛陀，被认为是瑶族祖先；侗族的祖先是松恩、松桑；布依族祖先是补杰；德昂族祖先是一位龙女和猎人的后裔；基诺族祖先是一位名叫尧白的女神；等等。

民族族源神话最原始的形态是动物崇拜，像瑶族敬奉龙犬——盘王那样。有些族源神话带有极浓厚的神秘色彩。讲述者都认为自己的民族与天神有着特殊的关系。蒙古族杜尔伯特部落的神话《天女之惠》中说，杜尔伯特人是猎人与仙女的后裔。

民族族源神话中还包含着民族迁徙神话，或由天上迁到地上，或由一地迁往另一地。这在各民族的创世纪中都有叙及。如纳西族《创世纪》中，就讲到忍利恩和天女衬红褒白结婚后，由天上迁往人间，并为人类带来了各种动物和植物。侗族的《迁徙歌》、苗族的《跋山涉水》、哈尼族的《哈尼祖先过江来》等，都叙述了民族迁徙的原因和艰苦跋涉的历程。在民族族源神话中，有些还叙述了各民族同源共祖，自古以来就有着亲密无间的关系。

（七）英雄神话

英雄神话大都叙述古代英雄的英雄行为。他们造福人类，与自然和恶势力斗争，功绩卓著，深受本民族人民的敬仰和崇拜，随之被神化。彝族《英雄支格阿龙的传说》在少数民族神话中是很有特色的。支格阿龙是一位勇敢的英雄。他没有父亲，是岩鹰的血滴在他母亲的裙子上生下他的。他为人间做了许许多多的好事：寻找天界，射太阳、月亮，降雷，平地，驯动物，降马，打蚊子、青蛙和蛇，所以人们深深怀念他。拉祜族的扎努扎别是一位敢与天神厄莎斗争的巨人，天神厄莎怎么也整治不了他，最后设计将他害死。总之，各民族英雄神话中英雄人物的命运，总是和本氏族的命运紧紧联系在一起。

就少数民族丰富的神话而言，以上分类仍是十分粗略的。但从这一分类对比中，我们可以看到中国少数民族神话的基本面貌。与汉族和世界各民族神话相比，它在内容上呈现出的原始性、丰富性、完整性和多民族性等显著特色，正是我们在研究工作中应倍加注意的。

四、少数民族神话的价值及其对中国神话学的意义

少数民族神话产生于各民族生产力和认识水平十分低下的原始社会。它是各民族童年时代社会生活和思想状况的折光。神话作为一种特殊的意识形态，它不仅是各民族文学的源头之一，而且对人类学、社会学、民族学、历史学、民俗学、语言学等多种学科均具有研究价值。

（一）人类学价值

人类学是一门包括多种多样内容的学科，考古学、体质人类学、文化人类学、社会人类学、语言人类学等都是它的分支学科。作为一门文化学科，人类学与政治学、社会学、心理学有着密切联系。在这一方面，少数民族神话为人类学研究提供了大量的资料。因为人类学主要研究原始人和无文字民族，它要研究原始宗教、原始人的心理和文化，了解他们的宇宙观，对自然的解释、信仰和生活习惯等。这一切内容都渗透到各民族神话之中。人类学家所需要的有关资料，在中国少数民族神话中均可得到。各民族在它形成的初期，其心理活动和文明民族不同。它受着自然界的支配，对许多自然现象的变化无法理解，往往怀着一种恐惧心理，千方百计顺从自然，并希望得到自然力的保护，这种心理产生了对自然的崇拜、图腾意识和相应的神话传说。这些美妙动人的神话和传说，为人类学研究提供了方便。

（二）历史学价值

研究各民族原始社会史的学者，绝不能放弃对各民族古代歌谣、古代神话等原始性史料的研究。因为这些古歌谣、古神话乃至创世史诗，在千百年的口头流传中，显然带着社会发展的各个不同阶段的烙印，对各民族的历史做着形象的反映，有时甚至作为文化史的一部分，被写进各民族历史。中国西南一些少数民族中口头流传的氏族图腾神话，反映兄妹成亲的洪水神话，反映母系社会生活的神话以及民族迁徙神话等历来为少数民族历史学家所重视。各民族的创世史诗和英雄史诗，也总是和早期各民族的形成、发展、斗争联系在一起，它不仅具有文学价值，而且具有历史学价值。

（三）民俗学价值

中国各民族都有其古老的习俗。各民族神话，特别是创世神话是各民族古老的"百科全书"。那里有许多古老的民俗资料。瑶族的"盘王节"，是纪念氏祖盘瓠的，反映了瑶族先民对犬图腾的崇拜。"达努节"，是表示瑶族永远不忘记母亲恩情的节日。以新谷敬狗的习俗，在中国西南一些民族神话中都有传述。至于涉及饮食、起居、婚姻、节日习俗的推原神话，在各民族中就更多了。通过这些反映生活习俗的神话，我们可以了解一个民族特殊的生活习惯和心理特征。这对我们了解各民族的传统文化，加强各民族之间的相互尊重和团结，具有十分重要的意义。

（四）美学价值

神话是各民族劳动人民对人类童年时代社会生活的不自觉的艺术加工。既然是"艺术加工"，它必然体现了原始人的美学理想。马克思曾说，优秀的神话具有永久的魅力。这是对神话所含的美学价值最充分的评价。神话并不是个人的创作，它是原始人类共同的心理和智慧的结晶。神话是在人类同大自然的斗争中逐渐孕育而成的，它从一个民族的幼稚时代产生，经过长期的流传，不断丰富加工，由集体的想象力构成。中国各民族神话，都表现出奇特美妙的幻想。宇宙开辟、万物生成、人类起源等为自然科学家所长期探索的抽象课题，在各民族神话中，通过想象的形式，表现得生动有致。生活画面的奇伟瑰丽，人物形象的鲜明突出，故事情节的诡秘曲折，实在是令人佩服。当然，许多神话在我们今天看来，荒诞不经，不可想象。但它的丰富奇特的幻想，又不是脱离实际的，它深深植根于原始人类生活的土壤之中。比如各民族神话中的日月神话，在科学技术还没有产生的人类童年，只有根据自身的生活经验去加以想象；就是在科学技术高度发展的今天，也还没有完全揭开天体、天象之谜，也还需要科学家们根据科学实践去加以想象和探索。从某种意义上讲，如果没有大胆的神话般的幻想，自然科学就不会进步。

各民族神话的艺术魅力——幻想因素，对各民族民间文学的发展曾产生过十分深远的影响。各民族传说的传奇成分和故事的幻想成分，就大都导源于神话，这方面的例子不胜枚举。

少数民族神话在中国神话史上占有十分重要的地位，它对中国神话学科的

建立有着不可估量的意义。这突出地表现在如下几个方面:

其一,少数民族神话资料的发掘,填补了中国神话的许多空白。而且和汉族神话相比,它具有无比的丰富性和完整性。以盘古神话为滥觞的开辟神话,在西南少数民族神话中独具特色。特别是在各民族创世纪神话中得到了充分反映。人类起源神话、日月神话,不仅数量多,而且各放异彩。民族族源神话反映了原始民族的图腾意识和各民族同源共祖的客观现实。从这一点上讲,少数民族神话资料(大部分虽系口头流传)对中国神话学的研究,具有极其宝贵的文献价值。

其二,在研究中国神话的性质时,必须看到,中国少数民族神话具有无可比拟的原始性和多民族性。当我们接触了少数民族神话之后,就会发现,其中的大部分神话,特别是各民族的创世纪神话,"都是用想象和借助想象以征服自然力,支配自然力,把自然力加以形象化",它是"通过人民的幻想用一种不自觉的艺术方式加工过的自然和社会形式本身"[①]。用马克思这一关于神话的定义去衡量中国少数民族神话,可见其完全具备原始性的品质。另外,中国神话是一个整体,各少数民族神话是中国神话的重要组成部分,它们在长期的历史发展过程中,互相渗透,互相影响,有着不可分离的亲缘关系,具有多民族性特色。

其三,中国神话学在各民族神话产生和流传过程中,即已逐渐形成。在少数民族中表现得尤为突出。神话学最初与原始宗教有着密切关系。原始人的图腾意识和"万物有灵"观念,可以说是最原始的神话学。它从一开始就在不自觉地指导着各民族的口头神话创作。从这一萌芽状态的"神话学"出发,结合大量的少数民族神话资料,我们可以对神话的产生得出科学的结论,即原始神话是原始人类社会生活和心理状态的必然产物。神话并未脱离原始人类生活的土壤,它虽然有奇特的幻想,但这种幻想是对社会生活的折光,具有朴素唯物主义的性质。

其四,中国神话经过漫长的历史发展,各民族神话相互交流和融合,已呈现出自己的体系和分类。我们把《山海经》神话、《楚辞》神话和各民族神话

[①] 马克思:《〈政治经济学批判〉导言》,载《马克思恩格斯选集》第2卷,人民出版社,1972年,第113页。

加以系统的排列，不难发现各自独立又互相融合所构成的庞大的中国神话体系。至于中国神话的分类，结合地域、民族和神话本身的内容特色，可以供我们多侧面地去加以探讨，以概括它的全貌。

其五，丰富多彩的少数民族神话，促使我们在中国神话学的研究中，必须采取多种研究方法，纵向的史的研究和横向的比较研究是必不可少的。进一步普查，彻底摸清少数民族神话的蕴藏量，整理出版资料，绘制各民族神话分布地图，势在必行。这些工作，都有助于进一步研究中国各民族神话产生和发展的规律。

（原载《民族文学研究》1984年第2期）

关于少数民族神话的传播研究

关于神话的传播研究,是神话学研究中一个十分重要的课题。从某种意义上讲,它是神话研究的基础和前提。但是,在神话的具体研究中,这一问题并没有引起许多神话研究者的足够重视。这就影响到中国神话研究的顺利进展。本文想就这一问题并结合中国少数民族神话的传播和研究情况,谈一点粗浅之见,希望得到有识者的批评指正。

一、问题的提出

中国少数民族神话,是一座蕴藏极其丰富的宝库。这一点已是大家公认的事实。目前,摆在中国神话学研究者面前的迫切任务是,不仅要对已有神话资料进行整理、认识和研究,而且还要对当前仍在民间传承的口头神话作品加以及时的抢救和采集。在这些工作中,有关少数民族神话传播规律的研究,是必不可少的。

我们知道,自从西方人类学派的代表人物泰勒(E. B. Tylor)提出关于神话的一系列理论之后,安·兰格(A. Lang)、赫·斯宾塞(H. Spencer)及弗雷泽等人,对泰勒的神话学理论又做了许多修正、丰富和发展,并在这一理论指导下,取得了一系列学术成果。人类学派的理论及其研究方法,在中华人民共和国成立前,对中国的神话学研究曾产生过很大影响。茅盾的许多神话学论著(包括《中国神话研究ABC》)、黄石的《神话研究》、林惠祥的《神话学》等,就是他们接受人类学派神话理论,同时结合中国神话资料(主要是古文献记载的神话）写成的。而且其中有些论著，实际上仍停留在对西方人类学派神话理论和学术成果的介绍上。尽管如此，人类学派的神话理论在当时又确实给了中国学者以解剖中国神话的有力武器，从而为中国神话的研究开创出一个崭新的局面。

20世纪50年代以后，少数民族神话资料的大量发掘，在中国神话学研究者面前展开了一个新的异样的世界。特别是许多民族中流传的《创世纪》的不断发现，更是令人振奋和惊奇。20世纪80年代，少数民族神话研究空前活跃，中国神话研究的重心，表现得越来越偏向少数民族神话。许多神话研究者，面对丰富多彩的少数民族神话，希图用马克思主义的观点，对其做出理论概括和科学总结。但是在具体的研究中，我们发现许多论文观点是人类学派的、资料是少数民族的现象。至于创立马克思主义指导下的、具有中国特色的神话学理论的愿望至今没有实现。因此我们需要对中国少数民族神话的产生、传播、演变规律做透彻的了解。

中国神话研究所依据的资料，无疑应是中国各个民族的。神话的比较（各民族神话的比较、与国外神话的比较）研究，也只有在掌握中国神话的全貌之后才能进行。神话类型的比较，也必须如此。而要了解中国神话（包括少数民族神话）的全貌，为神话的理论研究提供充分的科学依据，只有仰仗神话的传播研究。

传播研究，是对神话学研究提出的一项迫切需要解决的课题。它的任务在于为神话学研究铺平道路。中国有960多万平方千米的土地，那里居住着56个民族和许多未识别的族群（如僜人、夏尔巴人、苦聪人、克木人等）。各个民族中都有丰富的神话作品流传。20世纪20年代和30年代，中国神话学研究者并不明白中国少数民族中有如此丰富的神话宝藏。20世纪30年代末至40年代初，由于特殊的历史原因，许多民族学家、社会学家、语言学家、民俗学家深入中国西南边疆地区，在民族、社会、语言、民俗调查中，发现了众多的少数民族神话，由此开拓了中国神话学研究的新领域。50年代以后，少数民族神话的采集，更使人们感到它的浩如烟海。于是又产生了另一错觉，认为汉族除古文献记载的片断神话资料外，由于文化的高度发达，口传神话已从民间消失。其实不然。最近几年，来自河南的信息告诉我们，河南省的民间文学工作者从中原地区采集到许多关于盘古、伏羲、后羿、夸父、黄帝等的神话作品。[①] 这一工作是十分有意义的。它不仅为古文献记载的有关神话提供佐证，而且说明这些已被古文献记载的神话，至今仍活在民众的口头。特别是它在文化发达的中原地区民间流传，具有更加可贵的文化史价值。从类型比较来看，中国神话中的盘古型、伏羲型（伏羲女娲型）、羿射日型、夸父逐日型、黄帝型、帝俊型、洪水型、始祖型等神话，在少数民族地区流传很广，作品数量很多。从 20 世纪 50 年代开始，各民族民间文学工作者从民间采集到的神话作品数以千计，至今仍在民间流传的作品，更不知有多少。究竟这些作品是怎样产生的？它们产生之后沿着什么方式和渠道向外传播？传播过程中是什么原因引起种种变异和脱化？它们又如何一代一代传承下来？这些问题要求我们在全面掌握有关神话资料的同时，加强对它的传播研究。如果不是这样，只是根据某一民族的一些神话资料加以研究，所得结论难免是一孔之见。这种粗放的研究，不能不影响到我们对中国神话的宏观认识。

二、传播研究之现状

中国民间文学的采集有 3000 多年的历史，留下了不少优秀篇章。比如产生于商末周初的《周易》卦爻辞中，就保存了一些古代歌谣和近似歌谣的作品。其中《屯·六二》《屯·上六》所记载的如：

> 屯如邅如，
> 乘马班如，
> 匪寇、婚媾。

> 乘马班如
> 泣血涟如。

[①] 河南师范大学中文系编《河南民间故事》，中国民间文艺出版社，1985 年。

诗中描绘了一伙前去抢婚的青年男子，骑着马，威风凛凛，在女方门前盘桓不前，被抢的女郎伤心哭泣，画面极为生动有致。《诗经》是中国最早的一部诗歌总集，其中《国风》的绝大部分和《小雅》的一部分诗，就是当时各民族（广义的）民歌的采集和辑录。先秦诸子著作，如《论语》《孟子》《庄子》《韩非子》以及先秦时期的历史著作如《左传》《战国策》《国语》中，也都或多或少地采录和保存了前代或当时流行的民间神话、传说和故事。汉代淮南王及其门下所编《淮南子》，出于先秦、西汉时期又有许多增益的《山海经》，晋代干宝的《搜神记》，梁代任昉的《述异记》等，更是大量辑录了中国古代神话资料。这些神话资料为我们研究中国古代神话提供了方便。但由于种种历史原因，古代文人在采集来自民间的神话时，并没留下所记神话的任何一点传播信息。比如中国神话史上久负盛名的盘古神话，最早是由三国时期的吴国人徐整采录的。盘古神话是中国开辟神话的滥觞。但后人只是根据作者生活的地区来推断它流传于荆楚地区，特别是今长沙一带原称为"五溪蛮"的民族之中。其后100多年，任昉在《述异记》中，对盘古神话做了许多补记。任昉关于盘古神话的采录，一方面对徐整的盘古神话内容进行补充，另一方面指出盘古神话流传地区在"吴楚间"。从任昉的记叙中，我们还可看到这一神话向南方更边远的地区传播，同时演变为有关传说。"今南海有盘古氏墓，亘三百余里，俗云后人追葬盘古之魂也。桂林有盘古氏庙，今人祝祀。南海有盘古国，今人皆以盘古为姓。"（《述异记》）这样看来，盘古神话当时在江苏、浙江、湖北、湖南、广东、广西等广大地区都有流传。而且从盘古墓、盘古庙、以盘古为姓等记载来看，很显然，任昉把另一与盘古神话完全无关的盘瓠神话放在一起来记叙。

盘古神话系开辟神话，盘瓠神话系族源神话，这是大家清楚的，不可将其混同。值得注意的是，作为开辟神话的盘古神话，在湖南、广西、广东、贵州、云南等地的许多民族中均有流传。白族、彝族《创世纪》中一再提到盘古。广东、广西的瑶、苗、壮、布依等民族中至今还流传着许多盘古神话的异文。那么，盘古神话最初究竟产生于哪一地区？它由哪个民族，通过什么渠道向四外传播？西南诸民族中至今流传的盘古神话，是由什么原因造成的？不仅西南诸民族，在中原和北方其他一些民族地区也有盘古神话流传，

民间文学篇

这又是为什么?这些属于盘古神话传播研究的课题,只能从民间文学流传规律的研究中去得到解释,从有关少数民族历史及文化发展史的研究中去寻求答案。

关于《创世纪》神话叙事诗的传播研究,也几乎是一个空白。目前,从中国西南少数民族中采集到的神话叙事诗(已整理发表和出版的)有十几部。如纳西族的《创世纪》,白族的《创世纪》,彝族的《查姆》《梅葛》《阿细的先基》,瑶族的《密洛陀》,侗族的《侗族祖先哪里来》,苗族的《苗族古歌》,拉祜族的《牡帕密帕》,阿昌族的《遮帕麻与遮米麻》,哈尼族的《奥色密色》等,加上其他一些短篇古歌和叙事性散文神话作品,构成了中国少数民族神话独特的流传和分布体系。如上神话的内容是包罗万象的,其中大部分《创世纪》主要叙述开天辟地、人类起源、氏族起源、自然万物起源、洪水滔天(人类再创造)。从神话的宏观体系来看,这部分内容具有较高的学术价值。各民族《创世纪》中对民族文化发展史的记叙,大都出现在各民族《创世纪》的后半部分。这是神话在长期的发展演变中的必然现象,也是中国少数民族《创世纪》的显著特色。

现在我们来看看这些《创世纪》的采集者们向我们提供的有关传播信息。

第一,关于传播地区。从现已采集、整理出版的各民族《创世纪》及其他神话和《后记》及简单的背景资料中,我们看到了中国少数民族神话的大致分布和传播覆盖面。如果根据各个神话所标明的流传地区绘制一份少数民族神话分布图,我们即可清楚地看到:在中国少数民族地区,从东到西,从南到北都有各类神话流传。特别引人注目的是云南和贵州地区,在那里明显地形成两个神话圈。一是云南神话圈,一是贵州神话圈。云南神话圈从贡山独龙族怒族自治县起,沿横断山脉向南延伸,到德宏傣族景颇族自治州,再向西到西双版纳,又经红河、楚雄,直到四川省的大凉山彝放地区,形成一个马蹄形的神话圈。在这一神话圈内的独龙、怒、纳西、白、阿昌、景颇、傣、基诺、佤、拉祜、哈尼、彝等民族,均保留着大量古老的神话。贵州神话圈包括整个贵州省和广西西北部、湘西等地。这一神话圈内的苗、布依、侗、仡佬、壮、土家等民族中流传的神话,在风格特色上与云南神话圈内的神话有显著不同。此外,在四川北部岷江流域的茂汶、平武地区的羌族;西藏米林、墨脱地区的珞巴族；新疆木垒、巴里坤地区的哈萨克族；内蒙古巴林地区的达斡尔族；黑龙江孙吴等地的鄂伦春、鄂温克，杜尔伯特蒙古族，宁安等地的满族和海南岛的黎族、台湾高山族及福建畲族中也有不少神话流传。

第二，关于传播情况。一方面，各民族神话的采集者们，向我们提供的可供研究的资料太少了。翻开许多《创世纪》的《前言》和《后记》，大都讲工作情况多，而神话的传承与传播情况，似乎在当时并未引起采集者的足够重视。偶有涉及，往往一笔带过。比如纳西族《创世纪》，它是一部古老的神话叙事诗。它不仅在《东巴经》的主要六类经书中有完整记载，而且在民间也广泛流传。1958年云南大学中文系部分师生曾到丽江、宁蒗纳西族聚居区进行调查，除翻译《东巴经》中保存的《创世纪》外，还在民间收集到十余件资料。但这些创世神话除东巴经师口述者外，还有谁讲述？它通过什么媒介和渠道传播？它和宗教的关系如何？它与邻近地区、相邻民族的神话有什么关系？它和纳西族人民的生产、生活、风俗习惯有什么关系？所有这些采集者可能是清楚的，但在《后记》中未予叙述，这就给研究纳西族神话带来许多困难。如果说纳西族《创世纪》的整理受到《东巴经》记载局限，彝族的《梅葛》《查姆》《阿细的先基》，拉祜族的《牡帕密帕》等又怎样呢？《梅葛》的《后记》说："《梅葛》没有文字记载，千百年来，它全是靠彝族人民口耳相传保存下来。""彝族人民非常喜爱《梅葛》，他们把它看成是彝家的'根谱'，逢年过节都要唱三天三夜，并把会唱《梅葛》的巫觋和歌手尊为最有学问的人。"遗憾的是，彝族视为"根谱"的《梅葛》，究竟怎样口耳相传？演唱《梅葛》的巫觋和歌手是谁？他们是怎样承受和传播这一作品的？《后记》中也未提及。也有些《创世纪》的《后记》对传播情况记叙较详。《阿细的先基》曾有两种版本出版。一是1944年光未然收集整理的；一是1958年云南省民族民间文学红河调查队搜集、翻译、整理的。据新版《后记》中说，搜集者曾在弥勒县的磨香井、烂泥塘、野猪塘等十几个寨子，访问了潘正兴、潘自力、童占文、刘世兰、陈玉方、段荣福、童正元等20多位歌手。盲歌手潘正兴所生活的罗多下寨是《阿细的先基》的发源地。《后记》还介绍了潘正兴的一些情况和《阿细的先基》的传播情况，虽不令人满意，但内容比《梅葛·

后记》要丰富得多。① 再如，在最近出版的阿昌族神话叙事诗《遮帕麻与遮米麻》的《后记》中，对演唱这一叙事诗的"活袍"（巫师）赵安贤的情况做了较详细的介绍，由于《遮帕麻与遮米麻》是原始宗教巫师的念词，巫师在祭祀祖先和举行葬礼时向族人念诵，所以它是伴随一定的仪式进行的。就是在对搜集者讲述时，赵安贤也是用"陶罐从山里取回泉水，净过手，换上新衣，坐在神桌前，两头点上'长明灯'，闭上眼睛，口中念念有词——说是请示住在遥远地方的遮帕麻（天公）和遮米麻（地母），问他们是否同意让他破例唱给信得过的外族远客（这部史诗通常只是在丧葬时向族人演唱）。当他慢慢地睁开眼睛后，对我们说：'遮帕麻与遮米麻同意了。'这才用庄重而又抑扬顿挫的活袍调唱出了《创世纪》"。从这一事例中，我们发现，尽管这些《创世纪》是从各民族民众的口头传承搜集到的，但在一些背景材料中，过分强调了搜集者的功绩，真正从传播学的角度，对《创世纪》在民间的传播规律的注意和研究不够。这就影响到我们对作品的认识。

第三，关于少数民族神话的相互交流和影响。神话在其产生和流传过程中，始终是流动和变异的。而且作为一种认识的能动反映和宇宙观，它在传播过程中，很容易产生和其他民族的神话相似的内容。如各民族开辟神话中，大都有巨人或巨兽垂死化生形成宇宙万物的事迹；人类起源神话和洪水神话中，常出现葫芦育人和兄妹结婚繁衍人类的情节；谷种起源神话常和狗联系在一起；等等。这种现象的产生和民族神话的相互交流、借鉴和影响分不开。中国是一个多民族国家，小聚居、大分散是各民族分布上的特点。这种特点必然导致神话传播中的交错。因此，任何一个民族的神话，它的产生和传播不是孤立的。它不仅受本民族所处的自然环境，生产、生活方式，民族心理，社会发展诸因素的影响，有时还接受其他民族神话的影响，以形成中国少数民族神话的宏观体系。以往的神话采集、整理中，对这一现象没有给予足够重视，所以提供给传播研究的资料是很有限的。

---

① 云南省民族民间文学红河调查队搜集、翻译、整理《阿细的先基》，云南人民出版社，1959年。

三、传播研究及其意义

无论神话作品的采集，还是神话学的研究，传播研究都是十分重要的。我们知道，民间文学的基本特征，是它的创作上和流传上的口头性、集体性、变异性。神话传播研究，就是研究神话伴随口头性、集体性、变异性而发生的传播过程和规律。这就要求我们：

首先，要把神话的传播当作一个运动过程来看待。当代流行于美国等西方国家的"大众传播"学说，是以研究新闻传播方式及其功利目的为内容的。这种学说，将大众传播过程分为两大类："一类是传播的线性模式，即将传播过程确定为以传播者为起点，经过媒介，以受传者为终点的单向、直线运动；一类是新型控制论模式，这种模式的核心是在传播过程中建立'反馈系统'，即不仅要求传播者把信息单向传递给受传者，而且要把受传者的反映通过这种途径接受回来。"[①]严格说来，神话的传播和新闻的大众传播在本质上是不同的。如新闻传播的传播源、媒介、受传者及产生的效果，是显而易见的。而且它的传播大都借助于现代化传播工具（媒介），如电话、电报、广播、报纸、电视、电影等等。传播过程无论是单向直线传播还是信息的发送与收回，都是自觉进行的。内容虽受传播者的过滤（选择），但不会产生种种变异。神话的传播则不同，它是以语言作为媒介，口耳相传。传播过程不仅跨越时间和空间界限，而且在内容上不断丰富甚至产生变异，所以神话在传播过程中，虽也有单向直线的传播，但交叉传播在神话传播中是常见的现象。

神话传播属于大众传播范畴，但和新闻传播相比，它具有自发性和渗透性的特征，即通过自发的形式向四外传播，通过渗透的形式，互相借鉴，并牢牢扎下根来，形成一个很大范围的稳固的文化圈。所以神话的传播研究，首先要注意神话在某一民族和地区的传播类型，即它是单向直线传播，还是交错辐射传播。注意它和周围其他民族的神话有什么联系和区别。如新疆哈萨克族中流传的《迦萨甘创世》，就其内容来看，产生于哈萨克族信奉原始宗教

[①] 旺香安：《西方大众传媒研究概况》，载中国社会科学院新闻研究所世界新闻研究室编《传播学（简介）》，人民日报出版社，1983年。

的萨满信仰时期。① 在中国北方，信奉萨满的民族如满、蒙古、达斡尔、鄂伦春、鄂温克、赫哲等民族，都有自己的神话，但内容均与哈萨克神话不同。就是在其他一些少数民族中，也没有和哈萨克族《迦萨甘创世》内容相似的神话。可见，《迦萨甘创世》的传播还只是局限于哈萨克民族之中。又如云南梁河地区流传的阿昌族神话《遮帕麻与遮米麻》，属于开辟神话，它和云南其他民族的开辟神话，在内容上明显不同，它也可能只是在阿昌族中单向传播。而有些神话就不是这样，如洪水神话，在中国许多民族中均有传播，在情节上也大致相同。特别是其中以葫芦瓜为中心情节的兄妹结婚繁衍人类的故事，可在各洪水神话中找到。因此，少数民族神话的传播研究，必须把某一民族的神话置入整个少数民族神话的宏观体系中去考察，并运用比较研究的方法，区别它们的异同，以找出其传播演变的规律来。

其次，在少数民族神话传播研究中，可将传播过程区别为几个部分：

一是传播者研究。

神话产生于人类社会生产水平和认识水平十分低下的原始公社时期。我们今天所听到的来自各民族民众口传心授的神话，在漫长的传播过程不知经历了多少次变化。在神话传播中，传播者的影响和作用是不可低估的。因为任何一个神话的传播者，他们既是传统神话的继承者，又是加工创作者。从中国少数民族神话的传播来看，除各民族民众集体的传承之外，民间歌手、故事讲述家和宗教巫师起了巨大作用。《苗族古歌》流传在黔东南台江、施秉、凯里、剑河、丹寨等广大苗族地区。见于《苗族古歌》一书的民间歌手，就有李普奶、娥奶、宝文老、张讲博等30多位。苗族古老的神话就是靠他们传承下来的。这些歌手是怎样演唱的，经历如何？他们和前辈歌手有什么样的师承关系？演唱上有什么特点？对《苗族古歌》有哪些丰富和发展？听众的反应如何？这些都是神话传播研究中不可缺少的内容。少数民族中还有不少神话，特别是《创世纪》一类神话，是由原始宗教巫师传承的。像纳西族的"东巴"、彝族的"贝玛""朵觋"、阿昌族的"活袍"等等，这些传播者所演唱和讲述的神话，伴随着严肃的仪式，带有很浓厚的原始宗教意识，对神话

---

① 尼合迈德·蒙加尼搜集整理《迦萨甘创世》，《新疆民族文学》1982年第2期。

研究十分重要。

总之，对传播者的研究可以使我们多侧面地了解中国少数民族神话的源流和演变规律，加深我们对具体作品的认识和理解。

二是传播内容研究。

中国少数民族神话资料是极其丰富的，内容包罗万象。因此，对神话内容的分析与研究，是传播研究的一个重要步骤。不同的研究者，可以用不同的方法。从中国少数民族神话的传播来看，可从语言表现形式和题材分类两方面入手。中国阿尔泰语系、汉藏语系和南岛语系诸民族的神话，各自具有不同特色，可做专门分析。韵文形式与散文形式的神话，可做对比研究。从题材方面，可将中国少数民族神话分为天地开辟、人类起源、万物起源、民族族源四大类。每类下又可分为若干小类。如万物起源神话包括的范围就很广。山川河流、日月星辰、风雨雷电、物种起源、技术发明以及生产、生活习俗的起源，都是通过神话幻想，加以奇妙解释的。此外还可进行神话类型的比较研究。如对盘古型、女娲型、羿射日型、洪水型神话等形成各类神话的专题性研究。

少数民族神话的分类，是一个十分复杂的问题，特别是流传有《创世纪》的民族中，出现了各自的神话体系。它将开辟神话、人类起源等类神话有机地结合在一起，有时有关文化史的内容也加进神话之中。所以一部完整的《创世纪》很难将其简单地归入哪一类。有些神话保存了产生时代的原始面貌，分类也很困难。还有些神话向传说过渡，与地方风物发生了密切联系，等等。这都要求神话传播内容研究，要根据中国各民族神话传播的实际，采用不同的方法和手段。

三是传播渠道研究。

中国少数民族神话的传播，大多数情况下是交叉进行的。以盘古神话为例，它的文献年代约是公元 3 世纪。那时中原地区的汉族已进入封建社会。当时流传在长沙一带"五溪蛮"民族中的这一神话，被三国时期的吴国人徐整采录下来。它在中国神话史上产生了深远的影响。但是盘古神话的历史年代要比文献年代长久得多。从其反映的内容看，它无疑是人类童年时期对宇宙形成的蒙昧认识。盘古神话最早产生于五溪蛮民族中，后来由于各民族文化的不断交流，它才由五溪地区向四外传播，而且产生了许多变异。现在不仅汉族地区有盘古神话流传，在少数民族地区，如广西的瑶族、壮族，贵州的苗族、布依族，云南的白族、彝族中，也有盘古或"盘古型"神话流传。盘古神话的传播面如此之广，说明它不是同时产生于许多民族的神话，而是在各民族文化交流中，互相借鉴和影响的结果。又如瑶族的盘瓠神话，是民族推原神话，它的产生地原也在长沙一带，后来随着民族的迁徙，传播到广东、广西、福建、浙江等地，在苗族、仡佬族、瑶族和畲族中传承下来。对盘瓠神话传播渠道的研究，不仅可以使我们看到民族迁徙的情况，同时也使我们认识到瑶、畲两族在历史上的渊源关系。

由于各民族在它的早期，生产力的发展是十分缓慢的，加之处于边疆地区，交通不便，神话的传播常被局限于很狭小的范围之内。后来，随着生产力的发展、交通设施的完善，神话传播从时间到空间缩小了距离。各民族神话的交流也就大大加强，神话的传播研究就在于理清各民族神话的发展脉络。

四是受传者研究。

某一民族的神话在其民族中流传，经久不衰，不是没有原因的，其中受传者的作用不可忽视。各民族神话的传播都有一定的渠道。宗教祭祀，节庆集会，婚礼、丧葬仪式等环境，是神话传播的理想场所。在这些场合，宗教巫师作为神的代言人，讲唱本民族系根谱；民间歌手通过神话讲唱，叙述本民族起源和宇宙万物起源的神话都可俘获大批的观众——受传者。受传者在接受神话传播时，不是消极、被动的。当神话被作为本民族的根谱讲述时，由于民族心理的作用，受传者的思想情绪大都是十分稳定的，很容易为神话的内容所吸引和感染。而且在受传者中，那些记忆、表达能力很强的人，有可能变为新的神话传播者。

一个民族有一个民族的心理，但这并不决定每个受传者对神话传播的反应是一样的。作为单一的受传者，由于各人的生活阅历、民族文化知识，接受民族文化传统影响和个人审美情趣的不同，他们对所传神话的理解也就不同。当所传神话与自己的兴趣、观点信仰一致时，受传者是很容易对所传神话产生强烈反响，肯定它的价值，有时还会自觉地传给第二个人。他于是变成传播者了。不同民族，不同年龄、性别，不同宗教信仰和心理素质决定受传者对神话传播的选择性接受、选择性理解和选择性记忆。这些都是受传者研究中必须加以注意的。

　　传播者研究、传播内容研究、传播渠道研究和受传者研究，构成神话传播研究的主要内容。神话的传播研究是为了更加准确地认识神话产生、发展、演变规律，解决神话学研究中的难题，提高神话学研究水平。正确认识处理神话传播研究与整个神话学研究的关系，不仅可以获得大量的准确的神话作品与科学的背景资料，而且可以使神话学研究取得事半功倍的效果。

（原载《中央民族大学学报》1985年第3期）

少数民族民间叙事诗的产生、流传及其特色

在中国文学发展史上,汉族之外的少数民族文学占有十分重要的地位。但是,在以往的中国文学史著作中,这一重要的地位被明显地忽视了。

我们不能责怪历来的文学史家们将一部中国多民族文学史写成"汉民族文学史"的事实。因为造成这种现象的因素是多方面的,其中很重要的原因是在中国的55个少数民族中,除少数几个民族,如藏族、蒙古族、维吾尔族、哈萨克族、傣族、彝族有自己的文字并用这种文字进行文学创作外,回族和满族使用汉语、用汉文进行创作,其他许多少数民族则只有本民族语言而没有文字,他们的文学创作一直是用口头语言传承的,是一种名副其实的口头文学。这种文学以口头创作的形式流传于民间,是历来的文学史家在书斋中看不到的。因此他们撰写的中国文学史,只能以文献记载的汉族文学史料为根据。从这个意义上讲,以往所谓的"中国文学史"实际上是"汉民族文学史"。

这种状况的结束是从20世纪80年代开始的。但是目前主要还是进行民族族别文学史的建设,这类著作已经出版了几十种,如《藏族文学史》《壮族文学史》《白族文学史》《傣族文学史》《纳西族文学史》等。而真正将少数民族文学融进中国文学史进行整合的、断代的分析的著作至今尚未出版,这不能不说是一种遗憾。

一、少数民族文学对中国文学史的贡献

在中国这样一个多民族国家里谈到文学史建设，不能不涉及少数民族的文学。中华民族是由中国境内的各个民族共同组成的，中华民族的历史是由各民族共同谱写的，中华民族的文学艺术，也同样是由各民族在长期的历史发展过程中共同创造的。应当看到，中国少数民族文学的发展，由于种种历史原因，许多民族的文学创作至今不仅仍然以口头创作为主，而且其蕴藏之丰富是十分惊人的。从短小的谚语、民谣到鸿篇巨制的英雄史诗，无不体现着各民族惊人的艺术创造力。其中有些作品甚至可与世界第一流的大作家的作品相媲美。由此看来，中国少数民族文学在中国文学史上的地位是任何其他文学所不能取代的。

中国少数民族文学在中国文学史上有着特殊的地位和贡献，其中尤其以少数民族神话、民间叙事长诗和英雄叙事诗最为突出。可以说，这类作品填补了中国文学史的空白。我们知道，在汉族文学中，神话、长篇叙事诗和英雄叙事诗一类的作品是很少见的。汉族神话见于《山海经》《淮南子》《楚辞》《述异记》等古籍，不仅情节简单，而且多附会之辞，研究起来我们深感资料的匮乏。而在中国少数民族中，特别是西南少数民族中，至今仍在民众口头保存着大量的神话作品。过去一些西方学者根据汉文献记载，武断地做出"中国无神话"的结论，实是一种偏见。实际上，在中国少数民族中，许多民族至今还传承着自己民族的创世纪神话和古歌神话，目前出版的就有几十部之多。这些神话既有韵文的又有散文的，形式多样，内容十分丰富，几乎包括了远古人类关于开天辟地、自然万物形成、人类起源、文明起源、民族起源等的所有知识。这一问题因不属本文所探讨的内容，所以不详加叙述。

这里要强调的是少数民族的民歌创作。这种创作不仅历史悠久，而且传统极其深厚。特别是一些民族民间流传的长篇叙事诗，在数量和内容的表达形式上都堪称上乘之作。有的民族，如傣族，据传其民间就保存、流传叙事长诗500多部，保存十几部、几十部乃至上百部民间叙事长诗的民族更不在少数。民间叙事长诗的产生和流传，标志着中国少数民族诗歌创作的成熟。而

在汉族文学中，包括民间创作和文人创作，叙事诗体裁的作品是很少的。

英雄叙事诗（史诗）在少数民族民间创作中也很发达，有些民族还形成了史诗群，即多种史诗作品的集合。如新疆的哈萨克族和蒙古族中，就保存和流传着大量的史诗。考察记录的已有400多部。被誉为中国三大史诗的藏族的《格萨尔王传》、柯尔克孜族的《玛纳斯》和蒙古族的《江格尔》，在中国和中亚许多国家均有流传，有些国家还形成了"格萨尔学""玛纳斯学""江格尔学"等专门的学问。如果将如此丰富的作品和它的演唱者（民间歌手）写入中国文学史，无论对丰富中国文学史的资料宝库，还是对帮助读者认识中国文学的多元性和多民族性，都是十分有益的。

二、中国少数民族民歌

在汉族民间文学作品中，韵文体的歌谣创作，不仅具有悠久的历史，而且在整个文学史上占有重要地位。汉族古代典籍中保留了许多原始歌谣，其中有些典籍还对歌谣的产生、特点、性质、地位和作用做了许多论述。这种诗歌理论最早是用诗的形式表达的。中国最早的诗歌总集《诗经》[①]里的《魏风·园有桃》中就有"心之忧矣，我歌且谣"的说法。这是说，在中国古代，歌和谣是有区别的。《毛诗诂训传》[②]解释"曲合乐曰歌，徒歌曰谣"。这是说，配合乐器演唱的叫"歌"，不配合乐器演唱的叫"谣"。这种对歌与谣的区别的观点，几乎成了后世对歌谣定义的权威性的见解。其实在歌谣最初产生时，歌词和音乐是密不可分的。它和音乐、舞蹈有着天然的联系，是一种诗、歌、舞三者结合的艺术。《诗大序》[③]中说："诗者，志之所之也。在心为志，发言为诗。情动于中而形于言，言之不足，故嗟叹之；嗟叹之不足，故咏歌之；

[①]《诗经》，中国最早的诗歌总集。先秦时称《诗》或《诗三百》，汉以后成为经典，才称《诗经》。内容包括风、雅、颂三大类，其中《国风》部分收录的是当时流行的民间歌谣160篇，相传由孔子编订。

[②]《毛诗诂训传》：《毛诗》指《诗经》，为毛亨和毛苌所传，故称《毛诗》。《毛诗诂训传》30卷，但称毛公，不著姓名。

[③]《诗经》的序有"大序"和"小序"之分，列在《诗经》各首诗的前面。其中解释各篇主题的叫"小序"。在《诗经》首篇《关雎》的"小序"后面，有一大段概论全部《诗经》的文字，叫"大序"。

咏歌之不足，不知手之舞之，足之蹈之也。"这说明在歌谣产生的原始时代，它总是与音乐、舞蹈黏着在一起。之后，随着生产的发展和时代的进步，歌谣本身也在不断发生变化，出现了"合乐"与"徒歌"之类的分别。到了现代，出现了两种截然不同的状况，即诗人的诗歌创作完全与音乐脱离，但在民间的创作中，歌谣与音乐的联系仍然十分紧密。所以，今天对民间歌谣的调查、记录与研究，不能离开对民歌音乐和舞蹈的调查与研究。

在中国少数民族民间文学体裁样式中，民歌创作和传承是一大特点。"能歌善舞"向来是对少数民族的美誉。由于受汉族歌谣创作的影响，在少数民族中也有类似汉族歌谣形式的作品，被称为"汉歌"。但更多的作品仍然保留着古朴的表现形式，即诗、歌、舞一体。

在中国少数民族中，由于民族和居住地域的不同，歌谣的创作传统也不一样，对每一类歌谣都有不同的称谓。如藏族的谐体民歌和鲁体民歌，藏语称为"谐""鲁"。贵州苗族歌谣的形式有嘎、嘎别福歌、飞歌等。瑶族歌谣的形式有香哩歌、信歌等。侗族歌谣的形式有大歌、十二声歌、琵琶歌等。壮族歌谣的形式有欢、加、西、勒脚歌、排歌等。水族歌谣的形式有双歌、单歌等。白族歌谣的形式有打歌、白族调等。彝族歌谣的形式有跳歌、阿色调、海菜腔、点兵曲等。各种歌谣形式不下几十种。总之，各民族的歌谣在节奏、音韵、曲调、格律等方面各有特色，不可混同。

从民俗学的角度考察，中国少数民族的民歌如此发达，是和各民族的歌唱习俗分不开的。至今在中国少数民族中，歌唱仍是生活中不可缺少的一部分。正如苗族山歌所唱的：

　　哥一声来妹一声，
　　好比先生教学生。
　　先生教学还有本，
　　山歌无本句句真。

甘肃省"东乡族花儿"唱道：

> 花儿本是心上的话,
> 不唱是由不得自家。
> 刀刀拿来头割下,
> 不死了还是这个唱法。

这表现出少数民族民众对歌谣地位和作用的认识。生活中没有歌声,就像吃饭时少了盐巴。所以在一些农业生产环节,节日喜庆日子和集市贸易、婚姻丧葬活动中,都有歌声伴随。在中国少数民族的歌谣中,至今还保存着大量的仪式歌,这些歌大部分带有浓厚的原始信仰色彩。如云南省西双版纳佤族的《打猎歌》,是在猎获虎、豹后的仪式上唱的,充满对虎、豹的恐惧、崇拜、赎罪意识。

> 岩舍呵!
> 我们本不想使你流一滴血,
> 我们本不想把你打死。
> 你把我们的鸡当作箐鸡,
> 你把我们的小牛当作麂子,
> 所以我们使你流血,
> 所以我们把你打死。

猎歌、牧歌、农事歌在中国少数民族中特别发达。古老的猎歌往往描述狩猎前祭祀猎神、集体围猎和猎获野兽时的欢乐情景。位于中国西南地区横断山脉腹地的独龙族《猎歌》这样唱道:

> 九条江的野牛,
> 朝我这边走来。
> 我打中了野牛,
> 祖祖辈辈都光彩。
> 茂密的树丛,

不要遮住我的眼睛。
让那一头头野牛，
像花一样站起来。

女人在家中，
已煮好了酒在等待。
我打来的野牛，
让全村的人来分食。

在农事歌中，反映古老的刀耕火种的歌独具特色。如西双版纳基诺族《生活的歌》中，描述了每年春季播种前，基诺族砍地献神扇的情景。流传在贵州东南部苗族地区的《活路歌》是一首叙述春种秋收农事活动的歌。春天犁田插秧唱的叫《春季歌》，从春末唱到秋收并接唱迎亲嫁女的歌叫《小客歌》，叙述水稻种植的歌叫《种稻歌》。这种歌在劳动情景的描述、思想感情的表达方面常采取象征、比喻、拟人化手法，叙事抒情，充满诗情画意。

中国少数民族的歌谣中，大量流传和保存的是情歌、婚礼歌和丧葬歌。情歌是指青年男女以爱情为主题所唱的歌。和汉族相比，少数民族的情歌显得特别发达。造成这一现象的原因往往和各民族的婚姻制度有关。汉族由于受儒学的影响，男女之间的婚姻必须听"父母之命，媒妁之言"。而在少数民族中，青年男女之间的社交则比较自由，他们可以通过歌唱的方式选择配偶。"上山唱歌，下山做夫妻"的现象，在过去并不鲜见。这种以歌求偶的方式为情歌的创作提供了方便的条件。壮族地区流行的"歌圩"习俗，白族地区的"石宝山歌会"，甘肃、青海地区的"花儿会"，侗族的"三月三歌节"以及苗族的"游方"，布依族的"赶表"，傣族、景颇族、布朗族的"串姑娘"，仫佬族的"赶坡"等，都是青年男女对歌求偶的理想方式。情歌是未婚青年之间的媒介。正如一首藏族情歌所唱的：

蜜蜂和鲜花相爱，
春风就是媒人。

> 小伙子和姑娘相爱，
> 山歌就是媒人。

情歌不是随意编唱的，青年之间无论在何种场合相逢、相爱，情歌的演唱都要符合婚姻进展的程序。这种情歌一般可分为初识歌、结交歌、赞美歌、迷恋歌、相思歌等。当青年男女之间的爱情遇到波折时，要唱苦情歌、起誓歌、反抗歌、逃婚歌等。总之少数民族的情歌基调朴实、真率、健康，特别是传统情歌中的许多作品，反映了各民族青年男女渴望婚姻自由的强烈愿望。比兴、夸张、幽默、含蓄等表现手法，使情歌具有极强的感人魅力。

三、中国少数民族叙事长诗

中国少数民族民间文学中，叙事诗的创作和流传同样占有十分重要的地位。中国文学史上，汉族民间叙事诗作品非常少，有先秦时期收入《诗经》中的《氓》，汉代乐府中的《陌上桑》，汉末建安时期的《孔雀东南飞》，魏晋南北朝时期的《木兰辞》，清末流传于湖北一带的《钟九闹漕》《崇阳双合莲》等，屈指可数。不仅民间创作如此，就是在汉族文人创作中，叙事诗作品也是很少的。白居易的《长恨歌》虽是长诗中的佼佼者，也不过几十行。但是在少数民族中，叙事长诗的创作十分流行。长达数百行、数千行乃至上万行的诗作并不鲜见。目前，中国学界对少数民族民间叙事长诗虽做了悉心的收集，但这种长诗的蕴藏量究竟有多少我们尚不完全了解。据说云南省傣族的民间叙事长诗有550部，但目前收集到的目录和流传本只有300多部。云南、贵州、广西、新疆、甘肃、青海、内蒙古、黑龙江等地是民间叙事长诗流传的密集区。已经整理出版的长诗有几百部，彝族的《阿诗玛》《妈妈的女儿》《我的幺表妹》，傣族的《召树屯》(《孔雀公主》)、《娥并与桑洛》，傈僳族的《生产调》《重逢调》《逃婚调》，白族的《青姑娘》《鸿雁传书》《出门调》，壮族的《唱离乱》《达备之歌》《达稳之歌》《特华之歌》《马骨胡之歌》，苗族的《张秀眉之歌》《仰阿莎》(《清水姑娘》)，土家族的《锦鸡》，土族的《拉仁布与且门索》，回族的《马五哥与尕豆妹》，东乡族的《米拉尕黑》，维吾尔族的

《艾里甫与赛乃姆》，哈萨克族的《萨里哈与萨曼》，蒙古族的《达那巴拉》《成吉思汗的两匹骏马》《陶克陶之歌》《嘎达梅林》等是其中的代表作。这些长诗反映了极其广阔的社会生活，但多数以描写爱情生活为主，歌唱青年男女之间的悲欢离合，情节十分感人。

　　首先，少数民族的民间叙事长诗在内容上都有较大的容量，篇幅很长。其中有些叙事长诗情节比较简单，有些则比较复杂。但无论多么复杂的情节，在叙述上都采取了单线递进的结构方式，即按照故事情节的发展，有首有尾地加以演唱。这种结构方式有点类似汉族的古典小说结构，故事性很强。有些民族的叙事长诗在长期的发展过程中还形成了一定的表达程式。如在故事开始时，安插一个短小的"序诗"，这一"序诗"有时与故事情节有关，有时只是起烘托气氛的作用，借以唤起听众的注意力。接着是故事情节的开端、发展、高潮和结尾。在傣族、彝族、白族、壮族、苗族、哈萨克族的长诗中可经常见到这种结构方式。如哈萨克族长诗《萨里哈与萨曼》的开端有这样一段序诗：

　　　　阿尔泰山冈连着山冈，
　　　　阿尔泰是哈萨克的故乡，
　　　　哈萨克人民爱劳动，
　　　　哈萨克人民爱把歌儿唱。
　　　　额尔齐斯河从山脚流过，
　　　　动人的故事在草原上流传，
　　　　波浪冲走了多少苦难的岁月，
　　　　萨里哈、萨曼的故事一直传唱到今天。

　　维吾尔族的长诗《艾里甫与赛乃姆》的序诗是：

　　　　这首长歌流自我智慧的源泉，
　　　　像夜莺的悲鸣激荡在每个人的心间，
　　　　我放开歌喉歌唱艾里甫与赛乃姆，
　　　　为忠诚的恋人献上爱情的花环。

这些"序歌"是歌手在演唱前所做的气氛烘托和对长诗正文的铺垫,它往往起着沟通演唱者与听众之间感情的作用,使演唱引人入胜,抓住听众。

其次,少数民族的民间叙事长诗在人物形象塑造上不像作家文学那样,进行气氛的烘托、环境的渲染和细致入微的心理描写,而是用日常生活中的各种美好的事物进行类比,这同样可以使作品中的人物有血有肉,栩栩如生。如彝族长诗《我的幺表妹》在描述幺表妹的形象时,不惜用极度的比喻和夸张手法,而用来做比喻的东西恰恰是彝族日常生活中常见的事物,读来十分亲切。下面是一段《我的幺表妹》中的诗句:

> 我的幺表妹,
> 脸蛋水红红的,
> 鼻梁直挺挺的,
> 嘴唇平展展的,
> 牙齿白生生的,
> 手指细长长的,
> 辫子黑油油的。
> 表妹的皮肤,
> 像绸缎一样的光滑;
> 美妙的声音,
> 像月琴弹奏的曲调;
> 明晃晃的眼睛,
> 像闪耀的星光;
> 黑黑的眉毛,
> 像弯弯的新月;
> 表妹周身亮亮堂堂,
> 像菜花一样金黄;
> ……………
> 我的幺表妹呀,
> 坐在火塘的上方,

> 下方亮堂堂；
> 坐在火塘的下方，
> 上方亮堂堂。
> 站在高山顶，
> 影子映在山腰上；
> 站在河对岸，
> 照得这边明晃晃。

长诗通篇都用了比喻、夸张的手法，幺表妹的形象愈可爱，男主人公的思念愈真切，长诗的悲剧感染力就愈强，愈能引起人们的同情。像这样的长诗在少数民族中是很多的。

少数民族叙事长诗在语言的运用上大都明丽、清新、自然，经常使用比兴、夸张、排比、拟人等修辞和状物手法。在演唱方式上，重叠复沓，一唱三叹，增加长诗的音乐美。

四、中国少数民族英雄叙事诗

英雄叙事诗又称"史诗"，是中国少数民族民间创作中特有的门类之一。史诗的创作和传承，一般都是在游牧民族和渔猎民族中。中国史诗保存最多的民族是藏族、蒙古族、哈萨克族、柯尔克孜族、赫哲族。号称中国三大史诗的藏族的《格萨尔王传》、柯尔克孜族的《玛纳斯》和蒙古族的《江格尔》，已是世界著名的英雄史诗。此外，在蒙古族和哈萨克族中都流传有上百部的中短篇史诗。英雄叙事诗在少数民族中的流传，不是文学史上出现的偶然现象，它是在历史发展的一定阶段上产生的一种特殊的文学现象。关于史诗产生的年代，文学史家们一致认为，少数民族英雄史诗产生于原始社会末期和奴隶社会初期。这一时期正是部落纷争的年代，当时的社会以氏族和部落为基本单位，母权制让位给父权制，私有制产生，氏族和部落之间经常为了土地和奴隶的争夺发生战争。这时，人类对自然力的崇拜让位于对氏族祖先和本部落英雄人物的崇拜。这些英雄人物大都成了史诗的主人公，他们的功绩则构成史诗的主要内容。比如藏族史诗《格萨尔王传》，它的产生时代目前尚无定论，有说产生于 11 世纪，有说产生于 13 世纪，也有的学者说产生于 14、15 世纪。实际上，这部史诗产生的年代，比学者们争论的年代要早得多。因为从史诗所反映的内容看，它无疑产生于原始社会末期、奴隶社会初期那种部落纷争、战争频繁的时代。史诗在最初产生时，可能是一些歌颂格萨尔的短篇叙事诗，以后在漫长的历史岁月中，才演变发展成为现在所具有的庞大的体制和规模。这一史诗的规模究竟有多大，至今未见全貌。一般说法是《格萨尔王传》有 60 多部 120 万诗行，主要流传于藏族、蒙古族、土族、纳西族地区。

中国少数民族的英雄史诗主要流传在游牧民族之中。史诗产生的时代既然是原始社会末期到奴隶社会初期，所以它的内容带有如下几方面的特色：第一，部落战争是英雄史诗描写的中心题材。第二，英雄人物是史诗的第一歌颂对象，中国少数民族史诗都以英雄人物的名字命名。第三，史诗展现了古代广阔的社会画面，揭示出当时妇女的悲惨命运。许多史诗中所描写的战争都是由于抢掠妇女引起的，表现出这一时期妇女地位的下降，母权制已转向父权制。

中国少数民族的史诗结构十分宏伟，这是由史诗所表现的内容决定的。如藏族的《格萨尔王传》叙述格萨尔一生的战斗事迹。这一史诗的结构有两种形式：一是分章本，一是分部本。其中分章本是把格萨尔一生的事迹，集中在一个说唱本里加以叙述。这种本子实际上是《格萨尔王传》的缩写本。如甘肃人民出版社的《格萨尔王传》贵德分章本，全诗分《在天国里》《投身下界》《纳妃称王》《降伏妖魔》《征服霍尔》五章，它将格萨尔一生的主要事迹都包括了。分部本则是取格萨尔一生事迹中的一个片段，敷演成首尾完整、独立成章的一部。这样就使整个《格萨尔王传》的分部本多达几十部。柯尔克孜族史诗《玛纳斯》的结构和《格萨尔王传》不同，它不以玛纳斯一人的事迹贯穿整部史诗，而是描写玛纳斯之后八代人的艰苦卓绝的斗争，全诗共 8 部 20 多万诗行。蒙古族史诗《江格尔》的结构和《格萨尔王传》《玛纳斯》又不相同。《江格尔》主要描写以江格尔为首的英雄群体的业绩。在江格尔手下有 3020 名勇士，对这些热爱故乡、珍视友谊、疾恶如仇、英勇善战的英雄，特别是英雄雄狮洪古尔，史诗做了细致的描写和热情的歌颂。

少数民族史诗的另一特色是语言的壮丽华美。史诗的出现标志着一个民族语言发展的高峰和创作上的成熟。因为史诗中恢宏战争场面的描述，众多的个性鲜明的人物形象的塑造，真实的生活场景的描写，都需要用准确、鲜明、生动的语言来表达。在藏族和蒙古族史诗中，许多马赞、鞍赞、刀赞、弓赞、箭赞大都吸收了民间创作中的祝词和赞词语汇，借以描绘英雄的形象，赞美事件中的美好事物，使史诗的形象画面显得壮丽多姿。在人物对话中，史诗常常借用民歌手法表达思想感情。如《格萨尔王传》中牧羊人的唱词："我牧羊人是人中最好的，山羊皮袄是衣服中最好的，白羊皮帽子是帽子中最好的，抛石器是武器中最好的……"这些牧羊人生活中的语汇，具有浓郁的生活气息。此外，史诗大量使用铺陈、夸张、比喻、拟人等表现手法，造成史诗雄浑壮美、绚丽多姿的气魄。在演唱方式上，史诗大部分用韵语演唱，但也有些史诗除韵文演唱外，还常常伴有散文体的说白。散文部分用于叙述情节，韵文部分除叙述情节外，主要用来抒情。

史诗作为一个民族知识的总汇，具有多方面的研究价值。但目前对中国少数民族英雄史诗的研究还仅仅是个开始。

五、结束语

中国少数民族民歌和叙事诗的创作和流传，在中国文学史上写下了恢宏的一页。它的内容不仅涉及中国少数民族的历史变迁、汉族和周边民族的关系，而且全方位地反映了它的创作者们对历史、对生活的思考与观点。这对民间文学和民俗学的研究具有重要的价值。今天，中国的许多学者都在努力探讨中国少数民族民歌和叙事诗形成的原因，力求给它以民俗学的解释，这是一件很有意义的事情。

中国少数民族民歌和民间叙事诗的演唱如此普遍，蕴藏如此丰富，原因是多方面的。

首先，取决于各民族深厚的歌唱传统。在中国55个少数民族中，除少数几个民族因受汉族文化影响，丢失歌唱传统外，大多数民族至今仍完整地保留着民歌的演唱传统。正如上文所说，中国少数民族在相当长的一段历史时期，经济上、文化上十分落后，许多民族没有本民族文字，口头文学是唯一的文学。民歌、叙事诗和英雄史诗也主要是靠口头传承、保存的。至今我们还可以在众多的少数民族中发现，即兴创作仍是民歌的主要创作方式。这种文学传统直接影响了各民族歌手，使他们在对身边发生的重大事件和青年男女之间的爱情纠葛做出反应和判断时，常常采用民歌的表达方式。以歌代言、以歌代答是少数民族的普遍风俗。正是这种创作上的便利条件，造就了民歌和叙事诗的大量创作和流传。相比之下，汉族的这种传统早就丢失了。

其次，民间歌手在民歌和叙事诗的创作中发挥了重要作用。随着民歌和叙事诗在各民族中的流传，自然地形成一批职业的或半职业的民间歌手，他们是各民族民歌和民间叙事诗创作和传承的基本队伍。民间口头文学虽是集体的创作和传承，但这种创作不是盲目的、自生自灭的。它在群众的集体创作和传承中，一方面形成自己的创作传统，另一方面也培养了自己的创作队伍。这支创作队伍受到本民族文学传统的深刻影响和熏陶，具有良好的修养。加之这些歌手特殊的素质，比如他们深厚的阅历、惊人的记忆力和歌唱技巧，使他们自然地担当了民族情感的代言人，所以民间歌手在各民族文学创作和传承中的作用是不能低估的。他们不仅很好地继承了本民族的文学传统，使许多优秀的作品借歌手的演唱一代一代传下去，而且由于他们熟悉本民族民歌和叙事诗的创作规律和一系列表现手法，还对本民族传统文学进行不断加工、丰富和创新。有些歌手还成了本民族口碑文学集大成的人物。如新疆柯尔克孜族歌手朱素甫·玛玛依，本人不仅能演唱长达 20 多万诗行的英雄史诗《玛纳斯》，还可演唱柯尔克孜族的许多民间叙事长诗。云南省西双版纳傣族歌手（赞哈）对傣族民间叙事长诗的传承和保护起了重要作用。所以在中国少数民族民歌和叙事诗的研究中，不能离开对各民族歌手的研究，各民族歌手身上集中体现了民族精神和智慧。

（原载《新疆民间文学》1984 年第 8 期）

谈少数民族的英雄史诗

一、英雄史诗产生的时代背景及其地位

学术界所称的"史诗",又称英雄叙事诗,是中国少数民族民间文学中特有的门类之一。中国汉族的文学(包括民间文学作品)传统有数千年,但至今尚未发现称得上是史诗即英雄叙事诗的作品。

史诗是民间文学中叙事长诗的一种,但它的规模要比一般的民间叙事长诗宏大得多。史诗是一种特定历史范畴的文学现象,它往往跨越时间和空间的界限,成为一个民族历史、政治、经济、文化和社会生活知识的总汇,所以某一民族的史诗,常被认为是这一民族的"百科全书"和形象化的历史。

为什么说史诗是一种特定历史范畴的文学现象?我们在考察一个民族的史诗所反映的社会生活时发现,史诗不是在某一民族的任何一个历史阶段都可以产生的。神话产生于人类开创时期或童年时期;歌谣产生于原始人类的劳动生活之中;传说和故事较原始歌谣和神话产生要晚,它几乎贯穿于各民族人民的生活之中,具有较强的现实性,直到今天,它仍然在不断地创作和流传。而史诗就不是这样,它产生在人类社会发展的特定的历史时期。一般说来,是在原始社会末期和奴隶社会初期。这一时期,神话时代已基本结束,人们的热情已不再倾注于天地的开辟、人类的起源、自然万物的生成等荒诞无稽的解释上面去追求自然开辟史。相反,他们更为关心本氏族、本部落的生存和发展。各民族创世神话中的民族族源神话、民族迁徙神话,是神话与史诗的连接点,也是英雄史诗的萌芽。马克思把史诗产生的这一时期称为

"军事民主制时代",恩格斯称之为"英雄时代"。

这一时期,社会是以氏族和部落为基本单位,人类也已站在文明的门槛之上。母权制让位给父权制,私有制逐渐产生,氏族和部落之间经常爆发战争。这时,人类对自然力的崇拜让位于对氏族祖先和本部落英雄人物的崇拜。这些英雄人物成为史诗的主人公,他们的功绩构成史诗的主要内容。严格说来,史诗中的最高统帅不是国王和君主,他往往是部落军事联盟的统帅。希腊史诗《伊利亚特》中的"勇士的统帅"亚加米农,并不是希腊人的国王,而是作为围城盟军的最高统帅出现的,这是战争的需要。战争的胜利品由全体人民来分配,这就是军事民主制。恩格斯说:"在英雄时代的希腊社会制度中,古代的氏族组织还是很有活力的,不过我们也看到,它的瓦解已经开始。"[1]随着财产积累,发生阶级差别,部落战争开始变为对财产和奴隶的抢劫和掠夺,"一句话,财富被当作最高福利而受到赞扬和崇敬"[2]。这就是国家产生前的社会状况,也是英雄史诗产生的广阔背景。

史诗产生于造就英雄的时代。这个时代的文学(民间的口头创作)也伴随着社会一同向前发展。这一发展,也为史诗的产生准备了条件。中国各民族的英雄神话、英雄传说、民族起源和迁徙诗歌,融进史诗的内容之中,变为史诗的开端。比如一般史诗从英雄诞生开始。民族诗歌体裁的发展,在语言和表现形式上为史诗的创作也做好充分的准备,所以史诗的产生标志着一个民族文学成熟期的到来。

关于史诗的分类,有些著作分为创世史诗(或古老史诗、原始性史诗)和英雄史诗,这种分类是否恰当,有待讨论。创世史诗或创世纪,严格说来不属于史诗范畴,而属于神话范畴。前面讲到各民族的英雄神话、民族族源神话、民族迁徙神话,它们确曾在神话与史诗间起过纽带作用。在各民族的创世纪中,表现得尤为明显。但创世纪和后世的英雄史诗在性质上是有区别的,即创世纪中的英雄神性超过人性,在创作上幻想代替了现实。

在中国的一些少数民族中,特别是古代的游牧民族中,英雄史诗特别发

---

[1] 恩格斯:《家庭、私有制和国家的起源》,载《马克思恩格斯选集》第4卷,人民出版社,1972年,第52页。

[2] 同上。

达，有些形成了发达的史诗群。号称中国三大英雄史诗的藏族的《格萨尔王传》、柯尔克孜族的《玛纳斯》、蒙古族的《江格尔》早已被列入世界著名英雄史诗之林，引起国内外学者的瞩目。此外，如蒙古族的《智勇的王子喜热图》《红色勇士谷诺干》，维吾尔族的《乌古斯传》，哈萨克族的《阿勒帕米斯》，等等，也都是著名的英雄史诗。它们和长篇英雄史诗一起，在中国文学史上表现出划时代的意义。英雄史诗在中国一些少数民族中产生和流传，并不是文学史上出现的偶然现象，它是在历史发展的一定阶段上产生的一种特殊的文学现象，也就是以长篇的韵文体制表现波澜壮阔的社会生活。各民族的英雄史诗以绚丽多彩的作品，丰富了中华民族文学艺术的宝库，填补了中国文学史上史诗的空白，同时奠定了自己在中国文学史上的地位。

史诗在中国文学史上创造了独特的艺术画廊，不愧为文学艺术宝库中的瑰宝。但是在很长的历史时期内，它只是在口头流传，或以各种手抄本的形式辗转传播。作为各民族文学史上出现的一种文学现象，并没引起中国一些文学史家们的注意。和国外对英雄史诗的研究相比，我们对史诗的研究尚处于启蒙阶段，和国内对外国英雄史诗的介绍和研究，如对《荷马史诗》、印度史诗等的介绍和研究相比，也有着很大差距。比如藏族英雄史诗《格萨尔王传》，谁也不否认它在中国以及世界英雄史诗中的桂冠地位。它的产生时代目前无定论，有说产生于11世纪，有说产生于13世纪，也有说产生于14、15世纪。实际上这部史诗产生的年代，比学者们争论的时代要早得多。从史诗所反映的内容来看，它无疑产生在原始社会末期、奴隶社会初期那种部落纷争、战争频繁的年代里。最初可能是一些歌颂格萨尔的短篇史诗，在以后的漫长岁月中才演变发展成现在所具有的庞大体制和规模。这种规模究竟有多大，未见全貌。一般说法，整个史诗有60多部，120多万诗行。它的流传简直成了一个谜。目前发现的不仅有藏文本，而且有蒙古文本。"藏文本流传在广大的藏族居住地区，也流传在土族、纳西族等地区和尼泊尔、不丹几个国外地区。蒙古文本流传在内蒙古、新疆、青海、甘肃等蒙古族居住地区，国外流传在蒙古人民共和国、苏联布里亚特自治共和国等地区。"①这部史诗早就

---

① 王沂暖：《关于〈格萨尔王传〉的几个问题》，《民间文学》1982年第4期。

引起国外许多学者的重视,法文、英文、德文、印度文的部分翻译本,成为国外学者研究《格萨尔王传》的珍贵资料。早在1776年,俄国的旅行家帕拉莱斯就曾在俄国出版过他的《格萨尔的故事》。1839年,俄国的斯英迪特在彼得堡印行蒙古文《格萨尔王传》,并译成德文出版。20世纪30年代,苏联的郭增对《格萨尔王传》的人民性、艺术性进行评论,并译出七章蒙古文本的《格萨尔故事》。1902年,法国的弗兰克从西藏搜集了藏文手抄本《格萨尔王传》,并于1905年在印度出版了藏英对照本《格萨尔王本事》。20世纪20年代,法国18岁的德维尼尔女士到青海地区,拜藏族永格登为义父,记录了藏族艺人说唱的一部分《格萨尔王传》,后译成法文,1931年在巴黎出版。另外,法国学者石泰安也曾到中国四川藏族地区搜集《格萨尔王传》,1956年在巴黎出版了《林土司本西藏的格萨尔王传》,又写成《格萨尔王传研究》一书。这说明《格萨尔王传》具有世界影响。相形之下,我们对这部史诗的研究远远落在外国学者后边。柯尔克孜族英雄史诗《玛纳斯》的搜集、整理和研究也同《格萨尔王传》的情况相似。这部史诗共8部,20多万诗行,在柯尔克孜地区广泛流传,"玛纳斯奇"(专门演唱《玛纳斯》的民间艺人)朱素甫·玛玛依能演唱整部史诗,他是活着的荷马,对柯尔克孜族文学和中国文学有独特的贡献。这部史诗已记录完备,摆在我们面前的将是艰巨的研究任务。蒙古族长篇史诗《江格尔》主要流行于西蒙古,即新疆的阿尔泰山区和额尔齐斯河流域的蒙古族聚居区,即卫拉特蒙古族之中。目前已搜集、整理、翻译和出版,在卫拉特蒙古族中还在不断发现新的异文。

中国少数民族英雄史诗如此浩繁,为少数民族民间文学的研究开辟了广阔的领域。它的搜集、整理、翻译、出版和研究工作需要一支庞大的队伍。只靠少数人无法弄清这笔遗产的蕴藏情况,无法清理现存的文献资料,也无法进行系统的、深入的研究。如果说民间文艺学科是一门边缘学科的话,对史诗的研究尤其是这样。

二、少数民族史诗的内容特色

摩尔根说:"人类是从发展阶梯的底层开始迈步,通过经验知识的缓慢积累,才从蒙昧社会上升到文明社会的。"① 这种阶梯,摩尔根认为有三级,各级均有自己的文明标志。蒙昧社会的标志是鱼类食物、用火知识、弓箭的发明;野蛮社会的标志是制陶术的发明、驯养动物、用灌溉法种植农作物、用土坯和石块从事建筑、冶铁术的发明和兵器的使用等活动;文明社会的标志是标音字母和文字使用。摩尔根认为《荷马史诗》正是产生于人类社会的高级野蛮社会阶段,也即在原始社会末期和奴隶社会初期。这一点我们从蒙古族、藏族、柯尔克孜族的史诗中可以找到许多例证。

史诗在一个民族的文学史上,是一种文艺百科全书。它所表现的内容相当广泛,也很有特色。史诗内容的特色,可归纳为如下几个方面:

(一)部落战争是英雄史诗描写的中心题材

当人类社会跨越蒙昧阶段和野蛮阶段向文明阶段发展时,氏族制度逐步瓦解,同时随着生产力的不断发展,人们战胜自然力的能力大大增强。"征服大自然的初步胜利,唤起了他们的安全感、自豪心和对新胜利的希望,并且激发他们去创作英雄史诗。"② 为了维护安全,抵御自然和外部落的入侵、掠夺,部落战争成为"英雄时代"经常发生的事情。部落联盟的军事首领,就成为英雄史诗中当然的主人公。比如,蒙古族英雄史诗(民间俗称《镇压蟒古斯的故事》,或称《平魔传》)包括众多的短篇史诗。这些史诗产生于原始社会末期和奴隶社会初期。据史料记载,公元7世纪前后,蒙古各部处于氏族社会末期,这时一些先进的部落开始孕育着奴隶制因素,蒙古各部的主要生产方式是狩猎和放牧。史诗对这种经济生活、意识形态、风俗习惯做了细致的描写和曲折的反映。如《红色勇士谷诺干》中的主人公谷诺干,是一位理想化了的原始部落的酋长和军事首领。他代表着正义、勇敢和力量。在他的统领

---

① 摩尔根:《古代社会》第1册,商务印书馆,1972年,第2页。
② 高尔基:《个人的毁灭》,载冰夷等译《论文学(续集)》,人民文学出版社,1979年,第54页。

下，部落民过着和平宁静的生活。但在远离谷诺干部落的山谷里，住着一个12个脑袋的魔鬼。"它不愿从事劳动，偏偏仇视安宁，它想终年混战，抢劫善良的人民。它老想残害出名的英雄，侵吞别人的领土，它总想奴役普天下的人类，霸占世界上所有的财富。"12头魔鬼趁谷诺干外出打猎，远离部落的时候，抢走了他美丽的夫人，于是发生了战争。这就是氏族社会瓦解之后，随着财产积累社会发生阶级差别，部落战争开始变为对财产和奴隶的抢劫和掠夺的现实。史诗中的12头魔鬼显然是临近谷诺干部落的另一部落的酋长。另一史诗《大无畏的楚伦勇士》中发生的部落战争的直接起因也是为了畜群和财产。由此可见，以畜牧经济为主的社会现实，为保卫本部落利益而发生的部落战争，是英雄史诗产生的基础，也是它的主要内容。

（二）英雄人物是英雄史诗的第一歌颂对象

在中国各民族中流传的短篇和长篇的英雄史诗大都以史诗中的英雄人物命名，而且史诗一开始都讲到英雄诞生。《格萨尔王传》第一章《在天国里》讲道，格萨尔王原是白梵天王的三儿子顿珠尕尔保。他聪明英俊，膂力过人，诸般武艺样样精通。这时候，下界人间，正是一个非常混乱的时期。妖魔鬼怪到处横行。各个地方，差不多都被他们霸占着。善良无辜的老百姓，遭受他们的欺凌迫害，没有一天好日子过。于是白梵天王派顿珠尕尔保下界投生。就在格萨尔降生之前，他的父亲僧唐惹杰，听信第三个妻子那提闷和弟弟超同的逸言，将其母遗弃。于是格萨尔降生在一个又小又破、四面透风的帐篷里。长大后"身上穿一件难看的黑山羊皮破皮袄，脚上穿一双难看的红鞡破马靴，腰上扎一条难看的结六个疙瘩的麻绳做腰带，头上戴一顶难看的像鹰翅膀一样的尖尖帽；背后插一个小旗儿，骑上小马驹，跑遍上沟下沟一切地方，去寻找吃的东西"。格萨尔在这里完全被描绘成一个贫苦的牧民。由于他具有超人的才智、出众的武艺，才平定了周围的部落纷争，娶珠毛为妻，纳妃称王，成了上岭尕地方的部落首领（黑头人君长）。史诗还讲他虽为部落首领，但每每事必躬亲，甚至到蕨麻海边放牧牛羊马群，他的爱妃珠毛也亲自背水煮饭。一旦战争爆发，他马上将国事交付手下的大将而独身前往。他完全是为了上岭尕部落的利益，反抗暴虐，除暴安良。格萨尔是藏族人民勇敢、力量和智慧的化身。以他的一生事迹为主要线索所形成的史诗，在我们面前展现出藏族处于原始社会末期和奴隶社会初期的生活画面。柯尔克孜族英雄史诗《玛纳斯》一开始也讲述英雄的诞生。史诗一开始就讲：奴役着柯尔克孜人的卡勒玛克汗王从占卜者那里获悉，柯尔克孜人中将要降生一位英雄，他的名字就叫玛纳斯。他将率领柯尔克孜人推翻卡勒玛克人的统治。残暴的卡勒玛克汗王便派人把所有怀孕的柯尔克孜妇女抓来剖腹检查，妄图扼杀即将诞生的英雄。但是在机智的柯尔克孜人的掩护下，玛纳斯平安降生人间，并长成力大无比的英雄。他亲自参加劳动，同情贫苦百姓，逐渐团结八方勇士，统一分散的柯尔克孜部落，带领人民南征北战，为柯尔克孜部落报仇雪恨。其他几部主要讲述玛纳斯的子孙后代，与卡勒玛克人进行的斗争。除玛纳斯之外，史诗塑造了众多的英雄人物，如他的爱妻卡尼凯，就是他深谋远虑的得力助手。蒙古族英雄史诗《江格尔》中的江格尔，是宝木巴部落联盟的盟主。他征服和统一了许多部落。领导组织了6012名勇士和500万奴隶胜利地进行了许多次故乡保卫战。洪古尔是史诗中的红色雄狮，在他身上集中了蒙古人的99个优点。他对故乡、对人民无限忠诚，他具有雄狮一般的勇敢精神和顽强不屈的斗争意志，他是草原勇士的典型。在《江格尔》众英雄的身上，可以看到蒙古族人民的美好愿望和英雄理想。阿拉坦策基，史诗是把他作为智多星塑造的，说他能"牢记过去九十九年的祸福，预知未来九十九年的吉凶"。萨布尔是铁臂力士，沙纳拉具有坚韧不拔、任劳任怨的英雄品格，明彦是世界第一美男子，凯吉拉干是口若悬河的祝赞手、雄辩家。就是史诗中的女主人公，如江格尔的妻子阿盖·莎布塔拉，洪古尔的妻子哈林吉措，都是不仅美貌，而且具有惊人的才智。他们对爱情的忠贞专一更是史诗尽力歌颂的。

  史诗把英雄人物作为第一歌颂对象。格萨尔、玛纳斯、江格尔、洪古尔、谷诺干、希热图等，在史诗中都是一些箭垛式的英雄人物，他们既有共性又有个性。有时他们的性格又是极其复杂的。在战场上他们铁马金戈，威武雄壮，在家庭中又执着于爱情，诉尽柔肠。如在《格萨尔王传·降伏妖魔》这一部中，当格萨尔出征降伏妖魔时，他的决心是不可动摇的；在部落利益与个人利益发生矛盾时，他无疑是集体利益和意志的象征。但史诗也用了大量篇幅和抒情唱段，描写珠毛对格萨尔的眷恋之情，致使格萨尔念及爱情，优柔不断，表现出格萨尔善良敦厚的性格特征。

（三）史诗展现了广泛的生活画面，揭示出妇女的悲剧命运

史诗在其产生和流传过程中，跨越了几个漫长的社会发展阶段，每一阶段都有不同的内容注入其中。所以史诗在内容上又是极其庞杂的。如人类童年时期对图腾的膜拜、原始宗教信仰，对天地日月、祖宗亡灵的祭祀，在史诗中都有反映。有些史诗还反映了人类婚姻制度的演变。在史诗产生的时代，大都采取族外婚的形式，氏族和部落内禁止通婚，男子到外部落娶妻，女子远嫁他乡。原始时代"母权制的被推翻，乃是女性的具有世界历史意义的失败。丈夫在家庭中也掌握了权柄，而妻子则被贬低，被奴役，变成丈夫淫欲的奴隶，变成生孩子的简单工具了。妇女的这种被贬低了的地位，在英雄时代，尤其是古典时代的希腊人中间，表现得特别露骨，虽然它逐渐地被伪善地粉饰起来，有些地方还披上了较温和的外衣，但是丝毫也没有消除"[①]。女性社会地位的这种变化，我们在少数民族的史诗中经常可以看到。格萨尔王有许多妻妾。《降伏妖魔》一章，描述了妖魔长臂恰巴拉忍毒龙抢走格萨尔爱妃梅萨绷吉而发生的一场战争。《红色勇士谷诺干》中，描述了12头魔王抢走谷诺干美丽的夫人而发生的战争。智勇王子希热图骑马驰向太阳国，去向幼年订婚的盖丽茹公主求婚。完婚回来后，又和洗劫故乡的12头魔鬼展开生死斗争，解救双亲和受难的百姓，胜利返回故乡。从这里我们可以看到，史诗的时代已和神话时代大不相同，女性煊赫的时代已经过去，古代神话中保存的母权制的残余在史诗中已不复见到，代之而起的是男性英雄，这时男女结合"既不是精神相通，更不是理想一致。男的武艺超群，女的美貌，就能构成结合的基础"[②]。史诗中为女性而战的描写，充分揭示出妇女的悲剧命运。

[①] 恩格斯：《家庭、私有制和国家的起源》，载《马克思恩格斯选集》第4卷，人民出版社，1972年，第52页。

[②] 谢明兹：《英雄史诗简论》，载钟敬文编《民间文艺学文丛》，北京师范大学出版社，1982年。

三、少数民族史诗的艺术特色

马克思在《〈政治经济学批判〉导言》中指出,史诗至今"仍然能够给我们以艺术享受,而且就某些方面说还是一种规范和高不可及的范本"①。马克思的这段话是对史诗美学价值的高度评价。作为一种规范和范本,表现出史诗在题材选择上,在各民族民间文学体裁中,没有比它更广阔的。史诗反映了整个原始社会末期和奴隶社会初期的生产、生活,社会风情画面。在结构上,没有哪一门类的民间叙事作品可与史诗相比;在人物形象塑造上,史诗中的英雄人物总是一个民族的性格的象征;在语言上,史诗融汇了口头韵语和散文形式的精华,造成史诗语言壮丽雄伟的气势。下面我们将史诗艺术上的特色分别加以介绍。

(一)结构宏伟,气势磅礴

史诗除单篇的作品之外,一般都是鸿篇巨制,结构庞大。这种结构形式是由史诗所反映的具体内容决定的。藏族的《格萨尔王传》叙述了格萨尔一生的战斗事迹。它的结构有两种形式:一种是分章本,一种是分部本。分章本是把格萨尔的一生事迹,在一个说唱本里分若干章来叙述,实际上是一种简缩本。如甘肃人民出版社出版的《格萨尔王传》贵德分章本就是这一类型的本子。它共分五章,即《在天国里》《投身下界》《纳妃称王》《降伏妖魔》《征服霍尔》。有些分章本尚有第六章,即最后一章《安定三界》。这种分章本将英雄格萨尔一生中的主要行事都包括了。分部本往往取格萨尔事迹中的一个片段,敷演成首尾完整,独立的一部。也有些分部本,是新增加的情节。这样就使整个《格萨尔王传》的分部本多达几十部。柯尔克孜族的英雄史诗《玛纳斯》和《格萨尔王传》不同,它不以玛纳斯一人的事迹贯穿整部史诗,而是写了几代人的斗争,共有 8 部 20 多万诗行。史诗的第一部《玛纳斯》,从英雄诞生写到英雄逝世。以下各部《赛麦台依》,叙述玛纳斯的儿子赛麦台依继承父业,与卡勒玛克人斗争,最后被叛将坎乔劳肯杀害;《赛依台克》写

---

① 马克思:《〈政治经济学批判〉导言》,载《马克思恩格斯选集》第 2 卷,人民出版社,1972 年,第 114 页。

第三代英雄赛麦台依的儿子赛依台克严惩叛徒，驱逐外敌，重新振兴柯尔克孜族的英雄业绩；《凯耐尼木》写第四代英雄赛依台克的儿子凯耐尼木平息内乱，抵御外侮，为柯尔克孜人缔造和平生活的业绩；《赛依特》写第五代英雄凯耐尼木的儿子赛依特，斩除七头妖魔，为民除害的英雄事迹；《阿斯勒巴恰、别克巴恰》写第六代英雄赛依特的两个儿子阿斯勒巴恰和别克巴恰继续与卡勒玛克人的斗争；《索木毕莱克》写第七代英雄别克巴恰的儿子索木毕莱克战胜卡勒玛克人的英雄业绩；《奇格台依》写第八代英雄索木毕莱克的儿子奇格台依与再次前来侵犯的卡勒玛克掠夺者的斗争。《玛纳斯》各部之间既可单独成为独立的篇章，内容上又相互联系，从而形成史诗宏伟的规模。整部史诗通过玛纳斯几代人的斗争事迹，表现了柯尔克孜人勤劳勇敢的品质和他们追求自由幸福生活的强烈愿望。它是柯尔克孜人顽强意志的生动体现。蒙古族的《江格尔》和藏族、柯尔克孜族史诗的结构又不相同。《江格尔》着力描写以江格尔为首的英雄群体的英雄业绩。在江格尔手下有6012名勇士，对这些热爱故乡、珍视友谊、疾恶如仇、英勇善战的众多英雄，特别是英雄雄狮洪古尔，史诗都做了热烈的描写与歌颂。这就形成了《江格尔》庞大的史诗规模。

决定史诗宏大规模的内在因素是它充实而丰满的内容。一定的内容总要求与之相适应的形式去表现。各民族的英雄史诗是在长期的历史发展过程中形成的。从它的宏大的规模中，我们看到了各民族劳动人民天才的智慧和创作上的才能。

（二）神话、幻想与现实巧妙交织

史诗产生的时代与神话产生的时代相当接近，所以它无法摆脱神话对它的影响。史诗并非一时、一地、一人之作，它是在长期的人民口头创作历史中形成的，具有全民性和集体性的特征。史诗中的英雄人物既是神奇的，又是现实的；既是真实的，又是理想的。他们往往代表了一个民族的民族精神。

藏族《格萨尔王传》的产生时间是很早的，它几乎概括了公元7世纪到10世纪青藏高原部落纷争的社会现实。之后，史诗在长期的口头流传以至形成它的庞大体系时，在内容上起了许多变化。它的神话（原始神话）色彩逐渐为宗教意识所代替，特别是佛教思想浸透到史诗的各个篇章。尽管如此，这部史诗的光彩并未被淹没。相反，在宗教外衣的保护下得以保存和发展。史诗中讲道，格萨尔虽是天神之子，但当他投生下界时，却成了真正的人。他对众多妖魔的胜利，是人对神或人对魔的胜利。在他身上更多地体现了神话、幻想与现实的交织和统一。如史诗中关于格萨尔人间生活的描写，处处给人以现实感，仿佛使我们闻到了藏族所特有的酥油茶的芳香，民族生活特色是很浓的。如珠毛命婢女阿琼吉、里琼吉打酥油茶的场面，就具有人间烟火味。酥油茶煮好之后，敬天神、敬大王，给婢女喝，剩下的喂马、喂狗，泼在地上、撒上灰等民族生活和风俗习惯，都描绘得十分真切。只有当格萨尔遇到困难时，他的保护神才来帮助。这时，人的美好愿望（幻想）只是借助神力加以实现罢了。

蒙古族短篇英雄史诗《智勇的王子喜热图》在神话与现实的糅合上，具有代表性。史诗讲道：在东方特古斯王国，诞生了一名智勇的王子希热图。春天的一日，他在宫里熟皮子，想到自己的终身大事而无限惆怅。他遵照父母的指示，到太阳国去，向幼年时订婚的太阳国盖丽茹公主求婚。太阳国国王不肯轻易允婚，设下三种竞赛，试探希热图的本领。在赛马、射箭、摔跤三项比赛中，希热图以超人的机智和本领战胜对手，得以和盖丽茹公主完婚。这三项比赛，至今还是蒙古族传统节日"那达慕"的主要内容。而史诗中的蟒古斯部落则处处呈现出一幅奴隶遭受压迫的悲惨情景。从太阳国、特古思国到蟒古斯部落的描写，无不表现出史诗创作者的美学理想和神话、幻想、现实紧密结合的显著特点。

（三）壮丽华美的语言形成史诗鲜明突出的民族特色

史诗的出现常常标志着一个民族语言发展的高峰和创作走向成熟。因为史诗中奇特美妙幻想的表达、威武雄壮的战争场面的描绘、众多的个性鲜明的人物形象的塑造、真实的社会生活的叙写，都是靠准确、鲜明、生动的语言来完成的。史诗产生于民间的集体口头创作，它无疑汲取了民间口头语言的精华。大型的英雄史诗，在创作和流传中，时间和空间跨度很大，而且在流传过程中不断丰富加工，使语言具有无比巨大的表现力。如《格萨尔王传·降伏妖魔》关于格萨尔出征前那番披挂的描写就是如此。珠毛唱完，格萨尔大王也唱道：

妃子珠毛你听着，
你快去开开仓库门的锁钥。
拿出我那胜利白额好头盔，
拿出我那世界披风好战袍。
把上边的灰尘抖呀抖三下，
再抖一下就把妖魔魂抖掉。
拿出我那朱砂降魔剑，
拿出我那水晶白把刀。
抽刀出鞘亮呀亮三下，
再亮一下就把妖魔魂吓掉。
拿出我那大鹏展翅好箭袋，
拿出我那红鸟七兄弟好神箭。
把箭头磨呀磨三下，
再磨一下就把妖魔魂吓掉。
拿出我那大星放光的挡箭牌，
拿出我那弯如牛角的好宝弓，
把灰尘抖呀抖三下，
再抖一下就把妖魔魂抖掉。
从中间的仓库里，
拿出我那红绒方垫的好鞍鞯，
拿出我那光辉灿烂的金鞍子，
把灰尘抖呀抖三下，
再抖一下就把老妖魂抖掉。
叫出马童白雪神，
拉出神智赤兔马，
要用金盆盛鲜奶给马吃，
要用玉盆装草料给马吃。
垫上我的红绒方垫好鞍鞯，

>备上我的光辉灿烂金鞍子。
>我雄狮大王骑在骏马上，
>上天下地谁能比？

格萨尔的这段唱词，显然是吸收了藏族的马赞、鞍赞、刀赞、弓箭赞等民间祝赞词的语汇。祝赞词在藏族民间很流行，它是对美好事物的祝赞。用它来塑造格萨尔的形象，或构成史诗的形象画面，不仅壮丽多姿，而且为人民群众所接受。在人物对话中，史诗常根据不同人物的身份，借用民歌表达思想感情，如《格萨尔王传》中牧羊人所唱的"我牧羊人是人中最好的，山羊皮袄是衣服中最好的，白羊皮帽是帽子中最好的，抛石器是武器中最好的……"这些来自牧区人民生活中的词汇，往往具有浓厚的生活气息。

其一，民间格言和谚语使史诗所要表达的思想具有哲理性。如史诗《玛纳斯》在人物对话和状物抒情时，常出现"战不胜天灾，就战不胜仇敌""没有翻不过的高山，没有战不胜的敌人""让外敌来侵犯，是英雄最大的耻辱"等具有号召性和坚定人们战胜困难的勇气的谚语，也有"生长梨子的地方，长不出荆棘来""在天堂里游荡一千天，不如在地上活上一日""坚冰融化变成水，醉意散去会清醒"这些深含哲理和人生经验的谚语，随着口头传唱，使史诗表现出口语化的显著特点来。

其二，大胆运用铺陈、夸张、比喻、拟人等表现手法，造成史诗雄浑壮美、绚丽多彩的气魄。翻开任何一部英雄史诗，我们都可看到语言上的铺陈、夸张、比喻和拟人手法比比皆是。那壮美的言辞构成的生动人物形象和画面，令人惊叹。至今我们还没有发现任何作家的诗歌创作，在语言上达到如此高超的成就。我们仅举《江格尔》第三章《洪古尔和萨布尔的战斗》为例，来说明史诗在语言上的这一特点。萨布尔是被江格尔收服的一名勇士。第三章一开始，史诗用精练概括的语言介绍他的身世。他的父亲是大无畏的英雄，他的母亲是如大海般富有的女人，而他号称铁臂力士，人中的鹰隼。在江格尔的盛大宴会上，右手第一名勇士阿拉坦策基就提醒江格尔：

>人中的鹰隼，

铁臂力士萨布尔，
他有八十一庹长的月牙斧，
片刻不离他的肩头，
无论多么强悍的勇士，
都经不住他的利斧一砍，
无论怎样骁勇的骑手，
都被他一手拎过马背。

萨布尔还有一匹用一万户奴隶换来的线脸栗色马，它是千里宝驹，跑起来无论什么样的快马也不能超过它。这样的勇士，让谁去降伏他呢？只有江格尔手下的摔跤名将、独胆英雄洪古尔。对洪古尔，史诗是这样描写的：

在东方，
他是人民的梦想。
在西方，
他是人民的希望。

冲进敌群勇猛厮杀，
好像灰狼冲进羊群。

在六万名敌将云集的战场，
他英勇地徒步鏖战，
把那高大的香檀连根拔起，
理了枝丫扛在肩上。
猛力一击，
把五十名好汉打得肢体断碎。
信手扫去，
把五六名勇士打得血肉飞迸。
他的盔甲腐蚀了，

刀伤化脓了，
脓血流淌了，
香檀似的腰杆弯曲了，
光彩焕发的面孔灰尘似的黯淡了。
这时六千支枪尖向他刺来，
他纵身一跳，
四肢不碰枪尖，
像火星一样跃到高山顶上。

这样的勇士，却在宴会上喝得酩酊大醉，一醉就是七七四十九天。江格尔带领 8000 名勇士迎战萨布尔，被杀得人仰马翻。这时江格尔的夫人阿盖来到洪古尔酣睡的金宫，用她纤细柔软的十指，在洪古尔箭筒似的两耳中间，挠了 23 次，洪古尔才从酣睡中惊醒。阿盖夫人用极夸张壮美的语言激励洪古尔上阵杀敌：

高尚的洪古尔啊，
你不是瞬间就能十二变吗？
你不是为了守护江格尔而生吗？
你不是为江格尔飞跑的野兔吗？
你不是为江格尔攫取猎物的雕鹰吗？
你不是搏击长空的鹰隼吗？
你不是完美无缺的勇士吗？
你不是亿万勇士的先锋吗？
你不是万千勇士的屏障吗？
战场上你不是无畏的英雄吗？

在征服"舒牟那斯"的时刻，
要你这酒醉的男儿有什么用场？

洪古尔与萨布尔的战斗，史诗并不做环境与气氛的烘托，主要写力量的争锋。萨布尔举起月牙斧，砍断洪古尔肩上的甲环，斧刃陷进肉里三寸深；洪古尔仍然挺枪跃马，揪住萨布尔的甲绦，"那甲绦上的三个铁环，大如三岁的绵羊"。洪古尔拎着萨布尔来到江格尔的黄花旗旁。凯旋之后二人结为兄弟，"大宴进行了八十天，那达慕举行了七十天，幸福的酒宴又继续了六十天"。

从《江格尔》的多样而又统一的语言风格中，我们看到史诗粗犷豪迈的民族特色。对力量的崇拜和尚武精神正是游牧民族气质和性格的表现。

其三，韵散兼行，便于叙事和抒情。史诗大部分都是用韵语演唱的，但也有些史诗除韵文演唱外，还常常伴有散文的说白。这种形式直接影响到一些民族的叙事诗的创作。史诗中散文部分一般用于叙述情节，而韵文部分除叙述情节外，主要用于抒情。如藏族的《格萨尔王传》，无论分章本还是分部本都采用韵散兼行的形式。散文作为叙事性语言，多用于情节的过渡，比较概括和简短。韵文部分以叙事带动抒情，形象感人。韵文语言还富于音乐美和节奏感，《格萨尔王传》的韵文部分，不讲究押韵，这也是藏族诗歌的特点，但十分注意音律的和谐。作为一种说唱艺术，艺人们说唱时，讲究唱腔，边说边唱，辅以动作表情，往往绘声绘色，声情并茂，这也是史诗所以受人喜爱的原因所在。

总之，史诗的语汇是十分丰富的，它表现了政治、经济、军事、文化、宗教、生产、生活、地理环境和风土人情等广阔的内容。史诗的语言随着社会生活的不断变化，随时都在吸收群众语言中生动、形象、具有表现力的词汇，所以史诗对语言学的研究也具有很高的价值。

史诗作为一个民族知识的总汇，具有多方面的研究价值。目前，中国各少数民族史诗的研究还仅仅是个开始，开发这一宝库是摆在众多的研究者面前的迫切任务。当我们认真地探讨史诗产生、流传和发展的规律时，不仅可以从中得到艺术享受，同时也会发现中国少数民族所具有的惊人的创造力。创造了英雄史诗瑰宝的民族，是完全可以引以为自豪的。

（原载《中央民族大学学报》1983 年第 3 期）

论《苗族古歌》中的神话

苗族是中国最古老的民族之一。在古籍《山海经》中有关于"三苗"和"蚩尤"的记载,有的学者认为他们即是苗族的祖先。把神话传说中的人物,附会成苗族的祖先,未必得当。但苗族的先民在3000多年以前,就休养生息于长江中游的"荆楚"地区,却是事实。由于历史悠久,苗族在长期的历史发展中,创造和保存了极其丰富的民族文化遗产。其中最有价值的部分是"古歌",里面保存了大量的古神话资料。它不仅是中国民间文学工作者取之不尽的宝藏,而且对人类学、社会学、民族学、民俗学以及语言学的研究,也很有价值。本文只就《苗族古歌》在神话学上的意义做一些探讨。

一

1979年,贵州人民出版社出版的《苗族古歌》(贵州省民间文学组整理,田兵编选),是苗族民间文学中十分重要的作品,它集中反映了苗族古歌包含的庞大的内容,引起了民族民间文学工作者和国外学者的普遍关注,他们发表了许多研究文章。

《苗族古歌》共收入古歌13首,8000余行。这样一部规模宏大的古歌神话,完整地反映了苗族先民对天地形成、人类起源、民族迁徙的认识,具有神话与史诗的性质,不妨把它看作苗族动人心魄的"创世纪"。

这部8000余行的古歌,一开始就把我们带到了远古洪荒时代。它用苗族民歌中盘歌的形式,一问一答,徐徐道来,逐步揭开了苗族民众企图认识自然的探索精神：

> 我们看古时，
> 哪个生最早？
> 哪个算最老？
> 他来把天开，
> 他来把地造，
> …………

提出这样的问题，必然要做出明确的回答，哪怕是借助于想象。

古歌神话中的《开天辟地》是这样叙述人类开辟史的：在天地开辟以前，先生下了一批开天辟地的巨人。然后才生下了天地。天刚生下来，像个白色的大撮箕；地刚生下，像张黑色的大晒席。它们一生下来，又都"相叠在一起"，这时有一个叫作剖帕的巨人，"举斧猛一砍，将天地分开"。又有一个叫作往吾的巨人，用一口天锅，将天和地煮得圆圆的。但是，天和地很小，巨人把公和样公，把婆和廖婆"把天抽三抽，把地捏三捏"，天地就变大了。从此，天和地分开了。然而天和地相距太近，人们只能低头坐着，一抬头就要碰着脑壳，那还怎么生活？这时又有一个叫作府方的老人，他有八双手臂，力大过人，一下子把天顶起来。这样：

> 风才来回吹，
> 鸟才自由飞，
> 雨才往下降，
> 树才往上长，
> 人在地上住，
> 再不弯腰杆。

古歌中的《运金运银》《打柱撑天》《铸造日月》是《开天辟地》的继续。据说，原来天地是由蒿秆和五倍树支撑的，由府方老人的一只手支撑着。这样天总是支不稳，常常垮下来。所以由宝公、雄公、且公、当公这些巨人来运金运银、打柱撑天。用金银柱撑天当然要比蒿秆、五倍树撑天合理得多，但《苗族古歌》所着重描述的是人类祖先的一场群众性的创造劳动。这一劳动，几乎动员了全体人类以及动植物、无生物来参加。《苗族古歌》对运金运银、打柱撑天的集体劳动的描写十分出色，十分生动。我们似乎在这一劳动中看到了原始人类为了战胜自然和困难，团结一致、共同协作的动人情景。

开天辟地在各民族神话中都是作为一种壮举来描绘的。《苗族古歌》也是这样。其次是万物的创造。养优造山，修纽造江河，普罗米修斯式的火耐老公公击石取火，宝公、雄公铸造太阳、月亮、星星及银河……

关于人类的起源，是开辟神话中十分重要的部分。《苗族古歌》中的《枫木歌》《洪水滔天歌》，就是关于人类起源的赞歌。

现在我们来探讨枫树为什么在《苗族古歌》中占有那样重要的地位，被大加描述和歌颂。从《苗族古歌》中我们看到，远古的苗民，其中的一部分大概是崇拜枫树的。在人类社会的发展中，由崇拜动物图腾过渡到崇拜植物图腾，预示着社会的一大进步。但这种社会仍是原始社会。苗族崇拜枫树，有如下几个原因。

第一，枫树相传是一种最古老的树种，它有着极其旺盛的生命力。

枫树在村边，枫木在寨旁。
一朝一层叶，两朝两层叶。
长到十七岁，活到十七年。
树干十七抱，树丫高齐天。

——《栽枫香树》

这样旺盛的生命力，人们当然敬之如神。

第二，高大的枫树长在寨边村旁，绿荫如盖，几人合围，挺拔秀丽，被人们看成是护卫、吉祥的象征。自然它也是苗族青年男女游方、谈情说爱的好地方。

> 天上一神男，桑耿雅立壁。
> 地上一仙女，妲配榜香油。
> 一对好情侣，游方在树下。
>
> ——《砍枫香树》

第三，苗族先民认为人类是从枫木中产生的，"枫能生人"，枫树和自己的氏族有着血缘关系。

这就说明，在苗族远古社会里，是崇拜枫图腾的。而这种图腾主义又和远古苗民人类起源的观念、原始的宗教意识紧紧地联系在一起。

洪水神话，在中国西南少数民族民间文学中被大量保存下来，各具特色。在神话演进史上，洪水神话是开辟神话的尾声。在《洪水滔天》和《兄妹结婚》中，《苗族古歌》一方面赞美以姜央为代表的人类同以雷公为代表的自然力的斗争。如姜央和雷公，同为妹榜妹留所生，但他们代表了善恶两种势力，这在神话中是十分典型的。姜央以艰苦卓绝的斗争战胜雷公，表现了处于原始社会的苗民不屈服于大自然和人定胜天思想。另一方面，洪水神话正如闻一多先生所说，它的着重点是在叙述人类的再创造。至于兄妹结婚，从人类学、社会学角度考察，它无疑反映了原始社会群婚制的残余。

二

《苗族古歌》独具特色的地方，还在于它塑造了一个个个性鲜明的开天辟地的巨人群像。这种开辟巨人的形象，在中国各民族神话中是比较少见的。苗族是不是巨人族的后裔呢？这个问题也似乎值得探讨。巨人群在《苗族古歌》中的一再出现，使古歌神话生气勃勃、威武雄壮。由这样一批巨人开天辟地，创造世界，巨人成了苗族人民艰苦奋斗、战胜自然的象征。

《苗族古歌》中出现的巨人，有30多位。为了不磨灭他们的功绩，我们不妨占用一点篇幅略加介绍。

剖帕：第一个开天辟地的人。

汉文典籍中记载的盘古开天辟地的神话，越来越多地被人们认为是中国苗、瑶神话。徐整《三五历记》中说：

> 天地浑沌如鸡子，盘古生其中，万八千岁；天地开辟，阳清为天，阴浊为地。盘古在其中，一日九变，神于天，圣于地。天日高一丈，地日厚一丈，盘古日长一丈。如此万八千岁，天数极高，地数极深，盘古极长。

盘古的这种开天辟地法，和剖帕相比，大为逊色。

往吾：剖帕辟地开天之后，他把天地放在天锅里煮，煮得圆圆的。他的另一个功绩是刨撑天柱：

> 回头看古时，往吾心肠好。
> 手拿推天刨，来来回回刨。
> 刨得金银柱，人影都看到。
> ——《打柱撑天》

府方，在古歌神话中多次出现。他"脚杆有九节，手臂有八双，能吃九篓鱼，能吃九槽粑，嘴巴咬死马，腰杆硬像钢"。只有这样力大无穷的巨人，才能担负起升天、降地的重任。"府方老人家，手粗像大树，一边撑着天，一边做活路"。他还猛力一抽，把撑天柱直直立起来。府方不仅开天辟地，还关心人类的繁衍，在《十二个蛋》中，府方就亲手给抱姜央蛋的鹡宇砌窝。

养优，是又一个苗族神话中的巨人。他的功绩是多方面的。最初造山，在运金运银中，他骑马追赶金、银，并飞起一脚把金、银踢下龙潭。当金、银运到九节滩时，遇到九条蛟龙的阻拦，又是养优赶走蛟龙，把金、银运上滩。

火耐，是火的发明者。他"用石互相击，迸出红火苗"。他的功绩并不亚于汉族传说中的燧人氏和希腊神话中的窃火者普罗米修斯。

耙公、秋婆、绍公、绍婆四个巨人，似乎是农业神：

> 耙公整山岭，秋婆修江河。

绍公填平地，绍婆砌斜坡。
才有土开田，才有地做活。
才有山种树，庄稼绿满坡。

——《开天辟地》

友禄、桑扎，善射的两位巨人，像汉族神话中的后羿一样。友禄有一张祖传的弓，"九十九个人，才能拉得弯"。但桑扎一个人就可以拉开，十二对日月被他射下十一对。

宝公、雄公、且公、当公，苗族的四位祖先，也是四位巨人。他们好像是一些精通冶炼技术的专家，是他们商议打撑天柱，铸造日月的。而且他们还是这一"群众运动"的具体组织者。在运金运银、打柱撑天、铸造日月中，几乎把所有的人、动物、植物、无生物都组织进去了。如养优骑马追赶金银；府拉（巨人）拉纤；往吾刨银柱；府方立金银柱；飞天汉（巨人）固定金银柱；月黛、月优（天上两个神女）刨日月；里工、雄天、冷玉（都是巨人）挑日、月上天；友禄、友恭、桑扎射日射月。就连动物中的龙、蜜蜂、蜘蛛、山雀、乃诺（一种鱼）、梅努（一种鱼）、螃蟹，植物中的芭蕉，无生物中的山、风等也都参加进来，贡献各自的才能。

还值得一提的是巨兽修纽，它同众多的巨人一样，也具有自己的神格，属开辟神，是江河的创造者。《苗族古歌》用了大量的篇幅来赞美它。

修纽黑云生，黑云生修纽，
头大如黑云，抬头遮日月，
垂头雨淋淋。

——《犁东耙西》

修纽力气大，头上长对角，
一撬山崩垮，再撬地陷落，
大水滚滚流，到处有江河。

——《开天辟地》

在《犁东耙西》中，修纽功劳卓著。榜香（巨人）用它来犁山。岩山做牛圈，地气当饭食，山凹做犁轭，"山岭做犁辕，山梁做犁柱，山脚做犁头，山峰做犁柄，岩板做铧头"。更为奇特的是，当修纽犁完山岭，耙定东西后，犁杖久置不用，这样，犁就变成了理锅（苗族进行神判的一种用具，即"捞油锅"。将油放入锅内烧开，放入斧子，使诉讼双方用手去捞，借以判断是非），耙变成理桌（理老在评理时置放祭物和拍打理片的桌子），牛轭变成大山坳，犁柄变成班鸠，而修纽自己变成春牛，永远服务于人类。

开天辟地神话在中国西南许多少数民族中均有流传，许多民族又都有自己的创世纪神话。但在一部神话中出现这么多的巨人神，却是少有的。和《苗族古歌》中出现这样众多的巨人相比，天神不仅很少出现，而且他们的力量是微不足道的。可见，苗族神话的创造者，是在自觉塑造他们自己所崇拜的英雄——那些在大自然面前毫不畏惧、挺身斗争的人。

《苗族古歌》内容如此纷繁，结构如此紧密，堪称苗族一部动人心魄的创世纪。《苗族古歌》中出现了那样多的巨人神，这些巨人是否构成了一套严密的神的体系呢？有没有最高的主宰神呢？没有。我们看到在开天辟地中出现的许多巨人，都是以单个的人出现的。从原始人相信"万物有灵"的观点看，他们与各种人格化了的动物、植物、无生物自由交往，互相谈心，共同协作开辟宇宙，创造万物，甚至可以和人类婚媾。如妹榜妹留就与水泡沫相爱，生出十二个蛋，由十二个蛋生出万物。今天看来，这些情节尽管荒诞离奇，但它却符合原始人对世界万物的看法和心理。另外，这些巨人的行动虽然有所分工，如耙公、秋婆可能是古代苗民崇拜的农业神；雄公、宝公专管冶炼等。但这种分工是不明显的，不能视为是人类进入文明社会的产物。这些巨人只不过在社会的大家庭中尽自己的一份责任而已。就拿《苗族古歌》中经常出现的府方、养优、宝公、雄公而言，他们在开天辟地中都是以普通劳动者的身份出现，从不以功自居，更看不到有什么阶级压迫的影子。

许多神话研究者总希望从各民族神话的研究中寻找出神的体系来，这当然是一种良好的愿望，但大多数民族的神话是找不到这种体系的。

中国各民族神话各有自己的民族特点，它们的保存和传播不尽相同。汉族神话多见于古籍记载，过于零碎和简古。要找出它的神系来很不容易。而各少数民族神话又多系口头流传，变异性很大，它们在各民族中流传，又都带有各自的民族特色，因而更难形成神的体系。应当看到，由于历史的原因，中国保存神话最多的西南地区的少数民族，他们的文学主要靠口耳相传，和一些先进的民族相比，虽然有所缺欠，但它也带来了一个极大的好处，即由于生产力的落后，与之相适应的传统文化比较完整地保存下来。这种原始文化今天被大量地挖掘、整理出来，实在是神话学研究者之幸。其实，神话中神的世系的出现，并不证明神话的进步，相反，却说明了神话的衰退。世界上许多文明发达民族的神话，都曾出现过神的世系系统，如希腊、北欧神话那样。这种神话世系的出现，往往改变了这个民族原始神话的本来面貌。而《苗族古歌》中出现的巨人群像，从它古朴的叙述描写中，我们可以更清楚地看到神话演进的痕迹，也可以据此对神话的产生原因给以更合理的解释。神话是原始人解释自然，解释人类起源，反映原始人生活的故事。从某种意义上讲，它是人类处于童年时期的科学和哲学。

三

优秀的神话具有永久的魅力。

神话并不是个人的创作，它是原始人类共同心理和智慧的结晶。神话是在人类同大自然的斗争中逐渐孕育而成的。它从一个民族的幼稚时代产生，经过长期的流传，不断丰富加工，由集体的想象力来完成。《苗族古歌》正是这样一部神话。

《苗族古歌》表现了远古苗民奇特的想象。它们要解释大自然的形成，就创造了开天辟地、打柱撑天、铸造日月的神话；他们要解释人类的起源，就创造了枫木和洪水滔天的神话；它们要解释民族的生存和斗争，又创造了跋山涉水、民族迁徙的神话。这样由人类童年时代的幻想所构成的神话，情节离奇、色彩斑斓，具有无穷的魅力。但这种丰富奇特的幻想又不是脱离实际的，它深深地扎根在原始人类生活的土壤中。比如，神话中关于宇宙形成与开辟的神话，在科学技术还没有产生的人类童年，只有根据他们自己的生活经验去加以想象；就是在科学技术高度发展的今天，也还没有完全揭开宇宙形成之谜，也还需要科学家们根据科学的实践去加以想象和探索。如果没有这种大胆的想象，自然科学就不会进步。

在《苗族古歌》中，我们看到远古苗民相信"万物有灵"。在他们眼中，大自然中的一切都是有生命、有灵魂的。草木鱼虫、山岩鸟兽、风云雷电都具有人格。这种把自然万物人格化的思想，正反映了原始人类的宇宙观。

关于万物起源的神话，任昉在《述异记》中记载：

昔盘古氏之死也，头为四岳，目为日月，脂膏为江海，毛发为草木。秦汉间俗说：盘古氏头为东岳，腹为中岳，左臂为南岳，右臂为北岳，足为西岳。先儒说：盘古氏泣为江河，气为风，声为雷，目瞳为电。古说：盘古氏喜为晴，怒为阴。

这种盘古垂死化身的神话，在中国西南一些少数民族（如壮族、苗族、瑶族、白族）中都有完整的故事流传，有些已成为创世纪神话，如白族《创世纪》等。这大概是同一母体神话的不同变异。而在《苗族古歌》中，关于万物起源，却又有它自己的解释。《苗族古歌》认为世界万物的起源是在巨人们开天辟地中逐渐创造的。如养优造山、追金银，修纽（巨兽）造江河，宝公、雄公造日月、星星等，这就比盘古垂死化身的神话更生动，更具有浪漫主义特色。

神话是产生在原始社会的文学，它曲折地反映了原始社会人们的生活和理想。原始人敬畏自然力，崇拜自然力，更崇拜那些战胜自然力的人。从某种意义上讲，神话是原始人的"人话"，是把人神化了。所以一切优秀的神话，都表现着人的智慧和力量。一部《苗族古歌》正是形象地反映了人类战胜自然的历史。《苗族古歌》中凡是写到巨人们的行动时，都着墨浓重，充满激情。比如《开天辟地》中的宝公、雄公、且公、当公，有大量的篇幅来描述他们的道德。在他们身上体现了集体的智慧和力量。在打柱撑天和铸造日月中，他们想得多么周到，亲自运金运银，亲自仿样铸造日月。柱子造好了，都是一般长,"四角没高下,天顶平洋洋,东西和南北,不知是哪方,雨水不下降,田地闹干旱"。他们便想办法"东方金柱子,砍短三尺三,西方银柱子,加高一尺半,雨水往下落,田地不干旱"。对铸造日月的劳动,《苗族古歌》描写得十分生动:

> 金子熔化了,银子熔化了,
> 宝公和雄公,吃九条牯牛,
> 吞九槽粑粑,周身是力气,
> 一跳九丈高,拿把大锤子,
> 举齐杉树高,猛力打下来,
> 金银满地跑。
> ……………
> 你把袖子挽,我把裤脚捞,
> 锤子轻轻打,半空起风暴,
> 锤子狠狠打,山山岭岭跳,
> 惊得雷公吼,震得龙王叫。

这种忘我劳动的情景被描绘得栩栩如生,十分感人。这和汉族神话中那位"与颛顼争为帝,怒而触不周之山,折天柱,绝地维"的共工的形象是多么鲜明的对比。

《苗族古歌》的语言也很朴素且富有民族和地方特色。从黔东南苗族聚居区采集整理的这13首古歌,都是五言体的古诗,翻译后的古诗力求保持古歌原有的风貌。尤其独特的地方是,《苗族古歌》押调不押韵,这种声母相谐的古歌,如同押韵的诗歌一样,唱起来朗朗上口。诗歌采用押调形式歌唱,可以说是黔东南苗族聚居区和其他地区的诗歌都不同的地方,是一种独创形式。

《苗族古歌》的语言是夸张的,但又是朴实生动的。如《铸造日月》中关于里工、雄天、冷王形象的描写:

> 里工是好汉,腰硬像生钢,

> 脚粗像碓杆，立着像座山。
> …………
> 雄天是好汉，肩膀厚又宽，
> 大树连根拔，大山也能搬。
> …………
> 冷王是好汉，头上生水井，
> 肩上有鱼塘，越热他越冷。
> …………

同是挑日月上天的三个巨人，形象绝不雷同。

在《洪水滔天》中，关于雷公与姜央的描写也形象逼真。

> 雷公和姜央，越结仇越深。
> 起初那时候，仇恨鹌鹑大。
> 稍后那时候，仇恨公鹅大。
> 到了最后么，仇恨水牛大。
> 粗有十七抱，大有十九圈。
> 雷公恨姜央，恨到骨髓里。
>
> ——《洪水滔天》

用日常生活中常见的事物比喻雷公和姜央的矛盾之深，生动感人。像这样的例子，《苗族古歌》中比比皆是。这又说明苗族语言词汇的丰富。

《苗族古歌》没有严格的格律，五言一句，有点像汉族的乐府民歌。在诗节的构成上自由活泼，不以诗句多少为限，而是服从内容的需要，可以是两句、四句、七句、八句、十一句、十二句一节，等等，表达起来不受拘束，容易记忆和传唱。

《苗族古诗》是用对话的形式传唱的。谈古问今，一问一答。在摆古论今的过程中，许多现代生活的事物都跑到神话中去了，这给我们更准确地理解和把握古歌的原意带来很多困难。这种"以后代前"的现象，在各民族民间文学中普遍存在，也是口头文学的一种特点。我们绝不能因为《苗族古歌》中出现了后来的事物，就说它是人类进入文明时代的产物，从而贬低了古歌神话的认识价值。

(原载《中国少数民族神话论文选》，广西民族出版社，1984年)

游牧民族的创世神话
——谈哈萨克族《迦萨甘创世》

一

哈萨克族学者尼合迈德·蒙加尼搜集整理的哈萨克族神话《迦萨甘创世》和《神与灵魂》，发表于《新疆民族文学》1982年第2期。这一神话的发表，不仅为哈萨克族民间文学研究开拓了一个新的研究领域，而且引起了中国神话研究工作者的注意。因为就这一神话所产生的民族、地域和它反映的内容特色，在中国神话研究中，具有很重要的学术价值。

近几年来，随着中国民间文艺学科的发展，中国神话及神话学的研究出现了一个崭新的局面，突出表现在中国少数民族神话引起许多学者、专家和研究工作者的热情关注和浓厚的兴趣。已发表的众多的神话和神话学论文开始冲破汉族神话资料的局限，以大量的少数民族神话资料充实研究内容，并在此基础上进行理论概括，探讨中国神话（包括少数民族神话）产生、流传、发展、演变的规律，分类及其内容特色，社会功能及其与民族学、社会学、人类学、民俗学、历史学的关系等。这是民间文学领域专题研究工作发展的必然趋势。

如何认识中国少数民族神话及其在中国神话史上的地位、作用和价值，是摆在每个神话研究者面前迫切需要解决的课题。早在20世纪20年代末，茅盾先生在研究中国神话时，就已注意到了这个问题。当时，他在概括叙述中国神话的历史和现状时，将中国神话按其流传地域，区分为北部神话、中部神话和南部神话。就神话的流传和保存,他认为中国神话南部保存得最少,北部次之,中部最多。他还指出:"南部神话现唯盘古氏的故事以历史的形式被保存着。然而我们猜想起来,已经创造了开天辟地神话的岭南民族,一定还有其他许多神话。"中华人民共和国成立后,随着中国少数民族,特别是西南少数民族神话资料的不断发掘,充分证明茅盾先生的预见是完全正确的。但就北、中、南部神话的保存而言,结论似应颠倒过来。那就是:中国神话南部保存得最多,中部次之,北部最少。这也并非定论。为了彻底弄清中国神话产生、流传的全貌,许多研究者在研究南方少数民族神话时,目光并不局限于已大量挖掘的南方民族神话,他们同样以极大的兴趣关注着北方少数民族神话的发掘。在这种意义上讲,哈萨克族神话《迦萨甘创世》的搜集、整理和发表,就其性质来说是十分有意义的。特别是作为创世神话,它至今还流传和保存在北方游牧民族之中,更显出它的可贵。这也说明,在中国北方游牧民族中,和南方少数民族一样,不仅有创世神话保存,而且从神话所反映的内容来看,同样具有古老纯朴的品质。

在中国北方少数民族(诸如蒙古族、维吾尔族、达斡尔族、赫哲族、鄂伦春族、鄂温克族等)民间,一定有不少古老神话在流传,但目前搜集到的还很少。蒙古族神话,只是在一些古代典籍如《蒙古秘史》、《史集》(又称《集史》)中保存了某些片段。其他如鄂温克族的《创世萨满》,赫哲族的《莫日根射太阳》《月亮的故事》等,也只有少数篇章。在北方少数民族中,像哈萨克族《迦萨甘创世》这样系统讲述天地开辟史的神话,比较少见。究竟是什么原因造成北方民族的神话如此稀少或失传,实是一个值得探讨的问题。

其一,和北方民族流传繁复的英雄史诗相比,神话的保存大为逊色,这也许正是北方民族古代神话保存较少的原因之一。我们知道,神话产生于人类的童年时期,从人类社会发展阶段来看,在原始社会时期。到了原始社会末期,随着氏族社会的解体,部落战争频频掀起,神话时代让位于英雄时代;人们对部落英雄的崇拜代替了对自然神灵的崇拜。在这种情况下,神话融入英雄史诗,成为英雄史诗的重要内容。我们在读少数民族英雄史诗时,能明显地感受到神话对它的影响,也能从英雄史诗中看到古代神话的影子。

其二,造成北方民族神话稀少和失传的原因,与这些民族的社会生活有直接关系。和中国南方民族不同，北方民族在很长的历史阶段过着游牧生活，逐水草而居，缺乏像中原和南方民族那样稳定的自然和生活环境。加上长年的部落争战、民族迁徙，多次的民族融合，原来流传的神话便逐步散失。

其三，由于北方民族民间文学中，叙事诗（包括英雄史诗）、民间歌谣、民间故事等体裁异常发达，作品十分丰富，长期以来，民间文学工作者将其工作的重点放在如上等类作品的搜集、整理上，相形之下，对神话的搜集注意不够。所以从这个意义上讲，《迦萨甘创世》神话的搜集，给了我们以很大的启示：在中国北方少数民族中，至今仍然保存有丰富的原始神话，对它的"抢救"已迫在眉睫。

二

古老的神话，是在人类历史发展的一定阶段产生的一种特殊的文学现象。在人类社会发展历史上，特别是人类尚处于蒙昧阶段时，他们的生活经历大致相似。这样的生活就决定了他们具有共同的心理和思维特征。就以创世神话而言，《迦萨甘创世》所反映的内容与世界上其他国家各民族创世神话，与中国西南各民族创世神话有许多惊人的相似之处。比如对宇宙开辟的认识，希腊神话说："最初，宇宙是混沌状态，天地不分；陆地、水、空气，三者混在一处。"北欧神话说："最初，宇宙为混沌一团，无天，无地，无海。"盘古神话说："天地浑沌如鸡子。"在中国西南少数民族神话中也多"混沌"之说。哈萨克族《迦萨甘创世》也认为："远古时候世界混沌一片，无所谓天，无所谓地。"关于对万物和人类起源等的解释，更有许多相似处。但和其他民族神话相比，《迦萨甘创世》又有它独特的地方。主要表现为以下几点：

第一，《迦萨甘创世》神话篇幅虽然不长，但包含的内容极其丰富。它不仅反映了远古的哈萨克人对宇宙万物形成的一系列认识，表现了他们的宇宙观。而且这一神话在经历了漫长的流传过程之后，不断丰富加工，形成了一整套神的体系。在这一神体系中，迦萨甘被作为最高的主宰神加以崇拜，具有开辟神的神格。同时在哈萨克这样的游牧民族中，作为神体系的主宰神，又有它特殊的含义，即迦萨甘既是创世主，又是哈萨克部落的保护神。在他之下，有光明之神太阳、月亮，黑暗之神恶魔，羊神巧潘阿塔，牛神臻恩格巴巴，马神坎巴尔，骆驼神奥依斯尔哈拉，还有雷神、风神、水神、火神、山神、土地神等等。从他们的神格来看，有的是自然保护神，有的是畜牧保护神。所有这些神格的创造，都与哈萨克人的游牧生活息息相关。由此也可看到，神话只不过是现实生活的折光罢了。

第二，从神话分类学的角度观察，《迦萨甘创世》属于开辟神话。但它又不仅仅叙述天地开辟史，它还包括人类起源、冥界、民族族源神话。和中国西南少数民族神话不同的是，《迦萨甘创世》中唯独没有洪水情节。关于宇宙的开辟，神话说：创世主迦萨甘"四肢具有，五官齐全。有耳能听，有眼会看，有舌头可以讲话，长相和人差不多"。他在混沌一片的世界中，先创造了天和地。"当初，天只有圆镜那般大，地只像马蹄一样小。迦萨甘把天地做成三层：地下层、地面层和天空层。后来，天和地各增长成七层，而且在慢慢地长大。""那时候，天和地漆黑一团，寒冷无比。迦萨甘用自身的光和热又创造了太阳和月亮。从此，天和地便得到了光明和温暖。"关于天地的创造，在西南地区的瑶族、壮族、苗族、彝族、布依族等民族中也有类似的叙述，但这些民族的神话都坚持了"盖天说"，和哈萨克族神话不同。关于生命和人类起源，各民族神话中有不同的解释，《迦萨甘创世》讲道：迦萨甘为了给大地创造主人，在"大地的中心栽了一棵'生命树'。生命树长大了，结出茂密的'灵魂'。灵魂的形状像鸟儿，有翅可以飞。这时候，迦萨甘用黄土捏了一对空心小泥人。小泥人晾干以后，迦萨甘在他们的肚上剜了肚脐窝。然后取来灵魂。从小泥人的嘴巴里吹进去，一对小泥人便悠然站立，欣腾雀跃。他们就是人类的始祖。男的取名叫阿达姆阿塔，意思是'人类之父'；女的唤作阿达姆阿娜，意思是'人类之母'"。两个小人长大之后自相婚配，生子繁衍成哈萨克族25个不同的部落。在《神与灵魂》中，还讲到迦萨甘所植生命树在人间和冥界的作用。在人间，生命树上的每一片叶子，代表一个人的灵魂。新生命诞生就会长出一片新叶。同样，有人死去，一片叶子便枯萎掉落。但人死之后，灵魂是不死的，会保护自己的子孙后代，随时给他们以佑助。用黄土造人，在汉族的《女娲》中就有反映："俗说天地开辟，未有人民，女娲抟黄土作人，剧务，力不暇供，乃引绳于泥中，举以为人。"彝族的《天地的来源》中说，人是托罗神和沙罗神造的。他们拿黄土做人身子，用黑炭和白泥造人眼睛，造好之后，放太阳下晒了整整七天，才变成人。两位天神对着泥人吹了口气，使人会呼吸、会说话、会唱歌。但栽种"生命树"，给黄土内引入灵魂则是哈萨克族神话所独有的。它生动地反映了古代哈萨克人灵魂不灭的观念。

第三，《迦萨甘创世》反映了哈萨克先民强烈的部落意识。这是游牧民族神话的显著特点。部落意识是一个民族历史发展中的产物。神话中的部落意识，证明了神话的逐步演变和发展。这种部落意识，往往和哈萨克先民早期的祖先崇拜联系在一起，是祖先崇拜意识的合理发展。迦萨甘是人类的祖先，他所植的"生命树"，树上的每一片叶子，既代表每一活着的灵魂，又代表了哈萨克整个原始群体。所以，不仅迦萨甘是部落保护神，而且这一群体的英雄及他们的灵魂，也是部落保护神。正因为如此，在赛马、摔跤甚至打仗时，哈萨克人往往要高呼自己部落祖先的名字，或呼喊本部落已故的英雄们的名字，目的是祈求他们大显神灵，前来助佑。牲畜得了病，要赶到祖坟去过夜，托祖宗的灵魂为其除灾灭祸。

第四，《迦萨甘创世》对日月创造和天象的解释，也和中国西南少数民族神话中的日月神话不同。首先，太阳和月亮是迦萨甘用自身的光和热创造的，它又是供人们生存和享受的。当恶魔黑暗违反迦萨甘的意旨，从天外偷偷闯进平静的人间，恣虐横行、残害生灵时，太阳和月亮牺牲双方的爱情，去迎击黑暗、追赶黑暗，以致再也没有相聚的机会。他们的眼泪变作雨和雪洒向人间。而在中国西南少数民族神话中，太阳和月亮的形象大都是十分凶残的，天神、巨人制造太阳和月亮，把光明带给人间，但往往"十日并出"造成酷暑和干旱，给人类带来巨大灾难。于是在这些民族的神话中，常出现"羿"一类的射日、射月的英雄。这说明南方和北方民族由于所处的地域和气候条件不同，对日月的感受不同，从而创造出具有不同特色的神话。

三

如此看来，哈萨克族的《迦萨甘创世》在中国神话史及其研究中具有非常重要的价值，而这是由这一神话所反映的独特的内容所决定的。另外，从哈萨克族迦萨甘神话的产生，也说明这一神话的出现不是偶然的文学现象。哈萨克民族大都信仰伊斯兰教，按照伊斯兰教的规定，凡信仰伊斯兰教的人是不应有偶像崇拜的。在伊斯兰教发源地沙特阿拉伯王国，绝对禁止一切偶像。工艺品中的人物塑像、儿童玩具、洋囡囡，以及商店橱窗里的模特儿等，都在禁例。他们认为这类偶像都是为了顶礼膜拜而造，而崇拜偶像是与伊斯兰教的戒律背道而驰的。而在哈萨克民族中流传的《迦萨甘创世》《神与灵魂》等神话，不仅把迦萨甘视为创世主、部落保护神而大加崇拜，而且还有对其他诸神的崇拜以及拜日、拜火的习俗。这种现象一方面说明《迦萨甘创世》的产生是很早的；另一方面说明中国的哈萨克民族在信奉伊斯兰教之前，民间曾流行过自己的原始宗教信仰。这种原始宗教信仰表现为哈萨克人的祖先崇拜和对自然事物的图腾崇拜。就像《迦萨甘创世》中表现出的对日月的崇拜；对雷神、风神、水神、火神、山神、土地神、畜牧神的崇拜；对人祖、部落祖先和英雄的崇拜；等等。神话的创造者们认为，万能的迦萨甘给世间的万物赋予了灵魂，使其都有了生命，而且还派了为数众多的神司掌事物，庇护万物，使之得以生长，造福于人类。这种能给人间赐予好处和幸福的神，被哈萨克人尊为慈善之神。这种在原始的"万物有灵"观念支配下产生的对自然物的崇拜，正是《迦萨甘创世》产生的生活基础。

另外，神话的产生还和原始民族宗教信仰、生活习惯有密切关系。拜日、拜火、拜牛乳既是哈萨克人的宗教信仰，又是他们的生活习俗。在哈萨克族人民的日常生活中，他们对火有着一种特殊的感情，生活中常伴随着拜火仪式。"火是光明的象征，是驱除一切恶魔、妖怪的神，是屋内锅灶的保护神。所以，牲畜发病时用火熏；新娘进门时先拜火，还要往炉火中倒油。油燃起时，在座的人都口念'火娘娘，油娘娘，给我们把福降'。由冬窝子向夏窝子搬迁之前，首先净身，也叫'驱邪'。在搬迁的途中，要在两处点燃起篝火，然后将驮载东西的驮畜和牛羊等畜群从两堆火之间吆赶过去，通常还要有两位老婆婆站在火堆旁，口中念念有词：'驱邪，驱邪，驱除一切恶邪！'"(《神与灵魂》)拜火是日常生活习俗，当火被作为保护神进入神话之中时，又使这一生活习俗随着神话的流传一代一代延续下来。

《迦萨甘创世》是典型的北方游牧民族神话，具有十分重要的科学研究价值。类似的神话在北方其他民族中也一定有流传和保存，如果悉心加以搜集，对中国神话学的研究一定可以提供更加充实的资料。就是对民族学、民俗学等学科的研究，也具有不可估量的意义。

(原载《新疆民族民间文学研究》，新疆人民出版社，1986年)

试论盘古神话

在中国文学史的教学和研究中,涉及文学艺术起源时,往往要追溯到古代神话。因为古代神话产生于人类的远古时期,被视为文学(包括民间口头文学)的源头之一。在中国,古代神话资料极为丰富,其中,有的已见诸文献记载,而更多的至今仍流传和保存在各民族人民的口头传说之中。这是一个十分值得注意的现象。比如,中国古代神话中的盘古神话,属于开辟神话之一,就既有文献记载,又有口头流传。在中国西南地区的许多少数民族中,可以收集到许多盘古神话或"盘古"型的开辟神话,它无疑是中国文学宝库中的一宗重大财富。

但是,长期以来,在众多的中国文学史和中国小说史著作中,盘古神话均被排斥在外。似乎只有《山海经》《楚辞》《淮南子》《穆天子传》《庄子》《国语》《左传》《述异记》等典籍中保存的神话,才是中国古代文学艺术的武库和土壤。事实上,大量的少数民族民间文学资料证明,作为开辟神话的盘古神话,在中国古代神话中是非常典型的。它早已引起人们的重视。早在公元3世纪,即三国时期,吴国人徐整就将当时在民间流传的盘古神话做了文字记载。徐整以后数百年中,盘古神话的采集继响无闻。到了公元6世纪时,任昉在《述异记》中关于盘古神话的补记,实为集盘古神话之大成。在盘古神话的研究方面,20世纪20至30年代,夏曾佑、吕思勉、闻一多、茅盾等,都做过详细论述和考证,贡献出很好的研究成果。近几年来,随着少数民族神话资料的不断发现和神话学研究的深入,盘古神话又一次引起许多学者、专家和神话研究者的重视,特别是在少数民族文学史编写中,对盘古神话的认识与再评价显得更为重要。

一、盘古神话是中国开辟神话的滥觞

马克思指出:"任何神话都是用想象和借助想象以征服自然力,把自然力加以形象化",神话"是已经通过人民的幻想用一种不自觉的艺术方式加工过的自然和社会形式本身"。[①] 马克思关于神话本质的论断告诉我们:想象、幻想、不自觉的艺术加工,是人类处于童年时期的思维特征。原始人类关于自然和社会现象的解释,正是依据这一思维特征进行的。当原始人类为了自身生存而和大自然发生关系时,往往迫切需要揭开自然形成之谜。于是他们自然地创造了开天辟地的英雄——盘古,并把宇宙开辟的功绩归于盘古一人。这种看来是极其荒诞不经的解释,正说明原始人类是依照他们持有的思维方式,去解释自然,创作"文学"的。

关于盘古神话,茅盾先生在其所著《中国神话研究 ABC》一书中,曾做过一个大胆的猜想。他认为盘古神话属于中国岭南民族神话。现在看来,这已不是猜想,而是一种科学的预见。越来越多的材料证明,盘古神话的确是南方少数民族神话,而且是中国开辟神话的滥觞。

天地开辟,宇宙形成,原是中国古代各民族人民都十分关心的问题。也许在远古时期,我们的祖先确曾创造过许多开辟神话;可惜由于种种原因,未予记录下来。春秋战国时期,楚国大诗人屈原在《天问》中,就提出过关于天地创造的问题:"遂古之初,谁传道之?上下未形,何由考之?冥昭瞢暗,谁能极之?……圜则九重,孰营度之?惟兹何功,孰初作之?"

意思是说:远古太始之元,世界上什么都没有,又由谁把这些事传下来?在天地尚未形成时,一片混沌,又有谁考订它?白天与黑夜,晴明晦阴,又有谁详细知道?至于说到天有九重,是谁营造的呢?这样大的功力,又由谁最先完成?显然屈原的《天问》,不是凭空产生的。在他生活的时代,一定有许多关于宇宙开辟的神话,引起屈原极大的兴趣,所以他才提出了一系列的问题

---

① 马克思:《〈政治经济学批判〉导言》,载《马克思恩格斯选集》第2卷,人民出版社,1972年,第113页。

细细追究。但不知什么原因,诗人只提问,不解答。《山海经》虽集中国古代神话之大成,也没有一则神话直接或间接地回答屈原在《天问》中提出的问题。直到三国时,吴人徐整方从古代南方少数民族中收集了盘古神话,载入《三五历记》中,这算是我们迄今所知,最早见于古籍记载的天地开辟神话。《三五历记》已佚失。《艺文类聚》卷一引《三五历记》云:

> 天地浑沌如鸡子,盘古生其中,万八千岁,天地开辟,阳清为天,阴浊为地。盘古在其中,一日九变,神于天,圣于地。天日高一丈,地日厚一丈,盘古日长一丈。如此万八千岁,天数极高,地数极深,盘古极长。后乃有三皇。

这则记载说明,当天地混沌未开之时,盘古已孕育其中,而且他是随着天地的形成、变化而成为开天辟地的巨人的。而传说中的"三皇"①,则在盘古之后。这也说明盘古神话产生的久远。

又《绎史》卷一引《五运历年记》云:

> 首生盘古,垂死化身。气成风云,声为雷霆,左眼为日,右眼为月,四肢五体,为四极五岳,血液为江河,筋脉为地理,肌肉为田土,发髭为星辰,皮毛为草木,齿骨为金石,精髓为珠玉,汗流为雨泽,身之诸虫,因风所感,化为黎甿。

这一段属于解释神话的文字,虽然简单,但它对自然万物、山川草木的形成和对人类起源的解释,无疑是打上了原始初民思维特征的。它对盘古形象的描述极为生动。在原始初民看来,既有盘古,那么自然界诸事物的创造就成了顺理成章的事情。

如果我们把盘古神话放到世界神话的范畴里去考查,就会发现,它与其他

---

① "三皇"之说不一:《三五历记》以天皇、地皇、人皇为三皇;《尚书大传》以燧人、伏羲、神农为三皇;《白虎通义》以伏羲、神农、燧人或伏羲、神农、祝融为三皇;《春秋·运斗枢》以伏羲、神农、女娲为三皇。

国家或地区的开辟神话有许多相似之处。如在希腊与北欧神话中，都认为宇宙是混沌状态、天地不分。关于万物起源，希腊神话说是爱神厄洛斯取箭射入地的冷胸，地乃生万物；在北欧神话中，则说世界万物是由奥定用冰巨人伊密尔的尸体造成的。奥定"将他的肉造成土地，置于混沌一团之中；将他的血造成海，围绕土地；将他的骨骼造成山；齿造成岩石；头发造成树木花草和一切菜蔬。他们又把伊密尔的骷髅造成了天，覆盖了地与海，把他的脑子造成云"[①]，等等。如果我们把盘古神话放到中国西南少数民族的神话领域去考查，我们就会发现，各民族开辟神话具有更多的相似，有时竟至是同一母题神话的不同异文罢了。如纳西族《创世纪》、白族《创世纪》、苗族《苗族古歌》，以及壮、布依、侗、彝等族的开辟神话中都有类似的说法。

我们也应当看到，徐整关于盘古神话的记载，也还只是这一神话的片段，而且这种片断的记载融入了作者的思想，如：他将盘古神圣化（神于天、圣于地）、哲学化（阳清为天，阴浊为地）、历史化（后乃有三皇）了。但从整体来看，这些又无损于盘古神话的原型。

盘古神话在中国的流传是很广的，任昉在其《述异记》中，就引用了"秦汉间俗说""先儒说""古说""吴楚间说"。他还讲道"今南海有盘古氏墓，亘三百余里，俗云后人追葬盘古之魂也。桂林有盘古氏庙，今人祝祀。南海中有盘古国，今人皆以盘古为姓"。这都是由盘古神话而产生的殊风异俗。值得注意的是，任昉认为："盘古氏天地万物之祖也，然则生物始于盘古。"遗憾的是，这一关于盘古神话开辟性质的真知灼见并未引起后来研究者们的足够重视，并在文学史上给盘古神话以应有的位置。

盘古神话为什么遭到如此冷遇呢？究其原因，可能有如下几点：

第一，和《山海经》《楚辞》《淮南子》等文献所记载的神话相比，盘古神话尽管产生很早，但文字记载出之较晚，它是三国时期的吴国人徐整首次记录的，所以，自然进不了文学史的原始社会文学。

第二，盘古神话系民间口头文学的记录，而口头文学一向不被文学史家所重视。我们认为，神话是民间文学的源头之一。这一源头有时被人们发现，

---

① 茅盾：《神话杂论》，载《神话研究》，百花文艺出版社，1981年。

加以记录；有时又不被人们发现、记录而仍然流传在口头。无论有人发现与无人发现，它都是一种客观存在。而且，口头文学由于流传上的特点是很难断代的。对待民间文学，特别像神话一类的作品，主要看它所反映的内容。盘古神话无疑反映了原始初民对宇宙、自然万物形成的认识，它产生在人类的童年时代，至今还在人民群众中口耳相传。应当说，它是一种极其古老的神话。

第三，盘古神话是南方少数民族神话，而《中国文学史》向来又以汉民族文学为主，以书面文学为主，于是它也为一些文学史家所忽视。

盘古神话，在中国各民族古代神话中占有特殊的地位。公元3世纪出现的文学记载，与今天仍在民间流传的作品相印证，对我们探讨盘古神话的渊源和流变，有着十分重要的意义。

二、盘古神话的族属及盘瓠神话

（一）盘古神话的族属

关于盘古神话的族属问题，历来众说纷纭。盘古神话早已出现在汉族文人作品之中，如明末周游编撰的小说《开辟衍绎》第一回里写道：

> （盘古）将身一伸，天即渐高，地便坠下。而天地更有相连者，左手执凿，右手持斧，或用斧劈，或以凿开，自是神力。久而天地乃分，二气升降，清者上为天，浊者下为地，自是混茫开矣。

文字是文人的加工创造，演绎得极为合理。作者虽给盘古手中加上开辟宇宙的有力工具，但它并没有脱离古神话的胚胎。人们常说"自从盘古开天地，三皇五帝至于今"，并由此认为盘古神话是中原神话或汉族神话。

前边已说过，盘古神话在三国以前并未见诸文字记载。所以许多中原的学者并不知道有此开辟神话。王充在《论衡·谢短篇》里说：

> 五经以前，至于天地始开，帝王初立者，主名为谁？儒生又不知也。

《山海经·海外北经》有关于烛阴神话的记载：

> 钟山之神，名曰烛阴，视为昼，瞑为夜，吹为冬，呼为夏，不饮、不食、不息。息为风，身长千里。

《大荒北经》又说：

> 西北海之外，赤水之北，有章尾山，有神，人面蛇身而赤，直目正乘，共瞑乃晦，其视乃明，不食，不寝，不息，风雨是谒，是烛九阴，是谓烛龙。

《绎史》卷一和《广博物志》卷九还引《五运历年记》说：

> 盘古之君，龙头蛇身，嘘为风雨，吹为雷电，开目为昼，闭目为夜。

由这些资料，一些学者便得出盘古神话即《山海经》烛龙（烛阴）神话的演变，烛龙（烛阴）、盘古同为一神。这种论断不能令人信服。理由是在《山海经》的烛龙（烛阴）神话中，并没有涉及天地开辟的问题，而在盘古神话中则讲到"天地浑沌如鸡子，盘古生其中，万八千岁，天地开辟"，而这才是盘古神话的核心。另外，盘古神话是宇宙及自然万物的生成神话。盘古的尸体化生反映了原始人类关于万物起源的朦胧认识，这也是非常重要的。但在烛龙（烛阴）神话中，只在于对自然现象的解释，如"视为昼，瞑为夜，吹为冬，呼为夏"等。所以烛龙（烛阴）神话与盘古神话在其内容上差异是很大的，不能在二者之间画等号，更不能就此认为它是烛龙神话的演进。

过去也曾有人认为盘古神话非汉族神话，而是南方民族——苗族神话。夏曾佑先生在其所著《中国历史教科书》（即《中国古代史》）中认为："盘古之名，古籍不见，疑非汉族旧有之说……不然，吾族古皇并在北方，何盘古独居南荒哉？"[①]这种破千古之惑的见解，其根据是《后汉书·南蛮传》有关盘

---

① 夏曾佑：《中国古代史》，原名《中国历史教科书》，河北教育出版社，2003年。

瓠的记载而得出的,虽缺乏足够的证据,但将盘古神话的流传地域划归南方,而且指出是苗族,实在是一种大胆的推断。

还有一种主张认为盘古神话来自印度、巴比伦。此说由来已久。明代跟随郑和下西洋的马欢(回族)在其所著《瀛洲胜览》中之"锡兰国"条下云:

> 王居之侧,有一大门,侵云高耸,山顶有人脚迹一个,入石深二尺,长八尺余,云人祖阿聃圣人,即盘古之足迹也。

印度的化生神话,见于《摩登伽经》的记载是:

> 自在以头为天,足为地,目为日月,腹为虚空,发为草木,流泪为河,众骨为山,大小便沥为海。

又《外道小乘涅槃论》也说:

> 本无日月星辰,虚空及地,惟有大水。时大安荼生,形如鸡子,周匝金色,时熟破为二段,一半在上作天,一段在下作地。

又《厄泰梨雅优婆尼沙昙》云:

> 太右有阿德摩,先造世界,世界既成,后造人。此人有口,始有言,有言乃有火。此人有鼻,始有息,有息乃有风。此人有目,始有视,有视乃有日。此人有耳,始有听,有听乃有空。此人有肤,始有毛发,乃有植物。此人有心,始有念,有念乃有月。此人有脐,始有出气,乃有死。此人有阴阳,始有精,有精乃有水。①

还有人认为盘古是西迁来中国的。黄节在《种源篇》中以巴比伦巴克族之

---

① 吕思勉:《盘古考》,载《古史辨》第7册(中),开明书店,1941年,第15页。

名巴克为盘古之音转,牵强附会。

前已说过,像这等巨人垂死化生的神话,在世界各国均有流传,在中国西南少数民族中也有流传。所以不能以此来认定盘古神话为外来神话。

不过以上种种论断,是在有关盘古神话的资料,特别是中国民间文学中的盘古神话资料十分缺乏的情况下得出的,因此颇多猜测。中华人民共和国成立以后,随着中国少数民族社会历史、语言和民间文学调查的开展,大量有关盘古神话的资料被挖掘出来,这样对研究盘古神话的族属问题,提供了更为可靠的根据。从这些资料中,我们看到:

其一,在白、苗、壮、瑶等民族民间都保留有盘古传说(神话)。其中以瑶族为最多、最完整。这些盘古神话,有散文的也有韵文的。如广西瑶族把盘古称为盘古王,说他寿长一万八千岁。在世时,开天辟地造人类。死后"左眼化作太阳日,右眼化成月太阴,岭上荒茅是头发,深潭鱼鳖是心肝,牙齿化成金银宝,红血化成江水津,身肉化为瓦共土,身骨化成大石身,手足化成山树木,手儿脚甲化星辰"①。

这则神话和徐整在《三五历记》中的记载情节基本一致。

其二,盘古神话被瑶族人民写入《过山榜》中。《过山榜》是瑶族民间长期流传的一种汉文文献,又叫《评皇券牒》《过山帖》《盘古圣皇榜文》。值得注意的是,《过山榜》主要在被称作"过山瑶"或"盘古瑶"的瑶族中流传。关于盘古神话,《过山榜》有如下记载:

> 昔时上古天地不分,世界混沌,乾坤不政(正),无日月阴阳,不分黑白昼夜,是时勿生。我盘古圣皇首先出身置世,凿开天地,置水土,造日月阴阳。

又说:

> 我盘古皇,开辟天地,置人民。先有瑶人,后有朝廷。功称无粮

---

① 广西民间文学研究会编《瑶族民间文学资料》第八集。

(量)……

《过山榜》是研究瑶族族源、历史、语言、文学的重要文献。在记载瑶族古代神话传说方面也有重要价值。瑶族把盘古称为圣皇,说他"出身置世",开天辟地,创造了自然万物。这样的记载,在苗族等其他民族中是没有的。

其三,从瑶族的风俗习惯来看,在中国广西、广东等地的瑶族中普遍祀奉盘古王。

任昉《述异记》云:

> 吴楚间说:盘古氏夫妻,阴阳之始也。今南海有盘古氏墓,亘三百余里,俗云后人追葬盘古魂也。桂林有盘古祠,今人祝祀。南海中有盘古国,今人皆以盘古为姓。

《路史·前纪一》注云:

> 今赣之会昌有盘古山,湘乡有盘古堡,雩都有盘古祠,荆湖南北以十月十六日为盘古生日。《元丰九域志》:广陵有盘古冢、庙。

刘锡蕃《岭表纪蛮》云:

> 盘古为一般瑶族所虔祀,称之为盘王。瑶人以为人之生死寿夭贫贱,皆盘王主之,故家家供其木主,片肉卮酒,必享王而后食。天旱祷盘王,舁王游田间。视禾稼,虽烈日如火,不敢御伞,冀王之怜而降雨也。

广东连南瑶族(南岗、内田、大掌等地)认为七月七日是盘古王诞。[①] 广西兴安地区的瑶族有"还盘王愿"的习俗。这是瑶族最隆重的节日,每年做

---

① 参见《广东连南瑶族自治县南岗、内田、大掌瑶族社会调查》。

四次，即二月、五月、六月、八月的社日（历书上有记载）。每四年还一次大愿。还大愿的仪式非常隆重。[①] 盘王愿是过山瑶（亦即盘古瑶）最隆重的仪式。凡遇家宅不安、六畜不旺、禾苗不好时，他们往往许下盘王愿，或在年内举行或在几年以后举行。[②]

由如上历史文献和瑶族社会历史调查材料可以看出，瑶族民间对盘古的信仰和崇拜，是何等郑重。这种习俗是历史遗留下来的，它说明在瑶族民间，把开天辟地的盘古当作瑶族祖先崇拜。

其四，从流传地域来看，盘古神话主要产生在长江以南的湖南长沙一带，而且是在历史上所说的"五溪蛮"民族中流传。"五溪"指今湖南沅水上游雄溪、樠溪、酉溪、武溪、辰溪。瑶族是"五溪蛮"的一支，而在三国时期，长沙一带正是吴国的辖地，所以当时流传在瑶族中的盘古神话，自然地被吴国人徐整载入《三五历记》中。加之受当时中原文化的影响，徐整增加了这一神话的哲学色彩自是情理中的事。

（二）盘古神话与盘瓠神话的关系

现在我们再来讨论瑶族盘古神话与盘瓠神话的关系问题。在上文中，我们尽量回避盘瓠神话，目的在于把盘古神话与盘瓠神话区别开来，如果放在一起许多问题就说不清。但在讨论盘古神话时，又不能不顾及盘瓠神话。关于盘瓠与盘古的关系，历来有二说。

其一，认为盘古即盘瓠，甚至认为盘古与伏羲也是同一神话人物。

夏曾佑在《中国历史教科书》中认为"盘古"乃"盘瓠"之音转。常任侠在《沙坪坝出土之石棺画像研究》中说："伏羲与盘瓠为双声，伏羲、盘牺、盘古、盘瓠声训可通，殆属一词。"闻一多在《伏羲考》中、袁珂在《古代神话选释》中都主此说。

除了一音之转之外，主张盘古即盘瓠的另一个理由是：任昉在《述异记》中有关于"盘古氏夫妻"的话。说者无心，看者有意。后世于是就将盘古神话与《山海经》中所叙黄帝的裔孙弄明生了一对白犬，白犬有牡有牝，自相

[①] 参见《兴安县两金区瑶族社会历史调查》。
[②] 参见《广西恭城县三江乡瑶族社会历史调查报告》。

配合，其后代成为犬戎的故事，《搜神记》所述盘瓠杀吴王立功，得公主为妻，子孙也成犬戎的故事，《独异志》所记女娲兄妹于昆仑山结草障面，配为夫妻，繁衍人类等故事联系起来，盘古神话遂成为盘瓠神话的演变。"'盘古氏夫妻'之说，亦有由盘瓠故事演变的迹象可循"，"盘瓠故事，源出于《山海经·大荒北经》"。①

其二，吕思勉在其所著《盘古考》中，完全否定了夏曾佑的观点。他认为盘古与盘瓠"渺无相涉，是其年代，必远在高辛之前，安得与盘瓠之说并为一谈邪"②。

盘瓠传说见于许多古籍，如《搜神记》《后汉书·南蛮传》《三才图会》《玄中记》《魏略》《晋记》等，更多的传说流传于瑶族民间。

《搜神记》云：

> 高辛氏，有老妇人居于王宫，得耳疾历时。医为挑治，出顶虫，大如茧。妇人去后，置于瓠篱，覆之以盘，俄而顶虫乃化为犬，其文五色，因名"盘瓠"，遂畜之。时戎吴强盛，数侵边境，遣将征讨，不能擒胜。乃募天下有能得戎吴将军首者，赐金千斤，封邑万户，又赐以少女。后盘瓠衔得一头，将造王阙。王诊视之，即是戎吴。为之奈何？群臣皆曰："盘瓠是畜，不可官秩，又不可妻。虽有功，无施也。"少女闻之，启王曰："大王既以我许天下矣。盘瓠衔首而来，为国除害，此天命使然，岂狗之智力哉。王者重言，伯者重信，不可与女子微躯，而负明约于天下，国之祸也。"王惧而从之，令少女从盘瓠。盘瓠将少女上南山，草木茂盛，无人行迹。于是女解去衣裳，为仆鉴（竖）之结，着独力之衣，随盘瓠升山入谷，止于石室之中。王悲思之，遣往视觅，天辄风雨，岭震云晦，往者莫至。盖经三年，产六男六女。盘瓠死后，自相配偶，因为夫妇，织绩木皮，染以草实，好五色衣服，裁制皆有尾形。后母归，以语王，王遣使迎诸男女，天不复雨，衣服褊裢，言语侏离，饮食蹲踞，好山恶都。王顺

---

① 袁珂：《古代神话选释》，人民文学出版社，1979年。
② 吕思勉：《盘古考》，载《古史辨》第7册（中），上海书店，1993年。

其意，赐以名山广泽，号曰"蛮夷"。蛮夷者，外痴内黠，安土重旧，以其受异气于天命，故待以不常之律。田（因）作贾贩，无关繻符传租税之赋。有邑，君长皆赐印绶。冠用獭皮，取其游食于水。今即梁汉、巴蜀、武陵、长沙、庐江郡夷是也，用糁，杂鱼肉，叩槽而号，以祭盘瓠，其俗至今。故世称"赤髀横裙，盘瓠子孙"。

《后汉书·南蛮传》《三才图会》等古籍记载与《搜神记》略同。在瑶族民间传说中，基本情节也与古籍记载相同，只是有所变异和丰富，将盘瓠形象描述得更加完美。如湖南城步、江华瑶族《过山榜》中保存的盘瓠神话说：

混沌年间，平王得龙犬一只，身长三尺，毛色黄斑，不同寻常。

当时，高王常侵犯平王，平王朝廷终日不安，恨之已极，要谋杀高王。但左右都不出声，不敢应承，唯独龙犬盘瓠①踊跃起身，拜于殿下，欲求平王圣旨去谋杀高王，群臣又惊又喜。平王即令龙犬盘瓠，有何妙计尽管说出。龙犬道："高王扰乱民心，畜愿去他朝，夺其首级报功。"平王道："你是畜生之物，何能去得他朝，夺得首级？"龙犬答道："我去他朝定受高王欢喜爱护，不能防以为敌，这样便不需兴动兵马，便可杀掉高王，除掉祸害。"平王听闻大喜。说道："你若有这般灵性，朕将宫女配你！"最后，平王又令侍臣，用百味款待龙犬盘瓠。

盘瓠吃了百味筵席，拜辞平王，立即起程，奔走如飞，浮游大海，七日七夜，到了高王朝中。高王见到盘瓠。知道它是天下异常之物，非常高兴，说道："俗话说，猪来贫，狗来富。平王朝廷一定败亡，中国定将强盛。"群臣都很高兴。高王即引盘瓠入宫，用美味招待。

高王得了盘瓠以后，如得珍珠宝贝一样，每次坐朝，常令在旁侍候，几天之后，高王游赏百花，行宫饮宴，大醉，卧伏龙台，不省人事。盘瓠见良机已到，乘左右退下之时，即发动伤人之口，咬死高王，衔着首级，复游大海，直奔平王朝廷。盘瓠来到殿前，伏地而卧，鲜血淋淋，大臣们

---

① 或音"盘护"，本文一律改为"盘瓠"。

慌忙上前扶起盘瓠，问明谋杀高王前后经过后，便转奏平王。平王升殿，验过高王首级，用火焚化埋掉，并封盘瓠为世袭之臣，荣享国公之职。龙犬盘瓠听说，反而不满地说："我本是畜生，不想做官荣身，王上有言在前，只想实现王上诺言。"平王听后，心里思索，盘瓠乃畜生，若与宫女配合，岂不笑话。平王怒，令左右倒下金钟盖住盘瓠。过了六天，平王反悔：盘瓠一身当万马之勇，不动军师刀剑，夺得高王首级回来，功劳非小。即令宫娥揭开金钟，只见盘瓠变成一男子，但头上一对耳朵未交好，宫娥忙用花头巾给他扎上。随后平王吩咐群臣给斑衣一件以遮其体，绣花带一条以缚其腰，绣手帕一条以束其额，绣花裤一条以藏其股，绣花布两块，以裹其胫。次日方晓，乃吉日良辰，盘瓠被招为驸马。

后来，平王仍怕人取笑，就令臣员夫役备车，赏赐金银一万八千两，布帛一十二篓，红绒二箱，百般家物用具一副，奴婢二人，送盘瓠夫妻到会稽山居住。数年之后，盘瓠与宫女生下六男六女，平王非常喜欢，即传下圣旨，封盘瓠为瑶族始祖盘王。六男六女各赐姓名，均为瑶族子孙。①

关于盘瓠的神话，在瑶族民间是很多的。而且在浙江、福建的畲族中也有流传，如《高辛与龙王》《三公主》等②。

为了了解盘瓠神话的全貌，我们将《搜神记》《后汉书·南蛮传》《过山榜》以及广西大瑶山瑶族中流传的盘瓠神话的情节列表于后：

盘瓠神话情节比较表

	《搜神记》	《后汉书·南蛮传》	《过山榜》	大瑶山传说
1	①高辛氏，有老妇人居于王宫，得耳疾历时。	①高辛氏	①王	①平王
2	②医为挑治，出顶虫，大如茧。	②	②	②

---

① 参见广西民间文学研究会《瑶族文学资料》第11集油印本，内部资料。
② 陈玮君整理《畲族民间故事》，浙江人民出版社，1979年。

续表

	《搜神记》	《后汉书·南蛮传》	《过山榜》	大瑶山传说
3	③顶虫化犬,其文五色,因曰盘瓠。	③帝有畜狗,其毛五彩,名曰盘瓠。	③	③
4	④	④	④混沌年间,平王得龙犬,身长三尺,毛色黄斑。	④平王养有一只龙犬,身披二十五道斑纹。
5	⑤时戎吴强盛,数侵边境,遣将征伐,不能胜。	⑤有犬戎之寇,帝患其暴而征伐不剋。	⑤高王侵犯平王,平王不安,左右又无敢出战。	⑤高王来侵。
6	⑥募天下能士,能得戎吴将军首者,赐以少女。	⑥访募天下,有能得犬戎吴将军头者,妻以少女。	⑥龙犬盘瓠拜于殿下,愿去谋杀高王。平王愿将宫女配盘瓠。	⑥平王张榜许愿：谁能灭高王,许配公主。
7	⑦	⑦	⑦	⑦龙犬请立功。
8	⑧	⑧	⑧龙犬浮游过海,七日七夜到高王宫中。	⑧龙犬在海里游了七天七夜,来到高王宫中。
9	⑨	⑨	⑨高王见龙犬,以为平王将亡。	⑨高王见龙犬大喜。
10	⑩盘瓠得一头,将造王阙。	⑩盘瓠衔人头造阙下。	⑩龙犬智杀高王,衔首回到平王宫中。	⑩龙犬智杀高王,渡海回国。
11	⑪盘瓠是畜,不可官秩又不可妻。	⑪盘瓠不可妻之以女。	⑪平王封龙犬为世袭之臣,荣享国公之职。龙犬不满。	⑪平王反悔前言。
12	⑫	⑫	⑫	⑫大公主不愿嫁龙犬。
13	⑬	⑬	⑬	⑬二公主不愿嫁龙犬。
14	⑭少女闻之,请嫁盘瓠。王惧而从之。	⑭女闻之,因请嫁于盘瓠。帝许之。	⑭	⑭三公主愿嫁,平王同意招为驸马。
15	⑮	⑮	⑮	⑮婚后,龙犬白天是狗,晚上是美男子。身上斑毛为龙袍。
16	⑯	⑯	⑯平王怒,令左右倒金钟盖住龙犬。	⑯平王将龙犬变人。

续表

	《搜神记》	《后汉书·南蛮传》	《过山榜》	大瑶山传说
17	⑰	⑰	⑰平王不忍，令宫娥揭开金钟，龙犬变一男子。	⑰将龙犬放入蒸笼，六天后变成人。
18	⑱盘瓠将少女上南山，止于石室中。	⑱盘瓠得女，负而走入南山，止石室中。	⑱平王怕人取笑，送盘瓠夫妻到会稽山居住。	⑱平王封龙犬到会稽山为王，俗称盘瓠。
19	⑲经三年，生六男六女。	⑲经三年，生子一十二人，六男六女。	⑲数年之后生六男六女。	⑲三公主生六男六女。
20	⑳	⑳	⑳平王甚喜，传旨封盘瓠为瑶族始祖盘王。	⑳平王宽慰，颁给一券榜牒。
21	㉑盘瓠死后，自相配偶，因为夫妻。	㉑盘瓠死后，因自相夫妻。	㉑	㉑
22	㉒好五色衣，裁制皆有尾形。	㉒好五色衣，裁制皆有尾形。	㉒	㉒
23	㉓后母归，以语王，王遣使迎诸男女，赐以名山广泽，曰"蛮夷"。	㉓其母后归，以状白帝，使迎诸子，赐以名山广泽，其后滋蔓，号曰"蛮夷"。	㉓六男六女赐名姓，均为瑶族子孙。	㉓榜牒赐十二姓，并令免徭役。
24	㉔用糁杂鱼肉，叩槽而号，以祭盘瓠，其俗至今，世为盘瓠子孙。	㉔今长沙五陵蛮是也。	㉔	㉔盘古打猎，跌落山崖，后人奉祀。

从上表所列盘瓠神话情节中的产生、发展和演变中，我们可以发现：盘瓠神话，完全是瑶民族的推原神话。神话中的高辛王（又有作平王、房王者），是中国古代一个联盟部落的酋长。这位酋长不是别人，正是《山海经》中记载的大名鼎鼎的帝俊神。而盘瓠又是高辛氏属下的部落酋长，它被瑶族视为祖先崇拜。其次，盘瓠神话明显地反映了远古瑶民对犬图腾的崇拜意识，所以它也可以说是瑶族关于龙犬的推原神话。

在盘古神话与盘瓠神话的关系上，除二者读音相近外，就神话所反映的内容看，没有丝毫共同之处，也没有"盘古故事是盘瓠故事的演变"[①]的痕迹。

---

① 袁柯：《中国古神话选释》，人民文学出版社，1979年。

就其性质而言，盘古神话属开辟神话，而盘瓠神话属族源神话，它们产生和流传的时代虽都十分久远，但从神话所反映的内容上，我们可以推断，盘古神话的产生时代比盘瓠神话要早。

三、盘古神话和各民族神话的相互影响

中国是一个多民族国家，各民族都有悠久的历史和文化传统，历史上比较发达的中原文化，也不一定就是汉族文化，事实上中原文化也是由各民族文化的交流、影响、融合形成的。多民族性是中华民族文化的一个显著特点。

另外，我们也必须看到，在中国古代神话领域中，盘古神话虽然见诸文字记载较《山海经》晚，但它的流传却十分久远，影响也很大。造成这种相互渗透的原因是多方面的。各民族人民的交往、原始社会末期部落争战等种种原因造成的民族迁徙、南北交通的开辟等，都可能使各族人民在宇宙开辟的认识论上进行交流或为对方所接受。比如，中原地区的汉族早已接受了瑶族关于盘古开天辟地的认识，而且把盘古看成是自己的开辟神。在安徽等地的汉族中，就有关于盘古分天地的传说：

> 据传说，在很古的时候，我们这个大自然是根本没有天地的。地，据说是从前昆仑山上的绿道人（是一只绿鸭）嘴里衔着泥土，从这里飞过，他忽然不小心，掉下来一个泥土团，落在鳖鱼身上而慢慢地长成功的。天，是跟在地后面而长成功的。

又说：

> 从前，有一个地方住着夫妻两个人，家里很穷，靠劳动生活。不久妻子怀了孕，正在这时不幸的事发生了：她的丈夫病死了，只剩下一个孤零零的妇女和肚子里怀着的刚几个月的孩子。这孩子怀了两年多，还没有出生。妇女怀着一种惧怕的心情问肚子里的孩子："你到底是人还是妖呢？怀了你几年还不生！"不料，肚子里的孩子听到了，就连忙说："我

不是妖，也不是怪，我是人。"妇女听了这话更加害怕了。她想，哪有肚子里的孩子会说话呢？她的惧怕又被肚子里的孩子知道了，就连忙安慰他母亲说："妈妈，你不要怕，我是人，我名字叫盘古，等天长成功了，我也就出世了。"过了几个月，盘古在肚子里问他妈妈："现在天长成了没有？"他妈说："没有。只剩北方没有长成功。"盘古在肚子里又过了一年多。他又问他妈："妈，现在天长起来了吗？"怀盘古怀了三年六个月，还不生，他妈妈有点害怕，于是就随便应了一声："天长起来了，四方都长起来了。"盘古认为这是实话，就告诉他妈："你到一棵大杨柳树底下去，双手扶着树干，把眼闭了，这时我就出世了。"于是他母亲来到一棵柳树下，照盘古的话做了。这时盘古扳断了他母亲的一根肋骨从肋间出世。他出世后，母亲却晕死过去了。盘古赶忙从树上扳下一根柳树条，把妈妈的肋骨接好，他妈妈又活过来了。盘古落地以后，拿起大刀，划开了雾气，分出天和地来一看：呀！东、南、西三方的天都长起来了，只有北方的天还差一点儿没有长起来，这怎么办呢？他急得无法可想，就用冻冰来补天。盘古走到河边，卷起袖子，手拿着冻冰往北方的天上甩，就这样一时不息地甩呀甩，把北方的天补好了。北方的天是用冰补成的，所以现在的北方很冷。现在妇女的腰比男人的腰灵活、软和的原因，是盘古出世时，用柳树条接的。①

《三五历记》中说"天地浑沌如鸡子，盘古生其中，万八千岁，天地开辟"，认为盘古是卵生的。"盘古分天地"在汉族地区流传，产生了比较显著的变异，这从一个侧面说明，生活在长江流域的各民族人民，在长期的历史发展过程中，文化上也互相影响。

在中国西南少数民族中开辟神话极为丰富。如苗、壮、布依、彝、纳西、白等民族关于宇宙和万物生成的解释神话各不相同，但在某些方面又有共同的特色。比如：在《苗族古歌》中，就说宇宙是由巨人开辟的。据说在天地

---

① 这个神话流传于安徽芜湖地区，1956年由向先明同志记录。笔者见到这一原始记录稿，很感兴趣，曾向一些同志了解过，但不知向先明同志现在何处，也没征得他的同意，就引用了这一资料，顺致歉意。

开辟以前先生下了一批开天辟地的巨人，然后才由他们开天辟地，制造日月和万物。至于垂死化生的神话，在一些民族中都有完整的故事流传。如：彝族创世史诗《梅葛》中说，世界是由格滋天神制造的。由老虎的脊梁支撑，虎头做天头，虎尾做天尾，老虎的左眼做太阳，右眼做月亮，虎牙做星星，虎油做云彩，虎气成雾气，虎心做天地心胆，虎肚做大海，虎血做海水，大肠变大江，小肠变成河，骨骼做道路，硬毛变树林，软毛变成草，细毛做秧苗……苗族古歌中的修纽最后变成春牛，犁、耙、牛轭、犁柄均变成各种自然物。《苗族古歌·枫木歌》中，枫树被香两老婆婆砍倒后，"变成千百样"：树根变泥鳅；树桩变铜鼓；树干变成猫头鹰；树叶变燕子；树梢变鹡宇；树干树心生妹榜妹留（蝴蝶妈妈），她成了人、兽、神的共同祖先。巨人也好，动物也好，植物也好，从原始人类"万物有灵"的观念看来，由他们开辟大地，变为自然万物，完全是情理中的事。盘古神话在中国西南各民族中流传，绝不是偶然的文化现象。在白族、布依族、苗族中，有些神话就是以盘古作为主人公来讲述的；更多民族的创世神话，在讲到天地开辟、万物生成时大都与盘古神话相类似，构成"盘古"型神话系统。至于它的产生流传地域，以古代湖南五溪地区为中心，逐渐向四周扩展，东到安徽，西至滇西白族地区，南到广西，北至内蒙古地区，在如上地域，盘古或"盘古"型神话是大量存在着的。这都说明：盘古神话作为中国开辟神话之祖，是当之无愧的；盘古神话作为瑶族神话，说明中国少数民族神话在中国文学史上有它特殊的地位；盘古神话同各民族神话相互影响，为我们提供了研究原始文学的极为丰富的资料。

（原载《少数民族文学论集》第 4 集，中国民间文艺出版社，1985 年）

民俗学篇

中国民俗学五十年

一、简要的历史回顾

中国民俗学作为一门现代社会学科，发端于1919年的"五四"新文化运动，其发祥地是北京大学。

五四运动前一年，即1918年，北京大学成立"歌谣征集处"，在该校文科教授刘半农、沈尹默、周作人、沈兼士等人主持下，从事中国近世歌谣的征集和选刊。1920年，北京大学又成立"歌谣研究会"，并于1922年创办《歌谣》周刊，编辑出版歌谣丛书。当时的中国民俗学活动，如果和世界民俗学的发展相比较，觉醒和起步并不算晚。从某种意义上说，它与当时世界民俗学的发展可以说是同步的。《歌谣》周刊的《发刊词》中说："本会搜集歌谣的目的共有两种，一是学术的，一是文艺的。我们相信民俗学的研究，在现今的中国确是很重要的一件事业。……歌谣是民俗学上的一种重要的资料，我们把它辑录起来，以备专门的研究，这是第一个目的。"[①]很明显，这里所谓"学术的"研究，是专指民俗学的。将民间文艺（包括歌谣）作为民俗学中最重要的一部分，在中国和外国民俗学研究中都是一样的，所以当时的歌谣研究，开了中国民俗学研究的先河。不过，谈到中国民俗学的发端，还应提到1923年5月筹备成立的北京大学"风俗调查会"，该会的活动，如对"民俗"与"风俗"一词采用的讨论、"风俗调查表"的制定、"征求会员的启事"的发表、

---

① 参见《歌谣》周刊《发刊词》，《歌谣》合订本第1期，中国民间文艺出版社影印。

关于调查方法的决议以及调查活动的开展等，无疑是中国民俗学本体研究的一次有益的实践。当时北京大学的一系列民俗学活动对后来中国民俗学的发展，影响是十分深远的。

1925年之后，北京大学的民俗学活动由于经费等原因，陷于停滞状态。当时民俗学活动的一些积极参与者，如顾颉刚、容肇祖等先生，先后到了南方革命中心广州。他们将北京大学民俗学研究的经验和学风带到广州，和原在广州的一些学者，如董作宾、钟敬文、杨成志等会合，于1928年春成立了"国立中山大学语言历史研究所民俗学会"，出版《民俗》周刊，举办风俗物品展览和民俗学讲习班。此外还出版了30多种丛书，如顾颉刚的《孟姜女故事研究》、容肇祖的《迷信与传说》、白寿彝的《开封歌谣》等。继北京大学民俗学活动之后，中山大学民俗学会的活动，其总的成绩比北京大学民俗学研究要壮观得多，调查方法与方向已涉及中国南方的少数民族。它对中国现代民俗学资料的建设和学术队伍的养成，都产生了巨大作用。广州中山大学民俗学会的活动，在中国民俗学发展史上，同样占有很重要的地位。

20世纪30年代初，继广州中山大学民俗学会之后，钟敬文、钱南扬、江绍原、娄子匡等先生在杭州成立了另一个民俗学机构——"中国民俗学会"，就是后来所谓的"杭州中国民俗学会"（1949年之后，这个学会的活动转移到台湾）。杭州时期，曾出版了《民间》月刊、《妇女与儿童》等刊物，专门刊载民俗资料。此外还出版了两期《民俗学集镌》，其中有些文章，如钟敬文的《中国的地方传说》《中国民谭型式》，黄石的《苗人的跳月》《满洲的跳神》等，理论上达到较高的水平。杭州中国民俗学会的活动还曾影响到南方诸省，促进了当时各地民俗学组织的纷纷建立和中国民俗学活动的进一步发展。

这里特别值得一提的是抗日战争时期中国民俗学的发展。在这一非常时期，中国民俗学多少带有它的时代性和特殊性。当时东南沿海一带和北方、华中许多地区沦入日寇之手，因而迫使一些大学和研究机构迁到贵州、云南和四川去。在迁徙途中，许多研究文学、社会学、民族学、宗教学、语言学的学者，得以和民众社会，特别是和西南边疆少数民族社会相接触，并且进行了有关民俗事象的考察，发表了许多论文和专著。正因为如此特殊的条件，中国民俗学的研究和如上学科有了更广泛的交叉结合的机会，关系也相应地密切起来，民俗学研究的视野大为扩展。如上所述，从"五四"新文化运动开始，中国民俗学的发展经历了北京大学、广州中山大学和杭州民俗学会三个重要阶段。其间虽有抗日战争那样的非常时期，但它的活动一直没有间断过，而且有着卓越的成绩。

1949年，中华人民共和国成立，中国社会跨入一个新的历史时期。按理说，这应是中国民俗学研究发展的良好契机。但从1950年代开始的一个又一个政治运动，将中国民俗学研究几乎送上绝路。大约从1950年代开始直到1976年"文化大革命"结束，在20多年的时间里，中国民俗学被作为"资产阶级"学问，屡次遭到批判。因此，作为现代学科的民俗学，这一时期实际上处于停滞状态。令人费解的是，中国民俗学发展的低谷，不是在三次国内革命时期和抗日战争时期，而恰恰是在中华人民共和国成立后的50年代至70年代。这种低谷期的出现，原因何在呢？在国家生活陷入"以阶级斗争为纲"的年月时，凡来自西方的学术理论，统统被视为是替帝国主义、殖民主义服务的学问而遭到批判，民俗学也不例外。更使人难以理解的是，民俗文化本属于民族文化整体中的下层文化，它是由社会各行各业的民众，在几千年的历史发展过程中创造、传承和享受的；它的创造不仅是劳动者生活的需要，而且就这种文化本身而言，它同样具有很高的文化史价值。中华人民共和国是劳动人民当家做主的国家，何以对劳动者创造和享受的这部分文化，以及对这种文化的研究（指民俗学研究）采取粗暴的、一概否定的态度？这主要归结为当时政治上的"左"的思潮和民族文化虚无主义。值得庆幸的是，当民俗学大遭讨伐的时候，历来作为民俗学重要组成部分的民间文学，由于它特殊的文学性质（纯文学研究），却得以在50年代之后继续发展。虽然它的学术道路如同民俗学一样，也是曲折的，但它毕竟经过顽强的斗争，生存了下来。所以要了解中国民俗学在1949年之后50年的发展，还得从民间文学的实际讲起。

二、中国民间文艺学的发展

在中国民俗学研究中,民间文学向来被视为民俗学的重要方面。来自英语的"folklore"一词,作为国际通用的民俗学学术名称,是指民众的知识系统。这种知识系统是通过口头和行为的方式传达的,而民间文学是这一系统中不可缺少的部分。"民间文学"一词,是中国民俗学研究中特有的称谓,至今还没有和世界各国的民俗学取得一致的意见。国际上对民间韵文和叙事作品通常称为"口承文学""口头文学""口碑文学""口头传承"等。因为在使用"传承"一词时,民间文学本身所具有的独特含义,即民俗学的含义更加分明。

如上文所述,将民间文学作为民俗学的研究对象,在中国由来已久。至少在"五四"新文化运动以来是这样。1949 年以后,作为民俗学学科是停顿了,但作为它的组成部分的民间文学,仍得到发展。1950 年在北京召开了中国民间文艺研究会成立大会,大会选举郭沫若为理事长,老舍、钟敬文为副理事长。起初,这一研究会的活动范围包括了民间文学、民间音乐、民间舞蹈、民间戏剧、民间美术等一切艺术门类在内,实际上在后来的实践过程中,除民间文学外,其他艺术门类的研究,由后来成立的中国音乐家协会、中国舞蹈家协会、中国戏剧家协会、中国美术家协会兼管。这些协会,后来加盟中国文学艺术界联合会,成为专门家的组织,对民间音乐、美术、舞蹈、戏剧的研究实际上并没有引起足够的重视。不过,中国民间文艺研究会的成立,其意义在于正式确定了民间文学在中国文学中的地位。在此之前,民间文学并不被大多数文艺家所承认。正如郭沫若在中国民间文艺研究会成立大会讲话中所说:"说实话我过去是看不起民间文艺的,认为民间文艺是低级的、庸俗的,直到 1943 年读了毛主席的《在延安文艺座谈会上的讲话》,这才启了蒙,了解到对群众文学、群众艺术采取轻视的态度是错误的……如果回想一下中国文学的历史,就可以发现中国文学遗产中最基本、最生动、最丰富的就是民间文艺或经过加工的民间文艺作品。"[①] 老舍在讲话中指出:"老百姓的

---

① 郭沫若:《我们研究民间文艺的目的——在中国民间文艺研究会成立大会上的讲话(1950 年 3 月 29 日)》,载《民间文艺集刊》1950 年第 1 册。

创造力实在是惊人的。回过头来,看看那些写四六文与诗词的人,他们到底有多大的贡献呢!"[①]老舍还对民间文艺的收集发表了他自己的看法:"我以为收集民间文艺中的戏曲与歌谣,应注重录音。街头上卖的小唱本有很多不是真本,而且错字很多,我们应当花些钱去录音,把艺人或老百姓口中的活东西记录下来。歌词是与音乐分不开的,一经录音,我们才能找到言语与音乐密切结合的关系。"[②]应当说这些讲话切中了民间文学的性质。值得注意的是,这一时期对民间文学做出全面、系统评价的,是民俗学家钟敬文。此时,他已有30多年的研究民间文学和民俗学的经历和经验。他在1950年发表的《口头文学:一宗重大的民族文化遗产》一文中,在论及口头文学在中国文学史上的地位时指出,和作家文学相比,口头文学在性质上往往是更有价值的,"亿万人民,在长流不断的世代中,过着贫苦灾难的生活,他们却创造出了无数的物质财富,更创造了无数的精神财富。口头文学就是这些财富中的一宗。这宗财富绝不是等闲的。其中,包含着不少优异的东西,包含着我们民族文化的精华部分"[③]。他认为民间口头文学无论在思想内容还是在艺术形式上,都蕴含着许多有价值的思想和见解。我们只要从人民的口头忠实地把它们记录下来,就能发挥新的作用。[④]这篇文章对中国民间文学研究来说,无疑具有方法论意义。文章表明的观点是唯物的、辩证的;对民间文学思想性和艺术性的评价是正确的;对民间文学忠实性记录问题的阐述是科学的。但这一见解并没有引起当时理论界的重视,而且是把它当作一般的论文来对待。

20世纪50年代是一个政治风云变幻莫测的时代。1957年的反右斗争中,钟敬文在劫难逃,被错划为"右派分子",遭到批判,被批判的还有他的学术观点。1958年,当时负责民间文学的领导在全国民间文学工作者大会所做的报告中,指责钟敬文是资产阶级道路的代表人物,反对马克思主义,将其打

---

① 老舍:《老百姓的创造力是惊人的——在中国民间文艺研究会成立大会上的讲话》,载《民间文艺集刊》1950年第1册。
② 同上。
③ 钟敬文:《口头文学:一宗重大的民族文化遗产》,载《中国民间文学四十年》,敦煌文艺出版社,1991年。
④ 同上。

入"胡适派"的行列,说他是"修正主义逆流里的狂妄的野心家"①。在批判钟敬文的学术观点时,报告指出:"钟敬文是'五四'以后提倡资产阶级民俗学的一个后起的代表人物。资产阶级民俗学起源于资本主义国家为了巩固对本国人民的反动统治和发展殖民主义的要求。资产阶级民俗学学者对劳动人民的创作并没有真正尊重,钟敬文就说民间文学的文艺价值低于学术价值。"在批判"文化遗留论"、民间文学故事类型的研究时,认为这些理论都是资产阶级的反动理论。这种批判不仅是粗暴的、无知的,而且带有当时经济和政治生活中那种"假、大、空"的浮夸色彩。这一报告,实际上宣判了中国民俗学的死刑。对民间文学活动,报告主张政治挂帅,多快好省地开展民间文学工作。报告号召民间文学工作者要努力做到:"一、必须是政治挂帅,全民动手。因为如果没有政治挂帅,工作就定会走弯路,左派也能变成右派,在反右派斗争中各地的民间文学工作者当中出了不少右派或右派思想严重的人,是很值得警惕的。只有走群众路线,全民动手,遍地开花,我们才能'和太阳争时间',飞跃着前进。二、要努力浇花锄草,兴无灭资,促进文化革命,促进群众创作与作家创作的接近,促进社会主义的民族的新文化的繁荣。三、拔白旗,插红旗。要破除迷信,红透专深,敢想、敢说、敢做。要努力成为工人阶级的专家,并且把工人阶级的民间文学工作队伍建立起来。"这种以社会动员的方法从事民间文学工作的做法,其结果是可想而知的。

1958年《人民日报》发表了《大规模收集全国民歌》的社论。当时正值生产大跃进年月,"十五年超英赶美"的口号激励了人们的"豪迈气魄"。"人有多大胆,地有多大产",歌颂生产大跃进的民歌比比皆是。这些新民歌的代表作品,收集在周扬、郭沫若编选的《红旗歌谣》一书中。关于"大跃进"时期民歌的得失,后来曾有许多文章进行过讨论,但就当时兴起的收集民歌的运动而言,客观上起了收集、保存传统民间文学作品的作用。如青海省民间文学工作者搜集了藏族民间史诗《格萨尔王传》,云南省搜集整理出版了彝族撒尼人的叙事长诗《阿诗玛》,编选了《云南民间文学资料》。贵州省民间文学工作者编选出版了60多集《贵州民间文学资料集》,新疆民间文学

---

① 贾芝:《采风掘宝,繁荣社会主义民族新文化——1958年7月9日全国民间文学工作者大会报告》,《民间文学》1959年7、8月合刊。

工作者搜集了柯尔克孜族史诗《玛纳斯》、蒙古族史诗《江格尔》等。在理论研究方面，破除迷信，由北京师范大学中文系1955级学生集体编写了《中国民间文学史》。此外，谭达先的《民间文学散论》《民间童谣散论》，天鹰的《一九五八年中国民歌运动》等，是这一时期有影响的理论著作。这时期的研究，在方法论上强调马克思主义，但在具体运作时，却难免简单化和过分强调民间文学的阶级性，由于功利目的，不能严格区分政治和学术的界限。

在民间文学理论研究方面，这一时期讨论最多的是民间文学的收集整理问题。应当说，这一问题早在"五四"时期的北京大学歌谣征集活动中就已提出，并且在《歌谣》周刊发表的各地民歌中，已得到很好的体现。中国民间文艺研究会成立后制定的《征集民间文学资料办法》中，曾提出过具体的科学要求：（1）应记明资料来源、地点、流传时期及流传情况等；（2）如系口头传授的唱词或故事等，应记明唱者的姓名、籍贯、经历、讲唱的环境等；（3）某一作品应尽量收集完整，仅有片段者，应加以声明；（4）且勿删改，要保持原作；（5）资料中的方言及地方性的风俗习惯等，需加以注释。1958年召开的全国民间文学工作者大会，还曾通过了关于民间文学收集整理的十六字方针，即"全面收集、重点整理、大力推广、加强研究"。对收集工作要求全面收集、忠实记录、慎重整理、适当加工。事实证明，这些提法实际上是"征集资料办法"的后退。因为"慎重整理"和"适当加工"的界限很不分明，加上当时提倡民间文学要紧密配合国内外的政治斗争，要阶级分析，所以整理出来的作品和原作的风貌大不相同，有时甚至变成再创作作品，而民间文学的研究，也就只剩下文学批评中的对思想内容和艺术形式的分析了。

1966年开始的"文化大革命"是对中国民间文学的全面摧残。在整整十年时间里，收集和研究工作一片空白。中国民间文艺研究会被迫停止活动；许多著名的民间文学工作者被下放到农村，接受劳动改造；辛勤建立起来的民间文学队伍被打散；民间歌手和故事讲述家被打成"牛鬼蛇神"，有的被迫害致死；民歌演唱和各种传承既久的民俗活动，被视为"伤风败俗"，强令禁止；大批民间文学书籍、歌本、资料，被视为宣扬封建主义的大毒草，当众焚烧或化为纸浆。这一时期，"四人帮"给民间文学造成的损失，罄竹难书。直到1976年"文化大革命"结束，中国民间文学才迎来阳光明媚的春天。

三、中国民俗学的重新崛起

1976年"文化大革命"结束,随之而来的是对"实践是检验真理的唯一标准"的讨论、思想上的"拨乱反正",排除了来自"左"的干扰。过去强加于民间文学和民间文学工作者身上的一切污蔑不实之词统统被推倒。为民间歌手和民间文学工作者平反,也为沉寂多年的民俗学彻底恢复了名誉。著名民俗学家钟敬文结束了多年来被拘禁、被压抑的境遇,时隔20年重新回到民俗学战线。此时,他虽年届古稀,但精神焕发,为他所致力的两种社会学科——民间文艺学和民俗学的恢复和发展,奔走呼喊。这一时期可以说是他的第二个学术青春期。在十多年的时间里,他的足迹几乎遍布大江南北,发表了几十篇讲话和文章,组织和培养民间文学理论队伍,重建民间文艺学和民俗学的理论构架。这一理论构架和方法论的内涵,大致包括如下方面:(1)原理研究。(2)历史的探索和编述(作品史、科学理论史)。(3)评论工作。(4)方法论(马克思主义历史唯物主义和辩证唯物主义)及资料学。① 关于民间文学的特点,他首先廓清了民间文学和作家文学的疆界;关于民间文学多角度研究的问题,他曾指出:"民间文学不仅只是一种特殊的文学现象,在一定程度上,它还是一种综合艺术现象。例如,民歌的音乐性质、演唱情况及其与舞蹈,乃至于原始戏剧的血亲关系,民间故事的讲述的语言声调,表演姿态等因素,都说明民间文学作品不是单纯的文学现象。这是一方面,另一方面,它在内容上或活动上,又与政治、法律、宗教、社会组织、生产活动等有血肉的关系。"② 因此对它的考察、研究就必须是多角度的,用各种社会、人文学科的观点、方法去进行。他主张的研究方法主要是马克思主义的,但不排除借鉴西方学术界先进的研究方法。这一时期,中国民间文学的收集、整理、研究比以往任何一个时期都显得活跃,近乎成为一种显学。1979年以后,随着中国民间文艺研究会组织的恢复,全国有30个省(区、市)相继恢

---

① 钟敬文:《建立新民间文艺学的一些设想——1983年4月11日在中国民间文艺研究会第二届年会上的讲话》,《民间文学论坛》1983年第3期。

② 钟敬文:《新的驿程》自序,中国民间文艺出版社,1987年。

复和建立了中国民间文艺研究会的地方分会。北京师范大学等高等院校，恢复民间文学课程的教学和硕士研究生的招生。民间文学刊物如雨后春笋般出现。这一阶段，是中国民间文学收集工作的丰收期；收集、整理的质量和发表作品的忠实性、科学性品质，有了明显的提高。

特别是少数民族民间文学的收集、整理和出版，成绩更加显著。数以百计的少数民族神话、长篇叙事诗，在各种刊物上发表。被誉为世界三大史诗的藏族的《格萨尔王传》、柯尔克孜族的《玛纳斯》、蒙古族的《江格尔》的收集工作，有了巨大进展。这不仅填补了中国文学史的空白，而且这些作品的独特文化史价值，引起国内外学者的瞩目，有力推进了民间文学理论研究的发展。

这一时期，民间文学理论队伍有了迅速发展。除老一辈民间文艺学家钟敬文、马学良、贾芝、毛星、袁珂、常惠、容肇祖、杨成志、天鹰等，仍活跃在理论战线外，进入20世纪80年代后，一批中青年民间文学理论家成长起来，他们活跃在大学的课堂或采风的山野。如张紫晨、乌丙安、刘魁立、段宝林、许钰、刘守华、陶立璠、张振犁、黄勇刹、蓝鸿恩、王松、朱宜初、杨知勇、潜明滋等，在民间文学基础理论或专题研究方面，出版了许多有价值的著作，取得了优异的成绩。除此之外，这一时期民间文学理论研究上的特色还表现在如下方面：（1）基础理论研究加强；（2）关于民间文学收集、整理的科学性问题，经充分讨论，意见逐渐统一，建议用"采录"一词取代原来的"收集、整理"，田野作业受到进一步重视；（3）分民族的民间文学族别史，列入国家重点科研计划，陆续出版；（4）专题研究论文集和民间文学体裁论（神话学、故事学、歌谣学等）著作纷纷出版；（5）在方法论上，除马克思主义方法论之外，比较研究法、结构研究法、类型研究法、交叉研究法等，被许多学者采用，理论探讨出现空前活跃的局面；（6）民间文学的国际学术交流进一步加强。

20世纪80年代中期，中国民间文学开始了它的集大成工作。1984年5月28日，中华人民共和国文化部、国家民族事务委员会、中国民间文艺研究会联合签发了《关于编辑出版〈中国民间故事集成〉、〈中国歌谣集成〉、〈中国谚语集成〉的通知》和《意见》，钟敬文、贾芝、马学良分别担任如上三套集成的主编。从1985年开始的全国民间文学普查，动员百万人参加，所得资料浩如烟海。20世纪90年代初，各县、市卷本已编辑印刷完毕。国卷本分省立卷，三套集成各30卷，近亿万余言，目前已陆续编辑出版。预计2004年完成整个工程。这是中国民俗学和民间文学史上空前伟大的壮举，是一座新的文化长城。

20世纪80年代开始恢复的民间文学研究，完全以一种崭新的面貌出现，它摆脱了过去那种纯文学性研究的简单化模式，学术视野更为广阔，和民俗学等人文学科的联系越来越密切。在这一形势下，钟敬文开始着手重建中国民俗学机构和队伍。早在1979年11月召开的中国民间文艺研究会第一次（应是第三次）会员大会上，钟敬文起草了《建立民俗学及有关研究机构的倡议书》，这一倡议书以顾颉刚、白寿彝、容肇祖、杨堃、杨成志、罗致平、钟敬文七教授的名义发表。该《倡议书》有感于中国民俗学的荒凉景况，认为这种景况"是不应再忍耐下去的！现状非迅速打破不可"，"现在正是我们应该起来填补这个学科的空白点的时刻了！"[①] 在老一辈民俗学家的积极倡议和主持下，1983年5月，在北京成立了中国民俗学会。在成立大会上，钟敬文被选举为理事长，并发表了《民俗学的历史、问题和今后的工作》的长篇讲话。[②] 回顾中国民俗学80年的发展历史，他讲了民族的与阶级的、农村文化和都市文化、古代学和现代学、理论和实践关系诸问题。他指出传统的民俗学研究范围是"一国"（一国民俗学）的。不过，中国是多民族国家，汉族之外还有50多个少数民族，所以如果说中国民俗学是"一国"的，它的对象同时也是"多民族"的。这一理论的提出，对以后开展的比较民俗学研究，产生了积极影响。关于民族的与阶级的问题，过去一直是困扰中国民俗学和民间文学研究的问题，对此，钟敬文认为，民俗，就一般来讲，是广大民众（主要是劳动人民）创造的和继承的，可是如果因此就认为上层社会没有民俗，或者认为它完全没有和广大民众共同的民俗，就似乎不好讲了。重要的民俗，在一个民族里有广泛的共同性。这对过去那种单纯以"阶级斗争"观点对待社会民俗文化事象的做法，是个警告。关于农村文化与都市文化，钟敬文提出了都市民俗学研究的课题。关于古代学和现代学，他指出，过去的民俗学研究

---

① 《民间文学》1979年第12期。
② 钟敬文：《新的驿程》，中国民间文艺出版社，1987年。

主要运用历史上的资料，但从民俗学的一般性质来讲，它应当是现代学的。它的工作方法是对现存的民俗资料进行调查和搜集，也就是说，它的资料来源主要是现在的，研究的目的当然也是为了现代。而对历史上民俗事象的研究，应归入"文献民俗学"或"历史民俗学"。民俗学"现在性"的提出，不仅使中国民俗学研究的方向更加明确，而且将中国民俗学变成一种新鲜的学问，而不是陈旧的学问。对理论和实践关系，钟敬文在报告中提出民俗学工作者的理论修养和民俗学的应用研究的重要性。总之，这一报告应该说是新时期中国民俗学发展的带有战略意义的文件。它所涉及的问题，亟待民俗学通过它的实践去解决。

1983年中国民俗学会的建立，是中国民俗学发展史上的一个里程碑。为了实现重建中国民俗学的宏伟蓝图，尽快建立各地的民俗学组织，培养和训练民俗学理论队伍，是迫在眉睫的事情。1983年夏季，中国民俗学会和中国少数民族文学学会在北京中央民族大学联合举办民俗学和民族民间文学讲习班，参加这次讲习班的有来自全国各地、各民族的学员150多人。著名民俗学家、民族学家、社会学家、语言学家、宗教学家和民间文艺学家钟敬文、费孝通、林耀华、马学良、杨堃、杨成志、容肇祖、常惠、白寿彝、罗致平、张紫晨、刘魁立、陶立璠、张振犁、柯杨等，冒着酷暑，前来授课。他们中许多老一辈的民俗学家，此时已届高龄，是"五四"新文化运动以后，北京大学、中山大学、抗战时期和杭州民俗学活动的亲自参加者，今天他们成了当代中国民俗学的一面面旗帜。这次讲习班的讲演，曾编辑成《民俗学讲演集》出版。[①]学员结业后回到原来的地区，后来，他们大多成为各地民俗学活动的中坚力量。

20世纪80年代至90年代初，是中国民俗学发展的黄金时期。改革开放和思想解放，给刚刚恢复的中国民俗学带来生机。中西方文化的强烈撞击，唤醒了人们强烈的民俗意识。过去被禁止的各类民俗事象，在短短时间里迅速恢复起来。弘扬民族优秀传统文化，增强民族凝聚力，民俗学研究担负着光荣使命。这时各地的民俗学者纷纷行动起来，建立地方的省一级的民俗学会。辽宁省先于中国民俗学会，于1981年成立辽宁省民俗学会。钟敬文亲自

---

① 张紫晨编《民俗学讲演集》，书目文献出版社，1986年。

前往丹东，表示祝贺。在大会期间，他口占一绝："少年饥驱惯漫夜，暮年行止有新猷，为援绝学挥红帜，来作丹东十日留。"表现了80岁高龄的学者为挽救绝学，变绝学为显学的雄心壮志。之后，有20多个省（市、区）相继建立了省级民俗学会。至今中国民俗学会会员已发展到2000多人。组织建设，也是队伍建设，它有力地保证了民俗学研究的健康发展。

这一时期，高层次人才的培养提上议事日程。北京师范大学、北京大学、辽宁大学、中央民族大学开始招收民俗学硕士学位研究生，北京师范大学还设立了民俗学博士学位点。钟敬文先生、张紫晨先生作为博士生导师，培养了中国第一代自己的民俗学博士。

从20世纪80年代末到90年代，中国民俗学的发展，在理论研究方面逐渐走向成熟，展现出硕果累累的局面。主要成就有如下几个方面：

第一，民俗学基础理论建设有了空前发展。新时期中国民俗学的基础理论研究，首先是在高等院校展开的。1949年以来积蓄起来的民间文学研究力量，此时重新聚会。一方面在高校开设民间文学课程，另一方面，将研究的方向转向民俗学，发挥其内在的潜力。1985年，辽宁大学乌丙安出版了《中国民俗学》（辽宁大学出版社），同年，北京师范大学张紫晨出版了《中国民俗与民俗学》（浙江人民出版社），1987年，陶立璠又推出《民俗学概论》（中央民族学院出版社）。这三部著作的出版，是这一时期民俗学基础理论研究深入发展的结果，它们在普及民俗学理论和知识方面起到了奠基的作用，同时也满足了当时高等学校民俗学教材的需要。其间还有许多民俗学基础理论著作出版，如陈勤建的《中国民俗》（上海文艺出版社，1990年）、张余的《民间文学与民俗学基础》（山西高校联合出版社，1994年）、董晓萍的《民俗学导论》（中国工人出版社，1995年）、姚二龙的《民俗论》（大众文艺出版社，1998年）、陈华文的《民俗文化学》（天津人民出版社，1998年）、钟敬文主编的《民俗学概论》（上海文艺出版社，1998年）等。

这一时期是中国民俗学的重建和发展期。基础理论所涉及的问题是很多的，除它的理论体系外，具体有民俗和民俗学的概念、对象、范围，民俗的基本特征，民俗的分类，民俗的社会功能，民俗学方法论，民俗学和其他社会学科的关系，民俗学的应用研究，民俗发展史，民俗学史，民俗志的编写，民俗资料学（民俗的调查与保存），等等。这些问题，在钟敬文先生的一系列讲话、论文和其他学者发表的论文中，几乎都涉及了。在这一基础上，学者们开始规划中国民俗学的理论体系，并取得了一系列的研究成果。这一体系大致包含如下内容：（1）理论民俗学（民俗与民俗学的概念、对象、特征、分类、功能等）；（2）民俗志学（民俗资料学）；（3）应用民俗学；（4）民俗发展史和民俗学学科史。

第二，民俗学方法论的探讨进一步深入。民俗学方法论在过去的民俗学研究中一直是被忽略的问题。随着改革开放的进展，不仅西方先进的技术被引入国门用来发展经济，西方人文学科的理论也被大量翻译介绍过来。特别是西方文化人类学、民族学、社会学、宗教学，以及系统论、信息论、控制论等的译介，扩大了民俗学研究者的视野，丰富了中国民俗学研究的武库。民间文艺学家刘魁立先生在20世纪80年代初，曾举办讲座和发表文章，系统介绍西方神话学派和民间故事类型研究方法。接着对西方文化学著作的翻译介绍近乎成为一种思潮，在短短的几年中，浙江人民出版社出版了《世界文化丛书》《比较文化丛书》，山东人民出版社出版了《社会学丛书》，上海人民出版社出版了《原始文化名著译丛》，中国民间文艺出版社出版了《外国民间文学理论著作翻译丛书》，上海文艺出版社出版了《世界民间文化译丛》等，这些翻译著作将世界民俗学研究的最新成果展示在中国民俗学研究者面前，供其择其善者而从之。这一时期学者们采用最多的是比较研究法。这是由中国民俗文化的特殊性决定的，因中国自古以来是一个统一的多民族国家，历史上，各民族民俗文化的交流和影响源远流长。从传承和传播学的角度来看，可以发现许多历史的相似现象，有助于探讨民俗文化发生、流传、变异规律。这种方法还可方便地应用于历史、地域和民族民俗文化领域的比较，自然得到学者们的认同。在民间文学研究中，芬兰历史地理学派的民间故事类型索引方法（阿尔奈·汤姆逊体系或AT分类法），也引起学者们的极大兴趣，开始做民间故事类型研究的探索。但因中国民间故事浩如烟海，这一方法在中国的应用还有待时日。

如何认识民俗学方法论的体系，陶立璠在《民俗学概论》一书中，开辟专章进行归纳。陶立璠认为："所谓民俗学的方法论，并不是指具体的研究方法和技术。论，是指方法的原则，即研究工作的指导思想。由于方法论是一种指导思想，它所涉及的不是具体方法，而是认识论、世界观、逻辑学和辩证法等带根本性的问题。"民俗学研究的方法是多种多样的，但都是在方法论原则和思想指导下进行的。因此他将方法论和具体研究方法分为三个层次。"第一，方法论。居最高层次，它是统帅各种研究方法的。第二，基本方法。属于中间层次，一般指民俗学研究中所采取的特殊的研究方法，如田野作业法、历史调查法、比较研究法等等。第三，具体研究程序和技术。属最低层次，一般指研究所经历的具体步骤和手段。如调查提纲的制定、具体施行措施、调查材料的处理等等。"陶立璠同时指出："尽管世界观对民俗学方法论有统率和制约作用，但世界观又不等于民俗学方法论，更不能代替民俗学方法论。"[1]这种对方法论层次的归纳，一方面便于人们从总体上把握方法论的实质；另一方面，对克服过去那种单纯以马克思主义取代方法论的做法也有裨益。

随着对方法论的重视，中国民俗学研究出现生动活泼的局面，1995年中国民俗学会和山东省民俗学会联合在山东乳山召开以田野考察为中心议题的学术会议，学者们就中国民俗学田野作业的问题广泛交流了经验，这次会议被认为是中国民俗学研究的一个里程碑。之后，有一些专门研究田野作业的专著问世，如江帆的《民俗学田野作业研究》（山东大学出版社，1985年）对民俗学田野调查的缘起以及田野调查的主要形式、方法和技巧都做了全面的论述，通俗和便于操作是其特点。

第三，专题民俗研究和地域民俗研究深入展开。中国民俗学进入20世纪80年代中期以后，随着各地民俗学会的成立，开始了有声有色的专题性研究。最突出的是巫术研究、萨满文化研究、傩文化研究、渔文化研究、吴语区稻作文化与民间信仰的研究以及北方地区麦黍文化的研究等。

巫文化（包括萨满文化和傩文化）的研究，曾在长达数年的时间里，形成一种研究热潮，发表了上千篇文章。目前，这种研究方兴未艾。为什么会出现这样的学术景观？恐怕和打破过去对巫文化设置的人为禁区有关。大家知道，自1949年以后，民间的巫文化向来被视为封建迷信加以取缔。特别是

---

[1] 陶立璠：《民俗学概论》，中央民族学院出版社，1987年。

"文化大革命"中，巫师被当作牛鬼蛇神成了专政对象。"文化大革命"之后，人们重新认识巫术这一流传既久的特殊的文化现象，认识各民族巫师在保存和传承民族民间文化中所起的特殊作用。这种研究使学者们认识到，中国不仅是一个历史悠久的农业大国，而且是一个巫术大国。至今这种文化现象在各民族中仍在传承。其中某些巫文化还具有很高的文化史和学术价值。

20世纪80年代中期，贵州的学者在田野调查中发现，在该省的土家族、苗族、侗族、布依族中，至今还保存着一种叫作"傩戏"的面具文化，且蕴藏量极为丰富。令人惊异的是，后来发现这一面具文化在中国长江以南的江苏、浙江、江西、安徽、湖南、湖北、广西、云南、四川的广大农村，以不同的形式广为传承；联系历史又得知这种面具文化，自周、秦以来，上至宫廷，下至民间就一直在传承。因此，将这一文化作为巫文化的活化石来研究，是理所必然的。起初，这一研究主要由戏剧研究家们参加，后来民俗学家介入，使调查和研究显得生机勃勃。这一研究成果由贵州的庹修明主编出版了《傩戏论文选》（贵州民族出版社，1987年）、《傩文化论文集》（贵州民族出版社，1991年）。1991年，中国台湾《民俗曲艺》杂志由庹修明、王秋桂编辑，出版了《中国傩戏、傩文化专辑》（上、下册）和《中国傩戏傩文化研究通讯》，论文的作者主要是大陆的研究者。此外，还出版了许多个人专著和图片专集。北方的萨满文化研究，此时也有了新的进展。田野调查和理论研究都有许多新的收获。主要著作有：吉林人民出版社出版的《萨满教文化研究》，富育光、孟慧英著的《满族萨满教研究》（北京大学出版社，1991年），李澍田主编的《满族萨满跳神研究》（吉林文史出版社，1992年），乌丙安著的《神秘的萨满世界》（上海人民出版社"本土文化丛书"，1992年），仁钦道尔吉、郎樱主编的《叙事文学与萨满文化》等。傩文化和萨满文化分别代表了中国南方农业文化和北方游牧文化在巫术信仰方面的特色。对它们的全面调查和研究，是这一时期民俗学专题研究的特点。除此之外，有关巫文化的研究著作，收入上海三联书店出版的《中华本土文化丛书》，如张紫晨的《中国巫术》、林河的《九歌与沅湘民俗》、夏之乾的《神判》、曲彦斌的《中国民间秘密语》、高友谦的《中国风水》等。

在区域民俗研究方面，上海民俗学会组织了江南吴语区稻作文化和民间信仰的协作调查，出版了专集《稻作文化与民间信仰》（学林出版社，1993年）；北方省区则协作研究麦黍文化，出版了《麦黍文化研究论文集》（甘肃人民出版社，1993年）。这些著作的出版，对进一步探讨中国民俗文化的源流和演变、区域民俗文化的传承与传播规律，打下了坚实的基础。

第四，民俗出版物的丰收。随着中国民俗学的重新崛起，民俗理论著作、民俗刊物、民俗志、民俗读物的出版，也空前活跃。理论著作的出版已如前述，民俗刊物中较有影响的是《民间文学论坛》（中国民间文艺家协会主办）、《民俗研究》（山东大学主办）、《中国民间文化》（上海民间文艺家协会主办）、《山茶》（云南省社会科学院少数民族文学研究所主办）、《民俗》（中国民间文艺家协会主办）、《风俗》（浙江省民间文艺家协会主办，已停刊）、《西藏民俗》（西藏民间文艺家协会主办）、《广东民俗》（广东省民俗学会主办）等。

"文化大革命"之后，从中央到地方成立了地方志编写委员会，各省方志中，有一卷是"风俗志"，目前也已陆续编辑出版。此外各地民俗学者合作编写省或地区的民俗志，已出版的有《浙江民俗》、《山东民俗》、《青海风俗简志》、《广东民俗大观》、《海州民俗志》（刘兆元）、《泰安民俗》（李伯涛）、《寿阳民俗》（岳守荣）等。

民俗读物的出版更是琳琅满目，总数不下千种。内容涉及各地区、各民族的各类民俗事象，如居住、饮食、服饰、交通、家族、亲族、村落、民间社会组织、民间节日、人生仪礼、巫术、信仰、禁忌、民俗宗教、民间文艺等，这对保存和普及民俗知识，增进国内各民族之间的相互了解和尊重，起了重要作用。

这里特别值得提出的是民俗学工具书的建设。1990年，上海辞书出版社出版了叶大兵、乌丙安主编的《中国风俗辞典》，这是一部大型工具书，共收词目12157条，包括总类、岁时、节日、婚姻、生育、寿诞、民间医药、丧葬、交际、礼仪、服饰、饮食、居住、器用、交通、生产、职业、民间工艺、宗教、社会、娱乐、信仰、祭祀、巫卜、禁忌等。这部辞典尽管收词还有较大的疏漏，有些释文也还欠精当，但它在这一时期的民俗学研究中，发挥了巨大的作用。此外，还有张紫晨主编、浙江人民出版社出版的《中外民俗学辞典》；刘锡诚、王文宝主编，天津教育出版社出版的《中国象征辞典》；王德有、陈战国主编，吉林人民出版社出版的《中国文化百科》等。

第五，国际学术交流的加强。中国现代民俗学的发展，从一开始，就和国际民俗学研究产生联系，借鉴国外民俗学研究方法发展起来。尽管在各国学术界，对民俗学的研究限制在一国之内，称为"一国民俗学"。但民俗文化的交流，从来没有受到国界的限制。因此，民俗学研究是没有国界的。越是民族的东西越带有世界性。十多年来，中国民俗学会曾多次接待过来访的日本、美国、德国、加拿大、法国、俄国、匈牙利、澳大利亚、英国、韩国学者，并和日本学者成功地联合进行了中国和日本南方稻作民俗文化的考察、汉族和周边民族民俗文化的考察等，地方民俗学会和国外的联合考察更多。北京师范大学、北京大学、中央民族大学还开始招收国外民俗学硕士学位和博士学位研究生，举办国际学术讨论会，派遣学者出国讲学和研究。这种国际学术交流与合作，促进了中国民俗学和国际民俗学的进一步沟通。对中国民俗学吸收国外先进方法和最新研究成果，促进中国民俗学的发展是十分有利的。

四、结语

中国民俗学的发展，在经历了曲折的道路之后，得到空前的发展，这是有目共睹的事实。但它要想得到更深入的发展，还有许多事情要做。比如：其一，面临现代化和市场经济的飞速进展，传统民俗文化必将有很大的改变，目前商品意识已侵入民俗学领域，制造假古董赚钱已不鲜见。这样，民俗文化的抢救和保存，成了摆在中国民俗学者面前的紧迫任务。其二，中国是一个文献大国，历史典籍中保存的历代民俗文化资料，有待进一步钩沉和梳理，文献民俗学的研究，是一个全新的课题。其三，民俗文化的全国性普查有待展开。其四，民俗学研究方法有待进一步完善，必须将宏观研究与微观研究很好地结合起来。其五，民俗学者著作的出版和民俗资料库的建设，要加快进行，中国应有自己的国家级的民俗博物馆等。面对这些目标，中国民俗学者真可谓任重道远。

（原载台湾尹章义主编《当代中国学术发展史》，中华综合发展研究院，2000年）

经济转型期^①的中国民俗和民俗学

作为现代社会科学的民俗学,在世界各国的发展已经经历了一个半世纪的时光。学术的发展总是伴随着时代前进的。每个时代,社会的变迁总会向民俗学研究提出新的课题、新的任务。民俗学作为一种现代学科应该适应变化了的时代要求,不断修正自己的研究理论和方法,有时甚至要对学科概念的界定加以修正,使之具有传统性与现代性合一的品格。比如什么是民俗与民俗学?在不同的时代,它的定义总要受到时代的制约,必须要做出新的阐释。目前,中国民俗学学科的发展也面临着这样的课题。新的时代,新的要求,民俗学学科在经历了一个半世纪的发展之后,终于到达了一个新的历史时期,即由工业化时代进入信息化时代的时期,社会的进步日新月异,信息化带给世界最大的变化是经济发展趋势的全球化。尽管人们对经济全球化持有不同的观点,但社会的发展毕竟要全力维护自己的发展态势并勇往直前。民俗学应该意识到社会的这种变化带给民俗文化的巨大变化,社会生产方式和民众生活方式以及思想和观念的巨大变化,这种变化是不以人的意志为转移的客观规律。在社会急剧变化的今天,社会学科的各个领域开始重新思考和审视自身的理论体系和方法论问题,寻找自己的学科定位和发展前景,民俗学也不例外。

---

① 经济转型期,指中国经济自 20 世纪 80 年代以来由计划经济向市场经济转变的时期。

民俗学篇

一、经济转型期的中国民俗与民俗学

中国社会的发展,已经经历了四五千年的历史。上下五千年,从社会发展形态而言,经历了史前社会、原始社会、奴隶社会、封建社会、半殖民地半封建社会和社会主义社会几个阶段;从生产方式和经济发展看,经历了农业社会、准工业社会、工业社会,今天正在向信息化社会迈进。社会发展的每一阶段,都面临着经济或社会的转型,面临着思想的飞跃和文化的跟进,不如此社会就不能进步。

1949年中华人民共和国成立后,社会制度发生了根本性的变革,由半殖民地半封建社会逐步过渡到社会主义社会,这是中国社会的一次巨大的转型。经济制度方面,由私有制经济变为全民所有制和集体所有制经济。这种社会和经济制度的转型,包括意识形态的变化,深刻地影响了民众的生活和观念,影响了传统民俗文化生存的基础,即当经济基础变化之后,社会的上层建筑包括民俗文化在内的一切文化,都严密地控制在政治制度之下,政府行为在某种程度上规范着人们新的生活。原来以私有制为基础的社会观念和文化,被公有制经济和社会文化观念所取代。这就是20世纪50—80年代中国所经历的社会现实。实际上,这种变化中就有传统和现代化的冲突,只不过带有中国特色而已。

中国在进入20世纪80年代以后所面临的经济和社会转型,是在改革开放背景下产生的,规模更加庞大。表现在经济发展上,社会主义计划经济开始向市场经济转型,经济制度由过去单一公有制向以公有制为主体、多元经济形式并存转化,这又一次激荡了中国民众的心,传统与现代化的冲突也较之以往更加深刻。此时,作为研究民众生活和行为模式的中国民俗学向何处去,成为中国民俗学人十分关注的话题。

这里所谓的经济和社会转型,主要是指中国社会在进入20世纪80年代之后的20多年的变化。此时正值中国的改革开放时期,以往闭关锁国,现在国门大开,西方经济和文化长驱直入,社会发生了急剧的变化。这种变化是政治的、经济的、生活的、思想的、农村的、城市的,是多元的和全方位的。

西方经济和文化大潮汹涌而来，顺应世界经济发展的潮流，中国社会开始由计划经济向市场经济过渡，经济的转型已成定势。特别应该指出的是，在信息时代，各种现代化信息已成为社会的重要资源。经济基础变化了，作为上层建筑的社会学科，为适应经济基础的变革，不得不调整自己的步伐，民俗学研究的传统模式必然受到严重的挑战。

新时期中国社会的经济转型，主要表现在由过去的单一公有制经济向以公有制为主、多种经济形式并存转变过渡，由农业社会、工业化社会向信息化社会过渡。这种过渡带给社会的必然结果是生产方式、生活方式以及与此相关的人们思想观念的改变。民俗文化是人们社会生活的重要组成部分，在社会和经济转型期，这种文化必然以其特有的方式，适应社会潮流的变化。那么，中国社会和经济的转型给民俗文化带来哪些影响和变化呢？

（一）传统与现代化的冲突加剧

中国社会和经济的转型，将中国民众的生活带到传统与现代化的交叉路口。

中国向来是传统的农业社会。虽然在20世纪末，中国的工业化、城市化进程加快，但时至今日，农业经济模式并未彻底改变。追溯中国民俗发展史，我们可以看到，中国的民俗文化是在长期的农业经济基础上孕育和发展起来的，无论是物质民俗的居住、饮食、服饰、生产、交通，社会民俗的家族、村落、岁时节日、人生仪礼，还是精神民俗的巫术信仰、道德礼仪、游艺竞技等都与农业经济相适应。这种民俗文化影响了中国人几千年。就民俗文化的特征而言，一种民俗文化一旦形成都有它相对的历史稳定性，并在社会的发展中，影响一个民族和国家民众的心理和性格。但当社会的生产力发生急剧变革时，民俗文化也随之改变，"俗随时变"是民俗文化发展的客观规律。目前，在中国社会走向经济多元化和文化多元化的时代，现代化与传统的矛盾变得日益尖锐起来，大有现代化取代传统的趋势。

其实，这种新与旧、传统与现代、西方文化与中国传统文化的冲突也非自今日始。早在鸦片战争、辛亥革命乃至"五四"新文化运动之后，在一个多世纪的漫长岁月中，这种冲突从未停止过。不过那时的中国社会，农业经济基础很强盛，传统文化表现得十分强劲，所以吸收外来文化的进程相对比较缓慢，因此新的思想和文化并没有对传统文化构成巨大的威胁。今天的时代则完全不同了，现代交通和通信技术的发展，使世界经济和文化的交流变得十分便捷。特别是随着中国改革开放步伐的加快，西方的先进生产技术和先进的文化通过各种管道输入中国，在短短的时间里，中国社会发生了翻天覆地的变化。特别是城市化的飞速发展，科学技术的突飞猛进，传统文化正在失去它的优势地位，如不重新认识传统文化、整合传统文化，使其和现代化协调起来，传统文化就有变成现代文化附庸的可能。

（二）新时期民俗文化的变迁

从20世纪80年代开始，中国民俗文化的变迁变得凶猛异常。这种变化是由政治和经济原因造成的。首先是思想上的拨乱反正打破了中国人传统的思维定式，民俗文化被提升到十分重要的位置。此时，思想解禁，民众的民俗意识回归，各项民俗文化活动生动活泼地恢复和开展起来，生活开始变得丰富多彩。此时的民俗学的研究也从重视传统转向关注现代化，关注现代化给民俗文化带来的巨大变化。

在民俗特征中，变异是民俗文化发展的动力。以往民俗学的研究常常停留在对传统民俗的研究上，积累了丰富的经验。因为以往的民俗变异是建立在农业经济基础之上的，民俗学研究可以将历史的民俗与变异的民俗压缩在一个平面上进行，做"书斋式"的研究。现代民俗学的研究则完全不同，它要顾及民俗全新的发展，顾及民俗文化在民众生活中所起的更新作用，应用民俗学中经济民俗学、都市民俗学的兴起正是顺应了新时期民俗文化发展变化的要求。

民俗文化本来就是由民众创造和享受的。这种创造、享受绝不会放弃对新鲜文化的吸纳，不会放弃现代化带来的便利。从某种意义上讲，它所体现的是民众思想观念的变化。比如中国的春节习俗是延续了几千年的文化，它原来的主题是建立在农业社会基础之上的，"风调雨顺，五谷丰登"、请神祭祖、合家团圆几乎是延续了几千年不变的内容。伴随春节习俗的文化活动更是丰富多彩。传统的春节仪式主要包含三方面的内容：节前忙年，除夕过年，节日拜年。时间的延续在一个月左右。具体活动：忙年一般从腊月初八过完"腊八"节开始，到了大年三十（除夕），家家户户贴春联、门神、窗花、年画；除夕之夜吃年夜饭、守岁，燃放爆竹，请神祭祖；大年初一开始，亲友互相拜年；社火、花会、庙会活动依次展开。直到正月十五"元宵节"过后，年事活动才算结束。传统春节习俗被信仰观念笼罩着，神秘而有趣。今天，随着社会现代化进程的加快，春节仪式和内容发生了重大变化。信仰成分逐渐减弱，娱乐成分逐渐加大。特别是随着民众生活水平的提高和现代化传媒的介入，以往春节习俗中的信仰内容被现代意识所取代。中央电视台的春节文艺联欢晚会成了除夕之夜的大餐；电话拜年、电子贺卡贺岁成为新的时尚……因此，在现代化的大都市中，人们普遍感觉到年节的传统意味越来越少，特别是在有些城市颁布禁止燃放烟花爆竹的禁令之后，人们更感到春节已不是原来的那样，变得索然无味。

实际上，春节习俗只是民俗文化变化的一个方面，其他习俗的变化同样深远。物质民俗中居住、饮食、服饰、生产、交通民俗的变化，社会民俗中家庭、村落、婚姻、丧葬仪礼的变化，精神民俗中信仰民俗的变化同样体现着民俗与时俱进的特点。人们不难发现，中国人的习俗正在融入世界文化潮流之中。就服饰文化而言，中国人传统的服饰在生活中已经渐渐消失；传统婚礼不复存在，丧葬仪礼加速改革等等。面对如此神速的变化，民俗学者做何感想？出路有两条：一是顺应时代的发展，赶上时代前进的步伐，关注民俗的变化，加强对现代新时尚、新民俗的研究，探讨民俗文化发展变异的规律；二是发掘、抢救、保护传统民俗文化，维护中国民俗文化生存的生态环境，保住中国民俗文化的根，使传统与现代化更好地协调发展。面对外来文化（异文化），中国人不应该失去民族自信心，要相信中国民俗文化强大的生命力，应该看到民俗文化中新的成分的加入，能保证中国民俗文化在发展中吐故纳新。

在和平的环境里，民俗文化的传播往往是采取"采借"的方式进行的。一个民族对异文化的接受从来都是有选择的，不会是盲目的。异文化简单代替民族原有文化的事例是罕见的。比如佛教是外来文化，在魏晋南北朝以前，它是以带有印度特色的方式传播的。但自唐代以后，佛教被中国人改造得世俗化了，具有了中国特色，也更有利于传播，甚至影响到东亚许多国家。喇叭裤在20世纪70年代末曾经风靡一时，被视为对中国传统服饰文化的反叛，遭到许多人的非议。但中国人对这种文化的接受不是简单地拒绝，而是最终将其改造成筒裤的款式流行。此类例子不胜枚举。要懂得一个时代的时尚往往是先在年轻人中流行，他们的言行举止最能反映时代潮流，时尚服装、流行音乐、迪斯科、歌星、影星最受年轻人的欢迎，而代表传统文化的中老年群体则往往显得保守，就是这个道理。这从一个侧面说明传统与现代化的冲突。

文化的变迁，包括民俗文化的变异是客观规律。我们现在处于信息化时代，从人类生存的空间环境来看，以往是处在相对封闭的环境里，民俗文化的传播要靠口头和行为方式进行，传播的速度相当缓慢。今天，随着现代化交通和通信方式的变化，人类生存的空间明显缩小，环境的改变直接影响着民俗文化的变异，民俗学研究应该直接面对这种变化，并做出新的抉择。

（三）跟进民俗文化的变迁

民俗学发展到现代，由"历史之学"变为"现代之学"。现在性是民俗学的根本属性，所以我们应该跟进时代和民俗的变迁，应该着眼于现实并和民众生活发生紧密的联系。这和民俗学的重视传统并不矛盾。传统文化是历史发展的延续，失去传统便没有现代可言。民俗是文化的积淀。传统，按照民俗学的理解，应该是三代以上的文化的积累。如果以25年为一代计算的话，民俗学研究的对象，至少应该有七十多年到百年的历史，这对民俗学的研究显然是不现实的。所以应该将传统视为一种文化的延续，这种延续包含了它的变异。中国社会变化最激烈的时期是在20世纪的百年之间。辛亥革命推翻清政府的统治是一次巨大的社会变革；中华人民共和国成立是又一次巨大的社会变革；改革开放带来的经济转型，不亚于另一次社会变革。这些变革都带来民俗文化的巨大变化，传统在变革中一次次深化，民俗学应该从实际出发，追溯历史，使民俗学的研究变得鲜活起来，成为一门新鲜的学问。

跟进、研究民俗文化的变迁是民俗学者的责任。

二、民俗学与信息社会

（一）民俗学与信息社会

随着国民经济的飞速发展，中国正在逐步进入信息社会。信息社会的到来，首先归功于现代大众传媒的发展。以往报纸、图书、广播、电话、电报、电影、录音机、摄像机曾经是大众传媒的主要工具，在文化传播中发挥了巨大的作用。在民俗学研究中，也早已采用了这些现代化的工具，将其应用到民俗学研究和田野作业之中。比如：录音机和摄像机在民俗考察中成为一种利器，被广泛采用，使民俗采风变得科学可行。但是随着电视的普及，如上传媒变得黯然失色。当世界进入数字化时代时，文化的传播变得越来越便捷。特别是互联网的出现，不仅改变着人们的思维方式，同时也改变了人们的生活方式，虚拟世界与现实世界在同一时空运行，过去需要人工作为的事情，现在通过互联网就能轻易实现。此时的民俗学的确受到空前未有的挑战，强烈要求方法论的突破。

信息社会最大的特点是把各种信息作为资源看待，并提倡这一资源互惠共享。而互联网的出现，为资源互惠共享提供了充分的可能性。

在信息社会，当民俗文化被作为信息资源对待时，民俗文化的价值得到明显的提高，受到前所未有的重视。中国自改革开放以来形成的民俗文化热，就是很好的说明。

20世纪80年代，中国民俗学进入恢复和发展时期，迎来了它的黄金时代。全国的文科高等院校普遍开设了民俗学课程；博士学位授予点、博士后流动站建立；硕士学位授予点逐年增多；学术机构包括民俗学的群众学术团体纷纷建立；民俗学田野考察逐渐深入；专题研究包括地域的和民族的民俗研究向纵深发展；民俗刊物和图书大量出版。也就是说，民俗文化资源被社会充分认识和开发利用。20世纪90年代以后，随着中国都市化的进展和旅游业的发展，民俗文化更是被作为旅游资源得到开发。有的地区甚至将民俗旅游资源的开发作为新的经济增长点。在这种形势下，民俗学的学科地位得到提升，民俗知识的普及和理论建设显得更加迫切。在这种情况下，中国民俗学在新时期的发展，有许多经验和教训是应该很好地加以总结的。

中国民俗学正在以新的姿态迎接信息社会的到来，这是不争的事实。在信息社会中，一切资源都可以转化为信息供全社会享用。最近几年来，中国掀起抢救和保护民俗文化的热潮，许多过去不为人知的古村落被发现，并经媒体宣传报道后，那里便形成旅游热点，资源被转化为信息，信息又转化为资源，这就是信息社会的魅力所在。

（二）民俗的大文化概念

按照传统的理解，民俗是人们在日常生活中靠口头和行为传承的一种行为模式。这种模式是用来规范人们的思想和行为的。这样的理解当然是不错的。但仔细推敲，这一理解有许多的局限性。首先，它模糊了民俗的文化内涵。民俗的形成是一种历史过程，民俗是在不断的传承中演变和发展的，所以民俗既是历史的又是现实的，应该将民俗理解为一种历史文化的积淀。只有民俗所含有的文化内涵才能体现民俗的本质。因此谈到什么是民俗时，应该理解为：民俗是千百年来，民众靠口头和行为传承的一种文化模式。其次，民俗也是人们所创造的文化信息的总汇。民俗包含的内容极其广泛，物质民俗、社会民俗、精神民俗中的许多事象，都是一种文化符号，均传达着一定的文化信息，文化信息的积累使民俗文化的内涵变得丰富多彩，并成为一种大文化的格局。

民俗的大文化概念，是指民俗文化是一个民族文化的支柱，是民族文化的根。文化向来都有文野之分、雅俗之分。无论是雅文化还是俗文化，都是民族的血肉、民族的根本。雅文化经历千百年的发展，形成民族的精神；俗文化同样经历过很长时间的发展形成民族的感情。以往我们对民俗文化的理解过于狭窄，只是看到了它和民众生活的联系，而没有看到它在民族精神、民族凝聚力方面所发挥的巨大作用。今天，我们必须把民俗文化作为一种大文化来看待，加强研究，提升它的地位。

（三）民俗文化的保护、开发和利用

民俗文化信息是一种资源，这种资源保存于民众的日常生活之中。当民俗学者将这种资源通过田野作业的方式考察记录之后，成为研究资料，也就在客观上保护了这种资源。如果通过大众媒介将这一资源传播出去，便成为可供利用的信息。因此对民俗文化的保护，是开发利用必不可少的环节。

中国有着悠久的文明史，几千年积淀下来的不仅仅有炫目辉煌的雅文化（文人文化），而且有先辈为我们传承下来的珍贵的民俗文化。正是这些来自民间的文化，为雅文化的产生和发展奠定了基础，造就了独特的民族性格和民族心理。然而，由于过去对民俗文化的无知和偏见，如此灿烂的传统民俗文化没有得到应有的重视和保护。而且随着生活的日益现代化、多元化以及与外来文化（异文化）交流的日益便捷和频繁，中国优秀的传统民俗文化遭到了前所未有的摧残，许多民俗文化在现代信息社会正以惊人的速度消失。它的传承更是受到空前的威胁。比如：当故事讲述家去世时，丰富多彩的民间故事便也随之被埋葬；当一位著名的歌手去世时，人亡歌息，留下一片空白；当孩子们唱起流行歌曲时，那些妙趣横生的童谣便不知所向；当万丈高楼拔地而起时，那些古朴的民居便化为瓦砾；当民俗被当作旅游资源开发时，那些纯朴优美的民间歌舞便不知何时才能洗尽铅华。

生活不是一成不变的，民众的思想和生活总是随着时代前进。我们不能要求人们为保存传统民俗文化而永远生活在艰苦的条件之下。但是，当我们在追求更舒适的物质生活的时候，是否眼看着传统民俗文化消失得无影无踪？是否要在物质生活趋同的情况下，主动丢掉这张标志民族个性的文化的身份证？应该认识到，保护优秀的民俗文化就是保存历史。民俗学研究应该在现代化与传统之间搭起一座可以沟通的桥梁。

至于如何保护民俗文化，取决于一个民族或国家对传统民俗文化认识的自觉程度。民俗文化是靠口头和行为传承的，是承自上辈的文化，这种文化养成了民族的国民性，形成了民族的凝聚力。但是民俗文化又有一定的脆弱性，它虽是民众生活不可缺少的部分，当社会向前发展时，它极容易消失。所以我们应该倍加重视，自觉地加以扶持和保护。对民俗文化的保护，我们应该在自觉与不自觉之间做出一种选择。

除观念上自觉重视外，关于民俗文化的保护，我们还应提出一整套可操作的保护方案。最有效的保护当然是通过国家立法的形式，将民俗文化的保护变成政府行为。中国应该建立属于自己的民俗文化遗产保护名录。联合国教科文组织在世界范围内建立了口头和非物质文化遗产保护制度，有力地保护了世界文化遗产。在民俗文化遗产的保护方面，我们为什么不可以做出中国自己的努力？

中国民俗文化遗产名录的建立，同样具有深远的意义。传统民俗文化是中华民族民间文化的宝库。在信息社会到来之际，随着民众生活方式的变迁，一些传统的民俗文化必然要退出历史舞台，或者以另一种形态存在于生活文化中。现代生活对传统文化的冲击是残酷和不可避免的。建立文化遗产名录的目的，是有目的地自觉地保护历史，是要引起政府和民众对传统民俗文化的重视，发现并尽力抢救已经被破坏的传统民俗文化，保护未被保护或者保护不力的传统民俗文化，为传统民俗文化建立起一套比较完善的保护机制以为民俗文化提供法律上的保护，这是历史赋予当代民俗学者的责任。

民族文化造就了民族性格。民俗是一种生活文化，其中蕴含了民族独特的精神，建立民俗文化遗产保护名录，可以帮助人们更好地了解本民族的文化，增强中华民族的凝聚力和归属感。这对一个国家、一个民族的发展是至关重要的。

（四）如何保护民俗文化

民俗文化的保护已经不是一个新鲜的话题。世界上许多发达国家已经做出了有益的实践，取得了很好的经验。在亚洲地区，日本和韩国在民俗文化保护方面做出了典范。在那里把值得保护的民俗文化称为"文化财"，或民间文化财，即文化财富。

日本和韩国早在20世纪50—60年代就已经通过政府立法的方式对民俗文化加以自觉的保护。按照韩国的《文化财保护法》[①]，文化财被区分为有形文化财、无形文化财、纪念物、名胜古迹四个项目。

有形文化财是指建筑物、典籍、书迹、古文书、绘画、雕刻工艺品等有形的、可作为文化遗产的具有较高历史价值和艺术价值的考古资料。

无形文化财是指演剧、音乐、舞蹈、工艺技术等无形的、具有较高历史价值和艺术价值的文化产物。

纪念物是指贝冢、古坟、城址、宫址、窑址、遗物包含层等具有较高历史

[①] 关于韩国民俗文化财的保护，请参阅张正龙《文化财的保护与环境》，载《亚细亚民俗研究》第四辑，学苑出版社，2003年。

价值和学术价值的历史遗迹。

名胜古迹是指具有较高艺术和观赏价值的地方，动植物、矿物、洞窟等在学术上具有较高价值的地方也属于这个范畴。

这里对文化财做了科学的界定，不是所有的民俗文化都作为文化财，只有那些具有较高历史价值和艺术价值的民俗文化才被列入文化财保护的范围。另外，被保护的文化财还被分为国家指定文化财，市、道指定文化财及市、道知事指定文化财，分别加以保护、管理和继承。保护文化财的目的是通过被保存和利用的文化财来提高人们的文化生活，希望人类文化得到更好的继承和发展。

民俗学研究是以民间传承为对象的。在掌握民族生活变化的同时，确认和探索民族同一性。因此，属于生活、艺术、信仰、口碑传承的无形文化财，成了民俗学研究对象的中心。保护民俗文化，实际上是保护民众生活的历史，是通过保护和传承使后辈知道我们的前人是怎样生活和思考的，知道民族文化创造和发展的历史。同时，民俗文化的保护也为民俗学研究提供活的标本，帮助学者们更好地把握民俗文化的精神实质。

民俗文化是靠口头和行为传承的文化，这种文化生存的环境经常处于变化之中，显得十分脆弱，很容易受到破坏和损伤。使民俗文化受到破坏与损伤的原因主要有两个方面：一是人为原因，二是自然原因。人为原因是指由民俗文化的创造者和传承人造成的破坏。比如因为无知或追求金钱利益，随意改变民俗文化传承的内容和形式。如将本属于手工生产的民俗工艺品，做产业化开发、工厂化生产，而使原来的民俗文化的历史和艺术价值消失。如"文化大革命"中的"破四旧"运动造成的民俗文化的损失便是政府错误决策行为导致的，中国大量的民俗活动和民俗文物是在这一时期消失的；改革开放带来中国社会的全面转型，民俗文化一方面被开发利用，另一方面也遭到前所未有的破坏，其中因城市规划中缺乏民俗文化保护的内容，许多有历史和艺术价值的建筑物被强行拆除，古城风貌遭到破坏。这样的事例不胜枚举。

民俗文化中的无形文化财和有形文化财不同，它不是一种固定了的形态，因此很难找到它的原型。比如一些古老的信仰仪式，流传至今已经很难找到它原来的踪迹。加上人们认识不足、保护不当也容易使其遭到损失。

至于民俗工艺产品，在现代化社会里其生存的空间变得越来越狭窄。从工艺技术来看，由于民众文化水平的提高，现代制作工艺的不断渗入，原有的工艺显得比较粗糙，影响民众对传统工艺的关注。加上传统工艺品的流通渠道没有保证，产品滞销，使得这种技能的传承更为艰难。如果一种民间文化财和民众的生活相脱离，那是很容易消失的。

自然因素对民俗文化所造成的损失，主要集中在那些有形文化财上，如民居建筑、传统服饰、生产生活用具等，这些物质文化由于湿度、温度的变化及自然灾害的影响，经历一定的时间后会自然损坏。因而为了保存，除必要的修复外，还可以采用影像手段进行记录和科学化的保护。

要改变造成文化财被破坏的诸种因素，为民俗文化的保护建立良好的环境，是至关重要的。除政府部门的努力外，唤醒民众的保护意识也是非常重要的。民俗文化是民众生活的重要组成部分，它的历史延续和发展主要靠民众自发地参与。今天的保护也应以民众为核心，政府主管部门要悉心听取传承者的意见，确定保护的对象。同时应该将要保护的项目确定传承人，使政府与传承者共同担负起保护的责任。

今天，观光产业的急速发展，直接影响到人类重要的文化和自然遗产。因此在保持民俗文化的多样性和传统性的同时，还要整合旅游文化和环境，使之相互制约和发展。因为产业化与旅游带给文化财的影响是多方面的，其中有许多是负面的。如民间工艺品的商品化和产业化导致文化遭受破坏，使文化形态失去平衡。我们在旅游点经常可以看到许多仿制品或假冒伪劣产品，这种现象使民俗文化的保护受到威胁，使民俗文化变成虚伪的东西。所以不是说单纯地保护就可以了。要知道民俗文化是处在变异之中的，只有在保护的同时不断吸收先进的技术，使传统得到发扬，民俗文化才可能得到传承和发展。单纯地保护是消极行为，在保护的同时促进民俗文化的发展才是积极的命题。

因此，最大限度地保护民俗文化的原型，是至关重要的。如民间工艺品的制作，要体现这一文化传承的由来、历史状况。制作工艺虽然不断发展，但它的文化含义是不能改变的，如果将民俗工艺品原来的文化含义都改变了，那这件工艺品也就失去保护的价值。

如何保护民俗文化？

首先，要对被保护的民俗文化财进行系统科学的管理。对具体的文化财要确定它的可靠的传承人，要保持文化财原型和技能的传承，达到资源管理和政策保护具体可行。在被保护的地域之内，争取所在地民众的积极参与，使他们自发地参加文化遗产的保护运动。不应该将要保护的文化财与民众隔绝开来，使他们变成局外人。那样就失去了民俗文化财保护的意义。

其次，民俗文化财的保护要有专业人士的参与。这些专业人士能把文化财的价值和意义用浅显的方式讲给民众，使他们懂得被保护的民俗文化财究竟有什么价值和意义，同时可以帮助制定一系列的保护办法和措施。民俗文化的保护少不了后来的继承者，要形成一种制度，有意识地培养年轻的民俗文化保护者，每一项活动都应该吸收青少年参与，培养他们传承民俗文化的兴趣。

再次，民俗文化与自然遗产的保护，需要政策的连续性支持，保护不是一时的权宜之计，它是民族意识觉醒的表现。一种民俗文化一旦得到保护，它就成为永久的遗产，要建立相关的档案，记录每一次活动的内容和形式。中国的民俗活动大都具有自发松散的特点，不注意活动档案的记载，这种集体无意识的状态应该改变。

所谓民俗文化财保护，并不是说对被保护的民俗文化财不做人为的加工整理。原始状态是应该保存，但由于民俗文化的传承往往带有随意性，在结构和内容上往往有不完整的地方，在不破坏民俗文化本质传承内容的前提下，适当地调整结构和充实内容是允许的。

总之，民俗文化保护是一项系统工程，它所涉及的知识和理论应该受到足够的重视。

（原载《亚细亚民俗研究》第五辑，学苑出版社，2005年）

中国民俗学研究面临的新课题

一、简单的回顾

中国现代民俗学，发端于"五四"新文化运动，至今已有70多年的历史。和世界民俗学的发展相比，中国民俗学的起步并不晚，而且在20世纪二三十年代，中国老一辈民俗学家，孜孜追求世界民俗学发展的步伐，开拓进取，取得了十分优异的成就，这些毋庸赘述。但是，中国民俗学走过了一条十分曲折的道路，原因人所共知。直至粉碎"四人帮"，天空突然开朗。在拨乱反正的大潮中，中国民俗学终于获得新生。不过，当1979年中国老一辈民俗学家钟敬文、顾颉刚、杨堃、容肇祖、常惠、杨成志、白寿彝七位教授提出恢复和重建中国民俗学机构的倡议时，大多数研究者的学科意识还很淡薄，甚至心有余悸。但民俗学学科毕竟是一门具有强烈生命力的学科，在这片荒芜的田野里，恢复开垦和播种，需要胆识和勇气。在将近20年的恢复和重建中国民俗学学科的日子里，钟敬文先生如同他在二三十年代的所为一样，筚路蓝缕，就中国民俗学学科建设的众多问题（如机构建立、人才培养、课题研究等方面），发表了一系列论文和讲话。他还主持成立了中国民俗学会，重视人才培养，积极沟通与国际民俗学界的交流。这就使中国民俗学在很短的时间内，又一次与世界民俗学取得了同步发展。

以1983年中国民俗学会的成立为标志，十多年的生息和发展，中国民俗学出现了发展史上的一个黄金时期。如在机构建立上，现在除中国民俗学会外，全国已有近30个省（市、区）建立了省级民俗学会，目前建立学会的工作正在向地区和县一级发展；在人才培养上，全国已有近40所大学开设了民俗学课程，10多所大学培养民俗学和民间文学方向的硕士学位研究生，北京师范大学还培养博士学位研究生。民俗学理论研究十分活跃，基础理论研究和专题研究受到重视；民俗志、民俗丛书（包括理论）大量出版；应用民俗学、地域民俗学被提上研究日程；民俗刊物、民俗博物馆如雨后春笋般出现；民俗学的国际交流在不断加强。凡此种种，展现出中国民俗学的光辉前景。和世界民俗学的发展相比，中国民俗学正处在一个高涨的时期，这从多种社会学科对它的关照，民众普遍兴起的民俗文化意识中得到证明。这一点令国外学者也有些羡慕。

二、中国民俗学面临的新课题

中国是一个有着几千年悠久历史的文明古国，又是一个统一的多民族国家。几千年的民俗文化传统，无疑是一座琳琅满目、异彩纷呈的文化宝库。与之相比，中国民俗学的研究，犹如巨人与侏儒。加之社会现代化进程的加速，传统民俗文化越来越受到巨大的冲击，因此，摆在中国民俗学工作者面前的任务十分艰巨，面临着许多新的课题。

（一）基础理论研究

基础理论对于任何一门学科都是至关重要的。从某种意义上讲，基础理论的建设，不仅是一门学科成熟的标志，而且关系着这门学科未来的发展。10年来，中国民俗学基础理论的研究，应该说有了长足的发展，出版了一些较有影响的著作，但远不能适应学科发展的需要。有许多理论问题还有待进一步探讨。比如：关于民俗与民俗学的概念问题，至今还在争论之中。结合中国的实际，作为学术名称的民俗学，它的含义、对象、范围究竟是什么？早在20世纪30年代，钟敬文先生就曾提出过"民间文化"的概念，甚至想用这一名词取代"民俗"一词。80年代，钟先生又重提这一问题。他曾在《话说民间文化》一书的《自序》中说："从30年代起，我就注意到广大民众自己所创造、享用和继承的文化，并且创用了'民间文化'这个新术语，我甚至拟用这个名词去代替'民俗'一词，而把民俗学称为'民间文化学'。现在考虑起来，当时那想法是合适的。"① 钟敬文先生在这里提出，用"民间文化学"代替传统"民俗学"概念的直接理由是："几十年来，世界学界民俗学的范围在不断扩大，以至于将使它包括民间文化全部事象在内了。"② 很明显，这一扩大了的民间文化范围，已和传统的民俗学研究范围，有了很大的区别。它包括了民间工艺、民间艺术、民间科学技术和民间组织等许多方面。举一个简单的例子来说，早期的英国民俗学家班尼（C. S. Burne）在其所著《民俗学概论》中说："民俗包括民众的心理方面的事物，与工艺上的技术无关。例如民俗学家所注意的不是犁的形状，而是用犁耕田的仪式；不是渔具的制造，而是渔夫捞鱼时所遵守的禁忌（taboo）；不是桥梁屋宇的建筑术，而是建筑时所行的祭献等事。"③ 显然，这和我们今天的理解完全不同。另外，就中国文化的整体而言，绝不是单一层次的，它包括了上层社会文化、中层社会文化和下层社会文化。上层社会文化是封建地主阶级所创造和享用的文化；中层社会文化是城市人民和商业市民的文化；下层社会文化是广大农民所创造和传承的文化。而所谓"民间文化"，自然包含中层文化和下层文化。这是当代民俗学研究层次扩展所造成的必然结果。显然"民间文化学"比之"民俗学"在术语概念上，要明确得多。自从1846年英国民俗学家汤姆斯提出"folklore"这一学术名称，世界民俗学的发展已有近150年的历史，不论国外社会学科关于民俗学的归属如何划定（如归于文化人类学、民族学等），中国民俗学发展到现在，已成为一门独立的学科，根据民俗学传统的研究对象和今天的发展，将其称为"民间文化学"未尝不可。

此外，还有民俗学与风俗学的问题也已被提出。民俗学传统上被理解为研究民间风俗、习尚的学问。很明显，它的研究局限在中层社会文化和下层社会文化之间，上层社会文化被排斥在外。上层社会文化是一个复杂的体系，其中的上位文化，自然不属于民俗学研究的范畴。但上位文化与下位文化之间并不存在一条不可逾越的鸿沟。官方仪礼与民间仪礼之间，从来就存在着千丝万缕的联系。如：一年中的岁时节日、有关人生的仪礼等，无论上层统

---

① 钟敬文：《话说民间文化》自序，人民日报出版社，1990年。
② 同上。
③ 转引自方纪生《民俗学概论》，北京师范大学史学研究所资料室，1980年，第2页。

治阶级还是一般民众都要依例进行，只不过在内容和形式上有所区别罢了。所以，有人提出用"风俗学"取代"民俗学"，认为这样可使研究的范围更扩大一些，研究更自由一些，这也不是没有道理。

最后，还有"民俗文化学"的概念，也值得讨论。近几年来，"民俗文化学"概念运用得比较广泛，其范围所指也比较宽泛。伴随着中国旅游业兴起的民俗文化热潮，方兴未艾。"民俗文化学"概念必然会为越来越多的人所接受。

除了民俗学的概念之外，关于民俗的特征、功能、分类，民俗学与其他社会学科的关系，民俗学方法论的问题，也都显得十分突出。应用民俗学和地域民俗学的研究，越来越受到重视，如已有《语言民俗学》《文艺民俗学》等专著问世。民俗发展史、民俗资料学的建设至今还是一个空白。中国民俗学发展到现在，应该建立自己完整的体系和理论框架，以指导学科的研究。

（二）历史性与现在性问题

民俗学研究领域的确定，是摆在中国民俗学研究者面前的一个实际问题，它关系着中国民俗学的性质。时至今日，文化人类学派"遗留物"观点的影响并没有在中国民俗学研究中完全消除。但时代毕竟在前进，民俗学研究的领域也在不断开拓，在传统与现实面前，中国民俗学在做着自己的选择。1984年，钟敬文先生在《民俗学入门·序》中说，在现代社会科学中，民俗学无疑是一种"现在的"学问，而不是"历史的"学问。"这两者的不同，正像'生物学'与'古生物学'的不同一样。民俗学的记述和研究，是以国家民族社会生活中活生生的现象为对象的。"[1]这标志着中国民俗学已发展到一个新的历史时期。这种研究领域上的转轨，将目光投向活生生的现实生活，意味着民俗学已不是一种陈旧的、僵死的学问，而是一种新鲜的、活泼的学问，并在某种意义上，又一次和世界民俗学取得同步发展。

民俗学的"现在性"，是中国民俗学未来的发展方向，但这并不排斥民俗学对传统民俗事象的研究。中国民俗学的研究，应该关照本国的国情，同时也要关照民俗本身的特征。因为民俗具有传承性，不了解民俗的历史，就无法把握民俗的现实。所以我们在强调民俗的现实性时，对传统的民俗事象同

---

[1] 钟敬文：《民俗学入门·序》，载《话说民间文化》，人民日报出版社，1990年，第9页。

样要给予重视。从这个意义上讲，中国民俗学的研究，需要从文献、传统和现实民俗事象的调查三方面入手，将历史的与现实的民俗研究结合起来，才能取得预期的效果。

（三）描述与研究问题

所谓描述，是指对具体民俗事象的观察和记录。民俗，是靠语言和行为传承的文化模式。用文字作符号，将民间传承的民俗文化现象原原本本地记录和描述下来，是相当困难的。即便是使用现代化的录音机和摄像机，虽可补充语言描述的不足，但它仍不能脱离语言和文字的帮助。民俗学研究，历来十分强调"田野作业"，它强调对民俗事象的考查与描述，这是民俗学工作者必须具备的基本功。目前，中国民俗学的"田野作业"水平，和国外民俗学相比（如美国、日本等），虽然做了许多工作，但基础还很差。中华人民共和国成立已有40多年了，但由于过去对民俗学所存在的认识不足和某些偏见，各级文化部门并没有对中国各民族的民俗做过全面的普查，甚至连地区性的专门普查也很少，所以我们对中国民俗文化的整体，对它的源流和沿革，对各地区、各民族民俗文化的特点，均不甚了了。中国的民俗文化，历来存在着多元一体的格局。作为中国主体民族的汉民族民俗文化，对少数民族民俗文化产生过深刻的影响；而少数民族的民俗文化，在历代中国民俗文化的形成和发展中，也同样起了不可低估的作用。春秋战国时期，赵武灵王倡导推行"胡服骑射"，开各民族民俗文化交流之先河。自此以后，历朝历代的民俗文化，都是在各民族的共同参与中形成和发展的。忽视这一特点，将中国民俗学看作汉民族民俗学，且主要以研究汉民族民俗为主，是不对的，这也是中国民俗学研究的一大弊端。

我们这样讲，并不是否定中国民俗学工作者在以往的"田野作业"中所做的工作。诚然，目前所出版的民俗志和民俗学丛书已经不少，在中国民俗学研究中发挥了重要的作用。但今天回过头来再看这些著作，我们就会觉得，以往在民俗的考察与描述中，存在着不少不尽如人意的地方。其中最突出的是，大多数民俗调查者对具体民俗的记录，还停留在宏观描述的水平上，缺乏对民俗事象的深入细致的描述。也就是说，表层的描述已做了不少，深层的细节描述和心理描述却显得不足。这不仅涉及民俗学描述的科学性，也涉及民俗考察、描述的技术和技巧问题。民俗从来都是一种时空文化的连续体，它所包含的层面是极其丰富的，既有物质的因素，也有精神的因素，物质的因素是表层的，精神的因素则是深层的。民俗考察不仅要注意到这两个互相联系的层面，而且要将这种联系精细地描述出来。比如：我们对居住民俗的考察与描述，以往大都集中在民居样式特征的描述上，如蒙古包、傣家竹楼、吊脚楼、四合院等。实际上，民居习俗所包含的范围是很广的。从微观考察与描述的角度看，它应包括：①居住地周围的自然环境（土质、气候、水利）、各类资源、生产状况（农、林、牧、副、渔各业）、交通设施等；②住宅的布局、结构（必要时要绘出平面图或立体图），住宅内房间的分配、位置、名称，供何人使用（区别不同身份）；③火塘和灶的位置，有无特别的意义，有无灶神；④屋内家神供奉的位置；⑤家具的种类、名称、制作、使用；⑥住宅的修建（材料、过程）和仪式；⑦房屋建筑的类型，不同身份的人家采用不同的类型；⑧附属设施（包括畜圈、厕所、仓库等）。以上所列还只是考察要目，具体的考察可能还要细致。只有这样，我们才能全面把握某一地区、某一民族民居文化的整体，才能将表层与深层的描述与研究结合起来。描述永远是民俗学研究的基础，没有好的考察与描述，民俗学研究就不能深入下去。中国民俗学发展到现在，必须在"田野作业"中加强微观考察与描述，否则中国民俗学的研究和发展将会受阻。

（四）方法论问题

方法论问题，在最近十几年的中国民俗学研究中，得到了应有的强调，从而促进了学科的发展。方法论的本质是世界观的问题，也称其为"方法观"。具体到民俗学研究，是研究者如何看待民俗文化的性质、采取什么态度的问题。这个问题，至今并没有得到很好的解决。许多人轻视民俗文化，认为民俗文化是庶民的底层文化，是一种"粗俗"的创造，不能登大雅之堂。在很长一段时间里，中国的民俗文化处于自生自灭的状态，有时政府部门还采取社会动员的方法，不加区别地将一部分民俗作为封建迷信加以革除，使许多优秀的民俗文化得不到应有的保护，更谈不上用心的研究。马克思主义的一个基本观点是：劳动创造了人类，创造了历史。劳动者在创造社会历史文化的同时，创造了丰富多彩的民俗文化。中国文化就其整体而言，包括了"俗文化"和"雅文化"两类,两类文化相比,"俗文化"是养育千百万人的文化,它比之"雅文化"毫不逊色。"俗文化"是"雅文化"的源头和母体。"雅文化"产生于文字发明之后,而在此之前,"俗文化"却早已产生,并在以后的历史发展中一直绵延不断。一种很有趣的现象,表现在考古学方面。考古学分地质考古、生物考古、文化考古等。在文化考古中,我们对地下发掘的文物,一向视为珍宝。但迄今为止,中国大部分的文化考古资料,是从古代墓葬中得到的。那里的确有不少稀世珍宝,而这些珍宝恰恰是随着古代的丧葬习俗被埋入地下的。每一种葬式及其随葬器物,都包含着当时功利上的目的和观念中的信仰在内。这使各类葬式和随葬器物具有了文化史的价值。我们应当感谢古代上层统治阶级的厚葬习俗,它使价值连城的器物能得以保存到今天,并帮助我们去认识昨天。考古的目的,是要认识古代文化发展的历史,认识当时风俗文化(包括上层社会的文化)的本来面貌。换句话说,古代葬俗和随葬器物原本是当时社会风俗文化的组成部分,它只不过是随着当时的葬俗被转入地下而已。今天,我们站在中国文化发展的历史长河中审视民俗文化的发展,对民间文化财富再也不能采取漠视的态度,而要像对待地下考古文物那样,对目前劳动者创造和享受的文化同样应加以保护。1986年6月26日,全国政协文化组、中国民间文艺研究会(现中国民间文艺家协会)、中国社会科学院少数民族文学研究所在人民大会堂联合召开了"保护民间文化座谈会",这是响应联合国教科文组织召开的专家会议的建议精神召开的。联合国专家会议曾建议世界各国政府,通过议会立法的方式保护民间文化,但时至今日,人大代表和政协委员的《关于保护民族文化遗产及建立中国各民族民间文艺、民俗馆的提案》并未得到落实。而保护民间文化确实是一个迫在眉睫的现实问题。和世界发达国家对民间文化的保护相比,我们的这种意识正在觉醒,但存在的差距是很大的。如不认真解决立场、态度和认识问题,任何方法都只是一种很有限的努力。

  方法论是民俗学研究中的指导思想和原则,但它不能代替民俗学的具体研究方法。民俗学的研究方法可以是多种多样的,如田野作业法、比较研究法、历史地理研究法等。无论哪种研究法,都应有自己的研究流程和技术。比如,民俗学的田野作业,它不只是要求从事民俗学研究的人员必须深入民间,而且要求考察者具备一定的调查技术,要讲究田野作业的流程。目前,中国民俗学的田野作业,尚处于一种自发的、盲目的状态之中,许多考察者都缺乏基本的训练。他们仍然习惯于使用传统的社会调查方法,即问题调查法,而忽视田野调查的独特技术和方法。这必然要影响到考察的效率和质量。又如,历史地理研究法,它在民俗学研究中占有十分重要的地位,特别是在民俗的传承和传播研究中,它可以纵横驰骋。芬兰历史地理学派创造了这种方法,用于民间故事的研究,这就是大家所熟悉的"AT分类法",它对世界范围内流传的民间故事,做类型的归纳和分析,取得了十分巨大的成功。民俗和民间故事一样,在长期的历史发展过程中也形成了一定的类型,是否也可以运用历史地理学派的方法对其做类型的研究,这是一个值得探讨的问题。如:居住民俗中的"蒙古包"型居住样式,代表了游牧、狩猎民族的文化特征。这种居住样式,在中国北方的鄂伦春、鄂温克、赫哲、蒙古、哈萨克、裕固,西南的藏族中都有传承,其基本建筑样式大同小异。中国境内各民族,对这种建筑样式有"撮罗子""蒙古包""毡房""帐篷"等不同称谓,这也表现出各类"蒙古包"在结构上的差异。蒙古包也是一种世界范围内传承的民俗文化现象。在亚洲各地,在非洲、美洲、澳大利亚,凡是存在着游牧生产方式和生活方式的地方和民族中,都可以找到这种居住样式。目前在中国,民俗学的类型研究还是一个崭新的课题,它需要民俗学研究者去尝试和探讨。民俗的类型研究,不仅可以帮助我们弄清某一民俗事象的原始形态、原始流传地、历史演变和发展,而且有助于横向地研究各民族民俗之间的交流和传播。

最近几年来,方法论问题在中国民俗学研究中已受到广泛的重视,随着民俗学学科的发展,具有中国特色的研究方法一定会很快出现。

(五)都市民俗学

都市民俗学是伴随西方国家文化人类学的研究,在都市人类学基础上发展起来的一门学问,是民俗学的一个分支。都市民俗是随着都市的形成发展起来的文化现象。中国是一个具有几千年历史的农业国家,古代都市最初是在乡村基础上发展起来的,所以中国都市民俗在很大程度上带有农业社会的特点。从民俗的传承角度来讲,中国都市的市民(即民俗的传承者)大都由农民转化而来,他们在转化为都市市民的过程中,自然将农业民俗带往城市,构成日常生活的基础。自都市形成之后，真正作为都市民俗文化的部分，是小手工业者的民俗和商业市民的民俗，但作为以往都市民俗主体的，却仍然是农业民俗。这就是中国传统都市民俗的特点。中国的都市民俗很早就已形成和发展了，然而从来没有被当作民俗学研究的对象。在中国古代文献中，关于都市民俗的记载并不少，特别是宋代以后，如《东京梦华录》《武林旧事》《都城纪胜》《宛署杂记》，清人关于北京都市民俗的记述著作更多。此外，还有许多专门的关于某些都市民俗事象的著作，如清代李斗的《扬州画舫录》、张江裁的《天津杨柳青小志》、闲园鞠农的《燕市货声》、望云居士的《天津皇会考记》等，都从不同角度记述了都市民俗。这些为我们研究古代都市民俗提供了很有价值的资料。如果说中国传统的都市民俗是以农业民俗作为主体的话，今天现代化的都市就与传统都市大不相同了。在现代化的都市里，原属于农业民族的民俗越来越少，而代之以高度发展的工业产业和商业民俗。如果说，在传统的都市里农业民俗文化起着主导作用的话，那么在现代化城市里，由于生产方式和生活方式的改变，以及现代化城市在政治、经济上的优势，都市民俗已在民众生活中占据了主导地位。它不仅改变了原都市文化，而且以一种崭新的面貌参与和影响农村的民俗文化。从某种意义上讲，这已成为一种不可逆转的潮流。中国民俗学既已强调它的"现在性"，强调它的研究对象"是以国家民族社会生活中活生生的现象为对象的"，就不能忽视都市民俗文化对传统农业社会民俗文化所带来的全面冲击和影响。目前，从民俗发展的态势来看，新的都市民俗文化已在左右着农村文化。如果说，传统的都市民俗文化的源头是农业民俗的话，而今天农村新的民俗文化已经或正在改变着原来的文化模式，转而从都市民俗文化中汲取新的养料和成分。所以，都市民俗学的兴起完全不是一种偶然的现象。在民俗学研究中，我们把都市民俗学看作民俗学的一个分支，而实际上，都市民俗学在未来的民俗学研究中必将起着主导作用。这种角色的转换，应该引起我们足够的重视。

　　都市民俗学研究是以现代化都市生活为对象的，而现代化都市生活往往受到现代化生产和市民消费文化的制约。当社会进入高科技时代时，尤其如此。和传统的都市民俗相比，现代化都市民俗更显得缺乏相对的稳定性，人们的衣、食、住、行方式随时都处于不断的变化之中，很难形成一种约定俗成的民俗规范，这的确为都市民俗的研究带来许多困难。比如婚礼习俗，现代都市和传统都市明显不同，与农村社会的婚礼仪式相差更远；饮食民俗，除保持一日三餐饮食结构外，配餐方式已向科学性和营养型过渡；服饰民俗是都市现代化的窗口，时装引领了整个社会服饰文化的新潮流，追求色彩与款式已成为时尚；居住民俗中，传统的老式住宅逐渐为现代化的居民小区所取代，单元式住宅的居民，越来越感到自己已成为"小国寡民"，"远亲不如近邻，近邻不如对门"的时代已经过去，代之而起的是社会上人与人的新型关系。其他如交通民俗、民间职业组织、信仰习俗、文化娱乐等，都与传统生活民俗有了巨大的差别，商业意识和现代传播媒介（特别是电视）对都市民俗文化的影响越来越大，它甚至在很短的时间内改变人们的思想和观念，这就是都市民俗学面对的现实。

现代都市民俗学研究完全是一个崭新的领域，需要有新的方法去适应这一研究。在这一方面，都市民俗学可借用社会学的社区调查方法，完善民俗学的田野作业法。现代都市民俗不是一种孤立的文化现象，它是一种多元的开放文化，外来文化和本土文化杂然而生。在民俗文化的形成播布上，都市民俗具有自己的特点。一种新的风俗文化总是首先在都市的中心地区形成和流行，然后向城乡接合部扩布，形成都市文化与乡镇文化的纽结。最后经过筛选，播布到村落社会。所以都市民俗学的研究，既要展开对都市中心社区的调查，又要特别注意城乡接合部的民俗调查。因为现代民俗与传统民俗，正是在城乡接合部形成冲突或达成一种新的妥协和融合。比如风靡世界的牛仔服，首先是被城市郊区的青年人所注意和接受，慢慢地向广大的农村社会传布、推广。所以城乡接合部是都市民俗向乡镇、农村传布的桥梁，在都市民俗学研究中始终占有重要的地位。此外，现代都市民俗的发展往往和世界文化思潮紧密联系，如何对待外来文化，随时吸取外来文化中的优秀、合理部分，"洋为中用"，这对发展社会主义新文化、建设都市的精神文明同样起着重要的作用。

三、当前民俗学研究的对策

中国民俗学已经经历了将近 20 年的恢复和发展时期。民俗是社会生活的有机组成部分,也许因为贴近生活,民俗学也最能为人们所理解。正因为如此,民俗文化在最近几年似乎交了好运。在改革开放的今天,很多部门和个人都指望民俗文化能为他们带来福星,交上财运,致使那些懂得民俗文化的与根本不理解民俗文化的人蜂拥而上,都来开发民俗文化。特别是旅游观光部门更为热心,如各地民俗文化村的建设热,一浪高过一浪,它究竟给民俗文化带来幸运还是带来灾难,谁也说不清。民俗文化是一种历史的沉淀,人为景观只不过是一种复制品,连仿制品的资格都没有,其文化史价值可想而知。笔者不是反对民俗文化村的建设,而是说民俗文化村的建设应建立在民俗学的研究和科学的基础之上,它应是抢救、保护、研究、展示民俗文化的场所,是获取文化知识的窗口,而不是冒牌的"假古董"。

鉴于目前的大好形势,中国民俗学认真做出自己的对策,是十分必要的。

(一)加强民俗学基础知识和基础理论的宣传和普及,提高全民的民俗文化意识

民俗是一种全民文化,它的产生、发展、演变以至消亡有它自己的规律,要使民俗文化发挥它的多种功能,就必须研究这种特殊的文化现象。我们不仅要使政府主管部门、各级官员懂得民俗文化在民族形成、发展中的重要作用,使他们懂得用科学的方法去指导、组织、保护民俗文化活动;同时还要教育群众,正确认识自己所创造的民俗文化,维护他们正当地享受这种文化的权利,同那种任意破坏民俗文化的行为做斗争。

(二)有计划地进行全国性的民俗普查

民俗普查是抢救、保护民俗文化的重要手段之一。中国是一个大国,地域辽阔,民族众多,民俗文化千姿百态,应该经过民俗普查的方式,将民间以语言和口头方式传承的民俗事象,用文字、录像、录音、摄影、制图等方式保存下来,变为科学的档案资料,这是一件功德无量的事。但是,目前要动员全国的力量去进行民俗普查,无论人力、财力、物力都有很大的困难,计划难以实施。比较可行的办法，是进行地域的和民族的民俗文化普查。这可以和目前正在全国各地进行的方志编写规划结合起来。中国历来有"盛世修志"的优良传统，风俗志在方志编写中占有十分重要的位置，将它作为民俗文化的信史资料保存下来，使其成为后人了解本土历史与文化的参考。在目前已出版的方志中，风俗志的编写恰恰是比较薄弱的一环，不仅分量少，而且写法上缺乏仔细的商酌，很少具有科学研究和保存的价值。问题出在方志编写中缺乏科学的民俗普查。如果和民俗普查有机地结合起来，这一工作就可以做得更出色、更好一些。除民俗普查外，还有民俗学专题研究及民俗调查也需要和普查工作相协调，使民俗普查在时序上形成一个整体。

（三）加强民俗学人才的培养和培训工作

目前，中国境内从事民俗学和民间文化学工作的人员数以万计，如果把民俗传承人也算在内，人数相当可观。其中的一小部分人长期以来从事民间文化的搜集和研究，而大部分人虽也在从事民俗的辑录和整理工作，但充其量只不过是一些民俗文化爱好者。从这种意义上讲，中国民俗学队伍的素质并不很高。这也影响到整个民俗学研究质量的提高。在这种情况下，中国民俗学会和各地民俗学会应责无旁贷地担负起民俗学人才的培养和培训任务。各高等院校、各地文化部门、有条件的地方都应创办各种类型的培训班、训练班，开设民俗学、民族学、文化人类学、田野作业等课程，借以提高受训人员的理论修养，使他们牢牢掌握民俗学调查的技术和技巧，并有目的地使他们在培训期间参与民俗考察实践。这样便可在民俗调查的基础上充实研究队伍，建立中国民俗学的研究人才网络。

（四）开拓理论阵地，协调理论研究

回顾中国民俗学发展的历史，"五四"时代北京大学的《歌谣》周刊、20世纪20年代广州中山大学的《民俗》周刊，在中国民俗学发展史上具有重要的意义。正是这两个民俗学刊物，在当时团结和培养了一大批著名的中国民俗学专家和学者。目前，在公开发行的民俗学理论刊物中，只有山东大学主办的《民俗研究》和上海民间文艺家协会主办的《中国民间文化》两家。他们是在惨淡经营中为中国民俗学竖起的旗帜。此外，中国民间文艺家协会主办的《民间文学论坛》以发表民间文学研究论文为主、民俗学论文为辅。这

种状况远不能适应中国民俗学发展的需要。所以无论中国民俗学会，还是某些研究部门，应及早地创办一个全国性的民俗学刊物，以便及时发表研究论文，积累研究成果，促进民俗学学科的更大发展。

（五）加强国际民俗学学术交流活动

近十年来，中国民俗学界和世界各国民俗学的交流有了很大的发展，起到了让世界了解中国，也让中国了解世界的作用。民俗文化是没有国界的，许多民俗事象跨越国境，在世界范围内流传，成为世界各国、各民族人民的共同财富。1990年至1991年，中国和日本民俗学者曾经联合对中、日南方农耕民俗文化进行过成功的考察，取得了可喜的成果。事实证明，两国学者互相认识对方国度的民俗文化，考察两国民族民俗文化之间的联系与区别，揭示各自的民俗文化发展规律，是非常有益的。以往，有些学者将民族学与民俗学的研究范围做了这样的划定，认为民族学是研究世界民族的学问（其中包括了民俗文化），而民俗学是研究本国民俗的学问。所以民俗学向来被称为"一国之学"（日本柳田国男先生即主此说）。现在，这一观点被许多学者修正。事实告诉我们，只要某些民俗事象的传承和传播是超越国界的，那么民俗学的研究，也必须进行国际的相互交流与协作。在这里，比较民俗学有了广阔的用武之地。但比较是手段，不是目的。比较的目的，在于通过各国学者不断的考察和研究，通过研究方法的借鉴，更有成效地探讨各国民众之间相互传承和传播的规律。

中国民俗学经过20年的休养生息，得到了空前的发展。目前它正在向一个纵深的方向前进，如何创造这一事业的更加辉煌的业绩，是大家所期待的，也是摆在每个民俗学工作者面前亟待思考的课题。在这篇文章中，笔者冒昧地提出一些极不成熟的看法，既是自己的思考，也希望得到民俗学同人的批评和指正。

（原载《中国民间文化》，学林出版社，1993年）

世界文化多样性与亚细亚民俗研究

2001年11月,联合国教科文组织(UNESCO)第31届大会在巴黎总部通过了《世界文化多样性宣言》(Universal Declaration Cultural Diversity,以下简称《宣言》)。《宣言》首次将保护和促进人类文化多样性的重要性提升到国际社会应接受的基本伦理准则高度;强调文化多样性是人类的共同遗产;指出各社会群体和社会均有创造、传播自己的传统文化表现形式的基本权利。《宣言》和与《宣言》相关的"行动计划要点"的发表,引起世界各国特别是文化界对文化多样性、现代文明与"文化冲突"的普遍关注。

谈到"文化冲突",大家自然想到1993年美国著名政治学家塞缪尔·亨廷顿(Samuel Huntington)在《外交》季刊上发表的《文明的冲突?》("The Clash of Civilizations?")和之后在此基础上写作的专著《文明的冲突与世界秩序的重建》(The Clash of Civilizations and the Remaking of World Order,1996)。在这里,"文明的冲突"是作者对冷战后新的国际局势的判断与概括。如果说这是在政治经济层面上对当今世界局势的深刻思考,那么当《宣言》发表之后,联合国教科文组织总干事松蒲晃一郎的讲话则是在"文明冲突论"的背景下,对世界文化多样性做了文化、道德和法律层面的思考。他在讲话中说:"在目前的国际环境中,有人也许看到了文化间的冲突。当此之际,联合国教科文组织成员国召开第31届大会,今天在掌声中通过了《世界文化多样性宣言》,由此重申了这样的信念:文化间的对话是和平的最佳保证,从而彻底否定了各文化和文明间的冲突是不可避免的观点。"很明显,联合国教科文组织通过的《宣言》试图通过强调世界文化的多样性缓解或消弭现今世界由于政治的、经济的和文化的差异带来的文明冲突,企图创造一个和谐的国际社会和人类生存环境。在亨廷顿的理论中,"文明冲突论"是一个政治性的概念。2001年发生在美国的"9·11"恐怖事件和世界范围内的反恐斗争也许为亨廷顿的"文明冲突论"做了最好的注释,说明当今世界局势体现出的既是政治冲突,又是文明冲突。所以亨廷顿的"文明冲突论"一经提出,在世界学术界引起激烈的争论;同样在文化多样性问题上,学者们也不甘寂寞,发表了各自的看法。但无论怎样争论,这样的共识是不可否认的,那就是文化多样性与社会的可持续发展的确存在着必然的联系。

从民俗学研究的角度讲,《宣言》给了我们许多启示。因为《宣言》把文化看作"某个社会和某个社会群体特有的精神与物质,智力与情感方面的不同特点之总和";它包括了除文学艺术之外的"生活方式、共处的方式,价值观体系、传统和信仰";《宣言》还指出"文化多样性是人类共同的文化遗产,应当从当代人和子孙后代的利益考虑予以承认和肯定",并把保护文化多样性提升到"道德律令"的高度,与人权、自由和尊严相联系,认为文化多样性是对少数族群和土著居民权利的承诺;保护、改善和传承那些记录着人类经验和理想的一切形式的文化遗产,以便促进多种多样的创造力,鼓励文化间的真正对话。《宣言》特别强调,目前世界上文化物品的流通和交换存在着失衡现象,这是对文化多样性的一种威胁。必须加强国际协作和团结,以使所有国家,特别是发展中国家和转型期国家,建立在国内和国际上都能够生存的、有竞争力的文化产业。《宣言》的这些原则和内容完全符合民俗学研究的疆界。从某种意义上讲,《宣言》的发表不仅强调了文化多样性在社会发展中的作用,而且在客观上提升了民俗学的学科地位,因为民俗学就是研究民间文化多样性和多元化的学问。贯彻世界文化多样性的原则,开展跨国界的比较民俗学研究,是摆在各国民俗学者面前的艰巨而光荣的任务。

1996年成立的国际亚细亚民俗学会,在建立之初就放眼于亚细亚各国和地区多元的民俗文化,尊重亚细亚各国民俗文化的多样性特点。国际亚细亚民俗学会在自己的学术实践中,联系各国和地区的学者,研究和交流各自的学术成果,促进亚细亚民俗研究的发展。国际亚细亚民俗学会成立以来的实践证明,亚细亚民俗文化多样性是各国学者研究民俗文化的基础,要学会尊重各国民众在长期的历史实践中创造的多元文化。凡参加研讨的每位学者都有自己研究的侧重点和研究方向。学者们虽来自不同的国家、地区和民族，但他们的研究方向无疑是多元文化的一个侧面。国际亚细亚民俗学会成立9年来召开了8次国际学术大会，这些会议是在会员国之间轮流召开的，每次会议的中心议题同样体现了亚细亚民俗文化多样性的特点。如在韩国召开的多次会议，以马和动物文化、背架文化、端午节文化、节日文化为议题；在蒙古国召开的会议以游牧文化和农耕文化为议题；在日本召开的会议以民俗文化研究与环境保护为议题；这次在越南召开的会议以文化多样性和社会发展为议题；等等。每次国际学术大会，各国学者都是围绕会议的中心议题，结合本国的实际，从文献和田野作业方面选题和撰写论文，进行学术交流。大会结束之后各国出版的会议论文集充分体现了亚细亚各国学者对世界文化多样性的探讨，体现了各国学者共同协作、互相尊重、互相学习的精神。

特别应该指出的是，在国际亚细亚民俗学会学术大会使用大会语言方面，学会成立之初就明确了不用英语作为大会的使用语言，而鼓励使用各国自己的民族语言来表达思想。所以每次学术会议同时使用汉语、日语、韩国语、蒙古语、越南语、老挝语等进行学术交流，并通过多次转译，同样达到了交流学术观点的目的。这种在国际学术大会中多语种的使用，在国际学术交流中是少见的。它表现出学会对各国各民族使用自己民族语言的尊重，完全符合联合国教科文组织《世界文化多样性宣言》的精神。因为《宣言》指出"文化权利是人权的一个组成部分"，"每个人都应当能够用其选择的语言，特别是用自己的母语来表达自己的思想，进行创作和传播自己的作品"。文化是以语言为载体的各民族的文化创造，是通过语言的描述和行为的示范达到的，同样它的传承和传播也离不开语言。保护语言的多样性和保护文化的多样性是紧密相连、完全一致的。

文化多样性和对文化多样性的研究，为国际亚细亚民俗学会注入新的活力。亚细亚各国的民俗文化是丰富多彩的，这种文化的多样性是亚细亚各国人民在长期的历史发展过程中共同创造的。亚细亚各国人民也正是在这种文化的多样性创造和享受中养育和发展了自己。国家和民族无论大小，都有自己独特的文化创造。没有自己历史文化的民族是不可思议的，也无法立于世界民族之林。亚细亚各国各民族文化的汇聚，已成为世界东方文化的代表。它在许多方面区别于西方文化，有自己的历史和特色。

但是我们也应该看到亚细亚文化随着世界局势的变化也在发生着变化。我们解读《宣言》时，也看到了《宣言》发表的时代背景。即当 20 世纪 90 年代冷战结束之后，全球经济一体化成为人们关注的中心。经济一体化的实质是西方发达国家的过剩资本开始在全球范围自由流动。在亚细亚发展中国家，招商引资已成为吸引外来资本的一种模式。这样一来，许多国家和民族被纳入以西方文化为中心的世界经济体系之中，原有的传统生产方式和生活方式由于资本的扩张被彻底打碎和进行重新组合。与此相关的传统文化不能不受到强烈的冲击。就以中国而言，现代化的进程给保护文化多样性带来猛烈的冲击，且已经付出了惨痛的代价。如随着城市化进程的加快，建筑业的迅速崛起，一些历史文化名城顷刻之间消失了，更多的是借旧城改造进行破坏性的建设，使原来的城市面貌变得面目全非。比如，北京是中国著名的六大古都之一，每一朝代都留下了风格迥然不同的建筑文化，四合院就是其中最典型的代表。四合院，老北京人也称为"四合房"，是指由东西南北四面房子合围起来形成的居住空间，是内院式住宅。这种"四合院"建筑历经风雨，发生了许多变化，无论是建筑技术与功能都在演变之中。然而，1990—1998 年，北京市进行了大规模的旧城改造，仅仅八年时间，就拆除老房子 420 万平方米，大部分是四合院，其中不乏保护完好者。许多被拆除的四合院其构造之精美、质量之坚固，令拆迁的人也啧啧称奇。在用"危机"两个字来描绘北京四合院的总体状况时，许多建筑学家、规划学家、历史学家无不痛惜，无不辛酸。现在北京的"四合院"已成为角落文化，政府觉醒后对它进行保护，这已成为"亡羊补牢"之举。近几年来，被疯狂拆除的各个年代的四合院，无论从建筑结构、保存形态，还是从历史价值、文化传承的意义上讲，其损失都是无法估量的。

此外，旅游业的发展也是当今世界的潮流，而且旅游在发达国家和发展中国家越来越被视为各国经济新的增长点。亚细亚许多国家也在借用传统民俗文化资源开发民俗旅游项目。在中国，民俗文化村的建设曾经掀起一阵风潮，许多开发商不惜投入巨资打造、伪造新的文化景观，而对传统民俗文化却无意保护，肆意破坏。当人们从"伪民俗"的噩梦中醒来时，又借民俗文化资源开发民俗旅游村，美其名曰"生态旅游"。但这种生态旅游是根据旅游开发商的意愿改造完成的，同样给传统文化带来许多负面的影响。可见保护民族文化的多样性不是时髦的口号，而是和传统文化的命运联系在一起，和强调世界文化多样性与社会发展联系在一起。

亚细亚各国的文化作为东方文化的代表是一个整体。只有尊重各国多样性的文化，加强不同文化间的对话，世界才能在和谐、和平的环境中发展。如何看待亚细亚文化在世界文化中的格局？

首先，从地理位置上讲，亚细亚位于东半球的东北部，北、东、南三面分别临北冰洋、太平洋和印度洋，西靠地中海和黑海，西南与非洲相邻，东北隔白令海峡与北美洲相望，东南隔海与澳大利亚相望。面积4380万平方千米，是世界最大的一个洲。人口24亿，几乎占世界人口的一半。气候占据了寒、温、热三带。亚细亚也是世界文明发祥地之一，中国、印度、巴比伦、亚述文明曾为世界文明做出过杰出贡献。整个亚细亚包括了东亚、东南亚、南亚、西南亚广大的地区，国家有40多个，民族和族群不计其数。这种独特的自然环境和人文环境，产生了亚细亚各国不同的生产方式和生活方式，创造了不同的文化，而且这种文化表现出多姿多彩的风貌。山地文化与平原文化、游牧文化与农耕文化（包括稻作文化与麦黍文化）交织在一起，形成东方特有的文化景观，和西方文化相抗衡。

其次，亚细亚文化的多样性是世界文化多样性的有机组成部分。亚细亚文化在世界文化的发展中，始终保持着自己的个性。除了各国、各民族由于生产方式和生活方式不同产生的各自不同的文化外，亚细亚各国的文化还呈现出不同的地域和民族特色。东亚、东南亚、南亚各国，在思想、道德和意识形态上受佛教文化的影响很深；西南亚受伊斯兰教文化的影响，形成独特的伊斯兰文化；东亚地区还受到中国儒家文化的影响，形成以"汉字文化圈"为特征的多元文化。如何使亚细亚各国的文化既受到尊重，又平衡发展，不仅是摆在亚细亚各国学者面前的任务，而且也是各国政府的职责。国际亚细亚民俗学会成立以来的活动，主要在东亚和东南亚的中国、日本、韩国、蒙古国、越南、马来西亚各国展开。这显然是很局限的，应该吸收亚细亚更多国家的学者参加我们的论坛，共同研究亚细亚文化的多元体系。联合国教科文组织的《宣言》指出："人类共同的遗产文化在不同的时代和不同的地方具有各种不同的表现形式。这种多样性的具体表现是构成人类的各种群体和各社会的特性所具有的独特性和多样化。文化多样性是交流、革新和创作的源泉，对人类来讲就像生物多样性对维持生物平衡那样必不可少。"亚细亚各国、各民族的文化是一个多元的世界，无论是物质民俗（生产、交易、服饰、饮食、居住等），社会民俗（家族、亲族、村落、人生仪礼、岁时节日等），精神民俗（巫术、禁忌、信仰、宗教、民间艺术、民间竞技等）都多姿多彩，保持亚细亚各国社会的可持续发展，离不开多元文化和文化多样性的支撑。

最后，经济一体化与文化多样性。经济一体化是当前世界的潮流，西方发达国家的过剩资本流入亚细亚发展中国家，使这些国家和地区的劳动、土地和资源脱离传统，进行生产要素的重新组合，以获取更大的利润。这样，越来越多的国家和民族被纳入以西方为中心的世界经济体系之中，传统的生产方式和生活方式不得不打破和进行重组。本来发达国家和发展中国家在社会发展和文化发展上就存在着许多差异，随着世界经济一体化的加速，这种差异变得越来越明显，说明东西方文化的交流并不对等。西方发达国家的文化常常被称作强势文化。这种强势文化借助经济的力量向世界扩展，特别是在信息技术高速发展的今天，正在影响着世界文化的潮流，使传统民族文化陷于危机。这就提出了一个问题，在世界政治一体化、经济一体化形势下，文化怎么办？中国学者在思考这一问题时，提出了"经济一体化，文化本土化"，本土化包含了文化的多样性原则。

文化是心理要素的表现，它的发展受经济发展的制约。当世界经济潮流涌来时，文化的自尊、自强必然表现出来。只有尊重各国、各民族的文化传统，经济和社会才能保持可持续发展，否则传统文化会成为经济发展的阻力。其实，在当今世界，所谓的弱势文化与强势文化是一种相对的存在。比如西方文化与中国几千年的文化传统相比，究竟哪一种文化是强势文化？表面上看来西方文化是强势文化，但是在中国本土，与中国的传统文化相比，西方文化仍然处于相对弱势的地位，它始终无法超越中国的传统文化，这是客观的事实。也就是说，随着经济大潮而来的西方文化，只有在经历本土化过程之后，才能最终被吸收、被采用。

从文化传播的角度来讲,所谓的弱势文化对强势文化的接受,从来都不是无条件地盲目照搬,而是有条件有选择地接受。在世界冷战结束之后的和平环境中,文化的传播往往采取"采借"的方式。亚细亚各国的文化不可能被全盘西化。因为民族文化是民族的根,这种根有吸收西方先进文化的作用,但吸收之后要加以消化和改造,然后置于自己的文化土壤之中,变成本国民众能够接受的东西,这样就形成新的文化传统。世界文化多样性的原则,就是尊重各国、各民族的文化传统,使现代化与传统相结合,使社会和谐地发展,这样就给世界各国人民以选择文化多样性的自由。文化多样性是全人类的遗产,创造、享受、尊重、发展是人类的权利。

亚细亚民俗文化研究,是建立在亚细亚文化多样性基础之上的。所谓的"文明冲突"是由文化差异产生的,进而消除差异的最好办法是尊重文化的多样性和促文化多样性的发展和平等的交流。2003年11月3日在第32届联合国教科文组织大会通过了《保护非物质文化遗产公约》,这一公约和《宣言》的精神是一致的。"非物质文化遗产"指被各群体、团体或个人视为其文化遗产的各种实践、表演、表现形式、知识和技能及其相关的工具、实物、工艺品和文化场所。例如神话、歌谣、谚语、音乐、舞蹈、戏曲、曲艺、皮影、剪纸、绘画、雕刻、刺绣、印染等艺术和技艺以及各种礼仪、节日、民族体育活动等。亚细亚各国是世界上非物质文化遗产最丰富的地区之一,非物质文化遗产的保护是贯彻世界文化多样性的重要手段,中国政府目前已经意识到非物质文化遗产抢救的紧迫性。中国文化部启动了民族、民间文化遗产抢救工程,对无形遗产进行普查、保护,并制订相关法规。与此同时,各种民间无形文化遗产抢救工作也相继展开。许多高等院校开设了文化遗产课程,着手培养相关人才。我们有理由相信,在亚细亚文化多样性面前,国际亚细亚民俗学会的活动将有更加广阔的空间和美好的前景。

(原载《亚细亚民俗研究》第六辑,学苑出版社,2006年)

民俗学篇

改革开放语境下的中国民俗学

改革开放语境下的中国民俗学，是一个很大的题目。这个题目可以做专题叙事，比如基础理论研究、民俗学应用研究、非物质文化遗产保护研究等；也可以做历史的回顾，回顾改革开放40年来中国民俗学发展路由等。当然也可以回顾自己的民俗学经历。总之，这个题目中国民俗学者必须要做，无论回顾还是展望，改革开放40年来，中国民俗学学科建设从无到有，发生了许多变化，取得了很好的业绩。钟敬文先生生前曾提出"建立中国民俗学学派"的问题，谈到它的必要性和可能性。这既是一种展望，也是向中国民俗学提出新的要求，体现老一辈民俗学家对中国民俗学的期望。所以中国民俗学者应该回答这一问题，北京师范大学作为中国民俗学的大本营，更有责任、有义务做出回应。但是在改革开放40周年时，中国民俗学界并没有相应的回声，这是很遗憾的事情。

民俗学作为独立的社会学科，关于它的恢复和发展，一代学者有一代学者的担当和责任，有开拓更应该有继承和发展。40多年来，中国民俗学伴随改革开放步伐，经历了恢复、重建到繁荣发展几个阶段。每个阶段，中国民俗学人都做出过自己的努力，贡献了自己的智慧。中国民俗学，如果从"五四"新文化运动和北京大学"歌谣运动"算起，以至后来被作为一门新的学术概念提出，大约经历了将近百年的历史。百年中最辉煌的时期，恰恰是改革开放的40年。40年来，中国民俗学迈开艰难的脚步，最重要的成果是取得了学科身份认同和获得独立学科地位，即一级学科社会学下的二级学科。如果将民间文学作为民俗学的重要组成部分，民间文学也取得了一级学科文学下的二级学科，这对民俗学学科和民间文艺学的发展是非常重要的。因此，回顾中国民俗学40年来的发展和走过的道路，是必要的，也是必需的。

一、中国民俗学的恢复和重建

20世纪70年代末80年代初，是中国民俗学的恢复和重建时期。学科的恢复从民间文艺学、民俗学在文科高等院校开设该门课程开始。1978年10月，西北民族学院（现西北民族大学）等14所高等院校，邀集国内其他高等院校及有关机构代表100多人，在兰州召开"《中国少数民族文学作品选》教材编写及学术讨论会"。笔者有幸参加了这次会议。这是中国文学（特别是民间文学）研究领域具有里程碑意义的会议。这次会议是粉碎"四人帮"之后全国民族民间文学工作者第一次规模盛大的聚会。其时的思想解放和拨乱反正给从事民间文学的同人以极大的鼓舞，也带来无限的喜悦。没有经历过"文化大革命"的人是很难体会这种心情的。76岁高龄的钟敬文先生应邀出席这次会议。会议期间，无论是在会上做演讲，还是拜访藏族《格萨尔王传》老翻译家王沂暖先生、登白塔山观兰州夜景、接受《甘肃日报》采访等，他都是精神抖擞。他曾赋诗表达参加这次会议的兴奋心情："文场劫后费经营，百族诗文待集成。教化他年收硕果，难忘此日聚群英。"钟老的出席，似一面大旗竖立在民间文学和民俗学的阵地上，不仅起到号令作用，也吹响了恢复民间文学和民俗学学科的进军号。要知道，经历"文化大革命"，当时的民间文学队伍，已经溃不成军。许多学者改行从事其他专业。这次会议无疑起到动员和组织整合作用。老一辈民俗学家在前摇旗呐喊，呼吁恢复民间文学和民俗学的教学和研究。于是溃不成军的队伍，从不同的岗位重新回到民间文学、民俗学大纛之下，并把握住这一励志机会，为民俗学学科的恢复发展，尽绵薄之力。但在当时的语境下，重整队伍谈何容易，学术荒芜得从头学起，经费匮乏更使研究工作举步维艰，期望与困惑并存。是时，每当大家聚首时，除互相激励外，都用"惨淡经营"来形容当时中国民间文艺学和民俗学学科的状况。不过，从动荡逆境中走过来的学者有坚定的学术志向和"不计名利，无私奉献"精神。正是这种精神，造就了20世纪80年代中国民间文艺学和民俗学的黄金岁月。

当时，全国许多文科高等院校的中文系纷纷开设民间文学课程（至少是选修课程）。为了解决教材急需，钟敬文召集全国有造诣的民间文学教师星夜兼程编写《民间文学概论》。1980年7月，这一教材由上海文艺出版社出版。与此同时，各高校教师也为教学急需，自己动手编写教材。1979年，上海文艺出版社出版张紫晨的《民间文学基本知识》。1980年11月，东风文艺出版社出版乌丙安的《民间文学概论》。1981年，北京大学出版社出版段宝林的《中国民间文学概要》。1983年，云南人民出版社出版朱宜初、李子贤主编的《少数民族民间文学概论》，1985年，广西民族出版社出版笔者的《民族民间文学基础理论》。短短几年时间里，就有十多种概论教材出版，满足了教学的需要。

此时，民俗学学科的恢复也在紧锣密鼓地进行。就在1978年，钟敬文等借中国社会科学院向中宣部呈报制定全国哲学社会科学规划的时机，起草了关于《建立民俗学及有关研究机构的倡议书》，并联合顾颉刚、白寿彝、容肇祖、杨堃、杨成志、罗致平诸先生共同签名，致函时任中国社科院院长的胡乔木。这就是著名的"七教授上书"。在之后的哲学社会科学规划中，民俗学被列为独立的学科。直到此时，中国民俗学方取得了身份认同。而在此之前，民俗学被作为资产阶级的反动学术受到批判。这种身份认同，是通过上书的形式获得的，没有这种身份认同，就不会有民俗学后来的发展。

"春江水暖鸭先知"，此时向社会科学院建言的还有辽宁大学的乌丙安等先生，他们在《重建中国民俗学的新课题》中直接建议成立全国性的民俗学会。

一年之后，即1979年11月1日，在中国文学艺术工作者第四次代表大会期间，召开了中国民间文学工作者第二次代表大会，钟敬文等七教授再次向文艺界发出呼吁。呼吁书全文如下：

学艺界的同志们：

民俗学不但是我们必须建立的一种人文学科，而且我们也具备了建立它的一定条件。去年秋间，社会科学院领导同志宣布的我国今后社会科学研究规划的草案里，已经把这门学科郑重地列为研究对象之一。这是一个福音！关于这门学科的必须建立和专门机构的创设问题，去年夏间，我们曾经向社会科学院领导同志上过建议书，并蒙予以赞许。但是这门学问专门机构的建立和科学研究的计划，推进，需要广大学艺界同志的赞成和实际帮助。因此我们今天诚恳地向大家呼吁，希望得到大家的热烈响应。使我国中断了多年的这门科学，能够在新的社会基础上发荣滋长，为今后提高民族科学文化的庄严任务，做出应有的贡献。

也就在这一年的年底，中国民间文艺研究会（现中国民间文艺家协会）设立了"民俗学研究部"。从此开始，学界迎来了民俗学的春天。全国许多省市的民间文艺研究会和文科高等院校纷纷成立民俗学组织，有的地方还创办报纸杂志。如辽宁省率先成立"辽宁省民俗学会（1981年）"，浙江民研会设立"民俗学研究组"，陕西民研会成立"民俗学筹备组"等。上海民研会创办《采风报》，江苏民研会创办《乡土报》，吉林创办《民俗报》等。文科高等院校复旦大学、北京大学、辽宁大学、中央民族学院（现中央民族大学）、牡丹江师范学院等院校，不仅先后开设了民俗学选修课，而且在学生中成立"民俗学社"等组织。1982年6月成立中国民俗学会筹备组，经过近一年的筹备，1983年5月中国民俗学会宣告成立。中国民俗学会的成立，标志着中国民俗学的发展进入新的时期。确认学科地位，建立相应的组织机构，使中国民俗学建设从此步入正轨。

二、中国民俗学人才的培养

20世纪70年代末80年代初，是中国民俗学获得身份认同并重建学科的时期。中国民俗学会的成立，标志着作为"绝学"的民俗学终获新生并很快发展成为"显学"。但是学科的学术梯队尚未形成。钟敬文在参加了北京大学召开的会议回来后，曾亲口对笔者说，日本学者形容当时中国民俗学研究队伍的构成，是"巨人与侏儒"，意思是说缺乏研究实力，不像日本民俗学，自柳田国男之后出现一大批杰出的学者从事民俗学研究。事实也是如此。当时聚集在民俗学旗下的学者大都人到中年，原来从事的民间文学教学与研究中断多年。这些学者分散在全国各地，比较有民间文学素养的中年学者屈指可数。虽然接受过钟老培训的乌丙安、张紫晨两位学者发奋著书立说，但对荒疏既久的中国民俗学来说，无疑是杯水车薪。

当时中国民俗学迫在眉睫的任务是培养新生力量。学会成立伊始，就决定与新成立的中国少数民族文学学会联合举办民俗学、民间文学讲习班。1983年夏季，学会在中央民族学院举办讲习班的消息传出，立即得到全国民俗学、民间文学工作者和爱好者的积极响应，纷纷报名参加。开班时，参加讲习班的有来自全国各地、各民族学员150多人。民俗学会和少数民族文学学会委托张紫晨和笔者主持讲习班工作。当时正值三伏天，办学条件极其简陋。学员住宿借用的是暑期的学生宿舍，民族学院一号楼的地下室也住满了学员。上课借用可以容纳200人的教室。三伏天，教室四角安放四台电扇，仍然炎热难耐。尽管食宿简陋，天气炎热，但学员们的学习热情非常高涨。为讲习班授课的师资队伍应该说无比强大，著名民俗学家、民族学家、社会学家、语言学家、宗教学家和民间文艺学家钟敬文、费孝通、林耀华、马学良、杨堃、杨成志、容肇祖、常惠、常任侠、白寿彝、罗致平、罗永麟、宋兆麟、张紫晨、刘魁立、陶立璠、张振犁、柯杨等，都冒着酷暑，应邀前来授课。他们中许多是老一辈民俗学家，均已80岁或90岁高龄，有些是"五四"新文化运动时期、北京大学、中山大学、抗战时期和杭州民俗学活动的亲自参加者，如今他们成了当代中国民俗学的一面面旗帜。这次讲习班历时一个月，从师资阵容到授课内容，不亚于本科生所获取的信息量。讲演的部分内容，曾由张紫晨编辑成《民俗学讲演集》由书目文献出版社出版。学员结业后回到原来的地区和单位，后来大都成为各地民俗学活动的中坚力量。之后，又在门头沟举办过第二期讲习班，继续培养民俗学人才。这都是为培养人才所采取的应急措施。

人才的培养只有通过正规教育渠道才能获得。20世纪80年代，全国许多文科高等院校开设了民俗学必修课和选修课。许多高校的学生还组织成立"民俗学社"。青年学生参与民俗学活动，无疑是有生力量、新鲜血液。很多院校的本科毕业生选择民俗事象做论文的选题。他们中的许多人后来成长为民俗学专业的硕士和博士。

为了使民俗学研究生培养成为高等教育的组成部分，1986年北京师范大学先后在钟敬文、张紫晨先生名下招收民俗学硕士和博士研究生。北京大学、辽宁大学、中央民族学院等高等院校紧随其后，着手培养新一代民俗学研究人才。从此，中国民俗学人才培养走向正规教育。截至目前，全国获得民俗学专业博士学位授予权的有北京师范大学、中央民族大学、中山大学；获得民间文学专业博士授予权的有山东大学和华中师范大学。山东大学等8所高等院校获得民俗学硕士学位授予权。此外，许多研究机构，如社会科学院研究生院、中国艺术研究院等也都招收民俗学方向的研究生，许多高等院校和科研院所的人类学、民族学、宗教学、语言学、文艺学、民族文学门下也都有导师招收民俗学、民间文学方向的博士和硕士研究生。如果加上国外院校培养的民俗学硕士和博士、博士后，中国民俗学目前的研究和教学队伍已经是人才济济，学术梯队已经养成，他们已成为中国民俗学研究的中坚力量。

三、中国民俗学的理论与实践

改革开放40年来，也是中国民俗学理论逐渐走向成熟的时期。

20世纪80年代，钟敬文为中国民俗学理论的建设殚精竭虑，撰写了一系列论文，阐明民俗学的理论和方法。在1983年中国民俗学会成立大会上做了题为《民俗学的历史、问题和今后的工作》的长篇讲话。他回顾中国民俗学将近80年的发展历史，讲了民族与阶级、农村文化和都市文化、古代学和现代学、理论和实践关系诸问题。他指出传统的民俗学研究范围是"一国"（一国民俗学）的。不过，中国是多民族国家，汉族之外还有50多个少数民族，所以如果说中国民俗学是"一国"的，它的对象同时也是"多民族"的。这一理论的提出，对以后开展比较民俗学研究产生了积极影响。民族的与阶级的问题，过去一直是困扰中国民俗学和民间文学研究的问题。对此，钟敬文认为，民俗，就一般来讲，是广大民众（主要是劳动人民）创造的和继承的，可是如果因此就认为上层社会没有民俗，或者认为它完全没有和广大民众共同的民俗，就似乎不好讲了。重要的民俗，在一个民族里只有广泛的共同性。这对过去那种单纯以"阶级斗争"观点对待社会民俗文化事象的做法，是个警告。关于农村文化与都市文化，钟敬文提出了都市民俗学研究的课题。关于古代学和现代学，他指出，过去的民俗学研究主要运用历史上的资料，但从民俗学的一般性质来讲，它应当是现代学的。它的工作方法是对现存的民俗资料进行调查和搜集，也就是说，它的资料来源主要是现在的，研究的目的当然也是为了现代。而对历史上民俗事象的研究，应归入"文献民俗学"或"历史民俗学"。民俗学"现在性"的提出，不仅使中国民俗学研究的方向更加明确，而且将中国民俗学变成一种新鲜的学问，而不是陈旧的学问。对理论和实践关系，钟敬文在报告中提出民俗学工作者的理论修养和民俗学的应用研究的重要性。总之，这一报告应该说是新时期中国民俗学发展的带有战略意义的文件。它所涉及的问题，亟待民俗学通过它的实践去解决。[①] 其他如《民俗文化学发凡》《关于民俗学结构体系的设想》《民俗学的对象、功能及学习研究方法》等都在及时地、适时地指导中国民俗学的研究。正是在钟敬文民俗学场域的影响下，80年代相继出版了乌丙安的《中国民俗学》（1985年）、张紫晨的《中国民俗与民俗学》（1985年）和陶立璠的《民俗学概论》（1987年再版时改为《民俗学》），作为教材，这三部著作当时影响甚大，起到了普及民俗学知识和理论的作用。10年之后，钟敬文主编的《民俗学概论》（1998年）出版，遂成为高校民俗学教学用书。而作为钟敬文民俗学理论宝库代表作的应该是1999年发表的《建立中国民俗学派》一文。[②] 其时钟敬文年届90岁高龄，积70多年民俗学研究经验，提出建立中国民俗学派的问题。文中充满了对中国民俗学的自信，从中国民俗学的历史与现状出发，提出建立中国民俗学派的必要性和可能性；认为多民族的一国民俗学是中国民俗学的独特性格；指出中国民俗学派的旨趣和目的是清理各民族的民俗文化财富，增强民族意识和情感，丰富人类文化史和民俗学文库；拟定中国民俗学的结构体系，包括理论民俗学、记录民俗学、历史民俗学、资料学和方法论。文中还对如何建立中国民俗学派的工作原则和方法提出建议。

---

① 钟敬文：《钟敬文文集·民俗学卷》，安徽教育出版社，2002年，第58—80页。
② 同上书，第357—407页。

钟敬文的民俗学理论指导了改革开放40年中国民俗学的实践。无论是学术机构的建立还是教学实践和理论研究的展开，都是在钟敬文的民俗学理论指导下展开的。1992年钟敬文90大寿，中国民俗学会与北京师范大学共同主办"庆祝钟敬文教授从事教学与学术活动70周年暨90寿辰"，共收到学术论文100多篇。原打算出版纪念文集，后不知是何原因，没有刊出。笔者曾撰写论文《中国民俗学面临的新课题》表示祝贺，这篇论文后发表在上海学林出版社《中国民间文化》（1993年）一书中。其时正是中国民俗学恢复重建和中国民俗学会成立10周年，无论是基础理论研究、专题民俗研究、地域民俗研究、学科史的研究以及田野作业都展现出新的面貌，出版了许多著作，显示出中国民俗学的实绩，结束了中国民俗学知识结构的巨人与侏儒时代，由人才匮乏到人才济济，完全是中国民俗学40年来实践的结果。

中国民俗学的理论与实践，是在钟敬文的民俗学理论指导下，通过全体同人的勤奋努力取得的。首先是基础理论研究，据不完全统计，近些年来出版的民俗学概论一类的著作有20多种，发表的论文不计其数。其中关于民俗学的"民"的讨论，一直在延续着；关于民俗的分类、特征，方法论等，也是民俗学研究的热门话题。此外还有"实践民俗学""家乡民俗学""表演理论"等概念被提出讨论，只是这些讨论还不够深入，或没有实践成为优秀成果。

专题民俗研究是近几年来收获最多的领域，特别是民俗学专业的硕士论文和博士论文，无论是历史民俗事象还是现实民俗事象的研究，都取得了丰硕的成果。如萧放的《荆楚岁时记》研究，徐赣丽的《民俗旅游村研究》以及萨满文化与傩文化的研究等，就是兼顾了历史文献与现实民俗事象的研究。查2014年"北京师范大学民俗学国家重点学科博士研究生论文数据库"，得知北师大民俗学和民间文学专业毕业了111位博士研究生，111篇博士论文几乎涉及历史民俗和现实民俗的方方面面。笔者没有统计过全国高校、研究机构培养的民俗学和民间文学毕业的博士、硕士有多少，恐怕有数百人。纵观这两个专业的研究生论文，有一个共同的特点，即理论是建立在历史文献的梳理和田野作业基础之上。中国民俗学的理论实践体现在年青一代学者身上，他们是中国民俗学发展的希望。建立中国民俗学派的重任也落在青年一代学人身上。如果说评价这些年来博士和硕士论文的不足，是选题过于庞杂分散，这和导师的学养和研究深度有关，没能围绕中国民俗学迫切需要解决的理论问题，统一规划，指导实施。一流的人才培养，需要一流的导师。

谈到中国民俗学的理论实践，田野作业也是很重要的方面。这涉及民俗资料学的建设。民俗资料学是钟敬文在建立中国民俗学派的理念中，十分强调的。在中国民俗学恢复和重建时期就已提出这一问题。中国民俗学研究必须以坚实的民俗资料的收集为基础。80年代初，笔者在讲授民间文学概论过程中，曾动员各民族学生收集、抄录民俗资料，编辑了5卷将近百万字的《少数民族民俗资料》，自费印刷3000多套，供刚刚起步的民俗学研究之用。之后有了全国性的民间故事、民间歌谣、民间谚语三套集成。这一集成的普查、编辑、出版持续25年之久。普查中强调，在民间文学普查时要注意记录相关的民俗事象，大大丰富了民俗资料库。此外还有甘肃人民出版社出版的12卷本的《中华民俗源流集成》（1995年），从民俗发生学的角度看集成民俗事象的传说和故事，饶有趣味。

这一时期民俗志的编写被提上日程，各地学者在田野作业的基础上，出版了多种专题民俗志。胡朴安的《中华全国风俗志》（1923年版）被多个出版社多次印刷；书目文献出版社《中国地方志民俗资料汇编》对历代方志中的民俗资料做了汇集。改革开放40年来，新出版的民俗志著作上百种，如《山东省志·民俗志》（1996年）、《陕西省志·民俗志》（2000年）、刘兆元的《海州民俗志》（1981年）等。全国地方志的编写，虽将"民俗志"单独立卷，但成效甚微。只有少数几个省出版了省"民俗志"。20世纪90年代，笔者筹划编辑出版全国分省立卷的民俗志丛书《中国民俗大系》。历经10年，在没有任何科研经费支持的情况下，聘请全国各省的民俗学家担任分卷主编，终于完成31卷本的《中国民俗大系》。整个大系含1400多万字、1400多幅图版。2004年由甘肃人民出版社出版。钟敬文曾感叹中国没有分省立卷的民俗志，《中国民俗大系》的出版，填补了这一空白。钟老九泉之下定会感到欣慰。

作为民俗学理论实践的还有风俗史、民俗史、学科史研究。上海文艺出版社出版了陈高华、徐吉军主编的12卷本的《中国风俗通史》（2004年），人民出版社出版了钟敬文主编的6卷本的《中国民俗史》（2008年）。近期，笔者所著《中国风俗发展简史》（2018年）由学苑出版社出版，是20多年来笔者讲授"中国风俗发展史"的总结。此前还出版过张紫晨的《中国民俗学史》（1993年）、王文宝的《中国民俗学史》（1995年），以及断代的社会生活史，如中国社会科学出版社的《夏商社会生活史》《隋唐五代社会生活史》等。这表明中国民俗学者着手梳理历代民俗文献资料，为学科研究的进一步深入提供充实的资料。

时间到了21世纪初，随着非物质文化遗产保护工作的展开，中国民俗学者的身影活跃在保护工作的前沿。他们运用所学的理论和知识参与保护工作，在国家和地方的非物质文化遗产保护工作专家委员会担任重要职务。中国民俗学会的许多年轻学者代表国家，以观察员身份出席联合国教科文组织保护非物质文化遗产政府间委员会会议。

改革开放40年，中国民俗学理论与实践出现全新的面貌，作为学术史，留下历史的光辉一页。这一时期的学术著作在百年中国民俗学史上是最多的，也最能体现中国民俗学的特色。

四、中国民俗学与世界民俗学的对话

改革开放40年，随着国门的打开，文化交流包括民俗学的学术交流逐步展开。中外学术交流是中国民俗学的传统。早在20世纪二三十年代，中国现代民俗学兴起时，就与国外的民俗学理论和方法有着不解之缘，国外的人类学、民族学、社会学、宗教学理论就曾深刻地影响着中国民俗学的研究。其中如流传学派、社会学派、功能学派、精神分析学派的著作和不少民俗学著作被译介到国内，使中国民俗学人眼界大开，开始注意自己身边的生活（民俗事象）。其中英国人类学派的影响更为深远。

民俗文化是有国界的，但民俗学的研究没有国界。特别是比较民俗学，突破国界，变成跨国界的学问。改革开放以来，中国民俗学和国外的交流开始变得频繁起来。

首先是国外理论著作的翻译介绍，弗雷泽的《金枝》、泰勒的《原始文化》、摩尔根的《古代社会》、弗洛伊德的《梦的解析》以及丁乃通的《中国民间故事类型索引》等被翻译出版。民间文学方面，印度史诗《罗摩衍那》、

芬兰史诗《卡勒瓦拉》等也有了新的译本。这些著作不仅成为中国民俗学者的必读书目，而且帮助中国学者认识民俗文化的本质和特征，并提供了方法论的借鉴。

其次是中外民俗学者的交流和联合考察活动的展开。改革开放后最早开展的国际合作是中国—芬兰学者在广西三江进行的民间文学联合考察。之后，中国和日本民俗学者联合对中国和日本民俗文化进行考察。这一考察进行过三次，历时20年，整整一代人的光阴。1990年，中日南方稻作农耕民俗文化联合考察开始。此次考察为中国民俗学会与日本国立历史民俗博物馆的首次合作，组成中日民俗学者联合调查团，进行为期3年的中日南方稻作农耕民俗文化考察与研究。这一计划是由日本历史民俗博物馆民俗部的坪井洋文教授、福田亚细男教授访问北京时向中国民俗学会提出的，得到学会理事长钟敬文的同意和支持。后因坪井洋文先生去世，由福田亚细男实施这一计划。此次考察，考察团团长是福田亚细男先生，副团长是张紫晨先生和笔者。中方学者有刘铁梁、周星、白庚胜、何彬、巴莫曲布嫫、尹成奎以及江苏的周正良、浙江的朱秋枫。20多位中日民俗学家混合编组，在中国江苏的常熟，浙江的兰溪、丽水畲族地区，日本的茨城县、千叶县、冲绳县进行深入的农耕民俗文化考察。第二次联合考察由筑波大学佐野贤治教授组织，中日学者联合进行汉族及周边民族民俗考察。考察地是云南丽江地区和四川凉山地区。第三次联合考察仍由福田亚细男主持，在浙江考察。

20世纪90年代，正是中国民俗学恢复和重建时期，套句官话叫"百废待兴"。此时的中国民俗学最缺乏的是田野作业经验。中国学者也无力（财力）从事田野作业。所以中日联合考察无疑是雪中送炭，解了燃眉之急。20年过去了，当年参加考察的青年学者步入中年，中年学者步入老年；当年的讲师如今成了教授、博导。变化是巨大的。就以这部分学者来讲，考察中的获益不仅直接影响了自己的学业，也影响了他们所从事的事业。福田亚细男在总结中日联合考察经验时说："这个项目主要是以中国浙江省和江南地区的调查经验为主。20多年来，有很多中日学者参加了调查，并培养了中日年轻学者的田野经验。项目分为三个阶段：第一阶段是20世纪90年代前期，中国当时正是改革开放初期，民俗开始复兴和繁荣起来。这个时期调查内容主要是祠堂、族谱。第二阶段是 20 世纪 90 年代后期，这个阶段中国的村落与日本农村以前发生的过疏化一样，年轻人外出打工，村落中共同完成某件事情的现象少了。第三阶段是进入 21 世纪后，主要围绕古村落街区的保护与修缮，非物质文化遗产保护制度的健全完善过程。这三个阶段的调查顺应了中国农村社会的变化，中国现在最大的课题——非遗保护，也是我们研究的课题。所以，我们应该承前启后地进行工作，一定会取得很好的成果。"

请进来，走出去。目前，中国民俗学与世界民俗学的对话与交流已成为常态。改革开放 40 年来，许多中国民俗学者走出国门，与世界各国的民俗学者进行学术交流。许多年轻的学子到国外进修民俗学，攻读民俗学硕士和博士课程，回国后成为中国民俗学的中坚力量。早在 1996 年，中央民族大学民俗文化研究中心筹备召开"面向 21 世纪的东亚民俗文化国际学术研讨会"，来自日本、韩国、蒙古国、美国以及中国台湾地区的学者 100 多人与会，钟敬文在会议上做主旨讲演，致辞祝贺。会议期间，东亚各国民俗学者共同发起成立"国际亚细亚民俗学会"。这个学会总部设在韩国，具有法人资格。该学会成立 22 年来，在亚洲各国举行过 19 次国际学术会议，就众多的议题进行学术交流，取得了丰硕的成果。中国有上百位老中青学者参与学术交流，将中国民俗学的研究成果传播到亚洲各国，也分享了亚洲学者的学术成果。

中国民俗文化是在独特的自然和人文环境中形成的，有着悠久的历史和多民族文化特色。就以非物质文化遗产保护而言，中国已形成四级文化保护体系，进入国家级非物质文化遗产名录的项目有 1300 多项，进入联合国名录的项目有 30 项，这些项目大都是民俗文化的结晶，凝聚着中华民族的人文精神。中国政府已经批准加入联合国《保护非物质文化遗产公约》，伴随非物质文化遗产保护展开的中国民俗学研究，体现出中国民俗学人的话语权。从这种意义上讲，中国民俗学与世界民俗学对话，当之无愧。

五、后钟敬文时代的中国民俗学派

钟敬文的《建立中国民俗学派》一文发表已经 20 周年。在改革开放 40 周年之际，中国民俗学进入后钟敬文时代。钟敬文的中国民俗学理论，体现在他的一系列文章和著作中。钟敬文时代，无疑是中国民俗学走向自觉的时代。曾经历过"五四"新文化运动和早期民俗学运动实践的学者，如顾颉刚、常惠、钟敬文、容肇祖、杨堃、杨成志等，在改革开放中直接参与了中国民俗学的恢复和重建，指导了中国民俗学的理论建设和实践。钟敬文晚年提出"建立中国民俗学派"是有充分的历史和现实根据的。他对中国民俗学派的构想，是建立在对中国民俗学的自觉和自信基础之上的。

关于学派的形成，历来都有不同的解读和分野，形态各式各样，如师承学派、地域学派、问题学派等等。中国先秦时期的儒、墨、道、法，就是不同的学派。明清时期是学派出现最多的时代。与学派对称的还有流派。学派讲究师承关系，流派讲究独特性，这是二者的不同。中国民俗学派的概念不是凭空提出的，它的倡导者具有丰富的民俗学学科实践，培养了众多的门生。钟敬文积70年学科实践，以他渊博的知识经验，洞察中国民俗文化的历史和现状，提出自己的学派主张。后钟敬文时代要想成就中国民俗学派建设，首先要学习钟敬文的民俗学思想、民俗学理论和他为中国民俗学学科的献身精神。

后钟敬文时代，中国民俗学派的建设有许多有利的条件，我们要善于利用这些条件，努力进取。改革开放以来，仅北京师范大学培养的民俗学、民间文学博士就有100多位，其中直接受教于钟敬文门下的博士、博士后30多位，以师承关系构成中国民俗学派的学术梯队，这一梯队足以承担中国民俗学派赋予的重任。关键是要有承担此任的学派带头人，要有精密的学科规划和实施计划。笔者认为，建立中国民俗学派，要认清目标，从如下几方面做起。

第一，增强民俗学自信，树立独立学科意识。改革开放40年来，各个社会学科都有了不同程度的发展，与民俗学关系密切的人类学、社会学成了龙头老大，于是许多民俗学研究机构纷纷向这些龙头老大靠近，想借这些学科壮大自己，结果混淆了民俗学与上述学科的疆界。诚然，民俗学与上述学科在研究内容上有所交叉，方法上有所借鉴，但民俗学有其独立的学科地位，不应该成为人类学和社会学等其他社会学科的附庸。这一点钟敬文在他的学术实践中是十分强调的。中国民俗学虽然走过曲折的路程，但经几代学者的艰苦努力，已经确定了学科的研究领域和研究方法。

第二，确定研究领域和目标。中国是一个民俗大国，有着几千年的民众生活史。浩如烟海的历史文献，记录了历代丰富多彩的民俗资料。"文献民俗学"或"历史民俗学"应是中国民俗学派广阔的研究领域；"多民族的一国民俗学"是中国民俗学研究的特色之一。

第三，创立民俗资料学。包括历史的、民族的、地域的民俗资料，民俗志（包括图像民俗志）的编纂，方志民俗研究，民俗数据库建设是建立中国民俗学派的根基。

第四，书写中国民俗学学科史。包括古代史、现代史，著名民俗学者评传，民俗事象传承人口述史等。

第五，方法论。主要是田野作业，民俗源流考据方法的运用是中国民俗学书斋研究的传统，应该予以重视。此外，还有高科技技术的运用、非物质文化遗产保护工作经验总结等。

第六，学派学术梯队建设。应重视钟门弟子在中国民俗学派建设中的作用。

第七，规划中国民俗学派建设方案，加以实施。这一方面，北京师范大学和中国民俗学会应该有所担当。

总之，改革开放 40 年，中国民俗学由绝学变为显学，有了自己的独立学科的地位，聚集了众多的有志于民俗学研究的精英，和世界民俗学学科的发展相比，取得的成绩毫不逊色。只要大家齐心协力，努力进取，钟敬文建立中国民俗学派的宏愿一定会实现。

（原载《非遗传承研究》2019 年第 1 期）

比较民俗学的话题

近10年来,关于民俗的比较研究,在中国民俗学研究中引起越来越多的学者的重视。特别是在中国的区域研究和少数民族民俗研究中,学者们经常运用比较的方法,探讨各地区、各民族民俗文化之间的交流和影响,取得了很好的成绩。从民俗的产生、变异和传播角度讲,中国民俗的区域比较和各民族民俗之间的比较的确开阔了学者们的视野,也给中国民俗学的研究带来新的生机。民俗学的比较研究方法,有助于学者们从宏观和微观的角度探讨某一地区、某一民族的民俗的产生、发展和演变规律。

中国有句古话叫作"礼失而求诸野"。这是说,历史上各个时代,在经历了社会和政权的变迁之后,许多礼仪在上层社会消失了。但是由于民俗的稳定性和受上层文化的影响,许多礼仪却在民间得到了很好的保存。因此为了探讨古礼产生和发展的状况,学者们经常深入民间去收集民俗文化的残存,借以恢复古礼原有的风貌。比如中国清代宫廷萨满仪式的保存和延续,就是清朝政府通过皇帝颁布诏令的方式,从民间广泛收集萨满祭词和萨满仪式,后经整理、翻译,将其典礼化和制度化,形成《钦定满洲祭祀典礼》,祭天祭神在北京宫廷和各王府一直延续了200多年。这种事例不胜枚举。

在社会现代化高度发展的今天,民俗学者肩负的重要任务之一,是对传统民俗文化的抢救和保护。今天民俗学的田野作业,在强调现在性的同时,面对历史久远的传统民俗文化,仍然需要做"礼失而求诸野"的工作。今天要发掘、抢救和保护即将消失的传统民俗文化、探讨中国各民族民俗的源流和发展,仍离不开比较的方法。但是,民俗比较或比较民俗在中国民俗学研究中还是刚刚起步，尚缺乏具体的实践和系统的理论指导。

什么是比较民俗学？比较民俗学可不可以成为民俗学的一个分支学科？中国学者正在思考这一问题。一般来讲，比较民俗学是研究不同民族、不同地区、不同国家的民俗文化产生、传播、变异和发展规律的一门学问。不同民族、不同地域、不同国家之间的民俗文化可不可以进行比较的考察和研究，在民俗学界至今还存在着不同的学术观点和争论。在东亚，日本民俗学的奠基者柳田国男曾提出民俗学是"一国之学"的观点，认为作为"一国民俗学"，不宜做国与国之间的比较研究。也就是说，民俗学只能研究本国境内民族的民俗文化。这和文学研究中的"比较文学"的概念正好相反。比较文学的概念认为，一国之内的文学不能做比较研究。文学的比较必须是国与国之间的比较。

比较文学的概念曾经是很严格的，一国之内文学的比较向来被视为禁区。这无疑影响了文学研究的发展。20世纪80年代以来，中国文学界曾就比较文学的概念产生过不小的争论。许多学者提出，中国是一个多民族国家，汉族文学与少数民族文学，各少数民族文学之间历来都存在着交流与影响。既然这种交流和影响是客观存在的，并影响到各民族文学的发展，那么比较文学在一国之内的开展，就不应存在异议。特别是像中国这样一个历史悠久的多民族国家，多民族性（文化的多元性）和融合性（各民族文化的相互融合）始终是中国文学的特点。因此各民族文学的比较研究是理所当然的。这一观点已被国际上从事比较文学的学者所接受，比较文学的禁区终于被打破。

民俗文化的比较研究和文学的比较研究并不存在本质上的差异。从世界文化的分野来看，东方文化和西方文化虽然有着各自不同的格局，但许多民俗文化事象是完全可以进行比较的。例如古老的"产翁制度"（即女人生孩子，男人坐月子），在中国西南地区的许多民族（如广西的壮族、云南的傣族等）和欧洲的英吉利民族中都曾经存在过类似的习俗。这究竟是怎么一回事，又是什么原因造成的，需要通过比较研究去加以认识。另外，从东方民俗文化的格局看，东亚地区各国的民俗文化是一个大的民俗文化圈。中国、日本、韩国、蒙古国的许多民俗文化有共通之处。这种民俗文化之间的彼此相似和相通，是由历史造成的，也是各国民俗传承和传播的必然结果。也许中国和日本、韩国、蒙古国等国的国情不尽相同。比如就民族的构成而言，中国是一个多民族国家，而日本、韩国、蒙古国是单一民族国家。但是，民族成分的多寡，并不影响民俗文化的交流与传播。因此民俗学的研究除一国民俗研究之外，还应进行国与国之间的民俗文化的比较研究。比较民俗学应在民俗学中占有一定的位置。而且从某种意义上讲，比较民俗学的发展可能是未来东亚乃至亚洲民俗学发展的希望。

最近几年来，东亚各国的民俗学家以中国为基地，在民俗考察和比较研究方面迈出了坚实的步伐。20世纪90年代以来，以学者个人或以学术机构联合的方式进行的民俗考察，在中国、日本、韩国之间展开。东亚民俗学家在中国的考察，就地域而言，已遍布中国的东南、华南、西南和东北的许多省区。各国民俗学者的联合考察本身即是一种比较，是自文化与他文化之间的比较。只有在这种考察比较中，才能了解各国民俗文化之间的共性和差异。如果在民俗学研究中不去了解与自文化相关的周边民族和国家的文化，那么这种研究的时空局限性不仅是很大的，而且会使民俗学研究的范围变得十分狭窄。这样无助于各国学者对本国民俗文化的历史、源流和特点的研究。

20世纪以来，西方文化的东渐，给东方文化带来许多重大的变化。特别是世界经济的发展，使得东方各国处处在向西方看齐。也许有一天，在物质生活上会变得全盘西化。但是，无论经济如何发展，决定国与国之间差异的重要因素是各自的历史与文化。民俗是一个国家文化的标志，只要作为东亚各国、各民族精神文化支柱的民俗文化不变，由这种文化形成的民族精神不变、各国文化仍会保持它独立的民族特色。民俗文化也是各国民族文化的根，这种民族文化之根有着特别的稳固性，只要它不变化，一国的民族凝聚力就不会变。这也许正是中国之为中国，日本之为日本，韩国之为韩国的道理。民俗文化，历来都是一个国家民族精神和文化的象征。东亚各国或一衣带水，或陆路相连，在政治、经济和文化上的交往历来十分频繁。这种交往使得各国在民俗文化方面存在着许多的相似和差异。这种相似和差异正是东亚各国民俗学者进行民俗比较的焦点，也是东亚民俗文化较之欧洲等国有利的方面，我们不应放弃这些有利条件。

比较民俗学作为民俗学的一个分支学科，应该有自己的概念、范围和对象。比较民俗学既是一国之内民族之间、地域之间民俗文化的比较,同时也是国与国之间民俗文化的比较。在这一前提下,民俗学者可以自由地选择比较的课题,不必局限于狭小的领域。就民俗学的研究范围而言,物质民俗中的居住、饮食、服饰、生产、交通、民间工艺制作等;社会民俗中的家族、亲族、村落、民间职业集团组织、人生仪礼(包括诞生、成年、婚姻、贺寿、丧葬等)、岁时节日(年中行事)等;精神民俗中的巫术、禁忌、信仰、民俗宗教以及民间文学(神话、传说、故事、民歌、民间叙事诗、谚语、谜语等)、民间艺术(包括民间音乐、民间美术、民间舞蹈)、民间游艺、竞技等,为民俗学的比较研究提供了广阔的用武之地。和一般民俗学所不同的是,比较民俗学的取材始终在不同的地域、民族与国家之间进行,它所探讨的课题是地域、民族、国家之间民俗文化的相互影响以及民俗文化产生、演变、传承和传播的规律。

比较民俗学是以研究民俗文化变异规律为目的的学问。民俗文化的传播和变异是有规律可循的,民俗学的比较研究就是要在不同类型的民俗比较中找出其合理变化的规律。在民俗的比较中,我们常常发现,某一民俗在不同民族和国家之间的传播总是要通过采借的方式才能进行。所谓采借方式,是指一个民族或国家对异民族的民俗文化是否接受和采纳,首先要由这个民族或国家对所接受的异民俗文化做出价值判断,并在自文化和他文化之间取得相互的认同感。没有这种认同感,民俗文化交流和传播就会遇到种种障碍。采借方式同时还表明,民俗的传播从来都不是消极和被动的,而是积极、主动和有选择性的。这种主动性和积极性又往往表现在民俗文化的变异性上。采借的一方对被采借来的民俗,通过有意识的加工、改造,然后置入本民族原有的民俗文化体系之中,变为本民族民俗文化的有机部分。比如中国的茶文化和日本的茶文化,常常被学者们拿来做比较。这是因为日本的茶文化的源流在中国,包括茶叶的种植和饮茶习俗都是从中国传入的。中国从唐代开始,饮茶习俗普及民间,并逐渐形成自己的茶道。唐代陆羽(鸿渐)的《茶经》是这方面的集大成著作。唐玄宗天宝末进士封演所著《封氏闻见记》也说:"楚人陆鸿渐为《茶论》,说茶之功效并煎茶炙茶之法,造茶具二十四事以都统笼贮之,远近倾慕,好事者家藏一副。有常伯熊者,又因鸿渐之论广润色之，于是茶道大行，王公朝士无不饮者。"由此可见，中国茶道的创始者是唐代的陆羽。有唐一代，中国的饮茶习俗通过佛教的传播被带到日本。宋代是中国古代饮茶习俗日臻完善的时代，当时不仅茶叶的生产种类繁多，饮茶习俗五花八门，而且有关茶文化的理论著作也很多。宋代的饮茶，主要是末茶，而且那时不叫饮茶，而叫作吃茶。饮茶时连同茶叶末一齐吃下去。时至今日，中国江南地方尽管饮茶的方式改变了，但在民间仍保存着吃茶这一称谓。中国唐宋以来的饮茶习俗直接影响了日本的饮茶习俗。今天我们看到的日本茶道主要是以末茶的形式传承的。这种茶道，表现出很强的日本文化特色，它是千百年来日本人在吸收中国茶道的基础上，根据自己民族的习惯、爱好和审美要求，经过不断加工创造的一种带有日本民族文化特色的茶道艺术。中国在明清时期，由于制茶技术的改进，冲饮成为饮茶的主要方式，既经济又方便，原来烦琐的抹（末）茶道自然消失。如果今天还追索中国茶道的源流，主要是冲茶道而非抹茶道。如广东、浙江一带流行的茶道，都是以冲茶的形式出现的，和日本的茶道有着本质上的区别。所以要做中国和日本茶道的比较，只有了解中国唐宋时代的饮茶方式，并结合日本饮茶史，才能弄清它的源流和变化。

民俗的比较研究必须顾及它传承和传播上的特点。民俗在时间和空间上的传播，既是历时的又是共时的。在具体传承方式上，可分为线性传播和辐射传播两种。但无论哪种传播，都体现着传授者与接纳者之间、自文化与他文化之间的千丝万缕的联系。风俗发展史和民俗的比较还告诉我们，民俗文化的传播是某一文化向异地、异民族的转移。这种转移带有强烈的文化移植特色。也就是说，这种转移和传播不可避免地要出现自文化和他文化之间的碰撞和嫁接。正是这种交织和嫁接促进了民俗文化在不同民族和国家之间的传衍和发展。

民俗的历时传播是指民俗文化在时间上的纵向延续性。这在一国民俗的发展中看得最为明晰。在民俗文化中，不同类型的民俗事象都有各自的产生、发展、演变和消亡规律。历代的民俗志明确地记载了这一演变过程和事实。当民俗文化向不同的民族和国家传播时，一旦某一民俗文化被他民族或他国接受，便按照自己的特点发展，有时并不受原民俗文化的制约和影响。就如日本的茶道一样，虽然从中国传入，但它最终形成自己独特的历史。我们只能说日本茶道的源流在中国，而不能说日本茶道就是中国茶道，道理就在这里。因为日本茶道是日本人民的独特创造。

民俗的共时传播是指民俗文化在空间上的横向传递。这种传播往往采取两种形式：一种是线性传播，一种是辐射传播。所谓线性传播，是指有些民俗的传播是单向传播。这种传播并不需要对作为传播源的民俗文化做出反馈，它只是单纯地接纳或排斥，因而不产生民俗文化之间的相互影响。民俗的辐射传播则不同，这种传播往往在两个传播源之间产生相互的交叉和影响。就如在一潭水中投入两枚石子，形成两个不同的圆形波纹；这两个波纹在不断地扩大，最后互相碰撞，交叉后恢复平静，表示一种接纳或吸收过程的完成。民俗文化的辐射传播也是如此，只不过它是在两个民俗文化传播源之间进行的，传播中它需要将彼此接受的信息反馈给对方。比如中国的汉族与周边民族，长期以来都在进行着这种民俗文化之间的相互交流与吸收。汉民族的民俗文化影响了周边的少数民族，周边少数民族的民俗文化也影响了汉民族的民俗文化。以至今天的中国民俗文化，很难说汉族民俗文化是其代表。因为汉族民俗文化恰恰是由各民族民俗文化融合而成的。以中国的音乐民俗为例，现在所谓的中国民族器乐中，作为主要乐器的胡琴（二胡、板胡）、笛子、唢呐、弦子、芦笙等，都是吸收了少数民族器乐成分的。没有这些少数民族器乐成分的加入，中国的民族器乐将会显得平淡单调。至于民歌的演唱，中国少数民族更是保持着独特的风格，地域特色和民族特色是很明显的。

从一般意义上讲，民俗文化的传播是不受国界限制的。中国的西南、西北、东北地区的许多民族和周边国家同一民族跨国境相邻而居，民俗文化的传播在这些地区和国家之间形成了一个自由通道，民俗文化在其间相互传递并促进了毗邻各国文化的交流。但国家毕竟是一个地域的和政治的概念，所以客观上由于国界的存在，民俗文化的传播不能不受到影响。也就是说，民俗文化在国与国之间的传播，要比在一国之内民族与民族之间的传播困难得多、复杂得多。在一国之内，各民族在同一国土内活动，彼此的交往十分自然和频繁，因此民俗文化在不同民族之间的传播，总是随着时代的推移不间断地进行，文化之间产生的影响也要深远得多。民俗文化传播的历时性和共时性特点也体现得十分明显。比如中国的春节习俗萌芽于先秦，定型于两汉时期。这一节日，最初是在黄河流域的中原地区形成的。但在2000多年的传承过程中，它逐渐被周围的其他民族所接受，现在已成为中国国内除信奉伊斯兰教的民族和部分边远山地民族之外的各民族共有的节日。另一方面，一国之内民俗文化的传播，往往兼及内容和形式两个方面，即在不同民族之间接受某一民俗文化时，不仅在内容和形式上全面接受，而且随着时代的变化，不断更新传承的内容。所以，今天研究中国各民族的春节习俗，我们会看到这一节日的形式、内容和文化内涵有着无限的丰富性。

然而在国与国之间，民俗文化的传承和传播则存在着很大的差异性。一国民俗文化被他国接受之后，按照民俗文化传播的规律，民俗文化的接受者一方，首先要对所接受的民俗文化进行消化、吸收和加工改造，然后再置入本民族、本国原有的民俗文化之中，让其生根和发展。这时也许由于某种原因，原来的传播源关闭了（比如长期的闭关锁国），于是这种民俗文化的传播被限制在一个时空的狭小范围内，失去了和原有民俗文化之间的联系，变成一个文化孤岛。还是以中国的春节习俗为例。这种习俗曾经流传到东亚和东南亚各国（今天世界上凡是有华人的地方都过春节，这种情况除外）。在东亚，日本和韩国至今还保持着过春节的习俗。从民俗文化的起源和传播来讲，日本和韩国的春节习俗，无疑受到中国文化的影响。日本在明治维新以前，曾使用中国的历法"农历"。因此，日本正月的习俗在时间上是和中国的春节统一的，即在阴历的正月初一过年节。明治维新以后，日本改用西洋历法阳历，废止中国的农历。但长期以来所形成的"正月习俗"无法在日本人的生活中消除，于是政府决定将"正月习俗"改在阳历元月进行。与此可做比较的是，中国在历法的采用上从汉代至今，一直沿用农历。和日本相类似的是，中国在1911年辛亥革命之后，也采用了西洋历法（阳历），为了和农历元旦相区别，还特别将阳历的1月1日称为元旦，而将农历正月初一的"元旦"称谓改为春节。现在两种历法同时使用，但和日本不同的是，中国尽管在历法上做出如上改动，但中国的年节仍然在阴历正月初一进行。春节仍是中国全民族的传统节日。中国是春节习俗的发源地，这种节日曾伴随中国人民度过了2000多年的岁月。因此并没有因历法的改动，而将过节的时间做相应的移动。

日本没有自己的历法，它原来使用的历法是采借中国的，所以明治维新以后，节日的时间做了相应的改动。

中国和日本在春节习俗上的差异远不止此。除时间上的差异之外，更大的差异是在节日的内容上。也就是说，当初日本在采用中国历法时，采取了全盘吸收的做法。但对年中行事内容的选择又是日本式的，并没有按照中国人的过节方式做节日内容的借鉴。这就造成了中国和日本春节习俗在文化含义上的种种差异。如中国人过春节时要贴门神、对联、年画，燃放烟花、爆竹。除夕夜要请神（灶神、财神、福神、寿星、喜神）、敬祖先（天、地、君、亲、师）、吃年夜饭、守岁、拜年、给压岁钱。大年初一迎喜神，给邻居拜年、春节期间村落社会都要举行各种各样的迎神赛会，民间文艺表演异彩纷呈，全民族处在普天同庆的气氛之中。过节的时间一直持续到正月十五元宵节。相比之下，日本人以另一种方式度过正月节。他们在住所的门前立起门松，门楣上张挂一种用稻草编成的注连绳，据说年神的灵魂就住在这里。门厅（玄关）里供上镜饼，礼请年神。除夕夜称为"除夜"，这一夜最重要的是午夜时听寺庙除夜的钟声，同时做好正月元旦吃的"杂煮"。元旦这一天全家人到寺庙或神社参加"初诣礼"等。由此可见，日本人是按照自己对生活的理解安排节日活动的。中国人春节期间的信仰观念和举止，无疑被日本民族进行了过滤。为什么会产生这种文化上的显著差异，它在传承和传播中有什么规律？这正是比较民俗学所要解决的课题。

比较是一种手段，也是一种指导思想。民俗的比较作为一种研究方法，在民俗学研究中无疑具有方法论的意义。目前，东亚各国的民俗学家正在扩大民俗研究的视野和领域，各国学者在细致审视本国民俗文化的同时，逐渐认识到东亚地区乃至亚洲地区是一个大的民俗文化圈，即所谓的东亚文化圈。这个民俗文化圈，历史上曾经受到中国文化，特别是汉族文化的巨大影响。因此各国的民俗文化存在许多相似和相同之处是不足为奇的。这种文化上的亲缘关系，是由历史造成的，它仍将沿着自己的轨道向前发展。

民俗学发展到今天，学者们的共识是应该打破国家与国家之间的界限，将民俗学的比较研究向前推进。民俗文化是人类共同的财富。这种财富既为民众所创造，又为民众所享受。当我们回顾亚洲民俗学在20世纪的发展时就会发现，无论中国、日本还是韩国的民俗学，大都萌发于 20 世纪初，而且都是以乡土文化作为研究的发端。和亚洲各国同时发展起来的人类学、民族学、社会学相比，民俗学研究始终带有泥土的芳香，始终和民众的生活变迁紧密联系，它永远是一门新鲜的学问、活泼的学问，也永远是一门具有生命力的学问。无论社会怎样发展，民俗文化会随着这种发展不断去更新和前进，绝不会消失。尽管传统民俗与现代化之间经常产生冲突，但民俗文化会以它的调节功能使传统与现代化之间产生新的平衡。民俗学家是绝不会无视这种变化的。现在，民俗学家所肩负的任务是如何在进行比较研究的同时，通过一种科学的方式保护和保存传统民俗文化，以便使我们的后代能看到我们这一代乃至我们的先祖是怎样生活和思考的。在这方面，日本民俗学者和韩国民俗学者已经做出了卓越的贡献。日本和韩国关于民俗有形文化财和无形文化财的保护，就是学者们艰苦努力的结果。这是民俗学家对人类文化的巨大贡献。随着比较民俗学的发展，这种成功的经验应该在亚洲国家得到推广，以便促进各国民俗文化的保护。比较民俗学在方法论上，需要借鉴他国的先进经验。

"一国民俗学"的时代已经过去，比较民俗学的时代正在到来。

（原载《亚细亚民俗研究》第一辑，民族出版社，1997 年）

傩文化刍议

傩和傩祭是中国极为古老的传统文化现象，历史悠久，源远流长。傩，在中国文化史和中国文化学研究中属于巫文化范畴。巫文化是一个广义概念，它包括一切巫术活动及与之相关的众多文化事象。从民俗学的角度来考察，傩祭、傩舞、傩戏等，在民间都是靠口头（语言表达方式）和行为传承的民俗现象。中国文化发展史中，巫文化曾经是其先导，之后在漫长的历史发展过程中不断丰富和发展，延续至今，成为今天中国民俗文化的多彩背景。

中国巫文化的传播地区主要在农村，至今它的覆盖面还相当广阔。在整个巫文化的传承系统中，笔者认为有两种文化现象，似应特别值得重视和研究。这就是流传于北方各民族中的萨满文化和流传于南方各民族中的傩文化。虽然这两种文化均归巫文化范畴，但从其传承来看，无论内容还是表现形式，都有许多本质的差异，对它们加以比较研究，是饶有趣味的。本文想通过对傩文化传承演变规律的探讨，追寻它在中国文化史上的地位和在中国文化学（主要是民俗学）研究中的价值；并通过萨满文化与傩文化的比较，探讨南北两种巫文化的联系与差异。

一、傩的起源、演变和发展

傩或傩祭是一种古老的巫术活动。根据文献记载，中国商周时期，这种巫术活动在广大中原地区不仅十分盛行，而且以一种固定的模式代代相传。关于"傩"的本义，《说文解字》解释为："行有节也。从人，难声。"段注："行有节度。按此字之本义也。其驱疫字本作难,自假傩为驱疫字,而傩之本义废矣。"由此可知,行有节度,即行为有节度、有节奏之义,是"傩"的本来意义。《诗·卫风·竹竿》曰:"巧笑之瑳,佩玉之傩。"《毛传》曰:"行有节度。""傩"作驱逐疫鬼解,这是使用傩的假借义,此时"傩"是"难"的假借字。

难,本文作鸛。《说文解字》:"鸛(难),鸟也,从鸟,堇声。鸛或从佳。"但是"难"当驱疫解,亦是假借义。"难"的本义是鸟。既然"傩""难"均为假借字,而非本字,那么表示驱鬼逐疫的本字是什么字呢?它的本字是"戁"。戁,《说文解字》释为:"见鬼惊词,从鬼,难省声。"段注:"戁,见鬼而惊骇,其词曰戁。戁为奈何之合声,风惊词那者即戁字。"《左传·宣公二年传》"弃甲则那",那,即奈何之合音。《说文通训定声》释"戁"为"见鬼惊貌,从鬼,难省声。按:戁省声读若傩,此驱逐疫鬼正字,击鼓大呼似见鬼而逐之,故曰戁。为经传皆以傩为之"。

训诂学知识告诉我们,我们现在所谓的傩(如傩祭、傩舞等)是驱逐疫鬼。它的本字应当是"戁"。"傩""难"均是假借字。训诂中管这种现象叫古音通假,属本有其字的假借,即已有"戁"不用,而借用一个与"戁"同音而意义毫不相干的"傩",后来便用假借字的"傩"代替了本字"戁",假借字"戁"的本义逐步消失,这就是段注所谓"傩之本义废矣"。了解字义的演变对了解傩文化的演变是非常重要的。

傩文化最原始的表现形态是傩祭。傩是驱逐疫鬼,也是古代傩俗的主题。傩俗活动,实际上是原始巫术中驱赶巫术的一种。古代的傩祭有国傩和乡傩之分。《礼记·月令》曰:"天子居玄堂右个,乘玄路,驾铁骊,载玄旗,衣黑衣,服玄玉,食黍与彘,其器闳以奄。命有司大难(傩)旁磔,出土牛,以送寒气。"孔颖达《疏》曰:《正义》曰:'此月之时,命有司之官大为傩祭,令难(傩)去阴气,言大者以季春为国家之傩,仲秋为天子之傩,此则下及庶人。故云大傩旁磔者,旁谓四方之门皆极磔其牲,以禳除阴气,出土牛以送寒气者,出犹作也。此时强阴既盛,年岁已终,阴若不去,凶邪恐来岁更为人害。'"这是说古代从帝王至百姓者十分重视傩祭,规模也很大。大的傩祭每年要举行三次,时间是季春、仲秋和季冬。前两次只有统治阶级才能参加,只有冬季这次方下及庶人,称为"乡傩"。

傩祭的主题虽然是驱鬼逐疫,但有时也超越这一范围,和人们的预兆、信仰习俗相结合。《周礼·春官宗伯》云:"占梦,掌其岁时,观天地之会,辨阴阳之气。以日、月、星、辰占六梦之吉凶。一曰正梦,二曰恶梦,三曰思梦,四曰寤梦,五曰喜梦,六曰惧梦。季冬,聘王梦,献吉梦于王,王拜而受之,乃舍萌于四方,以赠恶梦。遂令始难(傩),驱疫。"这里讲到古代以日月星辰会合的时间位置做参考,占卜梦的吉凶。每当季冬一岁终了的时候,总计一年中已应符的吉梦册籍献给君王,君王各按方向行菜礼(舍萌),去除不祥之梦,并令方相氏除却凶恶,驱除疾疫厉鬼。

方相氏是古代傩祭中的中心人物,举足轻重,傩祭时他的装束不同一般。《周礼·夏官司马》云:"方相氏,狂夫四人。"郑玄注:"方相,犹言放想,可畏怖之貌。"《周礼·夏官司马》又云:"方相氏掌蒙熊皮,黄金四目,玄衣朱裳,执戈扬盾,帅百隶而事难(傩),以索室驱疫。"这种掌蒙熊皮、面戴假面具的驱鬼巫术,我们在当代许多原始部落中均可见到。从商周到汉唐以来,方相氏帅百隶事傩驱疫的场面很大。文献记载十分丰富。

《后汉书·礼仪志》云:"先腊一日大傩,谓之逐疫。其仪:选中黄门子弟年十岁以上、十二以下百二十人为侲子,皆赤帻,皂制,执大鼗。方相氏黄金四目,蒙熊皮,玄衣朱裳,执戈扬盾;十二兽有衣毛角,中黄门行之。冗从,仆射将之,以逐恶鬼于禁中。夜漏上水,朝臣会;郎中、尚书、御史、谒者、虎贲、羽林郎将执事,皆赤帻,卫陛乘舆,御前殿。黄门令奏曰'侲子备,请逐疫。'于是中黄门倡,侲子和曰:'甲作食凶,胇胃食虎,雄伯食魅,腾简食不祥,揽诸食咎,伯奇食梦,强梁祖明共食磔死寄生,委随食观,错断食巨,穷奇、腾根共食蛊。凡使十二神追凶恶,赫女躯,拉女干,节解女肉,抽女肝肠,女不急去,后者为娘。因作方相与十二兽舞,欢呼周遍前后,省三过,挂炬火送疫出端门。门外,骑骑传炬,出宫司马阙门,门外五营骑士传火,弃洛水中。百官官府各以木面兽,能为傩人师。讫,设桃梗郁垒苇,苇毕,执事陛者毕。苇戟桃杖以赐公卿、将军、诸侯云。"

隋代依傩之旧制。《隋书》云:"齐制:季冬晦,选乐人子弟,十岁以上、十二岁以下为侲子,合二百四十人。一百二十人赤帻,皂褠衣,执鼗;

一百二十人赤布裤褶,执鞞角。方相氏黄金四目,熊皮蒙首,玄衣朱裳,执戈扬盾。又作穷奇、祖明之类凡十二兽,皆有毛角。鼓吹率之,中黄门行之,冗从,仆射将之,以逐恶鬼于禁中。其日戌夜三唱,开诸里门,傩者各集被服仪仗以待事;戌夜四唱,开诸城门,二卫皆严。上水一刻,皇帝常服即御坐,王公执事官第一品以下,从六品以上倍列预观。傩者鼓噪入展西门,徧于禁中,分出二上阁,作方相与十二兽舞。喧呼周遍前后鼓噪。出殿南门,分为六道,出于郭外。"

唐代的大傩之礼仍有方相氏出现,但从整个傩祭队伍的组成和分工上看,已出现差异。

到了宋代,方相、十二兽、侲子诸角色已从傩祭中消失。在傩祭基础上形成的傩舞大为发展。除夕之夜的傩仪,由皇城亲事官诸班直和教坊伶人表演。《东京梦华录》卷十云:"至除日,禁中呈大傩仪,并用皇城亲事官。诸班直戴假面,绣画色衣,执金枪龙旗。教坊使孟景初,身品魁伟,贯全副金镀铜甲装将军;用镇殿将军二人,亦介胄,装门神;教访南河炭丑恶魁肥,装判官;又装钟馗、小妹、土地、灶神之类,共千余人,自禁中驱祟出南薰门外,转龙湾,谓之'埋祟'而罢。"

宋代以后,傩仪中常出现装扮成钟馗之类做戏剧表演的,这是古代傩仪在内容上的一大转变。如上文献记载使我们看到傩的形式演变轨迹经历了傩祭—傩舞—傩戏的发展。傩的主题演变轨迹经历了驱鬼—娱神—娱人的发展。

值得注意的是,随着中原地区文明的不断开发,见于文献记载的规模宏大的傩仪,不仅从宫廷,而且从广大的中原地区慢慢消失。现在只有在春节习俗中可窥见一斑,如燃放爆竹、贴对联(原为桃符)、守岁等,无不与傩祭有关。

从傩的产生我们知道,它本是一种古老的巫术活动。傩祭总是和祈禳农业丰收、人畜平安的风俗紧密相关。此外,古代的傩祭,特别是腊月除夕举行的大傩,下及庶人,是一种全民性的祭祀活动。所以古老的傩仪虽然在中原地区消失和变异,但在一些边远、交通闭塞的地区,会借巫术和农业祭祀活动而保存下来。

我们在考察中国南方各民族的民俗事象时,不难发现傩文化的残存仪式。

如安徽黄梅戏的传统曲调中，保存有"傩神调"，湖南的"傩堂戏""傩愿戏"，湖北的"傩戏"，贵州的"脑壳戏""傩坛戏"，广西的"师公戏"等，无疑是古代"乡人傩"的演变、发展和延续，同样也是傩文化传统的继承和发展。在戏剧史研究中，人们习惯把"傩戏"称为中国戏剧的活化石，不无道理。

二、傩的文化学价值

"文化"一词，在人类学和民俗学研究中是一个非常重要的术语。到目前为止，中外学者给"文化"一词所下的定义不下几十种，聚讼纷纭，莫衷一是。但在习惯上，大多数学者倾向于"文化"乃是人类群体共同创造的一种行为模式的观点。既然是行为模式，当然它就会限制人们进一步的活动。同时，学者们还认为，"文化"这种行为模式，是靠语言、文字和行为传承和传播的，并表现出一定的成就。"文化"的基本核心是由历史衍生和选择的传统观念。"文化"所包括的范围相当广泛。从广义上讲，它包括了一切物质文明和精神文明创造；从狭义上讲，包括知识、信仰、宗教、哲学、文字、艺术、道德、法律、风俗等等。傩文化作为知识、信仰、宗教、哲学、文字、艺术、道德、法律、风俗等的综合体现，无疑是中国文化的重要组成部分。它不仅在古代，就是在今天，仍然在某些地区、某些民族中保存和流传，并构成地域的和民族的文化特色。

傩是从古延续至今的文化传统。古籍中保存的大量关于傩的记载告诉我们，自商周到汉唐，傩仪均以一种相对稳定的模式代代相传。后来随着社会的不断发展，这种模式也得到不断的丰富和发展，增加了许多新的内容。现在我们看看唐代以前的傩仪模式：

（1）时间：季春、仲秋、季冬。季冬一次在每年除夕举行，下及庶人，规模最盛。

（2）主题：驱鬼逐疫，祈禳丰年和人畜平安。

（3）司祭：方相氏。其他角色：十二兽（或十二神），侲子（几十人、一百多人、五百人不等）。

（4）范围：主要在宫廷举行。乡傩平民百姓均可举行。

（5）特点：方相氏、十二兽均戴假面具，手持戈、盾、剑、戟、麻鞭等。鼓乐相助，口诵神词、咒语以驱鬼。

宋代以前的傩仪大抵不脱离如上模式。宋代以后，傩仪的时间、主题、范围、特点均没有大变化，但方相氏、十二兽、侲子等角色消失，由皇城司诸班直、伶人充任各路神将，这一点《东京梦华录》《梦粱录》叙述较详。

《东京梦华录》《梦粱录》的记叙告诉我们，傩仪形式自宋代开始扮相日趋丰富，而且呈现出原始宗教（主要是巫术）与道教融为一体的现象。由此渐渐形成傩仪的现代传承模式。在此，笔者想用贵州民族学院民族研究所调查的贵州德江土家族傩堂戏资料和笔者赴德江考察傩戏所得的感受来勾画现代傩仪模式，与古代傩仪模式加以比较。

德江土家族傩仪模式：

（1）时间：不固定。一般在秋收后至冬季举行。

（2）主题：治病、消灾、求子、保寿、祈求五谷丰登。

（3）司祭：端公（巫师），土家族称土老师。参加者为傩戏演员。

（4）范围：只在民间流传。

（5）供奉：三清（上清、玉清、太清），又称三元；傩公、傩母（又称伏羲、女娲）；司坛图（师承世袭）。此外供奉多神，如家先神、生产生活神、疾病神等。

（6）表演形式：由端公主祭开坛，其法事程序为开坛礼请、发文敬灶、行坛洁净、立楼点兵、搭桥、放兵、安营扎寨、开红山、收兵招魂、上熟、造船、打火送神等。最后由演员演出傩戏剧目。演员均戴假面具。

通过如上两种模式比较，我们会发现古文献记载的傩仪模式和现在仍在民间传承的傩仪模式，虽经历了几千年的发展演变，但核心内容仍传承和延续下来。如举行傩仪的时间大都在冬季；古代由方相氏主祭，现在由端公；演员都戴假面具；傩仪的目的是驱鬼逐疫，保佑人畜平安、五谷丰登。不同的是古代傩仪往往存有单纯的目的性——驱鬼逐疫，表演严肃、庄重，充满神秘和巫术气氛。随着社会的发展和文明的渐进，现在民间传承的傩仪，巫术和宗教气氛越来越淡化，娱乐因素加强。如德江土家族傩堂戏演出，基本上由两部分内容组成，其中开坛部分，宗教色彩较浓；戏剧表演部分是世俗化的。面具虽然光怪陆离，内容却是反映历史和现实生活的。这一点从表演剧目中可看得十分清楚。如《秦童》《武先锋》《关爷斩蔡阳》《刘高行医》《王大娘补缸》《郭老幺借妻回门》等。特别值得注意的是，许多宗教戏中，如《开山莽将》《梁山土地》《引兵土地》等戏演出中，表演幽默、滑稽，有时在道白中糅进许多亵渎神灵的台词。

德江土家族傩堂戏历史悠久。据调查，在全县31个乡有傩堂戏班子61坛，表演者300多人。有的乡傩戏班遍及各村，可见群众基础之深厚。关于傩堂戏传承的历史，据土老师张金辽保存的"司坛图"表述已传承26代。如果用民俗学系谱推定法按25年为一代推算，已有600多年。现在使用的面具也是200多年前制作的，"文化大革命"中土老师们冒着生命危险保存下来了。从德江傩堂戏的传承历史、环境、内容、特点来看，其在南方傩文化流布中是十分典型的，它所提供的傩文化的价值是多方面的。

第一，傩的文化史价值。傩本是一种原始鬼神观念的体现，是民间的产物。我们今天从《周礼》《礼记》等古代典籍中看到的有关宫廷傩祭的记载，已是民间傩祭的高一级发展，它不仅走向宫廷，而且规模盛大，几乎成了统治阶级的专利品。但是国傩（主要在宫廷）并不能代替乡傩，乡傩是真正植根于群众土壤中的宗教仪式，这就是当史籍中关于宫廷傩仪的记载消失之后，群众中，特别是在边远、文化落后的农村仍保存傩仪的根本原因。从这一意义上讲，中国南方地区的傩文化，不仅延续了傩的发展历史，而且保存了文化史研究的活化石。

除纵的方面外，从横向上看，傩文化曾给予中国文化以多方面的影响，如宗教、文学、艺术、风俗文化等。在宗教方面，傩祭表现了对自然神和祖先神的崇拜。傩戏开坛所供奉和礼请的诸神，许多又是道教的。道教是中国土生土长的宗教，它在创立和发展中吸取了许多民间的原始宗教因素。这说明傩文化对道教诸神的形成起了巨大作用。道教自上而下吸收傩文化，傩文化又自下而上融合道教文化，这就形成傩文化与道教文化合流的现象。此外，傩文化客观上对中国民间文学起了保存作用，傩祭的诵词中经常出现开天辟地、洪水滔天、兄妹结婚等神话传说，比如流传于德江的手抄本《三元和会》中的《中元和会》部分就是如此。

第二，傩的民俗学价值。傩文化的原始形态是傩祭。傩祭是原始巫术的表现，也是民俗事象之一。古代的乡傩是一种群众性的民俗活动。今天的傩堂戏演出也是民俗活动之一。在中国南方，如湖南、湖北、贵州等省少数民族地区，傩戏的演出和许多民俗事象均有联系。如壮年夫妇无子要请端公（巫师）"冲傩"，这是求子习俗；人生了病要扎"茅人"来消除灾难，行驱赶巫术；老人生日"冲寿傩"，祈求高寿；孩子少、多病人家要"打十二太保""保关煞"，以保小孩健康成长。凡此种种都与人生仪礼这一重要民俗事象有关。而傩戏的演出本身又和民俗宗教、农业生产等风俗结合在一起。

第三，傩的戏剧史价值。戏剧史家们对傩戏的传承和演出向来寄予极大的热情，称它为中国戏剧的活化石，此中的道理是很容易理解的。因此傩戏从内容到形式都保存了十分古朴的风格。首先，傩戏的演出是和宗教仪式紧密结合的，保存了戏剧最为古老的传统。农业民族的宗教崇拜性戏剧，与纯娱乐性戏剧不同，它把庄严的内容融进表演中，使观众理解到这种演出是为农业丰收和家宅平安而祈求神灵保护。其次，傩戏的面具艺术在中国戏剧史上独树一帜。傩戏面具大都是根据剧中人物的性格设计的，虽有夸张，但接近生活的真实，表演也不像宗教戏剧那样神秘，少恐怖，给人一种亲切感。再次，傩戏面具表现出戏剧历史发展的痕迹。傩来源于巫术，这种巫术活动又和农业民族的丰收仪式结合在一起。根据文献记载，至少在宋代以前，傩活动和人们的巫术信仰保持一致。宋代以后，方相舞、十二兽舞和侲子消失，教坊伶人的表演渗入傩祭中，傩祭的娱乐成分大大加强，于是傩戏在傩祭、傩舞的基础上发展起来。此时面具的巫术力量消失，表演只是为了使戏剧效果更完美。

第四，傩的认识价值。傩文化产生和发展的土壤是农业社会，而且是简单的农业社会。在人类学研究中，有时将简单的农业社会文化称为"面具文化"。人类学家透过面具文化，探讨巫术与农业社会的关系，即庄严的面具文化中所包含的农事信仰，有时甚至将面具强加于丰收神，演员戴面具表演，演技越高，丰收神的性格便更为完美。傩戏的表演是在特定的农村环境中进行的，农民的信仰贯穿于傩戏演出的始终，所以通过对傩戏表演形式、特点的考察，我们可以认识中国农村社会的生产方式、生活方式以及传统的信仰、习俗和文化。

三、傩文化与萨满文化的比较

傩文化与萨满文化是中国传统文化中的两个独立的系统。它们既有联系,又有区别;既有共同点,又有各自的特色。从整体上讲,傩文化与萨满文化都属于中国巫文化体系。它们之间存在着共性:

第一,两种文化都由原始宗教发展而来。自然崇拜、图腾崇拜、祖先崇拜、鬼神观念,是这两种文化得以衍生的思想基础。如关于日、月、星、辰、天、地、山、川、雷、电、鬼魂的崇拜,均保存于两种文化系统之中。

第二,两种文化都由特定的宗教人物代代传承。傩文化主要通过巫师传承,萨满文化通过萨满传承。他们都充任神与人之间的使者,有特定的法具,通过某种仪式,沟通神、人之间的信息。

第三,两种文化的社会功能基础相同,目的都是除病消灾,表达某种精神寄托和慰藉。信奉萨满的民族更将其视为氏族和部落的保护神。

但是傩文化和萨满文化毕竟生长在不同的地域、环境和民族以及不同的生产方式和生活方式之中,它们的区别也是显著的。这主要表现在以下几个方面:

第一,传承地域不同。萨满文化主要流传在中国北方阿尔泰语系诸民族中,如满族、达斡尔族、鄂伦春族、鄂温克族、蒙古族、哈萨克族、赫哲族以及古代维吾尔族、柯尔克孜族等民族。在生产方式和生活方式上,以上民族曾经历游牧生活阶段。生产生活的流动性,决定它们寻求氏族和部落的保护神。傩文化主要流传于中国南方农业民族之中,和北方游牧、渔猎民族相比,农业社会具有相对的稳定性。这种稳定的社会环境给了傩文化以充分发展的条件,神祇越来越多、越系统,并且由具体的自然神、祖先神,发展到崇拜抽象的多神。

第二,萨满文化从它产生以至发展到今天,仍保持着浓厚的自然崇拜、图腾崇拜、祖先崇拜特点。如鄂伦春族、鄂温克族对熊的崇拜就很典型。鄂伦春人猎熊时有一系列禁忌,猎熊后又有一系列赎罪仪式,都表现出这一民族的图腾观念是很深的。鄂温克人称公熊为"合克"(祖父),称母熊为"鄂我"(祖母),这种称谓本身表示着一种"血缘"上的关系。另外,从萨满的职能中我们看到，消除灾祸、跳神治病、祈求生产丰收、求子、为死者祝福等，都集于萨满一身。而在傩文化中，由于农业社会的稳步向前发展，原始宗教因素在逐渐削弱。傩文化也崇神，但更多地向娱神和娱人方向发展，傩戏的演出就是明显的例子。傩戏剧目越来越摆脱宗教的影响，反映历史、神话和世俗生活。这是比萨满文化先进的地方。

第三，傩文化显著的标志是戴假面以事表演。这一传统一直从古延续至今。面具表演具有特殊的魅力，任何一个演员，只要一戴上面具，他本人的个性随之消失。他的演技越高，面具所代表的角色给观众的印象就越强烈、越感人。从某种意义上讲，面具的不断创新和完善，形成傩戏并进而推动傩文化的发展，也使它和一般的巫术活动相区别。萨满文化中没有面具，裸面的萨满要想使人们相信他是神派往人间的使者，除其所穿神衣、所戴神帽充满神秘色彩外，跳神时的精神状态是十分紧张的。他双目半开半闭，似乎陷于昏迷状态，口中念念有词，表示和神对话或他的灵魂已到鬼神世界；狂舞、吼叫、声隆隆，制造一种超越人间的气氛，借此感染每一个萨满仪式的参加者。

第四，傩文化和萨满文化在传承方式上存在着开放和封闭的差异。比如傩坛的传承，主要是口耳相传，家传与师传相结合。对受传者没有特殊的条件限制，拜师就可传法。从传承内容看，分神词、法术、戏文几部分，端公们都有惊人的记忆力。由于这种开放式的传承，在傩戏表演中形成不同的流派。如德江傩戏就分茅山教派、玄黄教派、师娘教派、青年教派等，主要是茅山教派和师娘教派。前者为师父所传，风格粗犷；后者为师娘所传，风格柔美。演出剧目繁多，正戏分全堂和半堂戏两种，全堂戏有24个剧目，半堂戏12个，正戏中还加入插戏，以增加娱乐气氛。萨满文化的传承，首先表现在对充任萨满的人有严格选择。什么人可以担任萨满神职，要由上一代萨满（已故萨满）的灵魂来选择。萨满不在家族内世袭，一般是在上一代萨满死去若干年后，在本氏族内产生下一代萨满。具备什么条件可成为萨满，也有规定。出生时未脱衣胞者，长久患病或精神错乱、许愿当萨满后病愈者，都认为被萨满神灵选中，他们可以请一老萨满为师，进行领神仪式。萨满是终身制，在其取得萨满资格的同时，也成了自己氏族或民族的保护神。

四、结语

傩文化和萨满文化分别为中国汉藏语系各民族和阿尔泰语系各民族普遍传承的文化,内涵丰富,源远流长。这两种文化都曾渗透到社会生活的各个领域,以各自的魅力影响不同民族的性格和心理。目前萨满文化已引起中外学者的瞩目,许多专著已问世。但傩文化的研究却至今还是空白。1986年,贵州民族学院民族研究所同德江县民委,对土家族傩堂戏的传承做了细致调查,获得大量的第一手资料。年底,又在贵阳召开了贵州省傩堂戏学术讨论会,这是傩文化研究的极好开端。面对中国傩文化的丰富蕴藏,在这次学术讨论会上,有的学者提出创立中国傩戏学的问题,这一动议十分可贵。但是傩文化是一个内涵十分丰富的整体,它所涉及的领域是十分广泛的。傩戏不仅是戏剧表演,同时也是流传极久的民俗事象,围绕傩戏所展现的内容包括生产、生活的方方面面。政治、经济、宗教、信仰、文学、艺术、风俗习惯、民族性格和心理都通过傩文化表现出来。所以除傩戏学研究之外,扩大一些,似乎还应创立傩学或傩文化学研究。这种研究还包括广义与狭义两种。广义的傩学包括民间传承的有别于萨满的一切巫术及与巫文化有关的事象,它的重点流布区域在中国南方各民族(包括汉族)之中,傩学的狭义研究,只是对民间传承的面具文化进行研究。因为面具文化是傩文化个性的体现。

傩文化在中国文化上具有特殊的地位和独特的贡献,价值也是多方面的。作为传统文化,在几千年的历史发展中,它通过内容和形式上的变异,顽强地生存下来,并由此打上时代和阶级的烙印。从历史唯物主义的角度观察,傩文化是一个复杂的整体,精华糟粕杂陈。这就给傩学研究提出十分严肃的课题,吸取精华,剔除糟粕。以傩戏表演而言,傩仪(开坛)中的封建迷信因素是显而易见的,而戏剧表演部分,不仅保留了傩的表演特色,而且不乏优秀剧目。所以发扬优秀的文化传统,批判封建性糟粕,使傩戏传统得以改革和发扬,是傩学(包括傩戏学)研究所面临的光荣任务。

(原载《贵州民族学院学报》1987年第2期;又收入《傩戏论文集》,贵州民族出版社,1987年)

中国傩文化的民俗学思考

近几年来,中国戏剧界和民俗学界掀起一股不小的民间傩戏研究热,召开了各种规模的傩戏学术讨论会,举办各种类型的傩面具展览,出版傩戏和傩文化论文集,影响所及,引起海内外学者对中国傩戏的广泛瞩目。

中国各民族的傩戏,以其特有的形式——面具艺术,不仅展现了这一文化的原始形态,而且引起众多社会学科,诸如民俗学、民族学、宗教学、语言学以及音乐、舞蹈等艺术学科的重视,研究正在不断深入。根据学者们对中国各民族傩戏传承现状的实地考察、思考和研究,有的学者提出建立中国傩戏学的倡论,并于1988年建立了"中国傩戏学研究会"。傩戏学研究,视傩戏为中国戏剧的"活化石",这在中国戏剧史和戏剧发生学研究中是非常重要的。此外,也有的学者认为,傩戏是中国古老巫术的一种特殊表现形式,它作为中国傩文化的有机组成部分,其继承和演变独具特色,应将傩戏置于傩文化系统中,做多角度、多方位的综合研究,并在此基础上建立中国的傩文化学。1987年,笔者在《傩文化刍议》一文中,曾就傩的起源、演变和发展,傩的文化价值,傩文化与萨满文化的比较等阐述了自己的观点,引起众多学者对傩文化课题的关注。本文想再次就傩文化的民族表现及其价值做一些探讨,以求得同人的指正。

一、古傩与今傩

中国的傩文化源远流长。文献记载,考古发现与现代民间的流传一脉相承。这种现象在中国民俗文化传承中是不多见的。因此,"傩"的研究,具有极高的文化史和认识价值。

任何一种文化,都有历史的渊源。傩的历史传承和地域传承,同样经历了不同的历史和发展阶段。笔者认为,从中国傩文化的发展历史来看,明显地分为古傩和今傩两个阶段。如果从傩的自身演变来看,古傩是一种原生形态,它和原始的巫术观念相结合,通过某种仪式,主要担负驱鬼逐疫和祭祀的职能。古傩传承的历史,有文字的记载始于殷商时期,直至汉代,仍很盛行。唐代是古傩向今傩过渡的时期,此时傩的形式和内容均发生了很大变异。到了宋代,傩的巫术职能渐趋淡化,逐步转变为傩戏表演。今天我们从民间看到的各类傩戏,是宋傩的余脉,也是今傩的一部分。

古傩的表现形态是祭祀的,也就是古代的傩祭和傩仪。今傩的表现形态是戏剧的,也就是我们所说的傩戏。这是古傩和今傩表现出的最突出的特点和不同。古傩的形态多见于文献记载和考古发现,今傩的形态则以傩戏的形式在民间传承。古傩与今傩的衍变、衔接和传承,勾画出中国傩文化的发展历史。所以傩文化研究不仅具有自身的价值,而且对中国巫文化的研究,也具有重要意义。

中国傩文化的产生和发展,背景是十分深远的。傩文化从其表现特征来看,是一种面具文化。而面具文化又是一种初民文化。它是农业社会巫术和信仰习俗相结合的产物。在文化人类学研究中,将简单的农业社会直称为"面具文化",可见面具文化在人类文化发展史上所占有的地位和作用。面具文化曾在世界各地区、各民族(氏族、部落)中广泛流传,并和该地区、该民族生产发展水平密切相关。中国自古以来,就是一个以农为本的国家,农业发展水平始终影响着文化的传承。早在中国古傩发生和传承时期,农业生产方式不仅决定人们的生活方式,而且决定人们的精神生活。所以从商周迄至两汉,傩的主题都是驱鬼逐疫,祈求人畜平安和五谷丰登,打上深刻的农耕仪礼的烙印。此时,傩祭和傩仪是每年除夕之夜的重要活动之一。《礼记·月令》篇中有"命有司大难(傩)旁磔,出土牛,以送寒气"的记载。孔颖达《疏》:"《正义》曰,此月(季冬——引者)之时,命有司之官大为难(傩)祭,令难(傩)去阴气,言大者以季春为国家之傩,仲秋为天子之傩,此则下及庶人。故云大傩旁磔者，旁谓四方之门皆极磔其牲，以攘除阴气，出土牛以送寒气者，出犹作也。此时强阴极盛，年岁已终，阴若不去，凶邪恐来岁更为人害。"这是说，在周代，上自帝王，下至庶民都十分重视傩祭，无论"国傩"（天子之傩）或"乡傩"（庶民为之）都和驱邪趋吉观念相结合，而驱邪趋吉除求得人生平安的意义外，和农业生产直接联系。可见，农业生产水平（对自然的依赖）始终影响着傩文化的传承。今天，凡傩戏流传的地区，大都交通闭塞、生产方式落后，而在城市经济和农业生产水平发达的地区，傩与傩戏自然消失。这就是原在中原地区盛行的傩文化，逐渐向边远地区转移，并在那里保存和传承的重要原因。

中国的傩文化究竟始于何时，已很难考证。我们只能说，有文字的记载始于殷商时代。实际上在商以前，作为古老巫术的傩祭、傩仪早就存在。古傩是一种纯粹的巫术活动——傩仪。代表傩祭的字，在甲骨文中已经出现，写作"寇"。据古文字学家于省吾先生考证，"寇"是一种驱鬼逐疫的重大祭祀活动。至于傩仪的具体场所、时间和规模等都不得而知。较早和较详细记载傩祭、傩仪的是《周礼》《礼记》等古籍。

古傩传承的时代主要是先秦至两汉，根据这一时期的典籍记载，我们知道古傩已形成一整套传承模式。季春、仲秋、季冬各举行一次傩祭，后来只在季冬，即每年除夕夜举行一次，国人均可参加。傩祭的目的是驱鬼逐疫，祈祷丰年。担任傩祭职务的是巫师方相氏，其他角色有十二兽（或十二神）、侲子等。特点是方相氏和十二兽戴假面具，执戈扬盾，在鼓乐相助下，口诵神词和咒语，索室驱鬼。驱傩之后，设桃梗、郁垒，并以苇戟、桃枝赐公卿诸侯等。后世春节贴对联、门神避邪的习俗，盖出于古代的傩仪。《礼记·月令》中记载的"出土牛，以送寒气"仪式，是否也可为"鞭春"（鞭打春牛）习俗的源头。

唐代是中国古傩向今傩过渡的重要时期，此时，一方面继承了先秦以来的傩祭、傩仪，另一方面又有了许多改革和创新。古傩中神秘、庄严的气氛淡化，歌舞娱乐成分增加。不仅如此，每当大傩临近，还举行傩仪彩排和欢宴。大傩"前一日之夕，傩者赴集所，具其器服以待事"（《新唐书·礼乐志》）。唐代段安节《乐府杂录·驱傩》载："以晦日于紫宸殿前傩，张宫悬乐。太常卿及少卿押乐正到四阁门，丞并太乐署令，鼓吹署令、协律郎并押乐在殿前。事前十日，太常卿并诸宫于本寺先阅傩，并遍阅诸乐。其日，大宴三五署官，其朝寮家皆上棚视之，百姓亦人看，颇为壮观也。太常卿上此，岁除前一日，于右金吾龙尾道下重阅，即不用乐也。御楼时，于金鸡竿下，打赦鼓一面。钲一面。以五十人，唱色十下，鼓一下，钲以千下。"此种审傩彩排场面，前代所无，说明唐代傩仪中，驱鬼逐疫的主题已变为象征意义。而且在唐代，另一驱鬼大神钟馗被创造出来。民间傩仪中，古傩中黄金四目、执戈扬盾的方相氏为钟馗所取代。钟馗与方相，前者驱鬼避邪，后者充当巫师，职能全然不同。宋代以后，方相氏、十二兽、侲子等古傩中的传统角色从傩仪中消失。相反，由教坊伶人扮钟馗、小妹、土地、灶神、将军、门神、判官之类在傩仪中做戏剧表演，这就是今傩的最初形态。今傩与古傩不同，它的主要形式是戴面具的戏剧表演，称为傩戏。流传地区主要在南方诸省，如江西、安徽、湖北、湖南、四川、贵州、广西壮族自治区等。原在中原地区流行的古傩，为什么会在宋代以后消失，原因是多方面的：其中一个主要原因是南方地区重巫术，又重农业祭祀。其次，南方地区民间说唱艺术比较发达，这为傩戏的发展提供了丰富的创作素材和艺术形式。而北方的傩，却始终没有过渡到戏剧形式。如山西省是中国古文化的发祥地之一，那里至今流传的跳傩，仍未脱离古代傩舞形式。该省寿阳县平头镇地区流行的"爱社"，俗称"闹鬼""耍鬼"。每年农历三月初三黄帝诞生日，圣地庙举行盛大的朝山活动，民间举行祈雨、还愿、谢神活动。此时，由24人扮成24家"魂（红）头鬼"，攻打鬼门关，据传所表演的是黄帝战蚩尤的神话故事。其中大鬼六人，头戴红、蓝、绿、紫、黑、白不同造型面具；身穿黑色对襟衣裤，腰扎黑色丝带，下身围绘有云图的战裙，着靴；身后背一彩缎特制的方形背架，六条彩绸垂至小腿，右手执象征吉祥如意的绣鱼，左手扎白色毛巾。此外，由男童18人扮成小鬼，不戴面具，身穿黑色对襟衣裤，胸前披挂红绣球，各持一面小锣敲击，周围有大鼓、锣、钹等乐器伴奏。表演时，小鬼站成"门"字队形，有节奏敲锣，时而发出"噢！噢！"的助阵呼喊，大鬼们则表演"武势"（战前准备）、摆阵、破阵的"倒上墙"、攻城的"直墙"、攻城失败后重新布阵的"小场"，以及偷袭敌阵、攻破鬼门关的"过关"，最后是蚩尤大败，百姓奉献犒劳。很明显，"爱社"只不过是一种傩舞，它的表演方式有时和今傩相近，而与南方诸省流行的傩戏有着本质的差别。"爱社"活动的主要功利目的是驱鬼和保护社稷平安。

傩的发展和演变，经历了十分漫长的历史过程，古傩和今傩只是两个显著不同的阶段而已。值得注意的是，唐宋以后，古傩退出宫廷舞台复归民间，又一次和民间的巫术、宗教（特别是道教）、农业祭祀等活动相结合，得到保存和发展。我们在考察中国南方地区各民族傩戏时，不难发现，今傩（主要是傩戏）的传承仍集中掌握在巫师手中。每当傩戏演出时，首先由傩戏传承巫师主持开坛仪式，礼请诸神，然后才开始演戏。这说明今傩与古傩始终没有割断它们的必然联系。

二、傩俗与傩文化

近几年来，中国学术界对傩戏的考察与研究，已取得不少的成果，发表了许多学术论文。其中以贵州省学者的成就最为显著。他们经过艰苦细致的实地考察，证明在贵州省境内的许多地区和民族中都有傩戏流传，并构成一个特有的傩文化圈。和贵州省相邻的省份，如四川、云南、湖南、广西以及湖北等省，傩戏的流传也很广。这种区域性的傩戏传承现象，的确令人瞩目。那么，这种文化的传承，是否只是一种单纯的戏剧艺术传承呢？显然不是。傩的历史发展告诉我们，傩的原生形态是一种驱鬼逐疫的巫术活动，主持这一巫术活动的是巫师方相氏。傩戏是傩的次生形态。无论原生形态的傩还是次生形态的傩，它们均作为一种风俗事象传承下来。我们今天看到的各种类型的傩戏，只不过是傩俗的一种特殊表现形式。所以要想了解傩戏的历史演变和社会功能，必须重视对傩俗的考察和研究。

傩俗是一种古老的文化传承，它所包含的范围相当广泛，并影响到人们生活的许多方面。凡是有傩俗流传的地区和民族，都有其独特的生产方式、生活方式和宗教信仰。傩的雏形是巫术，一种带模拟和驱赶性质的巫术。后来这种民间的巫术活动被统治阶级利用，引入宫廷，形成规模宏大的傩祭和傩仪，这就是《周礼》《礼记》以及众多的史籍中记载的古老的傩仪。但傩的表现形式是多种多样的，自古以来，傩都是一种普遍传承的习俗。如果将傩的表现形式单纯认作宫廷和民间的驱鬼逐疫仪式，或只认作是一种戴面具的戏剧表演，显然是片面的。傩是一种传承已久的综合的精神民俗，它在人们日常生活的许多方面都得到体现，这样就形成了民间古朴多姿的傩俗。

傩俗的形态和功用前文已经述及，下面将傩俗的主要表现及其与相关习俗的关系，再加略论。

1. 傩与节日习俗

中国的许多节日大都源于巫术，其中以春节（年节）最为典型。而当我们考察年节习俗演变时，发现许多习俗又与傩有关。先秦时期是中国春节习俗的萌芽期，在古人心目中，自然界气候的变化是一个十分敏感的问题。春、夏、秋、冬四季更迭，本是自然规律，但在古人的眼中却与生死观念相联系，冬尽春来，意味着旧年的死去，新年的诞生。冬天是死亡的象征，春天预示着新生。这种"拟死再生"观念，影响着人们的思想和行动，所以每当冬天来临时，自然界一片肃杀，畏惧和恐怖笼罩着人们的心灵，人们认为这是鬼魅在作祟。另一方面，人们为了驱逐邪恶、祈求平安，又使用巫术的力量来送旧迎新。那么这种新与旧、生与死的交界在哪里呢？在每年的除夕。这是说在周代，大的傩祭每年要举行三次，时间是季春、仲秋和季冬，而季冬的一次是老百姓也参加的。此时的傩祭没有固定的日期，在腊月的某一天举行。到了汉代，傩祭仪礼更加完备。《汉书·礼仪志》载，"先腊一日大傩"。驱傩队伍中除"掌蒙熊皮，黄金四目，玄衣朱裳，执戈扬盾"（《周礼·夏官司马》）的方相氏外，又有了十二兽（或称十二神）、侲子等角色，由这支队伍"索室驱疫"，场面十分宏大。值得注意的是，从汉代起，傩祭成了春节习俗的重要内容，并一直延续到唐宋时期。傩祭是从里向外地驱赶，驱赶之后，在门口置避邪物，如挂桃符、苇戟，设神荼、郁垒像，这便是后世贴对联、门神的由来。驱傩往往通宵达旦，又形成后世的守岁习俗。

宋代以后，傩祭在春节习俗中消失，也在中原地区消失。今天除傩戏外，我们很少见到有关节日傩祭的报道。一个意外的发现是，1990年第6期的《民俗》画刊上有一篇题为《赣北老屋湾的"赶野猫"遗俗》的文章，其中所描述的驱傩习俗恰在春节期间，颇具有文化史价值，简述如下。

老屋湾位于江西省九江地区彭泽县的黄岭乡。当地正月初七，凡10—12岁的男童涂花脸，手执刀叉，鸣锣击鼓，在村中往来呼唤，挨家挨户"抄家"，名曰"赶野猫"。这些乡俗中被称为"五猖兵马"的儿童，是驱鬼逐疫的主角。具体仪式是上午、中午、下午各抄家一次。所谓"抄家"，实为逐户驱鬼之意。第一次，在各家屋后叉起束束稻草，将这些稻草集中到祖堂门前，老人们用稻草扎成"茅人"（稻草人），据说这"茅人"集中了全村之鬼气。中午实行第二次"抄家"，然后由一小五猖头领将"茅人"背出村外并隐藏起来。下午村里成年人将"茅人"找回，用铁链锁在祖堂前，还要蒙上一张画纸，上画一副狰狞可怖的面孔。下午四时之后，是活动的高潮，村里各路口均由小五猖把守，村人只可进不可出。四时之前第三次"抄家"完毕，村民仍聚集在祖堂前。四时许，一声枪响，两个精壮小伙子，一人叉起茅人，另一个将铁链放下，背起茅人迅速向村外跑去，不能停也不能摔倒，否则全年将不吉利。不一会儿，将茅人送至离村二里多地以外的河塘边，小五猖们一拥而上用钢叉肢解茅人，然后烧掉，鬼疫便被送走。

老屋湾的"赶野猫"活动完全是巫术性质的，颇似古傩中的驱鬼场面，其中由10—12岁的儿童装扮的"五猖"，类似古傩中的侲子，"抄家"是方相氏率百隶"索室逐疫"的演变，而送"茅人"出村，类似古傩中的"埋祟"。"礼失而求诸野"，老屋湾"赶野猫"习俗的考察报告，不仅向我们描述了一种奇特的古俗，而且这一古俗的传承像"活化石"一样，具有很高的认识价值和文化史价值，应予以足够的重视。

2. 傩与丧葬习俗

丧葬仪礼是为死者送终而举行的仪式。这种仪式在许多情况下被赋予特殊的意义，有时它还是原始宗教的源头。鬼魅崇拜与祖先信仰就是由丧葬习俗演变而来的。古人认为"万物有灵"，人死后，他的灵魂并没有死，而是到另一个世界，即冥界。冥界的秩序也同阳界一样。所以活着的人为死者安排后事时，也如同现实生活中一样做周密的考虑，这样才能使死者的灵魂得到安慰。所以我们看到，在古代的丧葬仪式中，傩祭占有重要地位。《周礼·夏官司马》载："方相氏掌蒙熊皮，黄金四目，玄衣朱裳，执戈扬盾，帅百隶而时傩，以索室殴（驱）疫。大丧先柩及墓入圹以戈击四隅，殴方良。"这段文字表明了方相氏的双重职能，一是在每年举行的傩祭中率百隶索室逐疫，一是在丧葬仪式中进入墓穴，以戈击四隅，驱魍魉。无论是"时傩"还是"大丧"，方相氏的职能均是驱鬼逐疫。由此可见，古人对生与死的态度是一致的，傩仪也成为丧葬习俗的重要组成部分。这种现象在考古发现中已不鲜见。陕西省固县出土的殷商铜器中有鬼面和兽面，大小接近人面，有穿孔，可佩戴。四川广汉三星堆商代祭祀坑索室驱疫纯金模压面具和青铜面具的出土，说明殷商葬俗中，方相氏击隅驱方良之后，将面具随葬，作为避邪灵物。汉代是古傩仪发展的鼎盛时期，宫廷的傩仪不仅场面宏大，程序完整，影响也很广远，而且人间傩仪的恢宏场面，在墓葬中得到充分表现。这时以面具随葬的习俗，渐被画像石所代替，方相氏成了墓圹的保护神。沂南汉墓前室横额上的《行傩驱鬼图》，画面正中是头戴面具、手持利刃的方相氏，两边是十二神兽，头戴面具，身穿铠甲，挥剑发矢，执戈狂舞，表现驱鬼逐疫的壮大场面。这种傩仪，现已很少见到，但作为一种巫术行为，在丧俗中还有遗留。如中国一些少数民族，送葬时由巫师作为前导，在送葬队伍前驱鬼。有的民族在墓穴中撒米，画八卦图，烧纸钱，都有避邪和驱鬼的意义。丧葬中的傩仪关系到子孙繁衍和家族兴旺，所以是十分慎重的。

3. 傩与日常的生活习俗

傩的主题是驱鬼逐疫。傩祭有一定的时间和场合，但有时也超越这一范围，和人们的占卜、预兆、信仰习俗相结合，形成日常生活中的傩俗。《周礼·春官宗伯第三》云："占梦，掌其岁时，观天地之会，辨阴阳之气。以日、月、星、辰占六梦之吉凶。"六梦指正梦、噩梦、思梦、寝梦、喜梦、惧梦。古代以日月星辰会合的时间、位置做参考，占卜梦的吉凶。每当冬季一岁终了的时候，综合一年中已应验的吉梦册籍给君王，君王行礼于四方，去除不祥之梦，同时令方相氏行傩，驱除疾病厉鬼。这是说傩祭虽在一定的时令举行，但作为占梦一类的傩俗，却融于日常生活中。现代傩俗的传承更说明傩与人们日常生活的关系。在贵州省德江县土家族地区，端公（又称土老师）既是巫师，又是傩戏的传承人。端公在土家人心目中有很高的威信，治病、消灾、求子、保寿都要请端公施法。如打扫屋子要请端公跳神，祈求一年中无灾无难，平安无事；壮年夫妇无子要请端公"冲傩"，许愿以求生子；

生了病要扎"茅人"来消除灾难，以求病愈；家里逢凶事，要"开红山"化凶为吉；老人生日要冲寿傩，祈求长寿；孩子少而多病的人家，当孩子长到十二岁左右时，要打十二太保，跳家关、保灵煞，以保小孩不受灾生病而长成大人。在如上习俗中，除端公做一系列法事外，还要演傩堂戏。傩堂戏的演出显然是傩仪的组成部分。

4. 傩与戏剧

傩戏是在傩仪和傩舞的基础上形成和发展起来的。傩戏是由傩仪演化而来，它们之间的关系不言自明。正因为如此，今天民间传承的傩戏，都与傩仪密不可分。也就是说，傩戏仍保持着它的原始形态，尚未发展成为一种独立的戏剧艺术。许多研究者将傩戏称为中国戏剧的"活化石"，其文化史的价值也在这里。

近几年来，傩戏的研究已取得很大成就，有的学者还将傩戏的形态进行分类研究。曲六乙先生在《中国各民族傩戏的分类、特征及其"活化石"价值》一文中将傩戏分为民间傩、宫廷傩、军傩、寺院傩四类，并对傩与傩戏的关系做了全面论述。①这对理清傩戏的流传、演变和播布很有启发。但笔者认为，傩与傩戏，它们的概念、内涵应当是不同的。傩与傩俗的流传，在中国的确很广，形态也不一样，但宫廷傩作为古傩已经消失，寺院傩是藏传佛教吸收本教信仰而形成的宗教文化，只有乡傩（民间傩）和军傩中有戏剧表演。而且有些所谓的傩戏，至今仍留在傩舞阶段。如贵州威宁彝族中流行的《撮泰吉》就是典型的傩舞。《撮泰吉》仪式有它具体的时间和特定的含义，是配合每年农历正月初三至十五的"扫火星"习俗展开的，是以巫术与占卜驱灾除邪，迎光辉，夺丰收。至于《撮泰吉》的内容，则表现彝族神话中的文化创造和迁徙故事。这种现象我们在少数民族的原始宗教祭祀中经常见到。许多民族在祭祀仪式上要由巫师念诵本民族的《创世纪》，训示天地开辟、民族迁徙，以及耕作、婚姻等文化创造。所不同的是，《撮泰吉》使用了舞蹈语汇。当然从傩舞与傩戏的关系上去理解，是另一回事。至今流传的傩戏仍未脱离傩祭的范畴，这是许多考察已证明了的。所以我们可以说，目前在中国流

---

① 曲六乙：《中国各民族傩戏的分类、特征及其"活化石"价值》，《戏剧艺术》1987年第4期。

传的傩戏，是傩俗的一部分。

傩俗是几千年来延续发展的一种文化创造，也就是傩文化。傩文化包括的范围很广，除一般的傩祭、傩仪外，还有巫术、占卜、信仰、禁忌等习俗。傩文化的传承必然包含着此类习俗的传承。如果将傩戏、傩俗与傩文化的关系排列起来，我们就会看到，傩文化与傩俗是傩戏产生的风俗文化背景，这种背景中深含着傩的有关知识和理论（世界观）。

傩戏的表演是在特定的农村环境中进行的，农民的心理（包括性格）贯穿于傩戏演出的始终。傩戏的表演形式和特点，对我们了解中国农村社会的生产方式、生活方式以及传统的信仰、习俗和文化，提供了充分的认识论价值。

三、傩文化的民俗学思考

1987年，笔者在《傩文化刍议》一文中曾谈到如下观点：傩，在中国文化史和中国文化学研究中，属于巫文化范畴。在中国文化发展史中，巫文化曾经是其先导。中国巫文化的传播地区主要在农村，至今它的覆盖面还相当广阔。在整个巫文化系统中，有两种文化现象似乎特别值得重视和研究，这就是流传于北方各民族中的萨满文化和流传于南方各民族中的傩文化。虽然这两种文化属巫文化范畴，但从其传承来看，无论其内容还是表现形式，都有许多本质的差异。对它们加以比较研究，是饶有趣味的。目前对萨满文化与傩文化的研究都正在深入，而且取得很大进展。但就傩文化而言，目前的研究和傩文化在民间的蕴藏有很大差距，为了缩短这一差距，引导研究不断深入，一些学者提出建立中国傩文化学的问题。曲六艺先生说："建立中国傩文化学的体系，已成为历史的必然与需要，随着傩戏研究的日渐深入，它也日益受到中外学者的关注。傩文化学的任务要比傩戏学更加艰深。"[①] 笔者很赞同曲先生的意见。近几年来，傩戏的研究为傩文化的研究起了一个很好的头，除了傩戏史的研究外，傩戏深入一步的研究必须涉及傩文化的其他方面。要想揭示傩戏的形成、发展、演变和传承的奥秘，离开傩文化的研究是困难的。

---

① 曲六乙：《中国各民族傩戏的分类、特征及其"活化石"价值》，《戏剧艺术》1987年第4期。

傩文化研究，主要是对民间传承的傩俗的研究。古傩到今傩的演变，它的传承和播布，为我们留下一条清晰的轨迹和无比丰富的资料。为了将傩文化的研究推向深入，摆在民俗学研究者面前的任务还十分艰巨。

其一，要继续展开对各民族傩俗的调查。目前的考察以傩戏为龙头，是不可少的。但在做傩戏调查的同时，要展开有关傩俗的调查，这样傩文化的研究才能具有坚实的资料基础。

其二，傩俗是一种综合性的文化现象，它将民间的各种知识，如巫术、信仰、宗教、文化、艺术、道德等融为一体，所以对它的考察与研究应多学科协作，只有这样才能对傩俗做立体的多方位的取样和描述。事实证明，单靠一门学科去研究傩俗，很难达到预期的目的。比如傩戏表演是表层的东西，傩戏所涉及的深层心理，是信仰和崇拜，是宗教意识。傩戏的音乐、舞蹈及与其相伴而生的功能，就需要宗教学以及音乐、舞蹈等艺术学科的合作。

其三，傩俗是一种靠口头和行为传承的文化，而且在传承与传播中，常因民族不同、地域不同而产生变异，特别是当数种不同民族的傩文化发生撞击时，互相排斥或吸收，变异也就会更大，这就形成傩文化不同的民族特色和地域特色。应当承认，当前在傩文化的研究中，对传承研究重视不够，我们只见到不少的论文发表，但很少有详尽的关于傩文化的调查报告。对傩文化传承的考察与研究，应注意三个方面，即传承人（巫师等）的研究、传承方式与传承渠道的研究、受传者的研究。

其四，傩俗的各类表现形态与分类研究被提上日程。当然，此类研究应建立在雄厚的资料基础之上。中国是一个多民族国家，傩文化的分布又主要是在西南少数民族之中，简单来讲，将傩文化按民族分类，如苗傩、壮傩、侗傩等，未尝不可；也可按内容及表现形式来分，这个问题有待专家们来共同讨论。

总之，傩文化的研究是一个庞大而系统的工程，随着傩文化学学科的建设，一定会取得巨大的成绩。

（原载台湾《民俗曲艺》1991年第1期；又收入《中央民族大学建校40周年学术论文集》，中央民族大学出版社，1991年）

中国的面具文化

一、中国巫文化的分布

巫文化是一种世界性的文化现象。在世界各地，无论是文明高度发达的国家和民族，还是比较落后的氏族和部落社会，这种文化现象随处可见。巫文化又是一切现代文明的源头。现代文明，追本溯源，无不和巫文化有着千丝万缕的联系。古老的天文、历算、医疗、文字、文学、音乐、舞蹈、绘画等自然和社会科学领域，无不渗透着巫文化的影响。在古代和现代一些文化比较落后的民族之中，巫文化的传承者巫师，实际上掌握着民间全部文化知识。如此说来，巫师还是人类知识阶层的祖师爷。之后，随着社会不断向前发展，文化的分工显得越来越精细，于是巫文化必然地分化和形成各自不同的文明领域。

中国是一个具有几千年历史的文明古国。在漫漫历史长河中，巫文化随着时代的发展，融合各种信仰观念，不断嬗变，最后形成自己独特的体系和分布。从地域上划分，这一体系主要是北方的萨满文化（分布于黑龙江、辽宁、吉林各省及内蒙古、新疆）和南方的傩文化（分布于江苏省南部、安徽省南部、四川省东部、云南省东部以及浙江、江西、湖南、贵州、广西、广东、福建各省）。

在中国，萨满文化主要分布在北方阿尔泰语系诸民族中，包括中国东北地区的满族、赫哲族、达斡尔族、鄂伦春族、鄂温克族，内蒙古地区的蒙古族，西北地区的锡伯族和哈萨克族、维吾尔族、柯尔克孜族、塔塔尔族等。但它们的传承情况是完全不同的。其中东北地区的萨满信仰一直保持着原始面貌，很少受到其他宗教信仰的影响；蒙古族原笃信萨满，随着西藏喇嘛教传入蒙古地区，民间的萨满信仰有一部分逐渐和佛教习俗相结合；新疆地区的哈萨克族、维吾尔族等，原来曾信仰过萨满，后来由于信奉伊斯兰教，原有的萨满信仰遂被伊斯兰教习俗所取代，现在只是在一些偏远地区的民间生活中，留下部分与伊斯兰教习俗相结合的萨满信仰遗迹。由此看来，萨满曾是中国北方广大少数民族地区民众的普遍信仰。决定这一信仰的客观条件和物质基础，是这些民族所处的自然生态环境和独特的生产方式与生活方式。我们知道，居住在这里的大部分民族，以往过着狩猎、渔猎、游牧和半农半牧生活；在社会结构上，又大都是氏族、部落式群体，萨满作为氏族和部落的保护神，自然得到普遍的信奉。

中国北方萨满文化的传承，以中国东北地区的诸民族最为稳定和具有特色。在赫哲族、达斡尔族、鄂伦春族以及迁徙到新疆地区的锡伯族中，仍能看到萨满传承的原始形态。不过，历史上由于受社会政治、民族宗教等因素的影响，萨满信仰有时也存在不能完好保存的现象，甚至自生自灭。其中保存比较完整、有历史文献档案可稽的，是满族的萨满信仰习俗。这是因为有清一代，特别是清代乾隆时期，皇帝曾颁布诏书，命令有关部门搜集整理历代传承于民间的萨满神词和祭祀仪式，经皇帝亲自审定，汇集成《满洲祭天祭神典礼》，这样就将民间松散的萨满祭祀仪式礼仪化和系统化，变为清代宫廷的满族祭祀，延续了260多年，直到清代灭亡。北京紫禁城故宫内的坤宁宫，在清代便是专门祭神祭天的神圣之所。

南方的傩文化不仅是巫文化的一种，而且以戏剧的形式传承于中国南方广大地区。傩戏，是一种戴面具的戏剧表演，但它的原始状态不是这样的。傩戏实则是傩文化历史演变的结果。最初的民间傩仪，是一种驱鬼逐疫的巫术行为。大约在公元前16世纪的商代，这种驱鬼逐疫的巫术活动，上至宫廷，下至民间普遍举行。当时的傩分为两种：宫廷举行的傩仪称为"国傩"，民间举行的傩仪叫"乡傩"。傩仪的形式非常简单，由一位叫作方相氏的巫师，戴着面具，率领其他戴面具的被称为"十二兽"或"十二神"的人物，在宫廷的各个角落驱鬼逐疫。这种仪式到了汉代达到鼎盛，形成宫廷内定期举行的一套完整礼仪，一直延续到宋代。宋代以后，古老的傩仪发生了本质性的变化，傩不再是一种单纯的祭祀仪式，古老傩仪中起主要作用的巫师方相氏，渐渐被面具代表的神灵和世俗人物所代替。傩仪逐渐由祭祀活动转化为简单的戏剧表演，这就是大家所说的面具戏（傩戏）。南宋偏安于浙江临安（今杭州市），这使中国傩文化的中心也随政治中心的南移而南迁。在南宋（1127—1279年）长达150多年的历史中，原来产生和形成于中原地区的傩文化和南方的民间巫术习俗有了充分的结合机会。同时，在这150多年的时间里，中国北方处于西夏、金、蒙古的统治之下。从文化背景上看，这一地区当时被信仰萨满文化的民族所管辖。等到蒙古族入主中原，建立少数民族政权元王朝，北方原有的傩文化便从宫廷到民间消失殆尽。与此相反，在南方地区，从东南沿海到西南边陲，傩文化却得到稳固的传承。这就是我们今天在长江以南地区的浙江、江西、安徽、湖南、湖北、四川、贵州、广西和云南农村地区，仍能看到众多傩文化现象的根本原因。

除以上巫文化的两大体系之外，在中国，由于受本土宗教——道教的影响，民间还存在着各种杂巫信仰，如汉族的巫婆、神汉、巫医、打卦、算命、看相、风水等。傩文化难免不受到它们的染指。但从中国巫文化的两大主流来讲，萨满文化主要受佛教和伊斯兰教的影响，而傩文化主要受道教的影响。

二、中国面具文化的历史渊源

中国的面具文化源远流长。据文献记载，甲骨文中就已出现古"傩"字，据今大约有4000多年的历史。将"傩"作为一种文化现象，文献记载最多的是《礼记》《周礼》。这说明至迟在周代，宫廷的傩仪已形成一种规范化的礼仪，并得到施行。按照《说文解字》对"傩"的解释，"傩"的本义是："行有节也。从人，难声。"段玉裁注曰："行有节度。按此字之本义矣。其驱疫字本作难，自假傩为驱疫字，而傩之本义废矣。"由此可见，傩的本义是指一个人行为有节度、节奏之意，并没有"驱鬼逐疫"的意思。把"傩"字当作"驱鬼逐疫"来讲，是使用中国古代汉语中常常出现的假借意义。也就是说，"傩"的本来意义被"驱鬼逐疫"所取代。实际上，"傩"的本字应当是"驫"

字。"魖",《说文解字》解释为"见鬼惊词"。段玉裁注曰:"魖",见鬼惊词,见鬼而惊骇,其辞曰,为"奈何"之和声,风惊词那者即"魖"字。这就是说,"魖"本来是见鬼受到惊吓而发出一种声音,后变为象声词。懂得了这种古音通假现象,我们就能理解段玉裁所说的"傩之本义废也"的意义了,同时也有助于我们了解和掌握中国傩文化演变的规律。

傩,在中国古代,是一种单纯的巫术活动。它在几千年的历史发展过程中,走了一条由民间到宫廷再到民间的曲折道路。由于民间的傩仪没有确切的文献记载,我们无从得知古代民间傩仪的真实情况。但从《礼记》中我们可以知道春秋战国时期,民间的所谓"乡傩"是和宫廷的傩仪并行存在的。汉代开始,宫廷傩仪达到它的鼎盛时期。《后汉书·礼仪志》记载:"先腊一日大傩,谓之逐疫。其仪:选中黄门子弟十岁以上、十二岁以下百二十人为侲子,皆赤帻,皂制,执大鼗。方相氏黄金四目,蒙熊皮,玄衣朱裳,执戈扬盾;十二兽有衣毛角,中黄门行之。冗从,仆射将之,以逐恶鬼于禁中。"当夜幕临时,满朝文武大臣在殿前伺候。黄门令奏曰:"侲子备,请逐疫。"于是,中黄门、侲子跟着念咒语,前呼后拥,由方相氏等手持火把,送疫出端门。端门外又有人接应,一直将火把送入洛水之中。魏晋南北朝时期,中原地区始终处于战乱和封建割据之中,统治阶级权力的更迭十分频繁。在长达360多年的时间里,政权的不稳定使宫廷傩仪几乎废止。中国的傩文化自然留下一段空白。直到隋唐时期,随着中央集权国家形成,宫廷的傩仪又一次恢复起来。但这时的傩仪已不同于先秦和两汉时期,中国傩文化结束了"古傩"时代,开始向"今傩"过渡。其最突出的特征是:

首先,傩仪开始由祭祀功能向娱乐功能转变。从中国傩文化发展的历史看,唐代是古傩向今傩转变的关键时期。在礼仪制度上,隋代就已恢复了宫廷傩仪,《隋书·礼仪志》记载:"齐制:季冬晦,选乐人子弟,十岁以上、十二岁以下为侲子,合二百四十人。一百二十人赤帻,皂褠衣,执鼗;一百二十人赤布裤褶,执鞞角。方相氏黄金四目,熊皮蒙首,玄衣朱裳,执戈扬盾。又作穷奇、祖明之类凡十二兽,皆有毛角。鼓吹率之,中黄门行之,冗从,仆射将之,以逐恶鬼于禁中。其日戊夜三唱,开诸里门,傩者各集被服仪仗以待事;戊夜四唱,开诸城门,二卫皆严。上水一刻,皇帝常服即御座,王公执事官一品以下,从六品以上倍列预观。傩者鼓噪入展西门,遍于禁中,分出二上阁,作方相与十二兽舞。喧呼周遍,前后鼓噪。出殿南门,分为六道,出于郭外。"很明显,《隋书·礼仪志》所记载的是北齐的傩仪。如果隋代宫廷有傩仪的话,也是沿袭旧制。唐代则不同,根据《新唐书·礼乐志》和唐代段安节的《乐府杂录·驱傩》记载,有唐一代,相关的傩仪,一方面继承了先秦以来的傩仪和傩祭古礼,另一方面,又进行了许多改革和创新。这主要表现在:古傩中原有的神秘、庄严的气氛渐渐淡化,而歌舞和娱乐成分却相应增加。唐代傩仪,最明显的变化是由"祭礼"变为"演礼"。《乐府杂录·驱傩》载:"以晦日于紫宸殿前傩,张宫悬乐。太常卿及少卿押乐正到四阁门。丞并太乐署令、鼓吹署令、协律郎并押乐在殿前。事前十日,太常卿并诸宫于本寺先阅傩,并遍阅诸乐。其日,大宴三五署宫,其朝寮家皆上棚观之,百姓亦入看,颇为壮观也。太常卿上此,岁除前一日,于右金吾龙尾道下重阅,即不用乐也。御楼时,于金鸡竿下,打赦鼓一面,钲一面。以五十人,唱色十下,鼓一下,钲以千下。"此种审傩彩排仪式,前代所无。这说明唐代傩仪之中,驱鬼逐疫的主题已变为象征意义,并将先秦至两汉时期的祭礼不折不扣地变为一种演礼。

其次,傩仪中的角色发生了转变。唐中叶以后,创造了另一位驱鬼逐疫的大神钟馗。于是古傩中黄金四目、执戈扬盾的方相氏,被钟馗形象所取代。据《新唐书·礼乐志》记载,唐代傩仪中还加入了大型乐队,由戴面具、穿皮衣、执棒鼓角的人率领,举行驱鬼仪式。宋代以后,方相氏、十二兽、侲子等古傩中的传统角色,在傩仪中完全消失,而由教坊伶人扮演钟馗、小妹、土地神、社神、将军、门神、判官等,在傩仪进行时,做戏剧表演。这就是今傩的雏形。

再次,唐代以后,傩仪表现出复归民间的趋向。《旧唐书·礼仪志》记载:"开元时期,傩仪已扩展到州县一级。上州六十人,中下州四十人,县皆二十人,由方相四人执戈盾率之。前一日之夕,所司率领宿于州门外。举行傩仪时,由县令或办色官或外人引傩者入。击鼓呼噪,遍索诸室及门巷,然后出大门,趋四城门,出郭而止。"这种"乡人傩"或"庶人傩"在当时是很普遍的,当时许多文人的诗歌作品中都曾有所反映。如唐代诗人孟郊的《弦歌行》

中有"驱傩击鼓吹长笛，瘦鬼染面惟齿白"。可见，民间傩仪中有时不一定要戴假面具，画上鬼脸也可以。

宋代，特别是南宋，是中国傩戏的形成时期。前面讲到，南宋在中国南方的统治达150多年。这一时期，也是傩仪从宫廷向民间流布的时期。孟元老所著《东京梦华录》详细记载了北宋都城开封禁中大傩的情景。古老傩仪中的方相氏、十二兽（又为十二神）、侲子这些角色均已消失，代之以教坊伶人扮演的将军、门神、判官、钟馗、小妹、土地神、灶神之类。《梦粱录》关于南宋都城宫中的傩仪做了同样的记载。此时，民间傩仪得到了蓬勃发展，从浙江、安徽、江西、湖南、湖北、广西、贵州、四川直到云南，在原属于百越文化的地区，普遍得到传承。造成这种文化景观的原因有如下几个方面：

（1）南宋偏安于江南一隅，北方金、西夏的势力还没有达到这一范围，傩文化传承的农业经济基础没有遭到破坏。

（2）中国南方地区属于稻作文化区域，这里的居民向来有"信鬼神，重淫祀"的传统。这一信仰土壤为傩的传播提供了良好的心理条件。

（3）南宋时期，不仅都市的百戏伎艺丰富多彩，而且民间的艺术形式也特别发达，当时的傩祭活动在吸收了民间说唱、音乐和舞蹈成分之后，逐渐向戏剧表演方向发展。

（4）道教的影响。道教是中国土生土长的宗教，它的最初形成大量吸收了民间巫术信仰事象。道教尊奉的神仙更是不断从民间崇拜的鬼神中得到补充。特别是宋代，朝野都崇信道教，当时的宫观寺院，不少由皇帝赐以名额，神鬼则赐以封号。民间的神祇原是没有系统的，但经过统治阶级提倡和道教自身的整顿、宣扬，成为一个完整的系统。从道教形成的历史看，广泛吸收民间诸神，逐渐将其纳入自己的神系，是道教不断壮大声威的途径之一，也是其加强神权统治、统领民间信仰的重要手段。比如在傩戏表演中，傩公、傩母（有的称为伏羲、女娲或某一民族的男女始祖）具有显著的地位，常常被视为傩事活动的掌坛神，同时充当拜祭祖师爷的角色。至于民间傩仪所礼诸神，从傩坛上张挂的《三清图》（道教的玉清、上清、太清）来看，所礼请的诸路神仙达300多位。由此可见，民间的巫术活动和道教结合十分密切，礼神构成了民间傩仪的主要内容。

宋代是傩文化向民间传播的重要时期。这一时期，也是中国地方志编纂建设的重要时期，加之文人笔记小说的记载，有关民间傩文化事象的资料渐渐多起来，如范成大的《桂海虞衡志》记载："桂林人以木刻人面，穷极工巧，一枚值万金。"周去非的《岭外代答》载："桂林傩队，自承平时名闻京师，曰静江诸军傩，而所在坊巷村落，又自有百姓傩。严身之具甚饰，进退言语，咸有可观……盖桂林人善制戏面，佳者一值万钱。"陆游的《老学庵笔记》载，广西地区一个傩坛的傩戏面具竟达800多面。可见，南宋时期广西也是傩文化传播的中心之一。南宋灭亡后，蒙古人入主中原，建立了统一的元帝国，傩仪和傩戏还在民间继续传承。

元代统治中国90多年，由于蒙古族信仰萨满，宫廷中自然不再举行傩仪。元代以后建立的明王朝，在宫廷傩仪间隔90多年后，也没有再行恢复。傩仪从此便在宫廷中消失。清代是北方满族建立的王朝，而满族信奉萨满。满族统治者为了继承民族文化传统、加强满民族凝聚力，在清朝开国之初就颁布诏令，搜集和整理民间的萨满仪式和萨满神词，形成宫廷及王公大臣府第的日常祭祀，延续260多年，直到清代灭亡。与此同时，民间的萨满活动异常活跃，在它的仪式和所演唱的萨满神词产生变异和流失时，宫廷的萨满仪式和萨满神词又被民间所借用，这样就使宫廷萨满和民间萨满信仰保持一致。

至此，我们可用图表表明中国傩文化的历史演变情况。

中国傩文化历史演变情况

商、西周、春秋、战国	宫廷傩仪、乡人傩同时并存
秦、汉	傩仪宫廷化的极盛期
三国、魏晋、南北朝	宫廷傩仪的消歇期
隋、唐	古傩向今傩转变期　傩仪开始复归民间
宋	今傩形成　傩的戏剧化　傩与民间信仰相结合
元、明	宫廷傩完全消失　民间傩继续传承
清	宫廷傩被萨满祭祀所取代　傩戏进一步深入民间
近代和现代	傩以戏剧的形式继续在民间传承

三、中国傩文化的特征和民俗功能

中国的傩文化始终是巫文化的一种特殊形式，它的原始形态是戴着假面具的"驱鬼逐疫"巫术。大约在商、周时期，傩仪活动就已有了一整套固定仪式。近几年来，傩文化引起学者们注意的原因有两方面：一是中国古代的傩祭和傩仪，是中国巫文化的源头之一，它很早从民间走向宫廷，并成为国家大典（礼仪）。统治阶级的重视，对中国傩文化的形成和发展起到了推波助澜的作用，使其绵延不断，传承了将近4000年。二是古代傩仪中，面具的使用由娱神向娱人的方向发展时，加进世俗故事表演后，形成了中国戏剧的雏形。这对中国戏剧发生学的研究，具有重要意义。所以当20世纪80年代初，傩戏研究展开时，中国的戏剧理论家们惊呼："中国的戏剧史要重写。"

从形成上看，中国的傩文化是一种使用面具的巫术；从内容上看，它的功能主要是驱鬼逐疫。所以傩文化无论在历史的流传过程中产生怎样的变异，它的核心，即面具的使用始终不变。也就是说，鉴别傩文化的重要标志是面具：凡使用面具礼神或驱鬼逐疫者，均属傩仪范畴；凡戴面具表演戏剧故事的，属傩戏范畴。为此，中国北方诸民族的萨满信仰，特别是满族、达斡尔族、赫哲族、鄂伦春族、鄂温克族、锡伯族等民族信奉的萨满跳神，在仪式进行中不使用面具，所以它不属于傩文化范畴。少数受到汉文化影响的萨满，如汉军旗萨满，跳神时也使用面具，这只是例外。

除傩和萨满信仰之外，中国各地、各民族中，还传承有许多其他巫术事象，如汉族的神汉、巫婆、打卦（占卜）、算命，少数民族中的各类巫术信仰等，此类活动，有些与傩文化有关，有些则与傩文化渺无相涉。

傩，既是一种巫术活动，又与人们的现实生活密切相关，所以它在几千年的传承过程中，一直在发挥其民俗功能。这种功能概括起来有如下数种。

1. 祈福禳灾

无论是古代还是现在，祈福禳灾都是一种群体性的活动。这种群体活动，大都安排在农闲时节或大型的节俗活动之中。在古老的农业社会，人们对一年四季气候的变化最为敏感，春、夏、秋、冬季节更迭，这本是自然规律，但在古人的眼中，它却与人们的生死观念相联系。冬尽春来，被认为是旧的一年的死去和新的一年的诞生。所以，每当冬季来临时，总是增加人们对自然界的畏惧和恐怖心理，他们不认为这是自然现象，而认为是鬼魅在作祟。为了驱除邪恶、祈求平安，他们为新与旧、生与死设计了一个交界处，这一交界处就是每年的"除夕"。这一天，宫廷里照例要举行大型的傩祭，借以驱除阴气（寒气）。参加这一傩祭仪式的是巫师方相氏、十二兽（或曰十二神）、侲子等，其中方相氏和十二兽戴假面具。到了汉代，傩祭变为春节习俗的重要组成部分。从仪式进行的过程看，每当举行傩仪时，方相氏带领十二兽和侲子，在宫廷的各个角落，实行从里向外的驱赶，将鬼疫逐出门外后，便在门口设置辟邪物，如挂桃符、苇戟，设神荼、郁垒像等。宋代以后，除夕举行傩祭的仪式才渐次消失。现代，在傩戏表演之前，由巫师举行的请神仪式，是古代傩仪的残余。

2. 丧葬时驱邪避邪

这是古代傩文化的另一功能。古代的丧葬习俗中，傩祭占有十分重要的地位。根据《周礼·夏官司马》记载，古代在埋葬死者时，挖好墓穴后，方相氏要"入圹以戈击四隅，驱方良（魍魉）"。方相氏的职能仍然是驱鬼逐疫。这种功能往往通过以下三种方式体现：

（1）活人（巫师）入圹驱鬼。这种习俗在古代由方相氏担当，流传到今天，这一职能也还是由巫师担当，只是在形式上有所变异。

（2）以巫师的面具随葬。陕西固县出土的殷商铜器中，就有鬼面和兽面，大小接近人面，有穿孔，可佩戴。① 四川广汉三星堆考古发现的纯金模压面具和青铜面具，也是方相氏用来驱鬼逐疫的面具随葬品。

（3）将驱傩场面引入墓圹建筑之中。汉代是中国傩仪发展的鼎盛时期，宫廷的傩仪不仅场面宏大、程序完整，影响也很广远。这种人间傩仪的恢宏场面在墓葬中也得到充分体现。这时，以面具随葬的习俗，渐渐被墓葬建筑中使用的画像石、画像砖所取代。方相氏《行傩驱鬼图》，被置入墓门的横额之上。画面正中是头戴面具、手持利刃的方相氏；两边是十二兽，同样头戴

---

① 唐金裕、王寿芝、郭长江：《陕西省城固县出土殷商铜器整理简报》，《考古》1980年第3期。

面具,身穿铠甲,挥剑发矢,执戈狂舞,表现出驱鬼逐疫的宏大场面。①

3. 占卜、预兆、求子、祝寿

占卜、预兆、求子、祝寿是傩和民间生活习俗结合最紧密的部分。宫廷傩仪虽然具有巫术性质,但它已成为一种典章礼仪,并渐渐失去活力。而民间傩仪则和宫廷傩仪不同,它没有一套固定的程序约束自己,可以根据需要随时加以适应和变异。最常见的是,民间经常用傩祭的方式达到占卜吉凶、预兆未来、求子和祝寿的目的。如根据《周礼·春官宗伯》记载,古代帝王很注重对梦境的占卜,每当一岁终了之时,总计一年中应验的吉梦,编成册籍,并行四方之礼,去除不祥之梦,并命方相氏行傩,驱除疾疫厉鬼。现代傩俗中这种例子更多。在贵州德江县土家族地区,傩祭活动主要由叫作土老师(巫师)的人主持。人们遇到治病、消灾、求子、保寿等事,还要请土老师施法。年节时打扫屋子,要请土老师跳神,祈求一年中相安无事;青壮年夫妇无子时,要请土老师举行"冲傩"仪式,许愿、还愿以求生子;如果生了病,则要扎制"茅草人",请土老师做法,消除疾病灾难;老年人的生日,要请土老师设坛"冲寿傩"。所有这些仪式,除巫师设坛礼神、打卦占卜之外,还要进行傩戏演出。这种演出将娱神与娱人有机地结合起来,形成一种不同于古傩的今傩习俗。

4. 傩的戏剧化

傩的戏剧化是傩祭功能演变的结果。最初的傩是一种巫术活动,由于这一活动使用面具,傩仪常伴有音乐和舞蹈表演,这就为以后傩戏的产生和发展提供了极好的条件。在研究傩戏时,有一点必须明确,即傩俗始终是傩戏的载体。其次应当了解,所谓的"傩戏",严格意义上说,它还不是一种独立的戏剧艺术。充其量只不过是现代戏剧的雏形而已。因为从现在发掘的傩戏剧目来看,除少数吸收民间歌舞形式、表演世俗故事外,大部分是移植其他地方剧种的剧目,且表演上极不完善。如笔者曾经考察过的贵州省德江县土家族傩戏中的"关公戏",全剧只有一人饰演关公,演员身着靠子(戏剧中武将的服装),头插鸡毛翎子,手中的青龙偃月刀,只是一把普通木制小刀,显得

---

① 陈德安、陈显丹:《广汉三星堆遗址一号祭祀坑发掘简报》,《文物》1987年第10期。

不伦不类。所以民间虽有傩堂戏、傩愿戏、庆坛戏、傩戏之分，但这种戏并非严格意义上的戏剧，而只是一种民间的娱乐形式罢了。如此说来，傩戏仍没有脱离傩俗的范畴和功能。

四、中国傩文化的研究现状

中国傩文化的研究是20世纪70年代后期逐渐展开的。在此之前的20世纪50年代到60年代，不仅傩文化受到冷落，就是最贴近民众生活的民俗学，也受到不公正的待遇和批判。因此在整整30年的时间里，中国的民俗学停滞不前，远远落在日本和韩国之后。20世纪70年代开始，随着中国改革开放政策的实施和在意识形态领域里的拨乱反正，民俗学又一次获得新生并空前地发展。傩文化的研究也不例外。首先是中国戏剧界，在20世纪80年代初，掀起一股不小的民间傩戏研究热，召开了各种类型的傩戏学学术讨论会。紧接着民俗学者、民族学者加入其中，展开田野作业，考察民间傩戏的流传和特点。根据学者们对中国各民族傩戏传承现状的实地考察和研究，有人提出建立中国傩戏学的倡议。1988年，"中国傩戏学研究会"成立。也有的学者认为，傩戏是中国古老巫术的一种特殊表现形式，它作为中国傩文化的有机组成部分，应将傩戏置入文化研究的系统中，做多角度、多方位的综合研究，并在此基础上建立中国傩文化学。

目前，中国傩文化的研究已形成一种多学科参与研究的局面，它已涉及民俗学、民族学、语言学、宗教学、文化人类学、民间文艺学以及音乐、美术、舞蹈等学科。在此期间，举办了各种类型的傩戏面具展览，出版了傩戏和傩文化论文集、图片集。影响所及，引起海内外学者的关注。日本学者已多次、多人到中国贵州傩戏流传地区和民族中做实地考察。中国台湾"清华大学"中文系还建立了傩文化信息交流中心，编辑出版研究通讯。这种研究显得方兴未艾。

近几年来，中国傩文化的研究在学者们的努力下，已取得了丰硕成果，基本上查清了中国傩文化的流布地区和民族以及形式和特点，并涌现出一批颇有才华的研究者。但在研究方法上，也还存在着一些问题。这些问题是：

（1）对傩文化的本质，学术界尚缺乏统一的认识。即傩文化是一种综合的民俗现象，还是单一的艺术（戏剧）形式？显然，目前的研究过多地考虑了傩文化的表现特点，着重对傩戏的研究。

（2）近几年来，中国学者对各地、各民族的傩文化进行了大量考察，发表的论文有数百篇。但在田野作业中，对涉及傩文化的众多民俗事象，研究者们尚缺乏宏观关照和精细的描述，这不能不影响到研究的深入。

（3）考察和研究队伍缺乏专业训练。特别是有些研究者对文化人类学、民族学、民俗学等多学科基础理论和基础知识缺乏了解，这就直接影响了研究工作的深入。

（4）中国傩文化的研究有待进一步规划。中国面具文化的考察与研究，在近十年展开了新的一页，取得的成果是十分辉煌的。地域性、民族性研究著作陆续出版，标志着中国傩文化研究的不断深入。如果再进一步加以协调和规划，关照宏观与微观研究，并与日本、韩国等国的面具文化做比较研究，中国面具的文化史价值便可得到进一步揭示。

（原载台湾《哲学与文化》1995年第22卷第5期）

从古代傩祭到钟馗信仰

钟馗信仰在中国民间信仰中占有十分重要的地位，它的形象被认为是"人、神、鬼"的复合体，其神格有时是驱鬼逐疫的鬼王，被视为宅神供奉，有时又代表了福神、财神。因此钟馗和民众的生活最为接近和最为亲近，甚至有《钟馗嫁妹》一类的戏剧上演，深得民众的喜爱。

钟馗信仰源远流长，自唐代以后在民间广泛流传，而且附会了优美的民间传说。正如宋代沈括《梦溪笔谈》中记载的：禁中旧有吴道子画钟馗，其卷首有唐人题记曰：明皇开元讲武骊山，岁暮，翠华还宫，上不怿，因痁作，将逾月。巫医殚伎，不能致良。忽一夕，梦二鬼，一大一小。其小者衣绛，犊鼻屦，一足跣，一足悬一屦，搢一大筠纸扇，窃太真紫香囊及上玉笛，绕殿而奔。其大者戴帽，衣蓝裳，袒一臂，鞹双足，乃捉其小者，刳其目，然后擘而啖之。上问大者曰："尔何人也？"奏云："臣钟馗氏，即武举不捷之士也。誓与陛下除天下之妖孽。"梦觉，痁若顿瘳，而体益壮。乃诏画工吴道子，告之以梦，曰："试为朕如梦图之。"道子奉旨，恍若有睹，立笔图讫以进。上睻视久之，抚几曰："是卿与朕同梦耳，何肖若此哉！"道子进曰："陛下忧劳宵旰，以衡石妨膳，而痁得犯之。果有蠲邪之物，以卫圣德。"因舞蹈，上千万岁寿。上大悦，劳之百金。沈括认为，从钟馗画的题记看似始于唐开元年间，但是钟馗信仰由来已久，而且传说中后魏有李钟馗，隋将有乔钟馗、杨钟馗等，名称上的变化也很多，如钟葵、终葵等。

钟馗信仰流行于全国各地，唯以江南为胜。春节时钟馗是门神，端午时钟馗是"斩五毒"的天师。钟馗是中国传统诸神中唯一的万应之神，要福得福，要财得财，有求必应。

中国民间的造神习俗，大都起源于巫术信仰和道教信仰。钟馗文化的形成也是如此。正是中国巫文化的沃土培养了钟馗信仰，使之绵延不绝。所以要了解钟馗信仰的本质特征，不能不对中国巫文化的起源和发展有所了解。

笔者曾经写过《傩文化刍议》（收入《傩戏论文集》，贵州民族出版社，1987年）、《中国傩文化的民俗学思考》（收入台湾《民俗曲艺·中国傩戏·傩文化专集》，1990年）、《中国的面具文化》（收入台湾《哲学与文化》22卷第5期，1995年5月）等文，收入大陆和台湾地区的图书和杂志，主要论述傩文化的巫术性质。巫文化是一种世界性的文化现象，巫文化又是一切现代文明的源头。现代文明，追本溯源无不和巫文化有着千丝万缕的联系。古老的天文、历算、医疗、文字、文学、音乐、舞蹈、绘画等自然和社会科学领域，无不渗透着巫文化的影响。而巫文化的传承者巫师，实际上掌握着民间的文化知识。

中国是一个具有几千年历史的文明古国。在漫漫历史长河中，巫文化随着时代的发展，融合各种信仰观念而不断嬗变，最后形成自己独特的体系和分布。在《中国的面具文化》一文中，笔者曾介绍过中国巫文化从地域上划分，主要是北方的萨满文化和南方的傩文化。

萨满文化主要在北方阿尔泰语系诸民族中传承。中国东北地区满族萨满信仰一直保持着原始面貌，很少受到其他宗教信仰的影响；而有些民族的萨满信仰则因为受到其他宗教的影响，产生了变化，如蒙古族原来笃信萨满，后随着西藏喇嘛教传入，民间的萨满信仰有一部分逐渐和佛教习俗相结合；新疆地区的哈萨克族、维吾尔族等，原来也曾信仰萨满，后来由于信奉伊斯兰教，原有的萨满信仰遂被伊斯兰教信仰所取代。现在只是在一些偏远地区的民间生活中留下部分与伊斯兰教习俗相结合的萨满信仰遗迹。由此看来，萨满曾是中国北方广大少数民族地区民众的普遍信仰。决定这一信仰的客观条件和物质基础，是这些民族所处的自然生态环境和独特的生产方式与生活方式。居住在北方地区的大部分民族，以往过着森林狩猎、渔猎、游牧和半农半牧生活；在社会结构上，又大都是氏族、部落式群体。萨满，作为氏族和部落的保护神，自然得到普遍的信奉。

中国南方的傩文化，不仅是巫文化的一种，而且以戏剧的形式传承于中国南方广大地区。傩原是一种驱鬼逐疫的巫术行为。大约在公元前16世纪的商代，这种"驱鬼逐疫"的巫术活动，上至宫廷，下至民间普遍举行。当时的傩分为两种：宫廷举行的傩仪称为"国傩"，民间举行的傩仪叫"乡人傩"。傩仪的形式非常简单，由一位叫作方相氏的巫师，戴着面具，率领其他戴面具的、被称为"十二兽"或"十二神"的人物，在宫廷的各个角落驱鬼逐疫。这种仪式到了汉代以后达到鼎盛，形成宫廷内定期举行的一套完整礼仪，一直延续到宋代。不过唐宋以后，古老的傩仪发生了本质性的变化，傩不再是一种单纯的祭祀仪式，古老傩仪中起主要作用的巫师方相氏，渐渐被面具代表的神灵和世俗人物所代替。傩仪逐渐由祭祀活动转化为简单的戏剧表演，这就是大家所说的面具戏（傩戏）。在南宋长达150多年的历史中，原来产生和形成于中原地区的傩文化，和南方的民间巫术习俗有了充分的结合机会。而在北方，由于处于辽、西夏和金的统治之下，这一地区当时被信仰萨满文化的民族所管辖，特别是蒙古族入主中原，元王朝建立，北方原有的傩文化便从宫廷到民间消失殆尽。而在南方地区，从东南沿海到西南边陲，傩文化却得到稳固的传承。

中国的巫文化在几千年的历史发展过程中，走了一条由民间到宫廷再到民间的曲折道路。《后汉书·礼仪志》记载，傩仪一般大年三十在宫廷举行，称为"大傩"，是国家级的典礼，叫"国傩"。傩有"古傩"和"今傩"之分，唐代以前的傩称为"古傩"，唐以后的傩称为"今傩"。唐代是古傩向今傩转变的关键时期。《新唐书·礼乐志》和唐代段安节的《乐府杂录·驱傩》记载，有唐一代，相关的傩仪，一方面继承了先秦以来的傩仪和傩祭古礼，另一方面又进行了许多改革和创新。这主要表现在：

其一，古傩中原有的神秘、庄严的气氛渐渐淡化，而歌舞和娱乐成分却相应增加。唐代傩仪，最明显的变化是由"祭礼"变为"演礼"。《乐府杂录·驱傩》载："以晦日于紫宸殿前傩，张宫悬乐。太常卿及少卿押乐正到四阁门，丞并太乐署令、鼓吹署令、协律郎并押乐在殿前。事前十日，太常卿并诸宫于本寺先阅傩，并遍阅诸乐。其日，大宴三五署宫，其朝寮家皆上棚观之，百姓亦入看，颇为壮观也。太常卿上此，岁除前一日，于右金吾龙尾道下重阅，即不用乐也。御楼时，于金鸡竿下，打赦鼓一面，钲一面。以五十人，唱色十下，鼓一下，钲以千下。"此种审傩彩排仪式，前代所无。这说明唐代傩仪之中驱鬼逐疫的主题已变为象征意义，并将先秦至两汉时期的祭礼不折不扣地变为一种演礼。

其二，傩仪中的角色发生了转变。唐中叶以后，创造了另一位驱鬼逐疫的大神钟馗。钟馗的出现使古傩中"玄衣朱裳，黄金四目，执戈扬盾"的方相氏被其形象所取代。据《新唐书·礼乐志》记载，唐代傩仪中还加入了大型乐队，由戴面具、穿皮衣、执棒鼓角的人率领，举行驱鬼仪式。宋代以后，方相氏、十二兽、侲子等古傩中的传统角色，在傩仪中完全消失，而由教坊伶人扮演钟馗、小妹、土地神、社神、将军、门神、判官等，在傩仪进行时，做戏剧表演。这就是今傩的雏形。

由此可知，钟馗信仰源于巫术。钟馗信仰从一开始就是世俗化的，成为民众信仰生活的一部分。在一些严肃的场合，比如春节，钟馗被作为门神供奉。和一般门神不同的是：其一，它一般贴在单扇门上，而且贴在后门的情况比较普遍；端午节时，它被作为"斩五毒"的天师。其二，在一些祭祀场合，则由真人扮演钟馗。比如陕西一带的傩舞"跳钟馗"就是如此。跳钟馗又称闹钟馗、请钟馗、嬉钟馗等，和古代的傩仪相同之处是"跳钟馗"时要戴面具，目的是送孤魂野鬼。在庙宇落成、社戏开台、新居完工以至结婚、做寿、祭拜天公等场合，主要是通过跳钟馗除煞。其三，钟馗信仰历来得到文人的青睐，成为文艺创作的重要题材。戏剧、雕刻、剪纸、绘画作品中不乏钟馗形象。这在客观上推动了钟馗信仰在民间的传播。其四，钟馗信仰的文化内涵是多种多样的。它所代表的神格各有不同，成为民间祈祥纳福的一种文化符号。在钟馗身上几乎体现了民间一切美好的愿望，福、禄、寿、禧、判、子、妹、文、武、财样样具有，有求必应。所以以钟馗为题材的作品常常被用来作为礼品赠送给亲朋好友。如祝寿送《钟馗祝寿图》，看望病人送《钟馗赐福图》，乔迁之喜送《钟馗镇宅图》，等等。总之，钟馗形象在民间是一种吉祥符号，这也是钟馗信仰得以传播、传承的重要原因。

（2013年夏于五柳居）

清代宫廷的萨满祭祀

清代初年,中国萨满信仰被介绍到西方,引起西方学者对阿尔泰语系广袤世界同类民俗事象的关注。在此后的3个世纪中,学者们对萨满世界的考察和研究从未停止,使萨满文化的研究发展成为世界性的课题。

国际上许多学者对萨满习俗的考察和研究,一般归于对"萨满教"(Shamanism)的研究,中国学术界通常也使用"萨满教"一词,但谁都知道,萨满在中国北方诸民族中的传承由来已久,它从形成的时候起就是一种原始的民间崇拜和信仰的产物,其传承和传播完全处于一种自发的状态之中,属于信仰文化或巫术文化的范畴。直到今天,"萨满"绝非一种现代意义上的"宗教"。从它的传承和传播方式来看,仍然是一种巫术行为,也可以称之为萨满巫术。这样看来,萨满信仰属于中国巫文化系统,或者说它是中国巫文化的一种特殊表现形式。

中国的巫文化是一个历史悠久、内容十分庞杂的系统。根据历史文献记载和现代的民俗传承,如果将中国的巫文化做学术上的分类,笔者认为它包括了两个有机的组成部分:中国北方诸民族中传承的萨满文化和中国南方诸民族中传承的傩文化(即面具文化)。这也是近几年来中国民俗学对中国巫文化的宏观关照和学术研究的新走向。过去很长一段时间里,萨满文化的研究一直是热门,考察所得资料异常丰富。最近几年,傩文化的考察和研究后来居上,形成一种十分热烈的气氛。萨满文化与傩文化的相互关照,一定会使中国巫文化的研究出现崭新局面。

民俗学研究中,巫文化往往被归入原始信仰,有时也被称为"民俗宗教"。在这种情况下,"宗教"一词使用了广义的概念。长期以来,"宗教"一词在民俗学研究中经常给研究者造成困惑,以致使我们很难描述某些民俗事象。为了区别于"现代宗教",学者们于是提出了"民俗宗教"的概念,这也是完全适用的。"民俗宗教"将巫文化包含其中,为叙述和研究带来方便。中国文化发展的历史告诉我们,巫文化曾是中国文化的源头,中国古老的科学和文化发展均与巫文化有关,如文字、天文、医疗、数学、文学、音乐、舞蹈、绘画、历史学的产生、发展,都和巫术活动有关。可见巫文化作为各种文化的母体,具有重要的研究价值。严格说来,巫文化是一种民间传承,它在原始社会尚未出现阶级分化时,尤其如此。在那时,由巫文化所构成的精神世界,正是原始民的宇宙观。当社会出现阶级分化,特别是国家形成之后,巫文化的传播情景则完全不同。这时,巫文化除在民间继续传承外,其中许多成分被统治阶级吸收,并将其系统化、仪礼化,用来为巩固其统治地位服务。作为中国巫文化组成部分的傩文化和萨满文化,都没有逃脱这种命运。本文正是在这个意义上探讨清代宫廷的萨满祭祀,并在此基础上将民间萨满信仰和宫廷萨满典礼做些比较。

清代宫廷的萨满祭祀是民俗宗教——萨满信仰研究的重要内容之一,也是为历来的萨满文化研究所忽视了的问题。现在将它提上研究日程,是因为清代文献史料中,如《八旗通志》、《大清通典》、《大清会典》(雍正、嘉庆时代)、《礼部则例》、《大清会典事例》、《国朝宫史》等,详细记载了清代宫廷萨满祭祀的典章制度。震钧的《天咫偶闻》、昭梿的《啸亭杂录》、吴振棫的《养吉斋丛录》、姚元之的《竹叶亭杂录》、麟庆的《鸿雪因缘图记》等著作中也涉及清代宫廷、王室有关萨满祭祀的实录。特别是清代乾隆十二年(1747年)奉旨编纂的《满洲祭神祭天典礼》,为我们研究满族萨满习俗和清代宫廷萨满仪典提供了翔实可靠的资料。

萨满及其信仰本是在中国北方阿尔泰语系诸民族中普遍传承的一种习俗,流传地区十分广阔。居住在中国东北地区白山黑水和大小兴安岭一带的满族、达斡尔族、赫哲族、鄂伦春族、鄂温克族、锡伯族及部分入旗的汉族(汉军旗人)中,直到今天,仍有萨满习俗流传。

中国东北地区的萨满信仰在长期的历史发展过程中,形成了一个独特的文化圈,也是萨满文化传承最稳固的地区。这种传承从内容到形式都带有森林、狩猎和渔猎色彩,可称之为森林萨满文化圈。

华北蒙古族地区是中国萨满传承的又一个文化圈,这一文化圈带有浓郁的草原游牧特色,可称之为草原萨满文化圈。蒙古族萨满的传承十分古老,但变异也较大。在元代,随着藏传佛教(喇嘛教)在蒙古地区的传播并逐渐占据统治地位,一部分萨满信仰融入喇嘛教,一部分渐次消失,人为的因素曾一度割断了蒙古族萨满信仰的传承。蒙古族在信奉喇嘛教之前,萨满信仰在部落上层和民众生活中占有十分重要的地位。当时一些大萨满(巫师)都被收罗在蒙古宫廷中,他们守护偶像,并谙星术,预言日月之蚀,择定吉日凶日,人们有事必去咨询。"凡宫廷所用之物,以及贡品,必经此辈以火净之,此辈得留取若干。儿童之诞生,则召其至,以卜命运。有病者亦延其至而求助于其咒术。托其欲构陷某人,只需言某人之疾,盖因某人厌禳所致。人有咨询者,此辈则狂舞其鼓而召魂魔,已而昏迷,伪作神语以答之。"当时,萨满几乎主宰部落或国家大事。据《多桑蒙古史》载:"塔塔尔诸游牧部落既平,铁木真应有适合其新势权之尊号。1206 年春,遂集诸部长开大会于斡难河流附近之地,建九旅白旄纛。珊蛮或卜者阔阔出者,常代神发言,素为蒙古人所信奉,兹庄然告铁木真曰:'具有古儿汗和大汗尊号之数主既已败亡,不宜采用此有污迹之同一尊号。今奉天命,命其为成吉思汗或强者之汗。'诸部长群赞其议,乃上铁木真尊号成吉思汗。时年 44 岁。"此类记载,在蒙古族古代文献中经常见到。有元一代,在蒙古族上层社会,喇嘛与萨满之间的斗争从未间断过,特别是对萨满供奉的偶像"翁衮",历加取缔。元代灭亡之后,蒙古民族退居漠北,喇嘛教信仰日渐深入民间,萨满更处于不利地位。1640 年制定的《蒙古卫拉特法典》明文规定:取缔翁衮;对邀请男女萨满来家者,给予不等马匹的处罚;对请来男女妖术师耍魔术者的乘马和妖术师的马,归告发者所有,知而不报者受罚,甚至使高贵者受到诅咒,也要罚马五匹等。这些条律,对萨满信仰是很大的打击。但尽管如此,在广袤的蒙古草原,萨满信仰并未绝迹,甚至在近代,科尔沁草原仍流行萨满信仰。

中国萨满传承的第三个文化圈是新疆各民族地区。那里的维吾尔族、塔塔尔族、哈萨克族、柯尔克孜族在信奉伊斯兰教以前,都曾信奉过萨满。其中尤以哈萨克族最为突出。这可能是由于哈萨克民族一直过着游牧生活，氏族和部落组织对大自然的依赖、对部落英雄祖先的崇拜，为萨满传承提供了条件。所以直至今天，哈萨克民族民间信仰中还留有许多萨满文化的痕迹。在哈萨克族的神话《迦萨甘创世》中，详述了对天、地等自然神的信仰。笔者1986年到新疆喀什地区考察，这里是维吾尔族聚居地。在喀什近郊的阿尔斯兰汗墓地，有成百上千座坟墓，均按伊斯兰葬式安葬死者，但在阿尔斯兰汗墓旁的树枝上，挂满了红、黄、蓝、白各色布条。黄昏时遇到一位维吾尔族老年妇女在树下点燃灯烛，并做祈祷，询问得知，家人有了疾病，祈祷驱邪，这也许是古老萨满习俗的表现。新疆锡伯族萨满信仰属于东北文化圈。

话题回到满族的萨满信仰上来。满族的萨满信仰习俗起源很早。"萨满"一词即来源于满—通古斯语族诸民族。12世纪中叶，南宋学者徐梦莘在其所著《三朝北盟会编》中说："珊蛮（即萨满）者，女真语巫妪也，以其变通如神，粘罕以下皆莫能及。"这是有关萨满的最早文献记载。女真系满族祖先，源于唐代黑水靺鞨，五代始称女真。1115年建立金政权，与南宋并立。16世纪末至17世纪初，建州女真首领努尔哈赤用"八旗制度"统一女真各部，形成后来的满族。满族文化在其活跃于白山黑水之间时，主要是萨满文化。它继承了靺鞨、女真以来的传统，带有浓郁的森林和农牧特色。自然崇拜、图腾崇拜和祖先崇拜融为一体。在满族的萨满世界中，天体和大地崇拜始终占据着重要地位，这也是信奉萨满的阿尔泰语系各民族的共同特色。天神是至高无上的神，满族神话中说，天有17层，地有9层，人住地上国，神住天上国，魔鬼住地下国，统管天、地、人间的是至高无上的天神阿布凯恩都里。这反映了萨满世界的宇宙观念是垂直的。满族祭天时，必须设置神杆，这一神杆是联系天上与人间的通道。天神通过神杆到达天界或下到人间。这种宇宙观显然产生于森林民族。锡伯族的登刀梯（天梯）也是这样的含义。这是森林带给所居民族的自然观念。人们有什么祈祷之事，必通过大树（神树）或神杆告知天神，这种习俗一直在满族中保存。由天神观念引申出的对日月星辰、风雨雷电的崇拜，对山神、林神、岩神、火的崇拜，使萨满世界的自然崇拜扑朔迷离，神秘莫测。满族的图腾崇拜，也是古老的图腾崇拜发展到后期的产物，比之鄂伦春族、鄂温克族、赫哲族和达斡尔族要逊色很多。如上民族在其历史发展过程中，始终没有脱离森林狩猎生活，所以民间信仰中对动物的崇拜十分虔诚。如对熊的崇拜，从图腾学上来考察，都是十分标准的。满族则不然，它从女真时代开始，就与汉族交往甚密，天神信仰在很大程度上与汉族的"天命观"交织在一起。有人认为满族的图腾是乌鸦和犬，这是不正确的。满族中盛传他们的始祖布库哩雍顺为天女佛库伦吞神鹊所衔朱果而生，故人们均以鹊为神，从不加害。满族不杀狗，不食狗肉，不使用狗皮。满族民间传说中的《天鹅仙女》《索伦杆子和影壁的来历》以及"义犬救主"（主指努尔哈赤）一类的故事，涉及神鹊和狗，因其与努尔哈赤的圣迹有关，鹊与犬只是象征物，而并非图腾。满族除了对天神表示极度的崇敬外，祖先神在萨满祭祀中也占有很重要的地位。萨满主要是天神和祖先神的代言人。从这种意义上讲，萨满信仰是凝聚氏族和部落力量的纽带。满族萨满是多神信仰，这和阿尔泰语系其他民族的萨满信仰是共同的，许多学者的论文中都曾论及。

  清代立国之后，对原属于满族民间信仰的萨满文化并未抛弃。相反，作为凝聚满族心理的一种手段，对之加以尊重和传承。早在创基盛京（今沈阳）的时代，清朝便传习古老习俗，恭建"堂子"祭天，又在寝宫正殿恭建神位，供奉佛祖（释迦牟尼）、菩萨（观世音）和神（萨满诸神）等。嗣后，虽建立坛、庙，分神、天、佛及神，而旧俗未改，与祭祀之礼并行。至清代定鼎中原，迁都北京，祭祀仍循昔日之制，而且满族各姓，也都以祭祀为至重，大内及王公贝勒贝子等于堂子内向南祭祀，其余均于各家院内向南以祭。"又有建立神杆以祭者，此皆祭天也。"也就是说，满族在入主中原以后，并未放弃萨满祭祀的古俗。上至宫廷、王公大臣，下至普通满族，都遵守旧俗，祭天和祭神。但中原地区的文化环境毕竟不同于白山黑水之间，汉族文化必然要影响满族文化。实际上，这种影响早就开始了，特别是佛教文化和道教文化已浸入萨满祭祀之中。汉语代替满语，汉文代替满文，使清代最高统治者对满族文化的渐次消失与变异产生忧虑。特别是历史上对满族产生过凝聚力的萨满文化，如不加以保护和利用，民族意识也会渐渐消失。这就是满族在入主中原的初期，王室中存在的一种顾虑。所以乾隆十二年（1747年）农历丁卯年七月丁酉"上谕"管理内务府事的和硕亲王允禄等大臣，总办、承修、监造、监绘、眷录《满洲祭神祭天典礼》，使满族民间的萨满信仰系统化和典礼化，在清宫仪礼中加以永久保存。这在中国历代王朝中是绝无仅有的举动。关于编纂《满洲祭神祭天典礼》的缘由和具体要求，在乾隆皇帝给内阁的《上谕》中讲得十分清楚。

上谕

  我满洲，禀性笃敬，立念肫诚，恭祀天、佛与神，厥礼均重，惟姓氏各殊，礼皆随俗。凡祭神、祭天，背灯诸祭，虽微有不同，而大端不甚相远。若我爱新觉罗姓之祭神，则自大内以至王公之家，皆以祝辞为重，但昔时司祝（萨满——引者）之人，俱生于本处，幼习国语（满语——引者），凡祭神、祭天、背灯、献神、行祭、求福及以面猪、祭天去祟、祭田苗种、祭马神，无不斟酌事体，偏为吉祥之语，以祷祝之。厥后，司祝者，国语俱由学而能，互相授受，于赞祝之原字、原音，斯至淆舛，不惟大内分出之王等，累世相传，家各异词，即大内之祭神、祭天诸祭，赞祝之语，亦有与原字、原韵不相吻合者。若不及今改正，垂之于书，恐日久讹漏滋甚。爰命王大臣等，敬谨详考，分别编纂，并绘祭器形式，陆续呈览，朕亲加详覆酌定，凡祝辞内字韵不符者，或询之故老，或访之土人，朕复加改正。至若器用内楠木等项，原无国语者，不得不以汉语读念，今悉取其意，译为国语，共纂成六卷。庶满洲享祀遗风，永远遵行不坠。而朕尊崇祀典之意，亦因之克展矣。书既告竣，名之曰《满洲祭神祭天典礼》，所有承办王大臣官员等职名，亦着叙入，钦此。

乾隆《上谕》言明，满族诸般祭祀"皆以祝辞为重"，他最担心的也是主持祭祀典礼的萨满由于所习满族语言的变化，使祝词[①]原字、原音渐致淆舛，且恐日久讹漏越甚，所以命令专人稽考旧章、正异同并译成汉文。这从承担翻译事务的太子太保、武英殿大学士阿桂的奏折和附于《满洲祭神祭天典礼》第四卷末尾的"跋语"中可看出来。

---

  ① 引文中为"保持原貌"，仍用"祝辞"，正文中使用推荐词，即"祝词"。

根据《满洲祭神祭天典礼》所载，清代宫廷的萨满祭祀包含的内容十分丰富。它将满族民间萨满祭祀的主体部分，通过典礼形式固定下来，对参与祭祀的人员、方式、地点、供物、器用等都做了明确规定，下面分别加以叙述。

1. 清代宫廷萨满祭祀中的神祇

清代宫廷的萨满祭祀分常祭、月祭、报祭、立杆大祭数种，每种祭祀的神祇有时相同，有时则不同。如：

朝祭神。朝祭神主要是释迦牟尼、观世音菩萨、关圣帝君。姚元之《竹叶亭杂录》云："太祖在关外时，请神于明，明与以土地神、识者知明为自献土地之兆，故神职虽卑，受而祀之。再请，又与以观音伏魔画像，伏魔呵护我朝，灵异极多。"由此可知，释迦牟尼、观世音菩萨、关圣帝君是明代由汉族地区传入的。

夕祭神。夕祭诸神主要是民族神，如阿珲年锡、安前阿雅喇、穆哩穆哩哈、纳丹岱辉、纳尔珲轩初、恩都哩僧固、拜满章京、纳丹威瑚哩、恩都蒙鄂乐、喀屯诺颜等。其中"唯纳丹岱辉为七星之神，喀屯诺颜为蒙古神，以先世有德而祀，其余则均无可考"。

祈福神。满语称佛立佛多、鄂漠锡玛玛，以柳树枝为婴儿求福也如此。

马神。为皇帝所乘御马，为马群致祭于堂子，求牧群繁殖。

田苗神。满语称尚锡神。

八纛。又称八旗大纛，出师批告及凯旋，告祭于堂子。

天神。萨满祭祀中至高无上之神，以神杆代替。

2. 清代宫廷祭神、祭天场所

清代宫廷祭祀涉及国家大典的有祭天、地、太庙、社稷等。这有专门的场所，如天坛、地坛、太庙、社稷坛等。此外，涉及民族大典的祭祀场所在坤宁宫和堂子。

坤宁宫在故宫内廷的最后边，明永乐十八年（1420年）建，清顺治十二年（1655年）重建，后改为祭神场所。每天的朝祭、夕祭、月祭、报祭、大祭，均在坤宁宫举行。吴振棫《养吉斋从录》载："坤宁宫广九楹，每岁正月、十月祀神于此。赐王公大臣吃肉，至朝祭夕祭，则每日皆然。宫内西大炕供朝祭神位，此炕供夕祭神位。"

堂子是清代专门建立的祭天或出师告祀，祭马神、田苗神的地方。《钦定大清会典事例》载："顺治元年，建堂子于长安左门外，玉河桥东。祭神殿五间，南向；上覆黄琉璃（瓦），前为拜天圆殿，八面棂扉，北向；东南上神殿三间，南向。内垣一重，门三间，西向。门外西南，祭神房三间，北向。门西直北，为街门三，闲以朱栅。外垣一重，……乾隆元年奏准，增设堂子祭神殿。黄纱灯四座，圆殿黄纱灯四座，大门红灯四座，甬道红灯二十八座。"昭梿《啸亭杂录》载："国家起自辽、沈，有设竿（杆）祭天之礼。又总祀社稷诸神祇于静室，名曰：'堂子'……既定鼎中原，建堂子于长安左门外，建祭神殿于正中，即汇祀诸神祇者，南向前为拜天圆殿，殿南正中设大内致祭立杆石座。"吴振棫《养吉斋丛录》也说："顺治元年，建堂子于长安左门外，玉河桥东。元旦必先致祭于此，其祭为国朝循用旧制，历代祀典所无。又康熙年间定，祭堂子，汉官不随往，故汉官无知者。询之满洲官，亦不能言其详，惟会典诸书所载，……祭神殿南向，拜天圆殿北向，上神殿南向。上神殿，即尚锡神亭。"

3. 清代宫廷祭神、祭天时间

清代宫廷萨满祭祀既承袭民间传统，循用旧制，又根据需要对祭祀时间加以相对的固定，一般分常祭、月祭、报祭、大祭几种，还有些祭祀时间不固定，临时变通。

元旦。皇帝亲诣堂子圆殿行拜天礼。皇太极崇德元年（1636年）规定："每年元日，躬率亲王以下、副都统以上暨外藩来朝王等，诣堂子上香，行三跪九拜礼。"之后，顺治、康熙、雍正、乾隆均规定元旦祭天，仪礼更加完备，堂子祀典载入内务府会典。

常祭。指朝祭和夕祭。每天早晚由司祝主持祭祀。地点在坤宁宫。朝祭以寅时，夕祭以申时。

月祭。正月初二，其余各月在初一日。崇德元年规定，亲王以下、贝子以上，每府委官一人，前期斋戒，是日诣堂子供献，皇帝不亲往。月祭翌日，即每月初二日于坤宁宫举行祭天礼。

报祭。每岁春秋二季立杆大祭前二日，于坤宁宫举行。

大祭。又称立杆大祭。时间在每年季春、季秋月朔日，或二、四、八、十月朔日，或上旬诹吉，在堂子祭天神。

四月八日，又称浴佛日，奉神于堂子，大内及各旗佐领、军民人等，不祈祷、不祭神、禁屠宰、不理刑名。

此外，春夏秋冬四季举行献神祭，春秋二季举行马神祭，共祭两天，正日为御马祭，次日为御马场牧群繁息祭。祈福祭祭佛立佛多，鄂漠锡玛玛，时间在朝夕，与朝祭、夕祭同。皇帝亲征或派大将出征，告祭堂子，时间并不固定。

4. 清代宫廷祭祀中的神职人员

清代宫廷祭祀主要由司祝萨满担任，而且主要用女萨满，保留了满族古老的习俗。据《满洲祭神祭天典礼·汇记满洲祭祀故事》载，满洲各姓祭神，或用女萨满，也有用男萨满的。自大内以下，闲散宗室觉罗，以至伊尔根觉罗、锡林觉罗姓之满族人，俱用女萨满主持祭祀。清初，内廷主位及王等福晋，皆有为萨满者。今大内祭祀，仍选择觉罗大臣官员之命妇为萨满，以承祭祀。至于居住在宫内的皇子居住在紫禁城里的皇子，或已分府之皇子，也都要选择女萨满主持祭祀。其中，宫内皇子在坤宁宫祭神，用觉罗萨满。紫禁城皇子，则于上三旗包衣、佐领管领下之觉罗或异姓大臣官员、闲散满族人等妻室内选择萨满，主持祭祀。分府皇子及王公贝勒贝子等，俱于各该属旗包衣、佐领管领下之觉罗或异姓大臣官员、闲散满族人等妻室内选择萨满，主持祭祀。如属下并无能担任萨满的人，也可从管辖内的满族妇女中选择。自公侯伯大臣官员以下，以至闲散满洲用女萨满祭祀者，俱从本族内选择。如实在不能选出，也可不用萨满，只仿照萨满祭神之例，由本家家长叩头以祭。

清代对家神殿员役也有一定规定，所有这些员役，都是萨满的助手。顺治元年（1644年）规定，坤宁宫家神殿设司俎官五人，司俎执事十八人，宰牲十人，掌籍三人，服役二十人，赞祀女官长（萨满）二人，赞祀女官（均于上三旗觉罗命妇内选取）十人，司香妇长六人，司香妇二十四人，掌爨妇长三人，掌爨妇十六人，碓房妇长六人，碓房妇三十一人，首领太监三人，内正八品二人，未八流（今改正八品）一人，太监二十六人。康熙二十年（1681年）规定赞祀女官增加至十二人。另外，堂子员役主要是守护，由礼部选补。从这些员役配备中,可知清代宫廷的祭神、祭天活动,主要由妇女担任,沿袭了女真以来的古俗,女萨满的地位远高于男萨满。

萨满的主要职责是主持祭仪并诵祷神词。萨满神词在祭祀中又是最重要的。乾隆降旨编纂《满洲祭神祭天典礼》的目的也在于保存赞祝之词,怕其失传和淆舛。经过整理、翻译的萨满神词统收入《祝辞篇》保存下来,其中包括:

(1)堂子亭式殿祭祀祝词(正月初一日,每月初三日,大祭、浴佛、为所乘马祭祀时用)。

(2)尚锡神亭管领祝词(每月初一日,大祭、浴佛时用)。

(3)坤宁宫祭祀祝词(常祭、月祭、报祭、大祭、祈福祭、为所乘马祭,为牧群繁息祭用)。其中包括:

  朝祭诵神歌祷词

  朝祭灌酒于猪耳祷词

  朝祭供肉祷词

  夕祭坐于机上诵神歌祈请词

  初次诵神歌祷词

  二次诵神歌祷词

  末次诵神歌祷词

  诵神歌祷祝后跪祝词

  夕祭灌酒于猪耳祷词

  夕祭供肉祝词

  背灯祭初次向神铃诵神歌祈请词

  二次摇神铃诵神歌祭词

  二次向腰铃诵神歌祈请词

  四次摇腰铃诵神歌诗词

(4)月祭及大祭翌日祭天赞词

(5)每岁春夏秋冬献神祝词。其中包括:

  朝祭神前祷词

  夕祭神前祷词

（6）献鲜背灯祭祈祝词

（7）树杨柳枝求福祝词。其中包括：

为婴儿求福祝词

户外对柳枝举扬神箭诵神歌祷词

（8）堂子立杆大祭祷词。其中包括：

堂子飨殿内祝词

堂子亭式殿内祝词

（9）四月初八浴佛祝词。其中包括：

堂子飨殿内祝词

堂子亭式殿内祝词

（10）祭马神室内祭祀祝词

以上萨满神词包括了祝词、赞词、诗词，用于不同的神祇、场合和目的。以往熟练和有经验的萨满都能根据祭神、祭天等的需要，即兴编著诗词和祝赞词，但因原来的萨满神词系口耳相传，难免产生误传和变异，"字音渐消，转异其本"的现象经常发生。甚至连那些所供奉的神祇也只知其音，不知其为何神。

5. 清代宫廷的萨满祭祀典礼

清代宫廷萨满祭祀作为典礼仪式，严格限制在宫廷、堂子和宗室各姓家中，汉族官员和一般百姓并不参加，这种封闭的祭祀仪礼，当然很少为人所知。具体仪礼也只是凭借典籍和宫中行事保存下来。从这些典籍和宫中行事中可知，清代宫廷的萨满祭祀保持了满族民间古俗并与皇权结合起来，变得十分神圣。其中以祭天典礼最为隆重，其次，夕祭、背灯祭、献鲜背灯祭、树柳树枝求福祭、马神祭等，不仅保持萨满祭祀古俗，而且一一程式化，萨满在整个祭祀中的作用显得十分突出，试举几例来说明。

（1）夕祭神仪。清代宫廷的夕祭在坤宁宫进行，祭以申时。所祭神祇全是萨满信仰中的神灵，即满族神。

举行夕祭时预先要将镶片金青缎神幔系于黑漆架上，用黄色皮条，穿大小铃七枚，系于桦木杆梢，悬于架梁之西，恭请穆哩罕神，自西按序安奉架上，画像神安放于神幔正中。设蒙古神座于左，皆于北炕南向，炕上设红漆大低桌二，桌上供香碟五个，醴酒五盏（月祭用醴酒，大祭用清酒，均宫中自酿，常祭与报祭用净水），时果九碟，洒糕十盘，九盘供桌上，一盘供桌下西边。炕沿下供醴酒一樽。

届时进猪（按满族习俗，敬神所用之猪，必须纯黑，无一杂毛）置于常放之处。司香点香，司香妇人将司祝祝祷时所坐黑漆凳置神位前。司祝系闪缎裙束腰铃、执手鼓，先向神位，坐于凳上，击手鼓，诵请神歌祈祷。然后拱立，初次向后，盘旋踌躅步祈祷，复盘踌躅步，前进祈祷；三次祈祷、诵神歌毕，解下腰铃。整个过程由司俎太监二人击鼓、鸣拍板，以和手鼓。然后以酒或净水灌猪耳，省之（避宰割），取血，解牲熟之，司祝献肉，致祝于神，撤香碟内火并灯，掩灶内之火，展背灯青幕，关上门，司祝执神铃，振摇鼓，诵神歌以祷。击鼓、拍板和之，凡四次。然后卷青幕，开门，点灯撤肉，将神像收藏起来。如遇皇帝、皇后亲诣行礼，司祝先跪，并诵祝词。

（2）堂子立杆大祭神仪。堂子立杆大祭是清代宫廷祭天大典，仪礼十分隆重。立杆大祭之松木神杆，要提前一个月派副管领一员，带催领三人、披甲二十人，前往直隶延庆州（今北京延庆区），会同地方官，于洁净之山内，砍取松树一枝，长两丈，围径五寸，树梢留枝叶九节，余俱削去，制为神杆，用黄布包裹，运回堂子，置于近南墙所设红漆木架中间，斜依安置，大祭前一日，立杆于亭式殿中间石上。

然后是堂子飨殿内的布置。要挂神幔，供打糕、搓条饽饽、清酒等。坤宁宫则于大祭前四十日，在宫内西炕神位前置缸一口，以盛清酒。司香等用槐子煎水，染白净高丽布，裁为敬神布条。用黄绿色棉线拧成敬神索绳，以各色绸条夹于其内，又用染色纸接成钱文，司俎妇做搓条饽饽，并将一应供物，按规定摆设好。这些活动，均由司祝萨满参加祝祷。春秋立杆大祭前一两日，先于坤宁宫举行报祭，然后祭神于堂子飨殿。

大祭之日，先在亭式殿祭祀，有两名司祝萨满参加，一在亭式殿，一在飨殿。在飨殿内，司香举授神刀，司祝授受神刀前进，司俎官赞鸣拍板，奏三弦、琵琶，司祝叩头，司俎官唱赞歌"鄂啰啰"（有音无意），侍卫等唱"鄂啰啰"。司祝擎神刀，祷祝三次，诵神歌一次。如是诵歌三次，祷祝九次毕，然后进亭式殿，叩头，诵神歌，祷祝三次，合掌致敬。而亭式殿内之司祝亦跪祝。如遇皇帝亲诣堂子祭天，则按宫廷仪礼，出仪仗，致飨殿和亭式殿拜家。

（3）树柳树枝求福仪礼。求福仪礼可以在朝祭或夕祭时进行，也可单独进行。祭祀前数日，司俎官、司俎、司香等到九家满族中取棉线并䌷片，敬捻绳索两条，夹以小方戒绸各三片，酿礼酒。前一天，司俎官二员带司俎二人，司俎满洲二人，前往瀛合，会同奉辰院官员，监看，欲取高九尺、围径三寸的完整柳枝一株，用黄布包裹，运回坤宁宫，届时安设树柳枝石于坤宁宫户外廊下正中。树柳枝于石，柳枝上悬挂镂钱净纸条一张，三色戒绸三片。

神位的安置和朝祭、夕祭相同，西炕供佛祖、观世音菩萨、关圣帝君，东炕供萨满诸神。悬挂神幔，摆设各类供品，比较有特色的是求福神箭，箭上系练麻和从九家满族中攒取棉线捻就的棉索一条，另一条棉索上系各色绸片，一头系西山墙上，一头穿出户外，系于柳枝上。遇有皇帝、皇后亲诣行礼，入坤宁宫，立于南首，司祝擎神刀，祷祝三次，每次祷祝，太监等歌"鄂啰啰"。祷毕，司祝左手擎神刀，右手持神箭走出户外，对柳枝举扬神箭，以练麻拂拭柳枝，诵神歌。举神箭，将练麻献给皇帝，皇帝三捋而怀之。太监鸣拍板，歌"鄂啰啰"，如此仪式进行三次，同时向皇帝、皇后献棉索。皇帝、皇后叩头，坐于西炕，举酒洒于柳枝，并以桌上所供之糕夹于柳枝所有枝杈，最后享受福胙，礼毕还宫。所余福胙均不令出户，分给司俎及宫中太监等，不可剩余。鱼之鳞骨由司俎官持出，投洁净河内，柳枝上所夹之糕，亦令众人食之，不能剩余。

如上所举夕祭、立杆大祭，树柳树枝求福祭等，是满族萨满祭祀中最有特色和最重要的，基本上保留了满族萨满祭祀的古俗。清代宫廷的萨满祭祀，传统来自民间，后遵照皇帝的谕旨，加以系统整理，将民间松散的祭祀仪式系统化、典礼化，并作为民族祭祀仪式，一直保留到清代末年，历时近300年。研究萨满信仰，不可不注意这一文化现象。傅佳在《记清宫的庆典、祭祀和敬神》一文中讲："我在内宫伴读期间，曾叫太监领我去坤宁宫看了两次跳神。到了坤宁宫，先看到殿外东南角立着一根楠木神杆，上面有一个盌形的东西，内置五谷杂粮，说是专供'神鸟'吃的。在坤宁宫的西暖阁里据说供着萨满神……正殿当中放着两张长桌，上置铜铃铛、琵琶、三弦、大鼓、摇鼓、檀板、神刀、神箭等物。不一会儿，进来两个'萨满太太'（萨满教的巫祝），身穿绣花长袍，头戴钿子，足登绣花厚底鞋，一个弹起三弦，另一个腰间系上成串的铜铃铛，一手拿着摇鼓，另一只手拿着椅板，就跳了起来。她先在中央跳，后又向四方跳，口中不断地用满文喃喃歌唱。太监们告诉我，她唱的无非是向天地神祇和四海神灵求福求禄，驱魔祛病的意思。"又说："我在宫内，每天都会见到有人赶着两口猪进苍震门，据说这是祭萨满神用的。"从这段文字可知，清代宫廷的萨满祭祀一直延续到清末，从未间断。

6. 清代宫廷的萨满禁忌

清代的萨满祭祀不仅仅限于宫廷，按《满洲祭神祭天典礼》的规定，宫内居住的皇子，紫禁城内居住的皇子、王公贝勒贝子等，公侯伯大臣官员及闲散满洲军，除宫内居住皇子奉旨在坤宁宫祭神外，其余都在本家内设祭。麟庆在其所著《鸿雪因缘图记》"五福神祭"中记载了道光十五年（1835年）家中举行萨满祭祀的情况，其仪礼完全按《满洲祭神祭天典礼》的规定进行。

伴随萨满祭祀的还有一系列的禁忌习俗。归纳起来有如下数种：

（1）自大内以下、闲散宗室觉罗以至伊尔根觉罗、锡林觉罗姓之满人祭祀，均用猪。大内每日朝、夕祭各用猪两头。祭天用猪一头。春秋大祭、马神祭用猪一头。求福用鲤鱼两条。小孩出痘疹，避用猪、糕祭天。去祟时用小猪祭天。

（2）凡满族人等，祭祀所用之酒与糕，皆自酿造和制作，并不沽之于市。是以大内特设神厨，制作各种祭品。

（3）凡神位必供于正室。背灯祭祀之肉，例不出门，其朝祭之肉，除皮骨外，一概不准出户。凡食祭肉，虽奴仆经家长使役，也不得一边吃肉一边出门，必下咽方准出祭室。

（4）凡祭祀用猪之满族人家，如遇墓祭、丧祭，皆不用猪，包括皇帝的陵寝祭也如此。

（5）祭神所用之猪，必须纯黑色，不许有杂毛。

（6）凡满族豢养牲畜之家，不许猪进入祭室院内，倘有走入者，必省（避杀字）而祭之。与之相关的语言禁忌如：猪死曰"气息"，背灯祭之猪曰"牺牲"，焚所挂纸线曰"化之烧燎"，猪之头、蹄削去其毛则不曰"刮之"，而曰"燀之"。

（7）已整理好祭品和酿酒的人家，不去丧家。倘遇不得已之事必须往者，必等新更月建后，或更衣沐浴后。过三日后方可入祭室。若本家有丧事，必请出神位，暂时安放于洁净之室。若族中孝服，则在大门外脱去孝服，始可入院内。如无另室之家，则净面洗目，焚草越火而过之始入。

（8）祭祀之室及院内，不许持鞭人进入。祭室内不许哭泣、责处人，不语伤心事，不言忌讳恶语，要择嘉祥吉庆之事言之。

以上忌讳之事，康熙皇帝屡降旨于故老，所谓忌讳之事，训诫严切，成为家训的重要内容。

满族是一个笃信萨满的民族，萨满文化在其政治和社会生活中起了十分重要的作用。当满族以其强大的军事力量入主中原之后，建立了统一王朝，并大量吸收和学习汉族文化。但清代的最高统治者出于政治上的需要并未忘记发迹于白山黑水的历史，更没有忘记曾起过民族凝聚力作用的萨满文化。特别是乾隆一代，将满族的萨满信仰用宫廷典礼的形式固定下来，并作为圣训代代相沿，这在中国历朝历代是绝无仅有的。清代宫廷的萨满祭祀集民间萨满信仰之大成，变为宫廷仪礼，这为我们研究萨满信仰提供了另一领域的信息。从这种意义上讲，清宫萨满祭祀具有独特的文化史价值。

（原载《西北民族研究》1992年第1期；又收入日本《比较民俗研究》，日本筑波大学出版，1992年）

民俗意识的回归
——河北省赵县范庄"龙牌会"仪式考察

民俗学作为一门现代社会科学,它的产生和发展始终离不开现实的生活基础和需要。它要不断从现实的传承中获取资料和汲取营养。中国民俗学在经历了将近30年的沉寂之后,进入20世纪80年代,方取得长足的发展。这绝非偶然。它的发展是和80年代中国政治、思想、经济、文化背景相联系的,是和社会各类民俗事象的恢复、民众民俗意识的回归分不开的。

在过去的非常岁月里,比如"大跃进"、农村"四清"运动、"文化大革命"等,为了配合政治运动的开展,还常常采取"社会动员"的方式,不仅对民俗活动横加干涉,而且给它的传承者加上种种罪名,因此许多民俗活动的传承者被迫害致死,民俗活动被迫停止。民众的民俗意识自然逐渐消歇。20世纪80年代,随着中国改革开放政策的实行和思想上的拨乱反正,以往强加在中国民俗文化身上的种种不实之词被一一推倒,民俗学研究的禁区逐渐被打破,各地、各民族的民俗活动普遍得到恢复,过去学者们所担心的行政部门的不适当的干预逐渐减弱。在这种形势下,民众的民俗意识又一次得到恢复,民俗学也迎来它学术的春天。现在我们无论走到哪里,都可感受到扑面而来的淳朴的民俗气息。民俗意识的回归带来民俗事象的恢复,也使民众的生活充满生机。范庄二月二"龙牌会"民俗活动,就是很好的证明。

一、"二月二"与"龙牌会"

根据中国的岁时习俗，农历"二月二"是一个小节。因其紧随春节和元宵节之后，所以并未引起人们特别的重视。不过以二十四节气而论，"二月二"正值"惊蛰"前后，据《月令七十二候集解》云："《夏小正》曰：正月启蛰，言发蛰也。万物出乎震，震为雷，故曰惊蛰。是蛰虫惊而出走矣。"此时天气转暖，渐有春雷，冬眠的动物出土活动，春耕季节到来。谚曰："过了惊蛰节，春耕不停歇。"中国是传统的农业国家，在科学技术尚缺发达的古代，农民常借助信仰习俗预卜一年的丰歉。于是生发出许多民俗事象来。清代潘荣陛《帝京岁时纪胜》云："二日为龙抬头日。乡民用灰自门外蜿蜒布入宅厨，旋绕水缸，呼为引龙回。都人用黍面、枣糕、麦米等物油煎为食，曰薰虫。"东北、华北、山东、江苏地区农村，流行"撒灰囤儿"（又称画粮食囤子、画褶子）、"喂百虫"等习俗，以祈求粮食丰收。具体做法是，在农家院内，用草灰撒成一个圆圈，代表粮食囤子。在灰圈内放一把五谷杂粮静候日出，表示五谷满仓。有的地区用红纸剪成鸡和猫，用松树明子烟熏后，贴于墙壁之上，意为"鸡吃虫子""猫捉老鼠"，以避虫鼠之害。"喂百虫"又称"斋田头"，是流行于江苏南通一带的"二月二"祭虫习俗。是日，家家把陈年的糯米、玉米、高粱、荞麦、芝麻磨成粉，捣成寿桃、圆团等果子形状，捏成鸡、鸭、狗、牛、羊等动物，蒸熟后插在竹梢上，黄昏时送到田头，或插在自家的祖坟旁边。据说百虫之神吃了斋果，就不再危害庄稼。西北地区是炒大豆、蚕豆、麦子等杂粮，谓之"崩龙眼"，祈求新的一年不要有冰雹灾害。这种习俗在范庄也有流行。不过时间不在"二月二"，而在农历正月二十五。这一天，家家户户将院落打扫干净，用草灰在地上围一圆圈，在圆圈的一方开门，中间放五谷杂粮，插一面小旗，放炮崩仓。烧香敬拜后，用一块砖头将粮食压住，第二天太阳出来之前，将砖头掀开，看什么粮食黏在砖头上，就表示这种粮食要获得丰收。千万不能等太阳出来再掀砖头，那样就叫"捂囤"，粮食会烂在仓里。此外还在厨房的粮食囤上贴"供奉仓官之神位"，平常奉祀。实际上范庄人是将中国另一民间节日"填仓节"和"二月二"活动联系在一起。

"填仓节"又名"填仓日",此俗流行于全国各地。北方地区尤盛。过节时间是正月二十五。清代富察敦崇《燕京岁时记》描写旧北京的习俗:"每至二十五日,粮商米贩,致祭仓神,鞭炮最盛。居民不尽致祭,然必烹制饮食以劳家人,谓之填仓。此日,民间用柴灰撒圆圈于地,内放各种作物种子,用土压住,祈求风调雨顺、五谷满仓。"显然,范庄的"围粮囤"和"填仓节"节俗是一致的。但和别处不同的是,范庄"二月二"的活动别开生面,它将龙牌作为"天地三界十方真宰龙之神位"加以崇拜,将崇龙、敬龙、敬祖融为一体,除祈求风调雨顺、五谷丰登之外,贯穿了一系列的伦理、道德教育内容。其历史之悠久、内容之丰富、仪式之完整、规模之宏大,在中国"二月二"节俗中是绝无仅有的。

范庄镇位于河北省赵县城东滹沱河故道,是一个历史久远的古镇。汉代的敬武县就设在此地。该镇的范庄村处于镇中心,全村共有900多户人家,5000多口人,是个杂姓村落,有武、刘、王、史、罗、李、田、骆、郭、赵、谷、贾、高、徐、张、阎、蔡、鲁等18姓,武姓是大户。据说20世纪50年代以前,范庄有许多庙宇,有玉皇庙3座、真武庙3座、五道庙2座、三官庙1座、老母庙1座、奶奶庙1座,共有11座庙。村中的武姓和王姓还有家庙。现在这些道教的庙和家庙都已荡然无存。全村唯一供奉的是村落共同的祖先龙牌,在每年的"二月二"举行盛大的敬龙和祭先祖仪式。龙牌成了范庄人的崇拜偶像和精神寄托。它不仅在节日里,而且在范庄人的日常生活中,变得须臾不离。这不能不说是一种十分奇特的文化现象。

二、范庄"龙牌会"的由来

范庄"龙牌会"的形成历史究竟有多久,史无记载,完全依据口头传承。甚至连"龙牌会"名称的由来,也产生意见分歧。这是民俗文化中常见的现象。"龙牌会"是范庄人近几年来的规范叫法。原来叫"龙牌大醮",节期供龙牌的地方叫"醮棚"。今天的龙牌会上,有一面大旗上写着"皇天大醮"。据说这里龙牌盛会曾受过皇封,可能是清乾隆十五年(1750年)乾隆皇帝下江南途经赵县柏林寺时封的，故叫作"皇天大醮"。这只是传说而已，无可考稽。另据《赵州志》记载，东汉时期顺帝年间，赵县范庄就有了"醮场"活动。醮，是道教道士设坛祭神的仪式。据范庄龙牌会会头回忆，以往举行"龙牌会"时，必请道士念经。由此可见，范庄龙牌会的最早形式源于道教。至于它的起源，民间另有说法。会头罗振英向我们讲述了《白蛾的传说》。据说每年的十冬腊月，天最冷且刮大风的日子，在范庄和附近的村落，会有一种白蛾飞来，人们如发现这种白蛾，必须虔诚地送到供奉龙牌的会头家中，供奉在龙牌前。这种白蛾被认为是勾龙的化身，是范庄人的共同祖先。范庄设置龙牌举行祭祀活动，正是为了纪念勾龙。这是自古以来，开天辟地留下来的规矩，表示不忘祖宗。提起龙牌的来历，人们都说，相传远古时代，盘古开天辟地，创造人类，形成许多人群部落。部落的头领叫共工氏，带领人们以打猎为生。后来来了一个叫颛顼的人，与共工为争夺地位而打起来，直打得天昏地暗，结果把天打了个大洞，大雨下个不止，地上的万物不能生存，害得女娲氏炼石补天才把天补好。以后共工战败，带领部落向西北方向逃走。到了不周山天柱岭，共工一看前有高山挡路，后有追兵杀来，于是怒触不周山，造成天倾地斜。后来共工的儿子勾龙带领人们到了范庄。范庄紧邻滹沱河古道，风很大，大白天刮风，屋里都要掌灯。勾龙来到这里，只见遍地是洪水，他便留下来，千方百计根治洪水，平整土地，种植谷物。以后颛顼又来到范庄，一定要人们献上勾龙的人头，不然杀光全部落的人，为了拯救部落，勾龙施法，摇身一变，变为白气，白气又变为白蛾飞走。传说二月初二是勾龙的生日，每年腊月飞来白蛾时，人们认为是勾龙在显圣。为了纪念勾龙，范庄便于二月二举行"龙牌会"。我们不敢肯定《白蛾的传说》是否有文人染指，因为讲述者似乎对文献记载中的伏羲、女娲、颛顼、共工、勾龙的史迹十分熟悉，而且范庄人确实将其作为信史来对待。

值得注意的是，范庄人关于白蛾的信仰，可能是最原始的成分，它带有远古动物崇拜的色彩。后来关于勾龙的传说也许是附会之说，但这对范庄人来说已显得无关紧要。重要的是千百年来"龙牌会"仪式就是这样传承的，仪式本身才是探索这一民俗活动的依据。

三、范庄"龙牌会"的仪式和规模

范庄龙牌的供奉分平时供奉和节日供奉两种。全村"龙牌会"的会头共有19位（户），每年轮流当值。1995年龙牌供奉在会头刘瑞科家中。刘瑞科当年47岁，他的妻子高瑞雪48岁，生有2男1女，长子刘建伟27岁，已婚，生1男1女。刘瑞科虽只到中年，但已是三代同堂。我们去访问时，龙牌已经被从他家中请往神棚。正房中只供有一尊观音像。言谈中发现，这家人无论老小，对龙牌都十分虔诚。范庄"龙牌会"的会头是世袭的。我们问刘瑞科的长子刘建伟，他将来是不是愿意继承会头，回答是肯定的。龙牌会的会头均系男性，实际上男人只参加会头会，平时侍候龙牌的是这家的主妇。高瑞雪每天早晨起来，第一件事是清洁神案。吃完早饭后向龙牌烧香，早晚各一次，一年四季龙牌前香烟不断。每月的初一、十五，村民们都要到会头家烧香、许愿、还愿、求平安。在烧香的众多善男信女中，以求保平安者最多，求发财顺利的其次。求子，在妇女中较为盛行。求子者首先向龙牌烧香，然后用一炷粗香挑起一枚制钱（铜钱）往龙牌上贴。如果这枚制钱能贴在龙牌上，表示要生男孩。当愿望得以实现时，必到龙牌前还愿。所还之愿各随心意，许什么愿，还什么愿，并无定规。献给龙牌的供品在仪式做完后由施主带走。每年龙牌的供奉钱，在1万元人民币左右。这一收入用于龙牌供奉和"龙牌会"开支，刘瑞科家分文不取。平时邻村的人有难事时也来求龙牌保佑，遇有大事要请老香头主持。所以供奉龙牌的会头家中，平时是不能离开人的。刘瑞科的妻子高瑞雪一年的时间里都在家里值班，基本不从事农业生产。刘瑞科家除供奉龙牌外，还供奉有多种家神。正屋供奉观音，南墙开一神龛供奉南海菩萨，大门口的神龛供奉路神、土地神，厨房供奉灶神，仓房供奉仓官神。这在范庄是一种普遍现象，家家如此。

下面叙述"龙牌会"的组织和仪式。

会前的准备：

（1）起会。"龙牌会"何时起会，要由会头共同商议。范庄"龙牌会"的会头有19位。他们是刘增献、武华科、王二旦、李同和、王保虎、武珠海、贾臭小、刘庆献、邢法周、王文全、刘瑞科、刘荣祥、罗老亮、谷贵祥、石振珠、武老忍、高三孩、罗振英、邢同斌。每年的正月初六议事。议事会由当家人刘同和（刘46岁，他的职位是终身制）主持，议论过会事务，并成立相应的帮会（筹委会），分工派职，各管一事。帮会（筹委会）下设会长、副会长、文宣、广播、照明、外事、戏班、十好班、外事接待、烟火、库房、后勤、执勤、内务等组织，参与者大都是热心此事的村民，有60多人，分工精细，筹划十分严密。从议事之后的正月初六开始到二月二"龙牌会"会期，筹备工作有近一个月时间。1996年"龙牌会"筹备的主要是龙牌的雕制。原来的龙牌为木制，长二尺许，宽三寸，形同木柱。上书"天地三界十方真宰龙之位"。这一年范庄将龙牌加大，共用松木4立方米，龙牌重约300千克，牌座二层，四周均浮雕龙纹。龙牌高约3米、宽约1.5米，涂金上漆，装饰华美。中间蓝底金字，仍书"天地三界十方真宰龙之位"。

（2）供品。除会务安排外，供奉龙牌的会头家要准备过会时用的供品，主要是香纸和供花。香纸是用金纸和银纸叠成的元宝，还印有大量冥币。供花用白面制成，又叫"彩供"。正月二十八这一天，全村信奉龙牌的妇女都到会头刘瑞科家帮忙炸供花，参加者有10多人。具体做法是：先将面和好，用擀面杖擀成约0.5厘米厚的面张，然后用事先剪好的花样和两头小鹿的花样一起放在面张上，用刻刀刻成面花，放入油锅中炸，将炸出的供花骑在小鹿上，才可以摆得平稳。我们在"龙牌会"的神棚里看到的供在龙牌前和各神像前的供花，大都是这样炸制的。炸供花所需要的原料钱自然从龙牌的供奉钱中支出。

（3）吊棚。龙牌平时供奉在会头家中。二月初一这一天，要将龙牌迎入事先搭好的神棚。神棚搭建在村南的广场上。这里原是范庄的农资交易市场，神棚的规模很大，里外三层，长约30米，宽约20米。

过去，神棚用席子搭制，现在改用帆布。在神棚进口处的正中，设置龙牌和香案，周围挂满了神像，据说有150多位神祇。其中有号称三皇的伏羲、女娲和神农；有道教的老君、西方老祖和圣人；有佛教的佛祖和弥勒。此外还有造字的仓颉，神医孙思邈、华佗、张仲景，八仙、发明家等。总之，凡是历史上对民众有贡献的传说人物或历史人物，都在奉祀之列。神棚的四角还

设有四口水缸,里面装有半缸水。前来敬香的妇女儿童都要用树枝搅缸里的水,边搅边念:

> 搅搅缸,
> 不生疮;
> 搅搅瓮,
> 不生病。

神棚的左边搭一小的神棚,供奉财神;左前方有一神棚,内供奉鬼王、灶神和路神。所有这些准备都要在二月初一之前完成。

"龙牌会"的仪式:

范庄"龙牌会"从二月初一至初六共进行6天,6天的仪式如下:

迎龙牌:二月初一这一天,凌晨4点半,广播通知会头和帮会人员在神棚集合,悬挂神像。所有神像都必须在太阳升起之前挂好,恭请诸神就位后,准备迎接龙牌。

上午8时许,鼓声乍起,鞭炮齐鸣,迎龙仪式开始。一台用花束装饰的黄幔大轿,落在会头刘瑞科家的大门前,龙牌将从这里被迎往神棚。会头家的小院里挤满了善男信女,有的手捧香案,有的挑着花篮,在门前起舞。室内由当家人带领众会头在庄严的龙牌前烧香膜拜,做请龙牌仪式。此时,范庄及附近村落的各档花会(文艺表演队伍)也由会头家顺序排在范庄主要的街道上,鼓声震天,群情昂奋。

大约9时许,巨大的龙牌被从会头家请出,罩入黄幔大轿中,随同的还有一个供奉白蛾的玻璃匣子。白蛾是勾龙的化身,受到善男信女的特殊关照。黄轿前面是十几位包白纱巾的中年妇女,她们手举彩旗,捧着供品,随轿前行;另有七八个妇女,面对黄轿,双手合十,做倒行式,每退十多步,便面向龙牌跪拜一次,显得特别虔诚。由此可见范庄人对龙牌的笃信程度。这天,龙牌前的花会队伍,排在最前边的是赵县龙化村武术战鼓队。之后,依次是解家寨西会、杨户南门同乐会、解家寨乐会、庞古庄战鼓队、大东平同乐鼓会、赵县小东平鼓乐队、常信营后街西会、常信营后街东会、常信营前街碑碌碡会，最后是龙牌压阵。因为引导龙牌的各档花会要进行尽兴的表演，龙牌前的善男信女要在龙牌行进中烧香跪拜、许愿、还愿，所以龙牌在大街上的行进特别缓慢。

上午11时许，龙牌被迎至神棚。此时，棚里棚外被香客和围观的人群挤得水泄不通。会头安放龙牌和白蛾匣子，敬献供品。安放好龙牌后，口诵《请龙经》、阿弥陀佛，烧香膜拜。此时，凡前来参加"龙牌会"的成千上万的信徒，好像得到什么命令似的，齐刷刷跪作一片，情景十分感人。

从二月初一这一天起，范庄人在饮食上开始"戒五荤"，一律吃素食。五荤指哪五荤，说法不一，普遍认为是酒、肉、鱼、葱、蒜等。也有人认为除戒以上五荤外，还要戒妄语，提倡老实诚道、积德行善。在初一到初六"龙牌会"期间，"戒五荤"已成为范庄人的饮食规范，它含有道德规范的意义，任何人不得违犯。素食的花样很多，如油炸火烧、素饺子、黏米煎糕、饺子等。将蔓茎、面条混吃，叫"龙抓球"。"二月二"这一天吃面条时将面条挑起来，就叫"龙抬头"。

龙牌安放在神棚之后，从下午到晚上，香客络绎不绝。村里每家每户都有人到神棚烧香，神棚中终日香烟不断。

"龙牌会"正会。二月初二是范庄"龙牌会"的正会。这一天邻近村落和邻县的花会都前来范庄向龙牌上香。所有到会的花会组织，都由范庄"龙牌会"事先发出邀请。同样别的村落有会，范庄也会受到邀请，并派本村花会参加祝贺。这一天到达范庄的花会组织有数十档，扇鼓、高跷、旱船、跑驴、花扛、碌碡会、芯子、各式秧歌应有尽有。涉及的地区除邻近村庄外，还有从藁城县、宁晋县、高邑县、临城县、赞皇县、元氏县、栾城县、晋州市、辛集等地赶来的花会。每档花会都有鼓队做前引，首先到神棚向龙牌进香、上供，然后到神棚前的广场进行表演。这天前来进香和观看的群众大约有六七万人。范庄对邀请来的客人，包括花会演出人员，都要招待一顿午餐。因此范庄在食品厂的大院内专门设置土灶，临时抽调村民备饭。粉条烩菜、馒头管大家吃饱吃好。据不完全统计，中午在大灶用餐的有4000多人。这种"舍饭"的习俗，流传久远。据说以前由善男信女们做好了饭菜送到龙牌会舍饭，现在由龙牌会自己招待。由此可见范庄"龙牌会"规模之大。

进香。二月初三，龙牌仍供奉在神棚内，供各路香客进香。

送龙牌。二月初四下午举行"送龙牌"仪式。范庄的花会又一次出现在神棚前。龙牌被从神棚中请出，送往原会头刘瑞科家。在那里供奉两天后，二月初六，再送往新当值会头刘增献家。

至此，"龙牌会"仪式全部结束。

四、范庄"龙牌会"的启示

地处华北平原腹地的河北省赵县，是中国古文化的发祥地之一。这里有举世闻名的赵州桥（安济桥）、永通桥、陀罗尼经幢和赵州柏林寺等国家和省级文物保护单位。当人们瞻仰这些历史遗迹时，可曾想到在这一地区流传了几千年的民俗文化，想到它和文物古迹一样，同样具有保护和研究价值。范庄"龙牌会"的形成和发展是民众信仰和智慧的结晶。千百年来，范庄人怎样形成崇龙、敬龙和敬祖的观念？怎样创造和完善了"龙牌会"这种特殊的民俗事象？这种民俗事象又怎样影响了范庄一代又一代人的生活与情操？这的确是值得深思的问题。

（一）信仰的力量是无穷的，信仰可以凝聚人们的精神

信仰习俗是一种精神民俗，信仰的力量是无穷的，信仰可以凝聚人们的精神，多少年来政治家和学者们都想给信仰和迷信一个确切的概念，并以此规范人们的思想和生活，但总是事与愿违，事倍功半。范庄人信仰龙牌，但龙牌是什么？是神，是一种可以寄托精神的偶像。在范庄，龙牌的神格代表全神，而全神又是一个抽象的概念，它往往具体化为一系列的道德规范。这种概念和规范出自两方面的需求：一是农业生产的需求，祈求风调雨顺、五谷丰登；二是出自生存的需求，敬奉祖先、祈求平安和子孙繁衍。在传统的中国社会，这两种需求是根深蒂固的。另外，中国的村落社会向来以农业为本，由于对农业生产的重视，龙牌又常常转化为土地神。范庄的龙牌信仰，包含了多神信仰成分。人们借助这种信仰，在一定程度上规范了村落成员以及各个家庭的行为，且最终将信仰与道德统一起来。范庄的龙牌信仰，历史十分久远，一直延续至今，就是在"文化大革命"那样声势浩大的运动中，也没有停止信仰活动,只不过以隐蔽的形式保存和传承。这说明龙牌信仰深入人心。

(二)范庄"龙牌会"的传承

考察范庄"龙牌会",给我们印象最深的是这一组织传承人(会头)的精神风貌。"龙牌会"就其性质而言,是一种民间的信仰组织。负责奉祀龙牌的19位会头都是普通农民,平时以务农为本,没有任何特权。当他们成为会头时,还要受"会头守则"的种种约束。这些守则规定了会头的权利和义务,他们必须是爱国守法、尊龙敬祖、尊重他人、说话和气、忠诚老实、办事公道、尊老爱幼、积德行善的。一切行为都讲究奉献,不获取个人名分,至于报酬更是分文不取。即便是"龙牌会"期间负责外事接待的会头和帮会人员,在客人用餐时,也要借故回避,不做陪同。他们的这种行为在范庄人中传为美谈。正是这种楷模行为,保证了"龙牌会"组织工作的顺利进行。筹备"龙牌会"所用人力、物力、财力始终坚持"不摊派,不敛钱"原则,一切奉献出于群众自觉自愿。所有为"龙牌会"出力、出钱、出物者,都登记在案,张榜公布。比如,向1996年"龙牌会"献车(包括拖拉机)的就有34户,有的户还献车3辆。这些车在"龙牌会"期间由会务掌握,随叫随到,分文不取。捐钱(香油钱)者,除放入功德箱者外,大会设有专人负责登记,张榜公布捐款者名单,账目完全公开。这是民间庙会的传统做法,但范庄似乎做得特别出色。"龙牌会"期间香客们供奉的香油钱和捐款收入,据说有好几万元。这些钱除用于"龙牌会"各项开支外,所余的钱粮,按照惯例,资助村镇学校。范庄"龙牌会"的传承已经形成一种惯例、一种模式,这种惯例和模式本身就具有一定的号召力,它的作用是不能小视的。

(三)"龙牌会"是道德净化场

前面已经讲到"龙牌会"的主要活动是敬龙、崇龙、祭祖。它的主要功能是通过"龙牌会"活动对村民进行道德规范。"龙牌会"期间,我们发现范庄的大街小巷贴满了各式各样内容的标语,这些标语集中反映了"龙牌会"组织者的起会动机。标语中讲伦理、修身、祈福、禳灾的占绝大多数。如讲伦理的"孝公婆为人世常情""孝敬父母循天理";讲修身的"只行善事,莫问前程""积德行善保平安""作恶天不容""寿德人家春常在"等;讲祈福禳灾的"农果丰收，祝福佛祖光照""三春放彩，五福生根""三阳开泰，人寿年丰"等。相比之下，讲农业的只有几条。这也说明范庄"龙牌会"的组织者在敬龙的旗帜下，更着眼于伦理道德的教育和行为规范。由此可见，今天的"龙牌会"和传统"龙牌会"的"打醮"（请道士念经）有着本质的区别。所以不能用迷信的说法以偏概全。这种道德的规范，我们还可从另一角度得到证明。二月二前来范庄"龙牌会"进香和参观的民众有几万人。"龙牌会"正会当天，神棚前的广场集中有上万人，但秩序井然。没有发现打架斗殴、诈骗行窃现象，也没有发现拥挤伤害事故。在舍饭大灶，我们看到几千人用餐的场面，开饭前灶头带领大家祭灶君，然后开饭。用餐者只凭一张印有"十好斋"的餐券，就可以领到一份午餐。用餐秩序之良好，令观者十分惊讶。这表现出"龙牌会"极好的组织能力和道德号召力。"龙牌会"是一个道德净化场所，凡到这里来的人，都会被信仰的力量所感化，变得虔诚、热情、好客和大方。这种道德意识的回归，似乎不应受到指责。

（四）"龙牌会"仪式的保护

范庄"龙牌会"延续几百上千年且流传至今，说明民俗文化顽强的生命力。这种生命力在于它自身的传承。时代发展到今天，我们所能做的只能是告诉老百姓应该信什么，不应该信什么，但我们最终不能决定他们的信仰行为。正如伟人所讲的，菩萨是老百姓树起来的，还得靠他们自己推倒，这是一个十分浅显的道理，采用行政命令的办法，越俎代庖是不行的。这已为无数的事实所证明。在民众的信仰面前，任何哲人都显得无能为力。范庄"龙牌会"从它形成的时候起，就在随着时代的变化不断修正它的传承内容和形式。我们今天看到的"龙牌会"已和过去有很大的不同。比如原有的道教"打醮"仪式不复存在，龙牌信仰意识在逐渐淡化，文化娱乐活动内容不断充实。特别是在市场经济大潮影响下的今天，书画联谊、农业科技服务和贸易活动被引入"龙牌会"活动之中。也许将来有一天，随着现代化的进展，范庄人会彻底放弃"龙牌会"这一活动。那时又会引起另外一个话题，即"龙牌会"仪式保护问题。民俗文化是一种民众集体创造、集体传承的文化现象，它是一种历史的创造。"龙牌会"实际上在演绎着范庄的历史，如果想让范庄的后代了解他们的前辈是怎样生活和思考的，就必须将"龙牌会"作为一种活着的文化遗产，保持它50年形式和内容不变并认真加以保护。现在看来这似乎是一种超前的设想，但必须这样去认识，这样去施行，以免在传统民俗文化面前留下太多的遗憾。

1996年3月18—21日，我们对范庄"龙牌会"的考察只有短短的4天。时日匆忙，考察工作十分肤浅，这次考察是受到河北省民俗学会秘书长刘其印先生的邀请才得以进行的。在范庄的日子里，"龙牌会"会头、筹委会干事和范庄村民给了我们无微不至的关心。是他们不厌其烦地向我们讲述了"龙牌会"的历史和现状，使我们获得了许多有用的知识。当这份考察报告结束时，由衷地向他们表示深深的谢意。

附[①]：

1996年范庄"龙牌会"会头名单

范庄"龙牌会"传承既久和它严密的组织形式很有关系。"龙牌会"组织的核心是会头。会头一般为世袭，也可以从帮会人员中升任。目前范庄"龙牌会"会头有19位，名单如下：

刘增献、武华科、王二旦、李同和、王保虎、武珠海、贾臭小、刘庆献、邢法周、王文全、刘瑞科、刘荣祥、罗老亮、谷贵祥、石振珠、武老忍、高三孩、罗振英、邢同斌。

1996年范庄"龙牌会"筹委会名单

"龙牌会"筹委会是过会期间的临时组织。由每年正月初六的会头议事会产生。筹委会负责"龙牌会"期间的一切事务。分工细密，各尽其责。1996年"龙牌会"筹委会由如下人员组成：

会　　长：武珠海

副 会 长：高三孩、武进友

委　　员：武华科、邢法周、王保虎、刘栓皂、武进员

---

① "附"中的资料由冯敏、钟雅君采集。

分设委员：

外　　事：武文祥、王二旦

文　　宣：王留魁、刘平、罗瑞珠

醮　　棚：刘二件、刘金栓、李恒祥、孙黑旦

群　　艺：刘顺录、王栓牛、武彦芬、刘少军、赵庆水、田春计

戏　　剧：罗振珠、武老胖、李清乱、史英瑞、李国杰

科　　技：武改良、武振奇、米振江

伙　　房：武支彦、王小偏、罗瑞贞、李庆和

保　　卫：武保珠、武军良、罗小三

1996年范庄"龙牌会"神棚所供神祇

范庄人信仰多神，一般家庭供奉全神，即将许多神画在一张神轴上供奉在家里。此外，大部分人家在正房中供奉观音，院子的南墙供奉南海大士，大门处供奉土地神和路神，仓库供奉仓官神，灶房供奉灶神。"龙牌会"期间供奉的神祇，据统计有150多位。这些神祇在"龙牌会"期间供奉在专门搭起的神棚中，神棚分后、中、前三个大的区域，神像画工粗疏。除最高神龙牌和三皇（伏羲、女娲、神农）外，按一定顺序排列：

最高神：龙牌。上书"天地三界十方真宰龙之位"。供奉在神棚正中。

开辟神：又称三皇，即伏羲、女娲、神农。供奉在神棚最后。

后路诸神：天王、山神、地藏王。

后右路诸神：北方老祖，西方老祖，张月鹿吉，异鹏吉，斗木蟹吉，角木蛟吉，房日兔古，室火猪吉，娄金狗吉，昂日鸡吉，启火榆吉，井水轼吉，星日马吉，胃垢雄吉，参水猿吉，过金桥，魏灵渡银桥，索浪桥，望乡台，挂世三天望亲人，殿、二殿、三殿、四殿、五殿、六殿、七殿、八殿、九殿阎君，牛王，南方老祖及门神。

后左路诸神：东方老祖、氐土貉凶、奎木狼凶、心月狐凶、嘴火猴凶、元金龙凶、翼火蛇凶、鬼金羊凶、危月燕凶、柳土獐凶、牛金牛凶、女土蝠凶、虚日鼠凶、扁鹊、张仲景、华佗、成洪、孙思邈、药王、陶弘景、王仲凯、李时珍、王清任、北海龙王、西海龙王、马王、城隍、土地及门神。

中后路诸神：三皇姑、观音菩萨、菩萨、南海大士、匕月观音、天官、药王、五圣母、玉皇、药圣、水官、地官。

中右路诸神：温师、刘师。

中左路诸神：赵师、马师。

中中路诸神：中圣老祖、云霄、关平、关爷、毕霄、周仓、铭霄、斑疹奶奶、送生奶奶、玲珑奶奶。

前中路诸神：佛祖、圣人、老君、西方老祖、弥勒。

前中右路诸神：孙膑、二郎、六白香神、蓝采和、张果老、曹国舅、汉钟离、苗庆、柳树精、刘海、月值、时值、夜游神。

前中左路诸神：李靖、哪吒、毛遂、王坛、铁拐李、吕洞宾、韩湘子、何仙姑、杜康、成鬼、刘伶、王敦、年值、日值、日游神。

神棚左侧：有一小神棚，供奉财神。

神棚左前方：有一小神棚，供奉鬼王、灶神、路神。

1996年范庄"龙牌会"标语辑录

范庄在"龙牌会"举办之前，一般都要在村中大街小巷张贴标语。标语用红绿纸书写，实际上是在做着一种舆论准备。因为所贴标语内容广泛，起到了很好的思想动员作用。1996年出现在范庄街头的标语大致分以下数类，从中可以看出"龙牌会"的功利目的：

人伦类：孝公婆为人世常情；孝敬父母循天理。

修身类：积德行善保平安；德善奉行，错恶莫做；闲谈莫论他人非；作恶天不容；善德人家春常在；只行善事，莫问前程；善与人交久而敬之；与人方便，自己方便；知足者常乐；积善之家春满院；是非只因多开口；得道多助，失道寡助；道非道，非常道，道不道之道；书到用时方恨少；人的修炼要万念放下，自由自在地放下。

祈福类：春光普照，福气临门；花开富贵，竹报平安；三春放彩，五福生根；三阳开泰，人寿年丰；大步流星奔小康；家富小儿娇；吉庆有余岁岁平安；春和景丽，物阜人丰；农果丰收，祝福佛祖光照；十分春气，万里鹏程。逢凶化吉，遇难成祥。

农耕类：春勤铺平秋收路；一年之计在于春；人勤春早肥足粮丰。

庙会类：龙牌盛会开，万民齐欢腾；龙牌盛会，鼓舞人心；锣鼓喧天迎盛会；十好玩艺到庙会增彩；欢迎玩艺班到庙会助兴；龙的传人祭龙神；洋为中用，古为今用，发扬天龙文化。

景色类：风清云静，日暖花开；九州永泰，四季长春；新年朝气，古国雄风；春户大地艳阳天；江山如画，大地皆春；天增岁月春满域；九州歌舞，四方升平。

（原载《民俗研究》1996 年第 4 期）

纳西族东巴信仰与风水
——汉族与周边民族风水观的比较

一、课题的选择

风水学在中国的产生和发展，源远流长，如果从它的萌芽状态（占卜巫术）算起，流传至今，大约经历了4000多年的时光。在漫长的中国古代社会里，上至宫廷，下至庶民，无不对风水之事投入极大的兴趣和热情。从表面上看，风水涉及的对象主要是住宅的建造和坟墓的修建，实际上它的作用、功能和影响远不止此。大至国家，小至家庭和个人以至日常生活中的言行，无不受到风水观念的支配。从某种意义上讲，中国民间信仰中，风水信仰仅次于佛教、道教等宗教信仰，或者说风水信仰体系中将佛教、道教和儒家伦理融汇其中，从而形成庞大而复杂的知识、信仰和思想体系。

中国的风水信仰是一种十分庞杂的民俗文化体系。它的产生和传承，无疑经历了一个"萌芽—昌盛—衰败"的过程，这是社会文明发展的必然结果。但就这一文化的传承来看，在中国各民族中的表现是有差异的。汉民族由于历代"葬书"的刊行，风水理论发展最为完备。而在中国少数民族中，除游牧民族和信奉伊斯兰教的民族外，其他一些从事农业生产的少数民族，均不同程度地重视住宅建造和坟墓修建中的风水，其中不少是受汉族风水理论的影响。但笔者所感兴趣的问题不在汉民族的风水发展史，也不在汉民族的风水理论与实践，笔者想通过汉民族与周边民族风水文化的比较，探讨风水的起源问题。中国有句古语，叫作"礼失而求诸野"。从风水发展史的角度讲，汉族风水的萌芽很早，但由于文明的发展，风水初始阶段的情景大都已经消失了；而在社会发展比较缓慢、交通比较闭塞的少数民族地区，也许能找到风水发展的源头。所以很久以来，笔者就想通过对汉族与周边少数民族地区的民俗学田野考察来探讨这一问题，但始终不得机会。

1994年夏，日本筑波大学的佐野贤治先生经过不懈的努力，申请到日本文部省科学研究协助费，赞助执行国际学术研究计划：关于汉族和周边民族的民俗宗教的比较研究——纳西族、彝族与日本民俗宗教的比较民俗学的考察。很荣幸，笔者被邀请参加这一考察。在选择考察课题时，笔者毫不犹豫地选择了对纳西族风水的考察。当时笔者迫切想知道纳西族的风水信仰习俗，因此在制定考察提纲时，设计了如下一些考察项目：

（1）纳西族有没有风水信仰？有没有风水先生？

（2）如果纳西族有风水先生（阴阳先生、地理先生等）的话，纳西语是怎样称呼的？

（3）纳西族民间在什么时候、什么场合下看风水？

（4）纳西族风水先生是否使用罗盘？

（5）纳西族在盖房和选择墓地时，怎样使用罗盘？

（6）用罗盘判定方位时，是否使用天干地支、八卦、九星、二十四节气、二十八宿或别的方法？

（7）纳西族在人死后采用哪种葬法？死人的八字与选择墓向有没有关系？

（8）纳西族有没有公共墓地？墓地的方位是如何测定的？

（9）纳西族风水观念是否受汉族风水的影响？

（10）纳西族如何选择房基地？在住宅建造中有没有风水观念？

（11）住宅建造中是否使用照壁和其他辟邪物？它与风水有什么关系？

（12）依山靠水的地形与坐北朝南的方向（或坐西朝东），哪一个风水好？

（13）房屋建造中有哪些禁忌？比如本家房屋建造的高低有什么讲究？与邻居房屋建造的高低有什么讲究？

（14）住宅大门的位置与朝向和风水有什么关系？

（15）住宅门的大小与风水有什么关系？大门、后门、屋门在风水上有没有特别的讲究？

（16）河的流向和形状、路的走向和形状与风水是什么关系？

（17）风水对家庭有什么影响？

（18）村落和墓地有没有风水树？风水树种在什么地方？

（19）家庭中住房的分配、起居，来客人时的座位是否讲究风水？

这一考察的设想也许有点庞大，能不能实现笔者的初衷，难以预料。带着这些问题，1994年9月和1995年9月笔者随同"中日联合西南中国考察团"两次深入云南丽江纳西族地区做有关风水的考察，果真获得许多有益的资料。

二、汉族的风水信仰

20世纪80年代以来，随着中国改革开放的不断深入，曾掀起过一个研究中国传统文化的热潮。这一新的时期，作为思想解放的重要标志是，学术界打破了一个又一个研究禁区，"风水学"的复兴便是一个例证。然而，现在的中国，风水虽然不再被视为洪水猛兽，但在一般人的观念中，不仅风水和"迷信"是同一语，而且连研究风水的"风水学"也被视为"迷信"，这不能不说是学术研究中的一种悲哀。特别是在中国市场经济飞速发展的今天，农村兴起建房热，全国正在实行丧葬制度的改革，而政府的行为往往通过新闻媒体表明对风水信仰的蔑视。所以以风水为对象的风水学，仍然面临着许多困惑。风水研究者们多少还是心有余悸。

风水究竟是不是迷信，它的产生和传承有没有科学根据？这是学者们近几年来争论的焦点。一些地理学家和建筑学家也参与这一讨论，但都是从建筑美学的角度发表意见，并未涉及风水的核心——信仰问题。风水作为一种信仰民俗，是民俗学研究中不能回避的问题。就科学研究的方法论而言，风水是不是迷信，这似乎不是民俗学必须回答的问题。民俗学的研究只要说明风水是什么就足够了。如果连风水是什么都不了解，风水的性质也就无从判定。

中国的风水信仰历史悠久，它伴随着民居习俗和丧葬习俗的形成而形成，它的产生可追溯到史前时期。考古发现的中国新石器时代的遗址有7000多处，其分布的中心地带，大都在山西、陕西、河南三省的交界区域。其中代表中国新石器时代的仰韶文化遗址就有 1000 多处。这些遗址大多分布在河流两岸的台地上，许多是在河流的交汇处。因这里土质肥沃，便于渔猎和交通，是理想的生活区域。比如作为仰韶文化代表的西安半坡遗址，位于渭河支流浐河东岸，遗址距现在的河岸只有 800 米。陕西另一处著名的仰韶文化遗址——姜寨遗址，位于骊山脚下，其址背山面水，临河从山中流入渭河，姜寨遗址就分布在临河台地上。如果按照中国后世的风水之说，半坡遗址和姜寨遗址是典型的风水宝地。不过，原始社会人们对村落位置的选择，主要遵从的是自然选择法则。有时也由于信仰意识的驱使，原始人类在建造房屋时，也伴随一定的仪式，如房屋的选址和祭奠仪式等。考古发现仰韶文化时期，有在房基中埋置器物、人畜进行祭奠的习俗。如甘肃东乡族自治县林家仰韶晚期村落遗址中，有一座东西向吕字形半地穴式住宅，在朝东的主室门道南侧，埋有作为祭奠用的大口陶罐；陕西西安半坡遗址中，在一座具有"前堂后室"的大房子房址中，埋着一带盖粗陶罐和人头骨。这所房子的门道向东，东西轴线与东西方向一致，显然使用的是太阳测向方法。正如《庄子集解》外篇《田子方》中所说："日出东方而入于西极……万物莫不比方。"根据太阳的出没确定方向，无疑属于对自然的利用。河南永城王油坊龙山文化遗址中，有一座房址的东西向墙体内埋入儿童尸体 3 具，头朝东与墙体的方向一致；另一座房址门朝南开，房屋东北部的房基下埋有 3 具成年人的骨架，额部全被砍去，头北脚南排列，南墙近西南角还埋有儿童尸体 1 具，头朝东方。考古中类似在建房中用兽类（猪、狗）、蚌壳、幼童或成人奠基的发现，并不少见。这说明原始社会时期，人们在建房过程中，除利用太阳选择方位外，还用牺牲的方法以求住宅平安，以此正其位、奠其居、安其宅。这不能不说是一种古老的风水观念的体现。中国社会自进入夏商时期以后，由于阶级的对立（奴隶主和奴隶、地主和平民）和主权政治的形成，宫室和民宅的建造仪式也发生变化，建筑中用占卜的方式确定方位和奠基。住宅建造中用人畜做牺牲的现象比史前社会有过之而无不及，特别是在王邑、方国邑、诸侯臣属邑的建造中，使用人畜牺牲更加酷烈。常见的牺牲有人（以孩童为多，成人次之）、犬、豕、牛、羊等。《尚书·盘庚》云："盘庚既迁，奠厥攸居，乃正厥位。"

这是说建筑殷都新王邑时，通过祭奠的方式，确定城邑的方位（正位）是至关重要的事。《诗经·鄘风·定之方中》云："定之方中，作于楚宫，揆之以日，作于楚室。"这里所谓的"揆之以日"，是指在地上竖立起一根八尺长的木杆，测定日出、日落的影子，借以确定东西方位；又参照太阳中天时的影子，确定南北方位。除用测量的方法外，还用占卜的方法确定使用牺牲的多少和方位。甲骨文云：

庚戌卜，宁于四方，其五犬。（南明487）
乙亥卜，贞方帝一豕四犬二羊。（《甲》3432）

"宁于四方，其五犬"是说，要使四方平安，奠基时使用五条犬，方位上大约包括了东西南北中五个方位。"方帝"似乎指居室的正位。此时无论居室或住宅的营造，大都通过占卜的方式解决奠基、安门（居室方位）、营造（建筑仪式）的问题。

关于墓地的选择和安葬方式，自古以来随着社会的变化有着许多变化。原始社会的丧葬方式很简单。《易经·系辞下传》说："古之葬者，厚衣之以薪，葬于中野，不封不树，丧期无数。"《吴越春秋》也说："古者，人民朴质，死则裹以白茅，投于中野，孝子不忍见父母为禽兽所食，故作弹以守之。"可见远古时期施行的是野葬，人死后将尸体弃之于野，任野兽分食，根本没有所谓的风水观念。后来随着社会的发展，鬼魂观念产生，人们开始相信，人死后灵魂不灭，这种灵魂在另一个世界里也像活人一样生活着。于是产生了保护尸体，借以讨好和安慰灵魂的做法。比如旧石器晚期的北京山顶洞人，已经有意识地把死者埋入土中。在新石器时代，仰韶文化遗址中发现一些子女随母亲埋葬的现象，那是因为在母系社会里，子女被认为是属于母亲血统的。这说明当时的丧葬习俗与其社会组织、婚姻形态、原始信仰紧密相连，风水观念尚未上升到支配丧葬的地位。社会发展，人们的观念也在发展，对鬼魂的认识逐渐涂上一层神秘的色彩，丧葬也被视为是一种凶礼。《礼记·祭法》云："大凡生于天地之间者，皆曰命。其万物死，皆曰折；人死，曰鬼。"《礼记·郊特牲》云："魂气归于天，形魄归于地。"魂指灵魂，魄指体魄，前者虚幻，后者实在。这就是最早的鬼魂观念。此外，人的死亡有正常和非正常之分，对于那些凶死者，如溺水而死，凶杀以及因暴力而死亡者，不能葬入祖先的墓地。可见鬼魂还有善恶之分。王充《论衡·解除篇》云："昔颛顼氏有子三人，生而皆亡，一居江水为虐鬼，一居若水为魍魉，一居欧隅之间主疫病人。"鬼魅、魍魉正是民间所谓的恶鬼形象。

这里应特别指出的是，作为后世风水理论的各种条件，此时已经基本形成。先天八卦（伏羲八卦）和后天八卦（文王八卦），五行（金、木、水、火、土）观念、天象观念（所谓四灵：苍龙、白虎、朱雀、玄武），天干（甲、乙、丙、丁、戊、己、庚、辛、壬、癸）、地支（子、丑、寅、卯、辰、巳、午、未、申、酉、戌、亥）记时法以及阴阳观念等已形成自己的系统，阴阳、八卦、五行、干支相配的占卜方法已广泛运用于住宅建造、丧葬和日常生活之中。这就为中国风水理论的产生打下了基础。

根据传统的说法，风水学在中国的兴起是秦汉以后。最早为"风水"下定义的是晋代的郭璞，他在《葬书》中说："葬者乘生气也，气乘风则鼓，界水则止。古人聚之使不散，行之使有止，故谓之风水。"《葬书》所讲，主要指阴宅风水。实际上，风水的概念历来都包括相宅和相墓两个方面。执行这些职能的是风水师，早期称之为地师、堪舆、形家、阴阳家、地理、青囊术、青乌术等。谈起中国的风水术，涉及一个十分庞杂的知识和信仰系统。这不是本考察报告所要详细论述的内容。

（一）汉族的风水理论

谈到汉族关于阳宅的风水，不能不涉及阴阳、八卦、五行和干支。

1. 八卦

八卦分为先天八卦和后天八卦。先天八卦传为伏羲氏所作，后天八卦传为周文王所作。八卦是指卦象中的八种符号：乾、坤、离、坎、震、巽、艮、兑。这八种符号代表的意思是：

乾卦代表天。

坤卦代表地。

离卦代表太阳。

坎卦代表月亮。

震卦代表雷，

巽卦代表风。

艮卦代表高山、陆地。

兑卦，代表海洋、河流。

伏羲八卦在唐宋以前不曾使用。宋代以后，在宋版的《易经》中始用伏羲八卦图，伏羲八卦的方位如下表示：

先天八卦方位图

后天八卦即文王八卦，其方位和伏羲八卦不同。先天八卦的方位排列是乾、兑、离、震、巽、坎、艮、坤，而后天八卦的排列是坎、坤、震、巽、乾、兑、艮、离。具体方位如下图：

民俗学篇

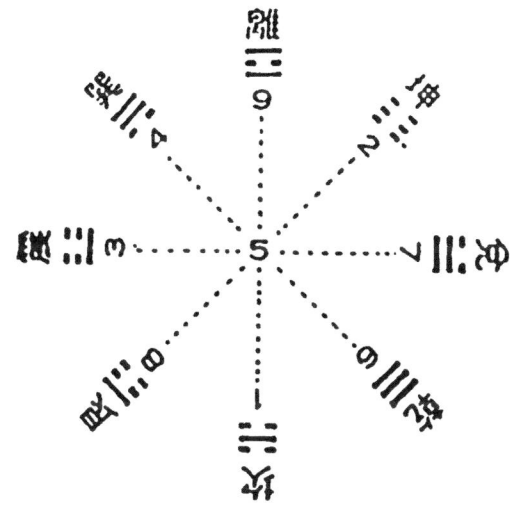

后天八卦方位图

后天八卦的方位和先天八卦不同，坎卦在北方，离卦在南方，震卦在东方，兑卦在西方，东南是巽卦，东北是艮卦，西南是坤卦，西北是乾卦。知道汉族八卦的方位体系，对我们理解后面讲到的纳西族的"巴格图"是很有帮助的。

2. 五行

汉族所谓五行，指金、木、水、火、土。五行中的"行"代表运动的意思。在中国古代的哲学观念中，"行"又表明宇宙间物质运动的相互关系。五行既代表地球外面的五星，又代表五种不同的物质，凡坚固的东西为金，草木等生发生命的东西为木，流动的东西为水，发热的东西为火，地球本身为土。这五种物质既互相支持、影响，又互相变化、制约，常常有相生相克的现象发生。关于五行的生、克，主要表明五种物质的循环，这在纳西族东巴文化中经常遇到。汉族的五行观念如下图：

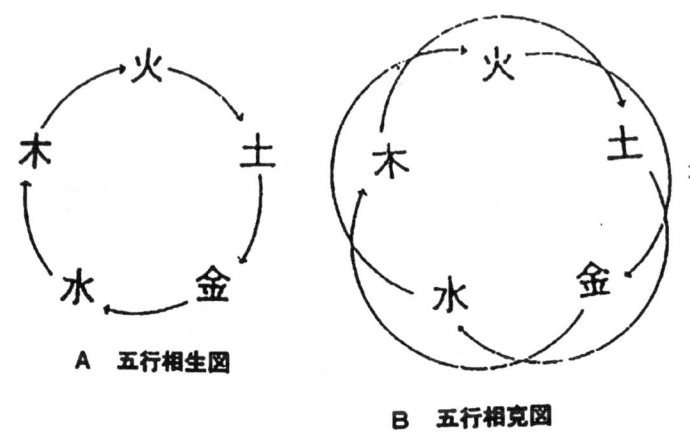

五行相生相克图

从上图可以看出，五行相生如果用循环的方式表示，则按照顺时针方向依次生成，即木生火、火生土、土生金、金生水、水生木。五行相克也是按顺时针方向，只是需要跳一个位置相克，于是生成木克土、土克水、水克火、火克金、金克木。上图旨在说明五行的相生相克关系，并不表明五行的方位。五行的方位，是按照东方木、西方金、南方火、北方水、中央为土安置的。值得注意的是，五行方位图是按照易经的方位排列的，它和我们今天地图的方位正好相反。如下图：

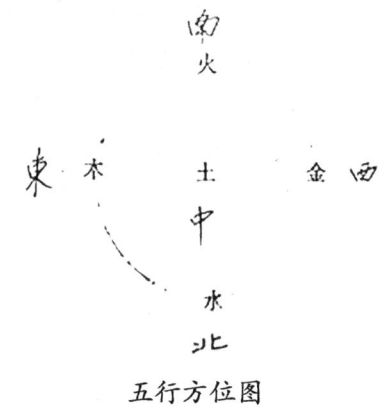

五行方位图

民俗学篇

五行的方位，对我们研究纳西族东巴文化中的风水观念同样十分重要。

3. 干支

干支的产生和运用比阴阳、五行、八卦更早，最初干支是用来纪年、纪月、纪时的，后来和五行观念相配合，用于看相、算命和占卜。上面说到，五行是用来表示世界上五种物质间的相互关系（生、克关系）的，而它实际的变化却是很复杂的，于是单用五行已无法表示这种变化，于是古人又采用十种符号甲、乙、丙、丁、戊、己、庚、辛、壬、癸，并按照五行的方位将其加以排列，如下图：

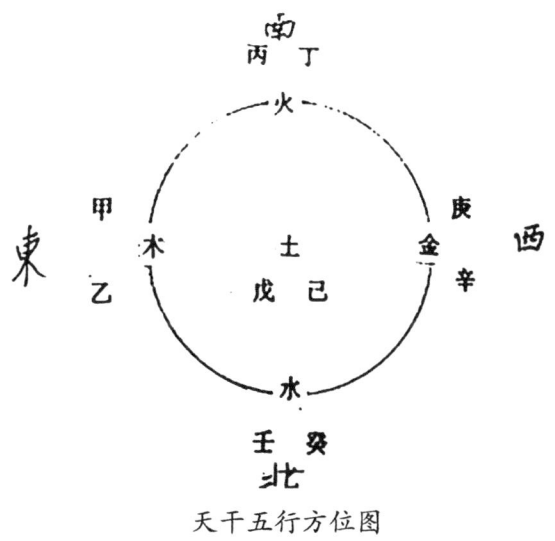

天干五行方位图

从上图可以看出，五行和天干相配，在方位上形成东方甲乙木，南方丙丁火，西方庚辛金，北方壬癸水，中央戊己土。如果再配以阴阳观念，则成为东方甲木为阳，乙木为阴；南方丙火为阳，丁火为阴；西方庚金为阳，辛金为阴；北方壬水为阳，癸水为阴；中央戊土为阳，己土为阴。至于为什么要在各个方位中再配以阴阳，古人认为阳代表物质生长的因素，阴代表已经形成的物质，这就扩大了认识事物的视野。除天干外，还有地支。地支又叫"地枝"，表示是天干的"分支"，既然如此，它与天干的关系应是相当密切的、对应的。天干有十个，从方位上讲它有五行、阴阳变化。地支有十二个，它是代表天文上黄道十二宫的符号。所谓"黄道"是指太阳从东方升起，西方落下所呈现的面，称为"黄道面"，把"黄道面"分为十二个等份，称为"十二宫"，十二宫用十二个符号来代表，便是子、丑、寅、卯、辰、巳、午、未、申、酉、戌、亥。将其与天干相配，如甲子、乙丑、丙寅……正好六十年轮回一次，称为"六十甲子"。在中国民间，还将地支与十二生肖相配，成为子鼠、丑牛、寅虎、卯兔、辰龙、巳蛇、午马、未羊、申猴、酉鸡、戌狗、亥猪。这十二生肖也分阴阳，相生相克，形成一定的命理，经常用在算命、看相和卜卦上。如将地支按方位排列，就会看到凡是相对的生肖都是相克的，如下图：

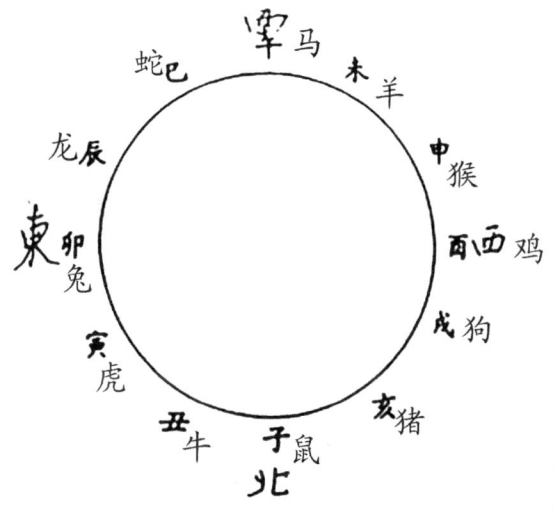

天干十二宫配生肖图

中国民间传承的生肖相克观念认为，地支中有六冲。上图中凡是对面的生肖都是相冲的，如子鼠与午马，丑牛与未羊，寅虎与申猴，卯兔与酉鸡，辰龙与戌狗，巳蛇与亥猪都是相冲犯的，而生肖中处于相等地位的生肖必然相合，如子鼠与丑牛，寅虎与亥猪，卯兔与戌狗，辰龙与酉鸡，巳蛇与申猴，午马与未羊是相合的。纳西族与汉族在干支的使用上有许多相同之处，也讲究生肖的相冲、相克，这在后面的东巴文化中可以看到。

此外，还有二十八宿、四兽、月律、五音等关系。此不赘述。

（二）关于阳宅的风水

1. 方位的选择

汉族阳宅的风水，主要讲住宅的吉凶祸福，这和相墓的情形比较接近。从居住民俗发展史来看，相宅比相墓起源要早，所以相关的风水事象也是相宅在先，相墓在后。《黄帝宅经·序》说："夫宅者，乃是阴阳之枢纽，人伦之轨模，非夫博物明贤而能悟斯道也……凡人所居，无不在宅。虽只大小不等，阴阳有殊，纵然客居一室之中，亦有善恶。大者大说，小者小论，犯者有灾，镇而祸止，犹药病之效也。故宅者人之本，人以宅为家。居吉安即家代昌吉，若不安即门族衰微。坟墓川冈并同兹说。上至军国，次及州都县邑，下之村坊署栅，乃至山居。但人所处，皆其例焉。目见耳闻，古制非一。"《黄帝宅经·序》的作者还认为，"日月乾坤寒暑、雌雄昼夜阴阳"可以包罗万象，运变无穷；可以按照坎、坤、震、巽、乾、兑、艮、离之八卦方位，推算八卦的阴阳和住宅的方位。

八卦的阴阳直接关系到住宅的建造方位，按照卦理，乾、坎、艮、震属于阳位，即从西北乾位到震位为阳明；巽、离、坤、兑属于阴位，即从东南巽位顺时针到兑位为阴明，阳宅不宜修在阴方，要修在阳方，即东方和北方较为适宜。而阴宅最好修在西方和南方。阳宅要阳气抱阴，阴宅要阴气抱阳。

中国汉族在住宅建造中最讲究龙脉，认为阴阳之宅犹如龙，阳宅龙头在亥，尾在巳，阴宅龙头在巳，尾在亥。从东面的辰南之位到西面的戌北之位，画一条线就是阴阳之界。这样西北方向有天门，东南方向有地户，住宅的大门一般设在地户方向。而东北方向是鬼门，西南方向是人门，这一方向是不宜设大门的。如下图：

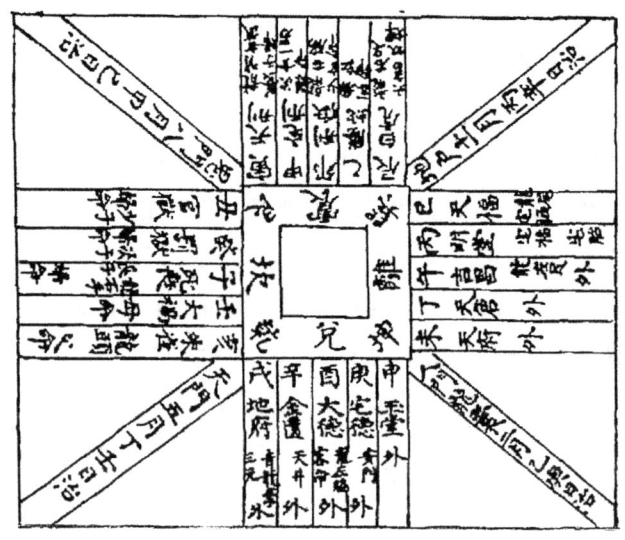

宅经方位表

从上面的《宅经方位表》可以看出，凡从巽向乾，从午向子，从坤向艮，从酉向卯，从戌向辰移均入阳；凡从乾向巽，从子向午，从艮向坤，从卯向酉，从辰向戌移均入阴。《黄帝宅经》对上图的方位做了如下解释："天门阳首，宜平稳实，不宜绝高壮，犯了损家长，大病头项等灾。五月丁壬日修吉，北方不用壬子丁巳日。亥为朱雀、龙头、父命座，犯者害命坐人。三月丁壬日修。壬为大祸，母命，犯之害命坐人，有飞灾口舌。修己亥同。子为死丧，龙右手，长子妇命座，犯之害命坐人、失魂伤目、水灾口舌。修己壬同。癸为罚狱、勾陈，次子妇命座，犯之，害命坐人、口舌斗讼之灾。七月丁壬日修，三月亦通，宫羽姓不宜三月。七月即吉日。丑为官狱，少子妇命座，犯之鬼魅盗贼、火光怪异等灾。修己癸同。鬼门宅壅气缺薄空荒古，犯之偏枯淋肿等灾。八月甲巳日修吉，东方不用甲子己巳日。寅为天刑、龙背、玄武，庶养子妇长女命座，犯之伤胎系狱，被盗亡败等灾。"从如上的解释可以看出，《黄帝宅经》对何月何日修造住宅的吉凶规定很具体，且这种休咎的考寻，历来为风水家所重视。

《黄帝宅经》是比较早期的著述，在选定住宅方位和修造日期上虽有很多讲究和忌讳，但还不是十分严格。自郭璞《葬书》出现后，强调阴宅建造以"聚生气"为主的风水理论。这种理论极大地影响到阳宅的建造，即建造住宅同样要选择形胜之地。而这种形胜之地，可用四个字概括，即龙、穴、砂、水。

2. 龙、穴、砂、水的判断

龙、穴、砂、水是风水选择的四大准则。龙，指阳宅所处的山冈或高地，以秀丽光华，负阴抱阳为上乘；穴，指阳宅所处山冈或高地到达低位处汇聚的凹处，讲究开阔壮美；砂，指阳宅所处主山附近的小山要呈现肥圆方正；水，指阳宅与其附近的江河湖海的位置、形状和流向，讲究弯环屈曲。

龙、穴、砂、水在阳宅和阴宅选址中占有十分重要的地位。在一种壮阔美好的自然环境中建造住宅，当然是十分理想的。中国传统的风水观在龙、穴、砂、水中，似乎更加重视水的作用，有"得水为上"之说。实际的经验告诉我们：水深处民多富饶，水浅处民多贫穷；水聚处民多稠，水散处民多离。这符合人类选择居住环境的规律，并非都是虚妄之谈。风水历来讲究辨龙辨穴，正如唐代的何溥在《灵诚精义·形气章》中所说："龙势必得阴阳雌雄媾会之处而始成胎，认气者所当审也。如山谷之间阴气尝胜，故一卸平洋，脱胎换骨，局面亦且开阳舒畅。此便有结，所谓阴胜逢阳而止是也。大开大结，小开小结，万万不爽。又如平洋之地，阳气尝胜，故忽然起一冈阜、一山脊，谓之吉气所起，乃四面阴砂，未缠未护，便是浅露，亦自成局。故平原之处，只要分局得明，骨脉显示露为证，所谓阳胜逢阴而住也。"由此可见，无论龙穴如何，只要龙势得"阴阳雌雄媾会"方是好风水，这是风水选择的最高境界。它说明山谷虽阴气常胜，但遇山前一片开阔地，便成阴逢阳而止；平原阳气常胜，如遇岗阜和山脊，便成阳逢阴而止。这体现出古代风水理论中阴阳变化、互补的思想。具体到风水中阳宅、阴宅对周围环境的选择，历来讲究"山环水抱"，认为"山环水抱必有气"。山环指三面或四面环山。层层环山虽是最好的地形，甚至可以延及十代子孙，但也要看明堂与周围山势的关系。如《风水十代歌诀》所说："初代明堂在本宫，土角分明出富翁，水秀湾环主贵子，兀伸直出主单丁。二代严关看两边，连口久车土方圆，两边秀气方为贫，无土硬直绝人丁……"从地形的方位上讲，山势方位要与五行、四象（四兽）相配合，构成所谓左青龙（木）、右白虎（金）、前朱雀（火）、后玄武（水）的理想空间。一般来讲坐龙为玄武，山形要高昂而秀丽，青龙、白虎为砂山，要根据风向一高一低，如风从东方来，青龙高于白虎；如风从西方来，则白虎高于青龙。南方的案山和朝山，也称砂山，是朱雀位置的所在。如下图：

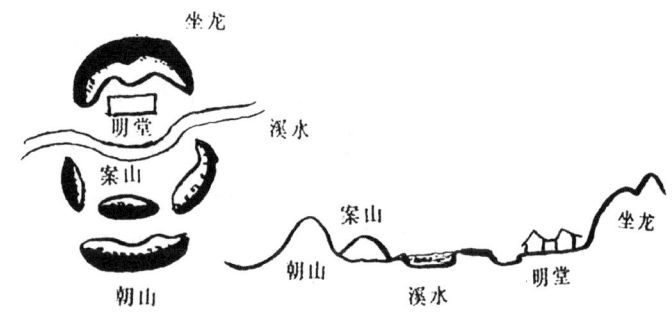

风水环境的理想空间

风水术讲究水随山而行，山界水而止。风水家认为，凡水来处谓之天门，若来不见源流谓之"天门开"；水去处谓之地户，不见水去谓之"地户闭"。水是主财的，门开则财来，户闭则财运不竭。由此生发出中国风水的水口理论。风水关于水的要求以"曲水为上"。尤其是在没有山的平原地区，风水家对水的要求似乎更显重要，这就叫"有山处用山，有水处收水"。在无山的地方，水代表山，也可以成为龙脉。在具体实施中，无论阳宅或阴宅，都希望水的形状弯弯曲曲，不要太平直。大江大河虽有湾抱，但其气浩渺，与阳宅和阴宅均不亲，所以最好是在支流上选址，而且要选在水流回绕之处。《水龙经·论形局》中说："水见三弯，福寿安闲。屈曲来朝，荣华富饶。"许多风水著作中都讲到"曲水有情"，这是因为曲水可以聚气。如下图：

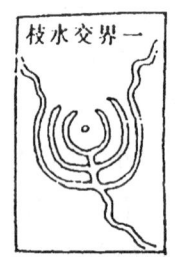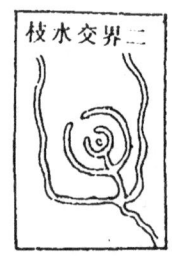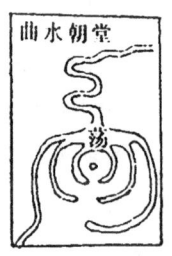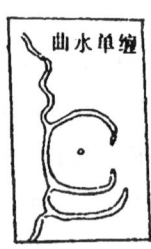

风水中讲究"曲水有情"

3. 关于阳宅的外形

以上所讲，是阳宅大环境的选择。但只有大环境而不注意住宅的外形及布局，同样算不得好风水。按风水家的观念，有些地方如寺庙、祠堂、官衙附近，草木不生之处、军营战地、监狱附近等地，都是不宜建造住宅的。关于住宅内部地势及布局的关系，《古今图书集成·艺术典》675卷载《堪舆部汇考二十五·阳宅十书一》云："凡宅前低后高，世出英豪；前高后低，长幼昏迷。左下右昂，长子荣昌，阳宅则吉，阴宅不强；右下左高，阴宅丰豪，阳宅非吉，主必奔逃。两新夹故，死填不住，两故夹新，光显宗亲，新故俱半，陈粟朽贯。"这里讲到住宅内部地势高低对住宅吉凶的影响。关于阳宅外形的讲究也很多，如住宅门前不许开新塘，只在稍远处可开半月塘；门前忌讳别人家的屋檐像箭一样射来；住宅前挖井，不许正对大门；大门门扇和两畔的墙壁要一般大小；大门的门柱一律落地；门口不能有水坑；大树不能挡门；等等，其中有禁忌成分，也有生活经验总结和美学方面的要求，不可一概斥之为迷信。

4. 住宅内部的风水

根据八卦阴阳之说，风水家们将宅向分为西四宅和东四宅。即乾、兑、艮、坤一组，称作西四宅；离、震、巽、坎一组，称作东四宅。

据八卦阴阳确定西四宅与东四宅后，在布置住宅平面时，要根据住宅的坐向推导它的八卦属性，即属于八卦中的何卦。如坐北朝南的住宅，称为"子山午向"，属坎卦，此宅称为坎宅。因这一方位属于东四宅，故只能住属于东四命的主人。而宅主人的命又可根据八卦和出生八字来推算，最后根据变爻大游年法推算九星方位，确定这一住宅方位的吉或凶。这九星方位的吉凶是：

生气"贪狼"木——上吉

延年"武曲"金——上吉

天乙"巨门"土——中吉

伏位"左辅"木——小吉

绝命"破军"金——大凶

五鬼"廉贞"火——大凶

祸患"禄存"土——次凶

六煞"文曲"水——次凶

右弼——不定

由以上九星流布决定住宅各方位的吉凶，决定住宅的平面布局。应将门、床及高大的住屋安排在吉方，将一些附属建筑如厨房、厕所、仓库等安排在凶方。如以坎宅而论，门应开在东南或南的位置，这和中国的地形、气候特点是相吻合的，既通风又给住宅带来充足的阳光。纵观中国大江南北汉族地区的民宅建筑，大门的方位一般都设在东南方位上。关于门的设置，风水家有许多讲究或忌讳。如北向方位不宜设门；东北方位处于所谓的"鬼门线"上，设门最为不利；东面方位的门是吉相之门；东南方位的门是繁荣吉相之门；南门吉；西南方位之门不宜设；西方的门则吉凶参半；西北方位的门是吉相之门；客厅的门绝不可以设在两鬼门线，即"男鬼门"（东北方位）和女鬼门（西南方位）线上。

中国传统的风水观念中，住宅大门的修造是至关重要的。一般大门不宜修得太高太大，要与主屋的门相称。大门太高太大主多生女；大门和堂屋门不能直接相对，要用照壁遮挡，免得太显露。门楼是住宅的门面，不用门楼则已，既用门楼，则其建造关系全家的命运。所以门楼的修建要四柱落地，共承一栋，这样得财兼得功名；门楼要整齐体面，不能偏移。

风水家认为，灶房的设置要面向中宫，这样可使家和人睦。如果设在午方，主火灾目疾，不吉利。

家用水井方位在寅、东是吉相，在东南与西北方位更是吉相。水井不宜正对大门。

宅内厕所忌在乾、亥、壬、子、癸方位，尤其北方不宜设厕所，厕所的方位一般在西方之庚、申位置上。

住宅内水沟为排水设施，俗称"阴沟"。顾名思义，这种排水设施宜暗藏不宜显露。水沟要修造成屈曲形状，不使院内之水直泻出去，财气不致流散。

风水中有所谓"西益宅"的说法。"西益宅"是指，在已建住宅的西边加盖房屋，被认为是不吉利的。因为西边是太岁所在的方位，西为上。故加盖房屋要避开太岁方位。触犯阳宅时，风水活动中最常用的方法是厌胜和符镇。厌胜一般是画瓦符或诅咒。如家遇出丧时，在门前燃火，祓进家鬼；以五行之物悬金木水火，设祭以除其凶等。当建筑物遇有不利时，也可用种种方法解之。其中"灵石镇宅"是最常见的方式之一。如住宅受到庙宇寺观的冲射，可用大石一块，朱笔书"玉清"二字和寺庙相对，即可避开冲射；住宅如有道路、巷口、桥梁冲犯时，在宅门、巷口、桥梁上立一石人或石片，上书"泰山石敢当"，镇压不祥；凡邻后屋脊冲犯宅之安全者，用大石一块书"乾元"二字镇之等。

以上都是关于阳宅风水的思想和实践要求。这种理论和实践在几千年的历史发展中，一直影响着汉族民居建造和使用，当然其中也不乏风水家的故弄玄虚和附会之词，给风水事象涂上许多神秘色彩。今天当我们接触和研究这一复杂的民俗现象时，应当对它的传播环境和民众的心理、信仰心理做细致的考察和叙述。

（三）关于阴宅的风水

中国风水理论和风水术主要用于阳宅的建造，起源也较早。但自从郭璞的《葬书》出现之后，葬地风水理论发展很快，很风行。关于《葬书》的作者及真伪，历来都有争议。清代《四库全书总目提要》将青乌子的《葬经》推测为伪书。该书提要云："题为青乌先生《葬经》，大金丞相兀钦仄注。考青乌子名见《晋书·郭璞传》，《唐志》有《青乌子》三卷，已不知为真古书否？此本文义浅近，经与注如出一手，殆又后人所依讬矣，郭璞《葬书》引经曰者若干条，皆见于此本。然字句颇有异同，盖作伪者猎取璞书以自证，而又稍易其文，以泯剽袭之迹耳，未可据为符验也。"《葬书》也被认为是伪书。考证某书作者的真伪，是学术研究中经常遇到的事情。但不论《葬经》《葬书》的真伪如何，它们对中国后世风水理论的影响却至为深远。历代的风水家们都将其视为经典，后世风水著作莫不标榜是由《葬书》演绎而来。

由《葬书》发端的中国阴宅风水理论，屡屡提出选择墓地的原则和标准：

1. 关于"生气"的论述

《葬经》的作者青乌先生（又作青鸟先生），据说是汉代人，精通地理阴阳之术。郭璞在《葬书》中许多时候引述《葬经》的观点。中国阴宅风水中，最讲究"气"的作用，我们今天还用"生气勃勃"来形容自然和人的活力。因为葬事是关系墓主家族世代兴旺发达、子孙繁衍的大事，所以墓地的选择要"龙势必得阴阳雌雄媾会之处而始成胎"才有生气，才有利于家族的生聚发展。按照《葬书》的说法，所谓生气即指五行之气。气出之于地而分为阴阳（即所谓的阴气和阳气）。这种气"行则万物生发，聚则山川融结"，气行地中，人不可见，因地势而行，又因地势而止。所以说"葬者，乘生气也"，乘生气之止聚处而葬之，才可以达到葬地选择的尽善尽美。中国古代哲学中的"天人合一"思想在这里体现得最为明显。值得注意的是，在风水理论中，除"天、人"观念外，又增加了"地"的因素，认为"生气"（地气）可以感染人，人又可感染天，于是形成"天、地、人"互相感应的精神境界。可见，"生气"是风水家观察、选择山川地形的意象标准。

2. 阴宅的龙、穴、砂、水之说

郭璞《葬书》云："父母骸骨为子孙之本，子孙形体乃父母之枝，一气相荫，由本而达枝也。"本固而枝繁，这正是中国人重视丧葬仪礼之所在。在中国民间信仰中，常将家族子孙的繁衍与墓地的风水联系在一起，认为地美则神灵安、子孙盛。正因如此，选择祖先的墓地，卜其宅兆就显得至关重要。《葬书》又云："父母子孙，本同一气，互相感召，如受鬼福。故天下名墓，在在有之。盖真龙发迹，迢迢百里，或数十里，结为一穴。及至穴前，则峰峦叠拥，众水环绕；叠嶂层层，献奇于后。龙脉抱卫，砂水翕聚。形穴既就，则山川之灵秀，造化之精英，凝结融会于其中矣。苟盗其精英，空窃其灵秀，以父母遗骨藏于融会之地，由是子孙之心寄托于此，因其心之所寄，遂能与之感通，以致福于将来也。"郭璞在这里首先提出墓地风水的龙、砂、穴、水之说，经后世风水家们的尽情发挥，并将其用于阳宅的选址方面，大大地丰富了风水理论。

3. 葬地的风与水

郭璞《葬书》云："风水之法，得水为上，藏风次之。"藏风就是避风。大家知道，三面环山，一面临海，是最好的避风港，这和风势的道理似相通。风水理论中素有"九宫八风"之说。八风报乾宫折风，坎宫大刚风，艮宫凶风，震宫婴儿风，巽宫弱风，离宫大弱风，坤宫谋风，兑宫刚风。所以在墓地的选择上,要西面有山挡住刚风,西北有山挡住折风。北面有山挡住大刚风,东北有山挡住凶风。这是藏风所必需的。《内经》的"九宫八风"如下图:

东南 阴洛宫 立夏 巽 三 弱风 四	上(南)天 大弱风 上天宫 夏至 九	西南 谋 坤 玄委宫 风 立秋 二
仓门 震 三 婴儿风 春分 (东)三	中央 五 招摇宫	刚风 兑 三 仓果宫 秋分 七(西)
凶风 八 艮 三 天留宫 立春 东北	叶蛰宫 一 坎 三 大刚风 冬至 (北)	断洛宫 六 乾 三 折风 立冬 西北

风水中的"九宫八风"图

4. 葬地"四灵"(四兽)的方位

有关葬地的"四灵",是指青龙、白虎、朱雀、玄武。从方位上讲,左青龙(东方)、右白虎(西方)、前朱雀(南方)、后玄武(北方)。这对阴宅和阳宅都是适用的。四灵来自星辰信仰,与二十八宿有密切关系,这里姑且不论。就风水的发展和实践而言,在罗盘用于风水之前,风水家们主要以"四灵"确定方位;在罗盘用于风水之后,"四灵"和罗盘同时用于墓地方位的观测。

总之,中国的风水理论是一个十分庞杂的思想体系,它既有理论上的建树,又有实践中的追求。都城、园林、庙宇、道观、王府、民宅、皇帝陵寝,以及普通坟地的修建,无不渗透着风水信仰和民情。由风水理论指导建造的无数名胜古迹,不仅形成中国文化的泱泱景观,许多还成为建筑文化的瑰宝。风水发展史告诉我们,从青乌先生的《葬经》和郭璞的《葬书》开始,风水理论主要用于阴宅,但很快就发展到阳宅的建造方面。和阳宅风水相比,阴宅居于次要地位。以前人们总认为风水先生主要是看阴宅风水的，实际上这是一种误解。

三、纳西族东巴文化与风水信仰

纳西族风水信仰研究，目前尚属空白。以往学者们的注意力大都集中在纳西族历史、东巴仪式、东巴经文、纳西文（东巴文）的研究上。一些涉及纳西族宇宙观的论文，如李国文先生的《东巴文化中的阴阳观念》《东巴经〈病因卜〉中的历法知识与哲学认识的考察》《纳西族象形文字东巴经中的五行学说》，朱宝田、陈久金先生的《纳西族的二十八宿与占星术》，美国麦克汉先生的《骨与肉：纳西传统建筑空间结构中体现的宇宙观和社会关系》等，均未讲到关于风水的问题。一些关于纳西族民居建筑的论文，也没有涉及风水问题。如果不是有意回避的话，至少说明有关纳西族居住环境和墓葬地选择的问题，尚未引起学者们的注意。这就给笔者所选定的纳西族风水课题的考察带来许多困难。纳西族有没有风水信仰事象？笔者能从东巴（巫师）、风水先生和普通民众那里得到哪些有关风水的知识呢？这是笔者在丽江纳西族地区考察中经常萦绕在脑中的问题。

（一）东巴文化与风水信仰

纳西族的东巴文化以其独特的东巴巫师传承和书写东巴经文的象形文字（亦称"图画文字"）著称于世。但什么是东巴文化，却始终没有确切的定义。目前，许多研究者将纳西族东巴信仰称之为"东巴教"，广义上讲也许如此，但就传承来看，它和严格意义上的宗教是有区别的，充其量不过是一种民俗宗教（信仰）而已。所谓的"东巴文化"，应该理解为纳西族的民俗文化。这种文化渗透到纳西族生产和生活的方方面面。东巴的活动作为一种仪式活动，规范、制约和影响着纳西人的行为方式。比如居住、饮食、服饰、生产、家庭、村落、岁时节日、人生仪礼（包括诞生、成年、婚礼、寿礼、丧葬）、宗教信仰等无不受到东巴信仰的影响，在住宅和墓地的选择上也是如此。

谈到纳西族的风水问题，必然要涉及东巴信仰，涉及东巴文化为风水信仰提供的种种依据。

1. 东巴的阴阳观念

纳西族东巴文化中,在讲到世界以及万物的形成时,都说是由阴阳变化而生成的。纳西族东巴经文在描述世界最初形成时都说,世界原是天地混沌,阴阳不分。东巴经《创世纪》中说,在天地、日月星辰、山谷水渠还未形成的时候,就已有了它们的影子。之后,三生九,九生万物。真和实配合,产生了太阳;假和虚配合,产生了月亮。太阳光变化,产生白气,白气变化,产生了声音,声音变化,产生善神依洛窝格,月亮变化,产生恶神依古丁那。善神安排万物。这里太阳和月亮、真与实、善与恶、白与黑的观念都是由阴阳观念变化而来。据李国文先生考证,在纳西族经文中明确代表阴阳观念的是阳神"东"和阴神"色"。"东"在纳西文中写作⚥,"色"在纳西文中写作✈。"东"表示公、雄、阳等观念,"色"表示母、雌、阴等观念。用东巴文的哲学术语来表达,即是东——男神,属阳;色——女神,属阴。在谈到纳西族阴阳观念的来源时,李国文认为这未必受到汉文化的影响。是否受到汉族阴阳观念的影响,这不是本文所要讨论的问题。因为在巫的世界中,只要有男女、公母(雄雌)、善恶、实虚、生死、神鬼等对立观念存在,本身就说明阴阳观念的存在是久远与合理的。阴阳交会,产生万物。

2. 东巴的五行观念

五行观念在东巴信仰中占有十分重要的地位,它也是纳西族方位观念的基础。在东巴举行"禳栋鬼仪式"时所念的《求取祭扫占卜经》(即《白蝙蝠取经记》)里讲到,人类派白蝙蝠到天神盘孜沙美那里取到了祭祀占卜用的360种经书和卜具,但当白蝙蝠飞到居那若罗神山山顶时,由于它违犯禁忌,打开装经书、卜具的金箱子,结果白风、黑风刮起,经书、卜具散落八方。装经书的金箱子的盖子,被吞进黄色神蛙嘴里。盘孜沙美女神派天神射杀神蛙。神蛙将要断气时,从口里说出五个字:木、火、铁(金)、水、土。"神蛙死的时候,蛙头朝南方,蛙尾朝北方。神蛙死之后,神蛙的气作变化,产生了东方的木巴格;神蛙的血作变化,产生了南方的火巴格;神蛙的骨头作变化,产生了西方的铁巴格;神蛙的胆作变化,产生了北方的水巴格;神蛙的肉作变化,产生了天和地中间的土巴格。"这就是纳西族东巴占卜所用"巴格图"方位的来历。根据《白蝙蝠取经记》记载,经东巴复制的"巴格图"如下:

纳西族东巴经《白蝙蝠取经记》

纳西族巴格图

关于"巴格图"的方位,东巴做了这样的解释:神蛙死时,蛙头朝南,口喷鲜血,故南方相赤属火,纳西语称"依齿蒙"。"依齿"指今昆明,元代曾叫"鸭赤"。东巴经中以水流的方向代南方,白族居住在丽江以南,故又称"来冷补","来"指下方,"冷补"指白族。中箭时蛙尾朝北,尿亦排出,故北方相黑属水。北方,纳西语叫"火古罗",意为水源头,依丽江地形北高南低及无量河流向而定。纳西语又叫北方为"格罗趣","格罗"是上方之意,"趣"指蒙古族,因北方居住蒙古人。箭穿蛙腹,箭头指向西方,故西方相黄属金(铁)。西方,纳西语叫"尼美古",意为日落之方,因丽江之西居住藏族,又称"苏古主","苏"指铁,"古主"是藏族。箭杆自东射入,相青属木。东方,纳西语叫"尼美突",意为日出之方,丽江东面居住汉族,又称"斯阿八","斯"指木,"阿八"指汉族。蛙腹贴地,故中央相褐属土,是纳西人居住之地,表示纳西人居住在天地的中央。我们从中可以窥见巴格图的方位和色彩观念和汉族是一致的。

3. 东巴与十二生肖

在"巴格图"中还标有十二生肖方位。关于十二生肖的来历,在《白蝙蝠取经记》里讲得十分清楚。东巴文化中的十二生肖,至少有三重含义:一表示民用,二表示一年有十二个月,三表示十二个方位。如虎兔住东方,蛇马住南方,鸡猴住西方,猪鼠住北方,狗住西北,龙住东南,牛住东北,羊住西南,各归其位。在东巴的各种占卜中,这十二方位起着关键的作用。

4. 东巴与二十八宿

二十八宿在东巴活动中是用来做星相占卜用的。汉族的二十八宿在天象及方位的观测上分为四组,分别用四象中的东方苍龙、西方白虎、南方朱雀、北方玄武来表示,如下图:

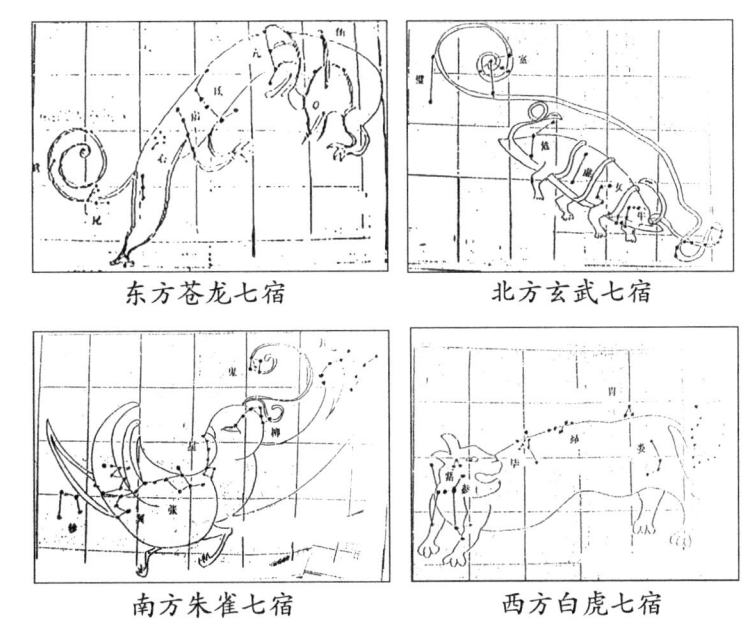

东方苍龙七宿　　北方玄武七宿

南方朱雀七宿　　西方白虎七宿

每一象是由七组星组成的,即:

东方苍龙七宿：角、亢、氐、房、心、尾、箕；
北方玄武七宿：斗、牛、女、虚、危、室、壁；
西方白虎七宿：奎、娄、胃、昴、毕、觜、参；
南方朱雀七宿：井、鬼、柳、星、张、翼、轸。

在东巴经书中有二十八宿的记载。据李霖灿《么些象形文字、标音文字字典》载，纳西族的二十八宿可以给出全部名称，但不能完全与汉族的二十八宿相对应。纳西族二十八宿的功能和应用，大约出自两个目的，一是为了东巴占卜的需要。如朱宝田先生在四川木里藏族自治县纳西族聚居地灶窝村发现的东巴二十八宿经文，如下图：

纳西族东巴文二十八宿经文

图面文字如果翻译出来，意为："一月是猴月，猪星是病星；织女身星不好也不坏，猪嘴星是死星，不好。二月是鸡月，猪油星是好星；蛙嘴星是病星，蛙肚星是死星，不好。"这是占卜的一例。其二，是为了记时的需要。纳西族将一年分为12个月，双月为大，30日，单月为小，29日，全年共354日。闰月设在12月，在记时上有两种方法，一是每日以一定的生肖相配，当单月无

30 日时，那一日的生肖也不能越过。如下图：

单月、双月与十二生肖记日表

日期 月份	1	2	3	4	5	6	7	8	9	10	11	12	13	14	15
单月	猴	鸡	狗	猪	鼠	牛	虎	兔	龙	蛇	马	羊	猴	鸡	狗
	16	17	18	19	20	21	22	23	24	25	26	27	28	29	
	猪	鼠	牛	虎	兔	龙	蛇	马	羊	猴	鸡	狗	猪	鼠	
双月	1	2	3	4	5	6	7	8	9	10	11	12	13	14	15
	虎	兔	龙	蛇	马	羊	猴	鸡	狗	猪	鼠	牛	虎	兔	龙
	16	17	18	19	20	21	22	23	24	25	26	27	28	29	30
	蛇	马	羊	猴	鸡	狗	猪	鼠	牛	虎	兔	龙	蛇	马	羊

另一种方法是用二十八宿来记日，方法与十二生肖配日法相似。

5. 东巴的占星术

东巴的占星术，在东巴巫术中占有十分重要的位置。东巴将二十八宿按其预兆的好坏，分为好星、病星、死星、不好也不坏的星四种。经书中这样记载：

一月：一月是猴月。猪星是病星，织女身星不好也不坏，猪嘴星是死星，不好。

二月：二月是鸡月。猪油星是好星，蛙嘴星是病星，蛙肚星是死星，不好。

三月：三月是狗月。织女耳星好，红眼星不好不坏，蛙肢星是病星。蛙嘴星是死星。

四月：四月是猪月。织女角星好，六星角星是病星，织女肚星是死星。

五月：五月是鼠月。织女救星好，猪腰星不好也不坏，织女脚星是死星。

六月：六月是牛月。织女阴星好，织女脚掌星不好也不坏，马星是病星。

七月：七月是虎月。猪嘴星好，马星是灾星，猪腰星是死星。

八月：八月是兔月。蛙嘴星好，猪油星、蛙肢星是死星。

九月：九月是龙月。尾尖星、时尾星好，豪猪星不好也不坏，蛙肢星是病星，猪嘴星是死星，不好。

十月：十月是蛇月。六星角星好，织女角星不好。

十一月：十一月是马月。三星角星好，织女肚星不好也不坏。

十二月：十二月是羊月。水头星、水尾星好，猪腰星不好也不坏，织女阴星、织女脚掌星是病星。

纳西族东巴在占卜时，经常将"巴格图"所确定的方位与星象所表示的方位结合起来，而且给每个方位以具体的含义。占卜时，先要根据受卜者的年龄推算出在"巴格图"上所处的方位。其方法是男性由南方方位开始顺时针方向数，女性由北方方位开始逆时针方向数，然后根据经书检查所得的吉凶。经书中对各个方位吉凶的规定是：

东方（虎、兔宫）：是凶死鬼开门，要杀羊子送鬼。东方的路是熟路，西方的路不能走。

西方（鸡、猴宫）：锦鸡会飞，鬼也会来偷菩萨，要开门送鬼，把熊、猪往鬼身上丢去，耕地播种都会好。

南方（蛇、马宫）：客人骑马来家里不好，会把鬼带来，家里的人会把病害在肩膀上，要送一下风鬼才行。

北方（猪、鼠宫）：家里老人鬼会来家里找饭吃，鬼碰着人的手人会生病，房柱会断，要把菩萨请到家里来，要把不好的鬼撵出去。

东南方（龙宫）：天上的鬼会来害人，鬼把菩萨偷去了，老人会生病，牲畜会生病，要往北方去请菩萨，要把鬼送到海里去。

西南方（羊宫）：要开天门，送一下喇嘛鬼，家里小孩会生病，盖房子立柱不好，开荒种地不好。

西北方（狗宫）：天门开了，鬼来偷牲畜了，人会被雷打死，要磕头请菩萨，要杀牛送鬼。

东北方（牛宫）：高山上的门开了，鬼来家里了，家里牲畜会生病，赶快把门关起来，杀一只羊送鬼。

占卜在东巴活动中占有十分重要的地位，而"巴格图"正是东巴的占卜图。《白蝙蝠取经记》中讲，纳西族东巴有360种占卜方法，实际上没有那么多，主要有左拉卦、海贝卦、羊髀卦、鸡头卦、石卦、鸡蛋卦、五谷卦、箭卦、香卦、梦卦、星卦、竹片卦、色子卦等。因和纳西族毗邻的民族大都盛行巫术，所以纳西族的占卜方式有许多是向周边民族学来的，或者纳西族东巴的占卜法影响了周边民族。

总之，纳西族东巴的占卜术已形成一套完整的体系。既然如此，纳西族在住宅建造和墓地选择上，一定也在运用占卜方法。从某种意义上讲，这是一种比汉族风水更古老的方法。

（二）纳西族的阳宅风水

许多研究表明，在纳西族文化中，融合了多种文化成分。由于纳西族所处的自然环境和社会环境十分特殊，汉族、藏族、白族、彝族等周边民族的文化，很早就被纳西族吸收和融会。融合后的纳西族文化，以东巴文化的形式表现出来。东巴文化曾有过辉煌时期，但如果和汉族的风水理论和实践相比，纳西族社会尚处于"前风水"信仰阶段，即以巫术占卜做住宅和墓地选址的依据。

纳西族住宅，分传统住宅和现代住宅两种。前者以"木楞房"为代表，后者以"三房一照壁"为代表。这两种房屋的建造在风水信仰观念上是不一样的。

1. "木楞房"的风水

"木楞房"是纳西族的古老居住形式。这种房屋全部由原木榫接而成，不用一砖一石。凡山区的纳西族民居，至今仍保留着这一传统建筑样式。就是一些吸收了白族民居而建的"三房一照壁"院落，母房中也还是套建了木楞房，从而表现出一种独特的山地民族的民居特色。木楞房一般由母房和子房构成。母房坐落在上方。前面已经讲过，纳西族的上方和下方概念，是由水的流向决定的。在山区建房，水源头自然是上方，水尾为下方。如依北山而建的"木楞房"，上方为北；依西山而建的，上方为西；依东山而建的，上方为东；依南山而建的，上方为南。这种方位多少带有点立体的意味。母房的两侧建有两幢子房，子房一般为三间平房。左侧子房为地楼，楼下是牲口圈，楼上为子女住房；右侧的子房作堆放工具用。大门开在左侧子房山墙的右侧，用土墙与地楼山墙相连。地楼的门朝屋外开，门外是一块平场，四周用木栏围住，内设粮食晒架，或围以猪栏、羊栏。这样就构成纳西族典型的木楞房院落，木楞房院落的平面结构，如下图所示：

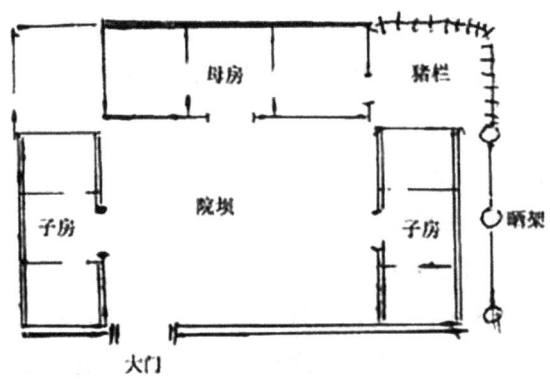

纳西族木楞房平面结构示意图

母房是山区纳西族一家人生活和议事的中心。屋中的设施代表了纳西族的信仰习俗。母房，纳西语称为"吉美"。地中央有两根柱子，纳西语称为"美都"，意为撑天柱或公母柱。其中的一根柱子代表男性，一根柱子代表女性。男柱顶住屋梁，女柱稍短，不顶梁。女柱的柱头上置一标志六畜灵魂的"闹"篓，内放标志六畜的神石、神木。房屋的前檐覆盖9块木板瓦，后檐覆盖7块木板瓦，表示男九女七的俗信数字。公母柱的前面建火塘和床。柱子正面一侧为公床（男床），公床左侧为母床（女床）。公床与母床交接的角落设神柜，神柜上方的墙上设一木架（俗名"猫儿桥"）。木架上供奉象征这个家庭成员集体的灵魂篓"格古鲁"。母房的设施如图所示：

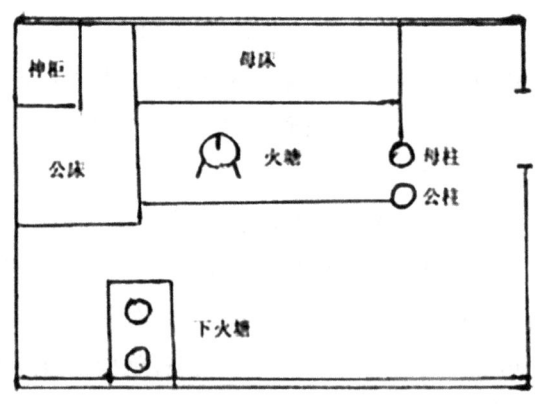

木楞房母房内室平面结构示意图

这里需要特别指出的是，这种木楞房建造的仪式和纳西族古老的风水观念多少有点联系。据丽江鸣音乡鸣音村老东巴和即贵先生讲，他的家乡是山区，距丽江县城74千米，那里的纳西人至今还住在木楞房里。木楞房的朝向一般是坐北朝南或坐西朝东。它的建造有一系列的仪式。

其一，建房之前要看日子，看星宿。用占卜经书看房主人的生肖和选定的建房日子是否相生或相克。如主人属虎，相克的日子是猴日、龙日和狗日，这样的日子不能砍木头和造房。具体做法分以下几点：

对年的选择，用十二生肖。如猪年建房，猪与虎不生不克。如天干在木（东方），可以砍树建房。如果逢土，土克木，则不能砍树造房。

对月的选择。秋季八九月，可以砍树造房。

对日子的选择。要看"土皇"，土皇又叫"土子"。在东巴信仰中，每天有一个土皇值日，东巴经书《土子律》中讲，如逢土皇吃动物或植物的日子，不能砍树造房。"土子"就是土皇，"律"是看的意思，即看卜辞。

其二，对树的选择。盖房首先要选择柱子。纳西族民居，特别是木楞房的建造，柱子很重要，所以选树要选"顶天立地柱"。什么人执行砍树的任务，要看生肖是否相生。如属虎的人家要请属龙、属狗的人帮助砍树。同时要求砍树的人要家庭富裕，子孙兴旺。对所砍树木的要求是，树要直，枝叶伸展茂盛，树头要朝东边倒。因东方属木，斧子代表铁和西方，金克木，所以砍倒的树向东倒是吉利。树砍倒后，向着树尖烧三炷香，奠洒些酒和茶，说些吉利话：

> 山上有山神，
> 愿山神保佑，
> 建房找木料，
> 请你莫发怒；
> 建房要建牢，
> 房中五谷丰收，
> 人丁兴旺，
> 六畜兴旺，
> 主人健康长寿。

要将为建房而选来的顶天立地柱，砍去树梢、树叶，加工成四方形。四方形代表了东西南北方位，符合纳西族的五行观念。汝寒坪村东巴和国良说，砍树时，要进行占卜。第一斧砍下去要看看树皮的颜色，如果树皮呈白色，表示吉利；黑色表示不吉利。在树的两边各砍一刀，一白一黑，代表阴阳，最吉利；全白或全黑，表示不吉利。其他的木料只要适用即可。

其三，看地脉。看地脉有专用的经书，但必须通过占卜来决定。占卜的方法有以下数种：

羊肩胛骨卜。一般要在所建主房的位置上占卜。选羊的肩胛骨，拿一撮火草熏，仔细地观察羊骨的火候变化。然后根据羊骨的裂纹，查看经书，确定吉凶，即确定所选地盘的好坏。这种卜法据说是从四川"牛牛坝"彝族那里学得的。

针卜。在房基地上放 60 张纳西东巴纸牌画，每列 12 张，共放 5 列。纸牌上画天干、地支和不同的动物。东巴念诵经文，房主人在距纸牌 1 米高的地方将一枚针丢下去。针落在什么动物上，查看经书就可以知道吉凶。据东巴经书记载，这种卜法是从印度学来的，学者们称之为"左拉卦法"。

贝壳卜。贝壳卜又叫海贝卦，这是最简单的卜法。纳西族东巴都习惯用这种方法占卜。贝壳分黑白两面，分别代表阴阳，将两枚贝壳同时掷地，掷三次而成一卦。然后对照相关经书判定吉凶。这种卜法据说是从白族那里学来的。

以上三种卜法，只用一种即可。

其四，住宅方位的确定。纳西东巴按照传统的习惯，根据水的流向确定住宅的方位，一般水头是北方，水尾是南方。从金、木、水、火、土五方来看，东巴认为五方都有东巴，五方都有鬼。确定方位首先是确定东西方位，太阳东升西落，由此确定坐北朝南或坐西朝东。坐北朝南，表示北方是神地，因为纳西族是从北方迁徙而来。坐西朝东表示同样的意思。在环境选择上，有大路、河流从门前经过比较好。纳西族世世代代生活在山区，他们很注重住宅周围的名山，认为靠山要靠名山，玉龙山、狮子山、象山、大鹏山都是名山，山上森林茂盛，水源丰富是最好的，靠山要近一点。门前的向山也很重要，但要远一点。向山有丫口不吉，有大沟的地方不吉，一般选择盆地为好。

纳西族在建造木楞房时，不用罗盘，也没有左青龙、右白虎等说法。

2. "三房一照壁"住宅的风水

"三房一照壁"住宅是纳西族吸收汉族和白族住宅样式建造的。这种住宅位于一个山坡上，远山是玉龙山，前边要有净水湾，有水环绕更好。

阳宅的选址和定向，不能风水师（纳西语称"阴阳官"）自己说了算，要听取房主人的意见。不理想时可在方向上做些调整。但盖学校、寺院完全听取风水师的意见。

阳宅的风水对家庭有什么影响？木灿文（风水师）认为没有什么影响。而看房《阳宅三要》与风水有关。三要指正房一要、门二要、厨房三要。正房坎宅最好，坐北朝南。但丽江拉市乡满祥村的民居大都坐西朝东。坐北朝南的房子，大门开在东南方，即巽方，艮方是厨房；坐西朝东的房子属兑宅，大门开在艮方，乾位是厨房。纳西族没有鬼门线的说法，门楼的建造，尺寸的要求没有讲究，门对家庭的兴旺关系也不显得十分重要。大门涉及家庭的财富，坟墓涉及家庭人丁的兴旺的观念，在纳西人中很淡薄，因为纳西族没有迁坟的习俗。

木灿文是笔者两次考察中访问的唯一的纳西族风水先生。其他村落的纳西人在住宅建造中也很注重风水。综合叙述有如下几点：

（1）房址方位与风水

丽江纳西族的现代民居，很注意住宅周围环境的选择。依山靠水、负阴抱阳，是选择房址的首要条件。在建房时，一般选择坐北朝南或坐西朝东方位。从风水角度讲，住房的方位要避开子午线，特别是大门不能开在子午线上。因子午线被认为是皇家和寺庙建筑所专用，平民住宅使用子午线，有想做"山大王"之嫌。纳西族住宅方位的选择，完全取"负阴抱阳""紫气东来"之意。另外，丽江地区西北风比较大，一般认为大门和住房门的开设迎着西北风不好，所以都在东方或东南方向开门。笔者考察过的汝寒坪村，距丽江县城60多千米，是一个海拔3200米的高寒山区村庄。这里没有风水先生，但盖房时仍很讲究风水。建房需请东巴看日子，选择地基。房基要选在靠山、靠水的地方。这个村村南是龙头山、老鹤山，在房屋建造中，方位的选择要避开龙头山,面向老鹤山山尾,北边是玉龙山,被认为是最好的靠山。当然方位的最后确定还要征求主人家的意见。汝寒村大多数人家的正房坐西朝东,也有坐北朝南的,但没有坐东朝西或坐南朝北的住房。

(2)宅院的内部结构

纳西族住宅很注重宅院的内部结构。以典型的"三房一照壁"住宅而言,宅院均由三隔间的二层楼房组成。分正房和厢房,呈环抱式。正房坐西朝东(也有少数坐北朝南),厢房南北对峙,东边为照壁墙。大门建在照壁一侧的东南方向上。厨房设在正房与北厢房相交的角落处,或用正房的一间做厨房。正房与北房楼下正中的一间安六合格子门,门上雕刻各种花草鱼虫和吉祥图案,这里供全家人平时休息和待客之用。正房的楼下住长辈,楼上供奉"祖先牌位""天地君亲师牌位"和"菩萨牌位"。北厢房住晚辈。南边的楼为草料楼,楼下圈养牲畜。纳西族以西方为上方,正为尊,所以在建房时,正房要稍高于厢房。纳西族建房,无论正房还是厢房,楼下都有一个宽敞的外廊,纳西语称为"厦子"。其次是宽大的院坝,院坝靠照壁的一侧立晒架。宅院的外围,有附设的菜园,菜园用水沟围起来,成为一个独立的格局。宅院的平面结构如下图所示:

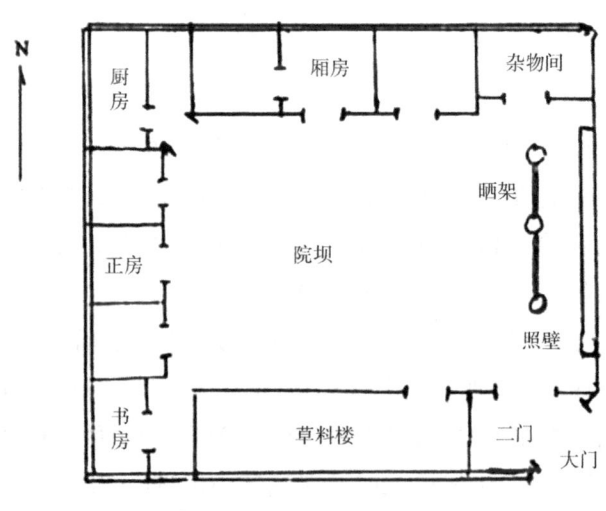

"三房一照壁"宅院结构示意图

（3）与风水有关的事象

用心观察会发现，纳西族住宅大门不仅开在东南方向，而且门楼的建造也很讲究风水。一般是直门，也有的人家将门修成"八字门"。八字门原是有功名的人家才可以修建。因此门形式比较开阔，又有"发"的含义，现在越来越普遍。另外在门的两侧均放置两块石头，代表纳西族崇拜的两种动物——牦牛和白虎，又说它是东神和术神或陆神和色神的标志物。放置的方位是左牦牛，右白虎，主要功用是用以辟邪。关于陆、色二神的来历，东巴经书有记载，民间也有许多传说，被认为是纳西族的第一代祖先神。陆、色二神原是兄妹，洪水泛滥后，他们结为夫妻，繁衍了人类。将神石放置在门边，可以将神的旨意传给人，又将人的意志报告给神。在笔者所调查过的山区和坝区村落中，"三房一照壁"是纳西族的基本建房模式。从外貌上看，这种住宅以二层楼房为主，做庭院式平面组合。楼房以三开间为一单元，称作一"坊"，以院子为中心组成庭院。传统的住宅从平面组合上分"三房一照壁""四合五天井""四合头"及"两拐房"等多种形式。各坊房屋都有宽大的厦子。外廊的面积约占房间面积的五分之二。天井中的院子（院坝）约有100平方米，农家的院子更大，约在150平方米左右。厦子是纳西族农民活动的主要场所。一般的农作物收获、加工都在院坝和厦子中进行。如遇节日、婚丧等仪式，宽敞的院坝和厦子提供了最理想的空间。

关于纳西族建房的风水问题，笔者曾访问过许多村庄和老人，但很少有人说得清楚。听说拉市乡满祥村有一位80多岁的木灿文老人，他曾经看过风水，笔者于是专程去访问。

木灿文先生，纳西族，1909年（宣统元年）生人。从小进私塾，读过《三字经》、四书五经、《孝经》、《幼学琼林》等。钻研过佛经，曾经是一位"吉米"（没出家的佛教徒，相当于汉族的居士）。现在四世同堂，过着幸福的晚年生活。满祥村很讲究风水。这一带盖房时，都要请木先生看风水。木先生家还保存着几部有关风水的著作，如《地理五诀》（赵九峰著，上海锦章图书局出版）、《阳宅三要》（赵九峰著，上海锦章图书局出版）、《入地眼全书》（赵九峰著，上海锦章图书局出版）等。木先生20岁时，跟随一位姓高的师父学风水。25岁时，已能单独给人家看风水。据木先生讲，拉市一带盖房看风水，主要根据风水书《阳宅三要》。看墓地使用《地理五诀》和《入地眼全书》。他还能用罗盘吊方位，并能流利地背出八卦的名称和特点：乾三连、坤六断、震仰盂、艮覆碗、离中虚、坎中满、兑上缺、巽下断。关于罗盘的使用，是将罗盘置于一斗米上，取水平，然后使罗盘的磁针对准子午线进行观测。测量方位时使用八卦、天干、地支、二十四节气、五行、九宫、二十八宿理论。木先生说，纳西族东巴使用"蛤蟆卦"（巴格图），他自己不用。

什么样的地形算是风水宝地？首先用目测，山坡下有坳地的地形最好。所选的地形要像椅子一样。然后看山形，左右要有山，左边青龙山，右边白虎山，靠山可以庇护人类。门边的神石放置是有讲究的，它不是新房盖好后就被置在那里，而要经过一定仪式进行放置。如家中老人死后，只有孝子才可以安放这两块神石。神石呈三角形，安放在大门的左右两侧，一旦安置后就不能再移动。只有每年腊月三十日，用洁净的水将神石洗干净，然后在神石上放一些杜鹃树枝，进行祭奠。

关于住宅大门的修建，汝寒坪村的纳西人认为，住宅左边开门主生女孩；右边开门主生男孩。大门不能与母门（正房的门）相对。门的大小也有俗规，大门要建得大一些，母门要小一些。如今纳西族新建的宅院，都喜欢修建八字门，大概是求发达的意思。过去只有有功名的人家才可修建八字门。住宅门口不能有大路与其垂直。因大门口是送鬼的地方（纳西族送鬼的方位是东南方），是非口舌多，如果有一条大路和河流横向经过，可将是非断开，是比较好的风水。

纳西族建房要举行一定的仪式。在汝寒坪村，村民破土动工修建房屋时，主人事先要在盖房的木料前摆好茶、酒，进行祭奠。木匠师傅从大梁中柱上截取一块木料，供在祖先牌位前，等房子盖好后，将这块木料送出大门。正房屋脊和大门门脊正中用八卦太极图包裹。上挂一个小瓶，瓶中装有从丽江黑龙潭打来的神水，同时放一些五谷、钱和香椿。建房的中梁分两层，上层是松木，代表母亲；下层用香格木。香椿只开花，不结果，代表父亲。上梁仪式由木匠主持。木匠的属相必须与主人的属相相合。上梁前，主人抱一只公鸡，送给木匠师傅，木匠师傅接过公鸡，说一些吉利话，如：

头上戴的牡丹花，
怀里抱的凤凰鸡，
身上穿的五色衣，
脚上穿的麒麟装，
左边是万年柱，
右边是千年柱，
保佑家里万事大吉。

说完彩话，燃放鞭炮。上架的木匠手持五个馒头，从上边丢下来。五个馒头代表东西南北中方位，先向东丢，东方属木。同时丢下的还有糖果和钱。下面围观的群众，拿到者表示吉利。

（三）纳西族的阴宅风水

纳西族历来实行火葬。人死后火化，不留坟地。自清代雍正时期实行"改土归流"政策后，部分地区的纳西族学汉族的土葬形式。在丽江县城附近的纳西族村落，不仅实行土葬，而且很重视墓地的风水。民间常说，每家都有"三园"——家园、田园、坟园，在世靠家园，生活靠田园，死后靠坟园。他们最重视家园和坟园。认为田园可变，家园和坟园不能变。实行土葬的村落，都有家族公共墓地，墓地选择在村落西边的山坡上，其方位和住宅的方位一致，可以"坐北朝南"，也可以"坐西朝东"。墓地的选择很讲究风水。墓地四周的环境除靠山外，对向山的要求是：正前方如有高、中、低三个山头的话，要去高低而就中。纳西人认为，山头代表一种福气，太高了福太大，承受不了；太低了福又太小，不能满足愿望。所以坟墓的向山要取不高不低的山头才好。意思是人的一生中，福不可太大，也不可太小，适中即可。这体现出纳西人随遇而安、安守本分的心理。另外，墓地正前方不能正对深沟，也不能对准水塘，否则被认为不吉利。死者埋葬时也要看方位，一律头朝西埋葬。墓地上死者的坟墓按辈分排列，自上而下，一辈一辈排列有序。不同辈分的死者不能葬在同一条水平线上。每个家族墓地的西边都供有山神，代表山神的是一棵高大的树木或一块巨石。上坟时先敬山神，后敬祖先。

山区的纳西族至今仍以火葬为主。

笔者调查的太安乡天红村是一个山区村落，那里的纳西族至今实行火葬。火葬山是村落共有的，在村子的东北方，距村大约有1千米。山上松林覆盖，山顶有一个400多平方米的平台，树木被砍伐后作为火葬场地。火化死者时按年龄分出不同的区域。笔者看到，该火葬场由北向南排列着4个火化后的灰堆，越往北，死者的年龄越大。最北端有一棵甚大的松树，代表神树，火化后的骨灰堆置在神树底下。

在通往火葬场的小道上，有一棵被砍倒的树在路旁。树的枝叶还呈现着鲜活的绿色，说明这里不久前曾火化过死者。被砍倒的树横在那里，意思是挡住鬼门，希望村里不再有人死去。山脚下另有一个小的灰堆，是刚刚火化过的不满周岁的婴儿。火葬场与村落之间被一个大的山包挡住，这大概就是阴阳之间的交界。

纳西人的丧葬习俗，人死后都要请东巴诵经超度，将死者的灵魂送到祖先所在的地方去。如果是非正常死亡，如殉情而死等，要做祭风仪式进行超度。从纳西族火葬习俗来看，多少还带有古老的游牧民族"重生轻死"的文化特色。关于火葬的仪式，各地处置尸体的方式不一。土葬采取直肢仰卧式，火葬采取侧身式或仰卧式。据老东巴和即贵先生说，在他的家乡鸣音村，当要火化死者时，首先在火葬场的空地上举行祭山神的仪式。如果东巴推算日子不好，不能举行葬礼时，先将死者埋起来。火葬场有空地专供埋尸。一般说来，农历十月、十一月、腊月、正月、二月、三月死去的人，当时即可火化。如果是四月、五月、六月、七月、八月、九月死去的人则要先埋起来，等到十月再火化。这和古代蒙古族的葬俗有点相似。汉族中也有"厝葬"习俗，即将尸体停放待葬或浅埋待葬。火葬时死者的头朝北方。火化尸体的木架搭成木楞房的样子，如果死者是男性，用9庹长的木料；如果死者是女性，用7庹长的木料。"男九女七"是纳西族传统的数字观念，在纳西人的生活中处处可见，这大概和纳西族传承的开辟神话有关，神话中有开天九兄弟、辟地七姊妹的故事。超度火化后，用松树尖代表死者的亡灵，送到固定的岩洞里，表示纳西族的祖先最早住在岩洞里。

四、纳西族与汉族风水比较

对纳西族风水习俗的考察与研究，是一个新的课题。当以汉族风水理论为坐标来看纳西族风水事象时，就会看到，纳西族虽然在使用风水概念，但和汉族风水观念比较起来，存在着许多差异。纳西文化历史悠久而博大，就以风水而言，明显地区别为东巴巫术和汉族风水两大体系。

（一）东巴巫术与占卜

两次丽江考察给笔者的印象是，除丽江坝区之外，在远离丽江的纳西族地区，东巴文化在民众日常生活中还有着重要的影响。就住宅的修建和火葬仪式而言，东巴巫术与占卜仍然起着作用。比如房屋的修建，使用"巴格图"进行占卜，在"巴格图"中，东、西、南、北分别代表木、金、火、水四个方位，东属木，西属金，南属火，北属水，而西北、东南、西南、东北四个方位为土方。占卜时根据男主人的年龄、属相，从南方火的位置开始（如果是女主人，则从北方水的位置开始，逆时针方向旋转），顺时针方向旋转，如果转到土方的位置，不能动土；如果转到木、火、金、水的位置（这被认为是大方位），可以动土。比如修建房屋的男主人今年25岁，从南方火的位置开始，顺时针转起，转三轮（一轮9岁，二轮17岁，三轮25岁），正好转到火的位置，可以动土。但要建房则不可以，因火木相克，等到男主人26岁时，传到西南方土的位置时，可以建房。由此可见，在纳西族东巴那里，动土和建房似乎是两个概念。

至于房基地的选择，如前所述，要看日子、看星宿，用经书看地脉，用"巴格图"进行占卜。

（二）接受汉族的风水体系

丽江坝区的纳西族，受汉族风水观念的影响较深。在阳宅和阴宅的建造中使用风水观念，部分粗通汉族风水理论的"阴阳官"（风水先生）在指导民间建房中起了重要作用。尽管如此，一般人家对风水的选择并不是很严格，只求住宅的坐向、上下方位和周围的大环境。笔者考察过的丽江县城附近的白沙乡龙泉村，这里被认为是丽江人杰地灵之地，整个村落的选址十分讲究风水。村落的方位背山依水，坐西朝东，背靠芝山、聚宝山，面向景红山、狮子山和象山，正北方是玉龙山，西南是文笔峰，正南是文笔海，村中有上龙潭、下九鼎龙潭，村前有青龙河绕村而过，加上横贯南北的大道，形成二龙抱珠之势，正应了风水中的左青龙、右白虎、南朱雀、北玄武之说。村民们讲起村落的风水充满了自豪感。这里历来尊师重教，曾出现过许多杰出人才。另据说喝了龙泉水可以长命百岁，现在村里90多岁的老人有7人，100岁的老人有2人，101岁的老人有1人。这也从一个方面说明龙泉村自然生态环境的选择是十分理想的。

说到纳西族风水观念的运用，不能不提到丽江古城的建设。从历史沿革来看，南宋时期，丽江木氏土司的统治中心在白沙（现在丽江白沙乡）一带。南宋末年移至狮子山麓，开始营造城池。经元、明、清各代，建成以现在大研镇为中心的丽江古城。

古城坐落在玉龙山下海拔2400米的高原台地上，北靠象山，东依狮子山，西邻黄山，南边是开阔的坝区，玉河自北向南环绕古城，城依水存，水随城在。位于古城北边的黑龙潭水，由北向南蜿蜒而下，至双石桥处分为东河、中河、西河三条支流，流向城南，各支流再分为无数条细流，绕户入墙，形成主街傍河、小巷临水的自然景观。从风水学的角度讲，丽江古城山环水抱，背阴抱阳，是绝好的生聚之地。

丽江古城和中国其他地区的城市不同，没有城墙。据说因历代治理丽江的土司是木氏，如果丽江城修城墙，等于"木"被"囗"围住，成为"困"字，不吉利，所以丽江城没有城墙。关于丽江古城的风水，不仅城内有许多文物古迹为证（如水口桥的设置），在民间还流传着许多传说。丽江虽无城墙，但有城门。北门叫拱极门，以示直承北斗之气；南门叫迎恩门，表示朝廷的恩禄经南门入城；东门叫向日门，因东方为木，与木土司的姓相谐，自是吉祥之气。丽江城因有黑龙潭水穿城而过，十分灵秀。但木土司担心龙脉会因此而流失，为留住龙卧，在玉泉（黑龙湾出水口）修堤建桥，称锁翠桥；在城中建七星桥，在城南建锁脉桥。如此还嫌不够，最后在蛇山、龟山交接处修一白塔，叫培风塔，在漾弓江出水口建石塔以镇风水（根据白庚胜先生调查材料）。由此可见，丽江古城的建设使用了汉族的风水之术。丽江古城从南宋末年开始建城,历经元、明、清三代,历时近 700 年,建城的风水思想必然会影响到周边的纳西族村落。

(三)"巴格图"与八卦

"巴格图"是纳西族东巴巫师的主要卜具。其图形为一被箭射伏的青蛙。据东巴经书《白蝙蝠取经记》讲,蛙头朝南,蛙尾朝北,箭头向西,箭尾向东,这是"巴格图"确定东南西北中五行方位的方法。也有的东巴画"巴格图",蛙头朝北,蛙尾朝南。据东巴解释,"巴格图"有"天巴格"和"地巴格"之分,就如同汉族的八卦有"先天八卦"和"后天八卦"之分一样。我们还知道,"巴格图"的方位除五行排列外,还配以十二生肖,如果将蛙头朝上,其方位正好和八卦的方位相符。如下图:

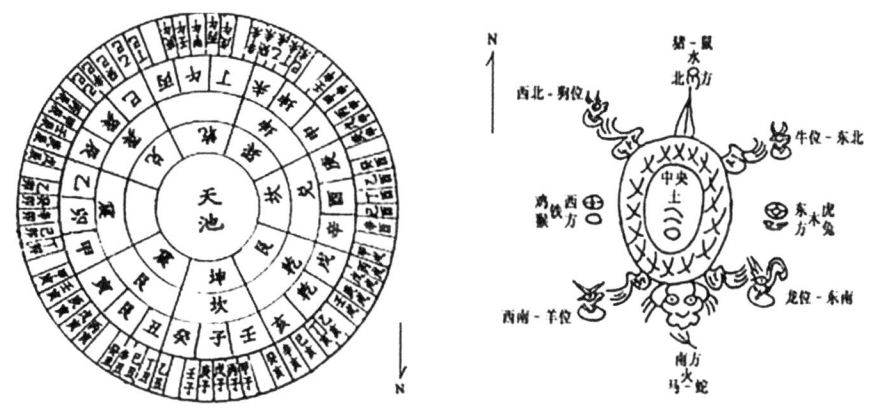

汉族八卦方位图与纳西族巴格图方位图

从上图可以看出,"巴格图"和八卦在表示方位上所用符号是不同的。"巴格图"的十二个方位用东巴象形文字十二生肖表示,八卦的方位用乾、坎、艮、震、巽、离、坤、兑表示。八卦中的十二地支代表黄道十二宫,它的排列从八卦中的坎卦开始,顺时针依次是子(鼠)、丑(牛)、寅(虎)、卯(兔)、辰(龙)、巳(蛇)、午(马)、未(羊)、申(猴)、酉(鸡)、戌(狗)、亥(猪)。东巴在吸收汉族八卦文化的同时,在时间和空间概念上做了许多变异。另外,和汉族的八卦不同,东巴在使用"巴格图"时,都要配以相应的经书。比如,东巴在进行病因占时,根据患者的出生属相,按"巴格图"五行方位,用轮转法确定方位,然后考查经书判断病因。如占卜某人某年的疾病、吉凶,首先根据求卜者的年龄和属相,在"巴格图"上通过轮转确定方位,然后进行推算,有经验的东巴也许不使用经书。八卦是用"变爻"的方式推断吉凶。简单来讲,"巴格图"用于占卜,八卦不用于占卜。

(四)纳西族文化与周边各民族文化的交流

东巴文化是纳西族文化的源头。这一文化在其发展过程中,融合了其他周边民族的文化,这是不言而喻的。从纳西族所处的地理位置来看,东边是汉族,南边是白族,西边是藏族,北边是彝族,这些民族的文化都不同程度地被纳西族吸收、选择和接纳。比如纳西族东巴占卜方法中的左拉卦法、海贝卦法、竹片卦法、羊髀卜法、鸡胫卜法、鸡头卜法、鸡蛋卜法、箭卜法、石卜法、星卜法、梦卜法、色子卜法等,都是从周边民族或境外民族学来的。"东巴"称谓,来自藏族本教的巫师一词,据说是藏族本教的创始人。"巴格图"也出自藏族。藏族五行算法中使用的蛙图和"巴格图"十分相似。如下图:

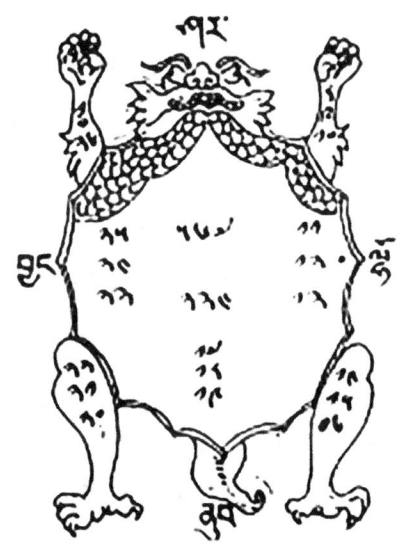

藏族占卜方位图

在纳西族东巴的"巴格图"中,还吸收了汉族和彝族的文化成分,并做了许多补充和发展。比如巫师占卜中关于方位的选定,纳西族和彝族采用的方法如出一辙。如彝族毕摩在做送灵仪式时，对祭日的选择、推算方法和东巴使用"巴格图"的旋转法是一致的。在彝族毕摩的占卜中，同样使用八个方位：东、南、西、北和东北、东南、西南、西北。求卜时，按求卜者出生年所在的方位，男性从南方方位开始，顺时针方向旋转；女性从北方方位开始，逆时针方向旋转，俟确定方位后，再根据《择日经》记载做出判断。

此次中日联合进行的"关于汉族和周边民族的民俗宗教的比较研究——纳西族、彝族与日本民俗宗教的比较民俗学的考察"，给了我们很多启示：在中国这样一个多民族国家里，民俗文化的交流和影响源远流长。每个民族除了它自己的本体文化之外，必然要接受异民族的文化，以促进本民族文化的发展。纳西族可以说是一个典范。尽管东巴文化在纳西族文化飞跃发展的今天渐趋衰落，但有了吸收接纳的进取精神，我们相信纳西族文化的明天将比今天更加美好。

结束本文写作的时候，笔者时时想起在纳西族地区考察的日子，我们得到的不只是纳西族民众的盛情接待，更重要的是从他们悠久的历史文化中，获取了有益的知识和灵感。在此对参与这次考察的纳西族学者和热情帮助过我们的纳西族民众表示由衷的感谢。

[节选自《纳西族东巴文化与风水信仰》，载《中央民族大学学报》（哲学社会科学版）2004年第2期]

年中行事与农耕仪礼的变迁
——中日农耕民俗文化比较

中国和日本农耕民俗文化的互相影响源远流长。考察历史源流的演变，无疑是农耕民俗文化研究的重要方法，而以田野作业为基础的比较民俗学研究，又是探讨两国农耕民俗文化联系与差异的一把钥匙。在对中日南方农耕民俗文化的考察中，笔者有意选择了年中行事与农耕仪礼的课题。这种选择出于两方面的考虑：一方面，笔者认为年中行事与农耕仪礼在农耕民俗文化中占有十分重要的地位，它作为农业社会每个成员的行为规范，几乎是一种"习惯法"，对生产、生活具有约束作用。此外，年中行事，即中国所谓的"岁时节日"，是一种综合性的文化现象，它不仅体现着生产、生活中的多种文化因素，民间的信仰系统也被纳入其中，具有多种文化功能和价值。另一方面，在田野作业的基础上，对调查所得资料进行对比，通过年中行事与农耕仪礼的变迁，追究造成这种差异的种种原因。由于考察时间的仓促和访问对象的局限（如大多数访问对象都是 60 岁以上的老人），与预期的目的也许会有一段差距，这只好等到将来有机会再行补救。

一、年中行事与农耕仪礼

自古以来，以农业为主要生产方式的民族和国家，农耕仪礼在其民俗文化中都占有十分重要的位置。农耕仪礼在农业社会是一种复杂的又是综合性的文化现象，它最初是怎样产生和形成的？其原生形态是怎样的？由于民俗文化的流动和变异，谁也无法考查它。但民俗学的研究，特别是原始民族的耕作仪礼启示我们，使我们了解到农耕仪礼大都起源于原始的农业巫术和祭祀。中国西南地区山地民族的农耕仪礼为此提供了很好的佐证。如在中国云南西双版纳布朗山的布朗族，20世纪50年代初，其社会形态仍处于原始社会末期，土地归氏族公社占有，耕作方式是原始的刀耕火种。每年到了生产季节，由氏族长将土地分给各家各户，砍树烧山，实行耕作。从选地、播种到收获的每一生产环节都要举行相应的祭祀仪式。选地时以打"米卦"的方式进行占卜；砍树烧荒时要向氏族神和村寨之神进行祈祷；在谷子生长期，请佛寺的和尚叫"谷魂"；到了收获季节，先要举行尝新米的仪式，村民们在巫师的率领下，到田间摘回谷穗，舂成新米，做成饭团先敬佛祖、寨神，再敬老人，然后才开镰收割。由此可见，农耕仪礼是伴随农作物的生长期进行的，在农作物生长的不同阶段，通过一种象征性的手法促使作物按人们的意愿茁壮成长，以期获得丰收。同时，每一仪礼都担负着这样的功用，即完成向下一仪礼的过渡。当一个个仪礼举行完毕时，农作物的生长便完成它的周期性循环，紧接着下一循环又将开始。从这种意义上讲，农耕仪礼似乎将农作物的自然生长与人们的信仰心理统一起来，达到物我一体的境界。

农耕仪礼是农业社会在长期的经验积累的过程中所形成的一种"通过仪礼"。而它最终又和社会的另一种"通过仪礼"相联系，这就是年中行事。年中行事是日本民俗学的学术名称，在中国民俗学中称作岁时节日或岁时民俗。一年之中有许多节日，每个节日分布在一年的某一季节和时序上，相当于一项"通过仪礼"，这些"通过仪礼"恰恰包含在年中行事之中，这说明年中行事与农耕仪礼有着密不可分的关系。

年中行事一般是指一年之中，随着季节、时令的变换，在人们生活中所形成的不同的民俗行为和传承。它既是一种极其复杂的社会文化现象，也是社会发展到一定阶段的产物。初民社会不可能产生现代意义上的年中行事及其民俗。在中国，岁时民俗（年中行事）的最初形成和古代科学技术的发展有着极其密切的关系，特别是中国古代天文、历法知识的产生，直接导致了岁时民俗的形成。一年中岁时的划定是在配合农业生产和生活所进行的天象观测的基础上形成的。在此之前，人们根据自然界物候的变化来确定一年中季节的变化。古语中所说"山中无历日,寒暑不知年",正是指这种情况。游牧和狩猎民族与农业民族相比,这种差别十分显著。比如古代的蒙古族对"年"的认识是草青一次为一年。中国东北的鄂伦春族以月圆 12 次为一年,春、夏、秋、冬四季则以物候变化为依据。雪融化的季节叫春天,青草长出来的季节叫夏天,草木干枯的季节叫秋天,落雪的季节叫冬天。以物候变化确定年月,对牧业民族来说是适用的,而对农业民族则显得过于简单粗放。农业生产中作物的栽培有着很强的季节性,耽误农时会影响一年的收成和生计,所以农业生产要求历法的精确,而历法的精确又为农业生产提供了方便,同时也为年中行事规定了日期。

  岁时的划定基础是时序系统。它虽然含有民俗的因素,但人文色彩是很淡的。中国是世界上古老的农业国之一,早在殷商时期就有了历法的萌芽,春秋战国时期,发明了"土圭",并用它测定日影以定冬至、夏至,置闰月以定四时成岁的制度趋于完善,用这种完备的历法指导农业生产,就有了可靠的依据。以天象的变化指导农业生产,是农业社会的一大特点。在中国传统的农业社会里,天文历法知识是十分普及的,有经验的老农,常根据节令安排农事生产,绝无差错。民间流行的农业谚语,用一种简短、凝练的韵语形式,对农业生产的每个环节加以形象的记忆。

  农耕仪礼是围绕农业生产而展开的一系列仪礼。它既是年中行事的一部分,又和年中行事不完全一样。年中行事中的某些活动,是在农耕仪礼的基础上形成的。比如:中国的年节,它的最古老的形式是农业祭祀。"年"字在甲骨文中是一种象形符号,上半部从"禾",下半部从"人",像是人拿着谷穗的样子。"年",在中国古代有多种称谓。"年者,取禾一熟也。"《尔雅·释天》曰:"夏曰岁,商曰祀,周曰年,唐虞曰载。"这就明白地告诉我们,年的本来意义是禾谷一年一熟,实是古代记时的一种方法,犹如游牧民族以草青一次为一年是同样道理。关于农耕仪礼的原始形态,现在也只有在古代文献记载和原始农耕民族(氏族)的仪礼中才可看到。

  农耕仪礼除与年中行事相联系外,许多仪式又大都伴随着农事生产的进程单独进行。这在稻作文化中显得尤为突出。农耕民俗文化的范围是很广的,和农业生产、生活有关的居住、饮食、服饰、家庭、村落、信仰、宗教、节日、作物种植、生产工具、生活用具、民间口承文艺（神话、传说、故事、歌谣、谚语、谜语、音乐、舞蹈、民间美术）、体育竞技（如划龙舟等）等无所不包。农耕仪礼只是农耕民俗文化中的一部分，它包括旱地耕作仪礼和水田（稻作）耕作仪礼两部分。中国是一个古老的农业国家，从某种意义上来讲，旱地与水田的耕作仪礼，统一于节日习俗，即年中行事之中，春节是最具有代表性的。但是它们之间也有不同，中国北方地区以旱地栽培为主，表现在农耕仪礼上，主要是祭祀社稷之神，也就是土地和五谷之神。此外敬奉龙王。在祭祀方式上，采取总的祭祀，并不将祭祀仪式分配在生产过程的每个环节上，如对土地神的祭祀采取"春祈秋报"方式。据文献记载，中国在春秋战国时期敬奉社稷已成定制。《礼记·郊特牲》说："社所以神地之道也，地载万物，天垂象。取材于地，取法于火，是以尊天而亲地也。"《白虎通义·社稷》说："人非土不立，非谷不食。土地广博，不可遍敬也；五谷之多，不可一一敬也，故封土立社，示有土地；稷，五谷之长，故立社而祭也。"这是讲祭祀土地和五谷神的缘由。中国古代祭祀社神依一定的时令举行，一般是春秋两季。春天当春耕来临时，举行祭祀，祈求土地神保佑一年风调雨顺，五谷丰登；秋天到了收获季节，如果丰收，同样举行祭礼，报答土地神的恩情。这种"春祈秋报"活动，形成民间祭祀组织——社，以及一系列的社日和社事。在中国北方旱地耕作区，至今还传承"春祈秋报"活动，"春祈"融合于春节习俗之中，"秋报"在每年庄稼收获以后，酬谢土地神，唱戏还愿，谓之"唱秋报"。此外，除天旱求雨外，并无其他仪礼。而中国南方稻作文化区域，除举行"春祈秋报"活动祭祀社神之外，在水稻栽培过程中从育秧开始到收获，还要举行一系列独特的仪礼，这样不仅突出了稻作文化的特色，而且将农耕仪礼与年中行事区别开来。

二、日本南方的农耕仪礼

日本在进入现代化社会以前，是以水稻种植为基础的农业社会。有关的年中行事大都以农耕仪礼为中心依次展开。中国传统的农耕仪礼以祭祀社神为中心，分为"春祈"与"秋报"两大部分。日本的农耕仪礼则分预祝仪礼和收获仪礼两大部分。春天祈愿、秋天酬神这在两国的农耕文化中是共同的。由此可见，传统农业社会对自然和神灵的依赖以及在耕作中所表现出的信仰心理也是共同的。

同样是农耕仪礼，旱地耕作与水田耕作仪礼的不同是显而易见的。这主要取决于所栽培的作物种类和其对自然环境的依赖程度。日本民俗学者认为，农耕生产方式的变革经历了从刀耕火种到作物栽培的过程。在农耕仪礼上，旱地耕作仪礼是原始农业仪礼和水田耕作仪礼之间的过渡仪礼。事实上，旱地耕作仪礼与水田耕作仪礼的确有着很大差异，属于稻作的仪礼在程序上无疑增加了许多新鲜的环节，许多仪式带有戏剧性，很有情趣。

日本农耕仪礼中，有关农业的预祝仪礼占有十分重要的地位。这些仪礼大都在春天举行。预祝仪礼在不同的地区具体做法上存在差异，但也形成了比较普遍的传承模式。这种模式或种类包括了有关稻作的模拟仪式；小正月（正月十五）祖灵访问和除害虫的仪式；象征作物丰收的仪式和年占仪式等。其中稻作的模拟仪式包括"试锹"仪式和"插秧祭"。"试锹"，在正月初三或十一日，届时要拿着铁锹在田中做一些象征性的动作，预示着一年中劳动的开始，也表示对神的祭祀。其次是正月十五的"插秧祭"，插秧祭分庭院插秧和神社举行的"御田植祭"，在这种仪式上模仿耕地、耙田、播种、插秧、割草、收获动作。这种戏剧性的表演，在十分认真的气氛中进行，它将人们的祈愿和敬意传达给田神，希望田神能谅解和保证丰收。小正月的祖灵访问仪式中常常出现儿童，他们被理解为田神和祖灵的化身。神祇的光临，无疑为祭祀活动增加神秘气氛。在这种仪式上点火除虫害和各种灾难，祈求五谷丰登、人畜平安。象征作物丰收的仪式中出现各种装饰物，如将柳树的皮刨成一卷一卷的，或在柳树上挂上许多年糕做的小球，象征花朵；或将木棒刨成开花的形状（祝贺棒），祈祷稻子开花丰满，象征丰收。年占仪式是占卜风俗在农耕仪礼中的运用，如在小正月里熬粥，将其搅和，并用附在木棒上的粥粒占卜收成的丰歉等。以上仪式集中在开春的正月举行，主要是祭祀田神。田神是典型的农业神。它的降临是保护农业丰收，所以在生产的各个环节都要举行祭礼。日本的田神不像中国的土地神，各地的田神都有自己的名字，如在日本东部，田神叫"惠比许神"，西部叫"大黑神"。插秧时在神社祭祀，并向它献秧。秧苗抽穗时，把酒洒向秧田，向田神祈祷。作物成熟季节用来防鸟害的稻草人也被当作田神。到收获完毕，举行一种叫"亥之子祭"的仪式。届时给铁锹穿上蓑衣，戴上斗笠，以此代表田神，祭后将田神送回山上。

农耕仪礼产生于农业实践，它既模仿生产过程，又寄托了人们的美好祝愿。在传统农业社会，它是农耕习俗的重要组成部分。现代，随着日本社会向现代化发展，传统的农业耕作方式必然受到冲击。在传统的日本农业社会，农业人口占绝大多数，但现在人口大量流向城市，农业人口已不足日本人口的20%。科学的发展，农业机械化程度的提高，使人们的信仰心理也发生了很大变化。可以说，田神在日本的农业生产中已失去了它原来的光彩，神社的职能也起了变化。1990年12月，笔者随中日南方农耕民俗文化考察团到日本千叶县佐仓市饭冢农村考察，据当地农业协同组合委员岛野隆德先生介绍，佐仓市有人口15万人。据调查，20岁以下的青年人想从事农业生产的一个也没有；30岁以下的想从事农业生产的不到20人。日本的政治家对这一问题都感到头痛。具体到饭冢，全村共28户200多口人，从事农业的只有10户，其他的农户忙时种地，农闲时外出打工或从事商业活动。在日本从事水稻生产的农民平均年龄是65岁，后继乏人。因水稻生产赚不了钱，谁也不愿干。岛野先生不无感慨地说："最困难的事，是种地的人越来越少，农民的社会地位很低。人们一听说是种地的，就认为没能耐。将来如果没有米吃，就要进口大米，那时20个商人赚的钱，也不够供一个人吃米。"大约是冬季的原因，沿途看到许多荒芜的水田，笔者相信农业协同组合委员岛野先生所说的话是真实的。在社会急剧变化时，作为农耕仪礼的经济基础有所消失，饭冢的农耕仪礼已大幅简化，关键是现在去神社的人越来越少，神社的职能也主要转化到举行丧葬仪礼上，而有关农业的祭礼只是在稻子收割完了举行稻子祭，然后尝新，预祝来年丰收。社会的发展，留给后人许多遗憾。许多传统的农耕礼仪，原来作为维系人们精神生活的纽带之一，具有一种非常的约束力和凝聚力，现在不得不走出现实生活而进入博物馆，作为一种无形民俗文化财得到保护和演示。

读谷村位于冲绳岛的中部郡，现有23个自然村，人口3万多。我们调查的座喜味村，位于读谷村的中央，是读谷村的行政中心。座喜味的名称据1649年编辑的《绘图乡村帐》记载，原名"城村"，因1420年获佐丸筑造"座喜味城"而得名。平成二年（1990年）统计，全村395户1622人。二次大战前，农业是其主体。战后农业人口大量减少。现在1600多人中，从事农业的只有150人，其中50人种甘蔗，100人种甘薯或养鸡、养猪、养牛。昭和以后至20世纪60年代初，曾种植水稻，但最终由于水源缺乏和甘蔗栽培技术的普及，水稻种植渐渐衰退。现在座喜味已不再种植水稻。但有关稻作和旱地的耕作仪礼仍然保存着。

座喜味年中行事和农耕仪礼中，御岳占有很重要的地位。御岳，指祭祀的地方，或叫"拜所"。它可能是原始自然崇拜和祖先崇拜相结合的产物。该村有7个御岳，这些御岳都隐蔽在树林中，近旁是山桃树，代表神位的是一堆山石和礁石，周围铺上白色的石子，严禁入内。御岳过去是冲绳人举行风葬的地方，是祖先神灵的安息地。有些御岳位于山崖之上。那里是风葬时放棺木的地方。御岳如果靠近住宅，这一家庭住宅一定是非常古老的。和御岳祭祀相联系的是巫女，冲绳人称为"诺罗"或"尤达"。巫女并非专门神职人员，只是业余进行祭祀活动。据说在现代化的冲绳社会，巫女越来越多，已成为社会问题。在读谷村考察时，我们也时常遇到巫女在进行祭祀。在座喜味村，笔者曾访问久田丰光先生的家，他的祖母就是巫女，妻子是巫女的助手。他本人是出租车司机。他的女儿和美国人结婚，也是巫女的助手。从其祖母时代开始，每年要拜11个拜所，现在座喜味公民馆附近的拜所，是留下的最后一个拜所。久田先生家正房旁边的一处神屋，那里现在还是遥拜的地方。室内设有神坛，神坛内设有代表11个拜所的石块。据说神就附在这11块石头上，旁边有香炉、烛台，气氛十分肃穆。在其祖母时代，巫女们常在这里集中，在每年拜祭御岳的日子里，巫女率领门中的人祭拜御岳，带有巡礼的色彩。久田先生的祖母每月1日至15日的早晨，供茶祭拜。在座喜味乃至冲绳，祖先神同时就是农业神。拜祭御岳是由巫女主持的风俗，从1500年以前的尚真王时代起，巫女制代替门中制传承到今天，形成冲绳文化的一大特色。

三、中国江南的农耕仪礼

中国的江南，习惯上是指长江下游以南地区。这里是生产稻米的区域。其中尤以江苏、浙江一带，素来享有"上有天堂，下有苏杭"和"江南鱼米之乡"的美誉。据考古发现，距今约六七千年的浙江余姚河姆渡文化遗址中，有稻壳的堆积，这是目前所知亚洲最早的稻作遗存。此外在这里成批出土的骨耜、复杂的木质工具和带榫卯的木构干栏式建筑，也具有早期农耕文化特色。此次中日南方农耕民俗文化考察团，在中国一侧，选择江苏的常熟地区和浙江的金华、丽水地区。这里既是中国稻作文化典型的传承区，又是稻作文化的传播源（以河姆渡文化为源头）。对如上地区稻作文化的取样和描述，不仅可以帮助我们认识中国南方农耕民俗文化的传承历史和特色，而且有助于中日南方农耕民俗文化的比较研究。

1990—1991年度，中日南方农耕民俗文化考察团，在中国一侧，选择了江南稻作地区，具体考察浙江省兰溪市的姚村和丽水市的山根村，前者是汉族村落，后者是畲族村落。两村在年中行事与农耕仪礼上有着很大的差异。这种差异主要来自不同民族的不同历史和信仰。姚村的信仰是神祖系统，山根村是祖先系统。这和日本本土与冲绳的年中行事与农耕仪礼的特色十分相近。

下面我们以姚村和山根村为例，探讨中国江南的农耕仪礼。在姚村，一般情况下，属于稻作的农耕仪礼分育秧"拜田公田婆"、插秧"开秧门"、收获"还田福"三个有机组成部分。

育秧：在每年的清明前后，首先要在作为秧田的地里拜田公田婆。田公田婆即土地公、土地婆，是社神。它们专管秧田。其神格和中国其他地区相同。拜田公田婆的仪式很简单，将三炷香用三张纸裹起来，外加一张红纸，插在田头，口诵"三张烧纸三炷香，田鸡蛤蟆来育秧"。在丽水市龙江乡山根村，育秧时要举行"做秧福"仪式。谷种下田前先在家里敬五谷神，在堂屋的桌子上供米酒、肉、豆腐、粉干等。然后用烧纸包三炷香，插在田中的水口上，类似日本的"水口祭"仪式。同时还要在秧田周围的田埂上，每隔两米左右摆一张烧纸，意思是将秧瘟隔开。这种做秧福仪式，由家长主持。在姚村防止秧病的办法，是将一把破扫帚插在田头，据说神鬼都会怕的。

插秧：稻作生产的重要一环。清明育秧，一个月左右秧苗长成。这时要举行"开秧门"或"开秧眼"仪式。丽水山根村，在插秧当天，天不亮就要到田里拔秧，去时提一只灯笼，点燃蜡烛，插在秧田里。灯笼要一直点着，即使天亮也不熄灭。既照田秧，又表示红红火火。拔秧时右脚下田，左手拔秧，先拔三把秧带回家扔到房顶上，据说这样可以防虫。姚村的仪式与此相同。江苏省常熟白茆乡的"开秧园"仪式内容要复杂一些。每年插秧的第一天要杀猪、杀鸡、蒸大虾、煮咸鸡蛋，作为供品，祈求插秧顺利。晚上吃饭时要请秧先生坐主位。所谓秧先生指插秧能手，在谁家插秧，便由谁家来请客。插秧季节，村里自发组织"青苗社"，由各家轮流主持，届时要请"猛将菩萨"（又称"猛将老爷"），请道士念经，并抬着菩萨到村里或田里转一圈，目的是驱邪。参加这种仪式的均为男性。这种"青苗社"只举行一天，然后插秧开始。

这里要特别提到"猛将菩萨"。它是江苏农村普遍信奉的神灵。过去在南方各地都有八蜡庙、虫王庙和刘猛将庙。其实三者是一码事。所祀同为虫王刘猛将。旧俗以正月十三为刘猛将诞辰，民间举办迎神赛会，农人抬刘猛将神像，奔走如飞，倾跌为乐，谓之"迎猛将"；或鸣金击鼓，列队张盖，遍走城市，都认为此神能驱赶蝗虫。据笔者调查，过去在江苏常熟白茆一带如遇蝗虫，必请猛将菩萨。这菩萨白脸、白袍，人称"白袍将军"。据说他可以吃蝗虫，一旦蝗虫出现，全村出动，将猛将菩萨抬到田里。前面的人只敲锣，不说话；有两人扛行牌，上写"回避""肃静"字样；中间是猛将菩萨，后边是举旗的人和吹鼓手。队伍在稻田里绕行，凡所经之处，插一面三角旗，田主都要向他致谢。

秋收"还田福"：秋收时举行的仪礼，由田主主持。拜田公田婆时要供香火、双刀肉、金锭、三杯酒、三双筷子。山根村的畲族，收获时举行吃新米的仪式。具体做法是：在稻子收割以前，从田里摘回五个稻穗（代表五谷），插在用新米煮成的米饭上。烧三炷香，敬奉天神和菩萨。吃新米的吉日，一般是申日和卯日。中国江南地区的收获祭，通常以"秋报"仪式为最典型。

届时要赶庙会，演社戏庆祝丰收。这种仪式仅次于春节。如江苏常熟白茆乡，传统的收获祭是赶庙会。届时全村动员，扮演戏剧。有时各村落之间还有明确分工。有的扮戏，有的敲锣，有的吹打。赶庙会时举行游村仪式，遇河要搭临时的浮桥。游行队伍所到之处，各家各户用茶水招待。这是一种民间自发的活动，土话叫"解会"。解会队伍的前导是"头马"，此马必用白马。骑马者背圣旨，菩萨最后压阵。菩萨所到之处，男女老少虔诚膜拜。在这里，"解会"是作为秋收开镰前的仪式，菩萨即指土地神，收获季节用娱乐形式酬神，庆祝丰收。

此外，属于农耕仪礼的，除了除虫仪礼外，主要是天旱时的求雨仪礼。中国农村信仰中，除天神、土地神外，另一大神是水神，即龙王。

年中行事中拜龙王也是重要内容。接龙、舞龙、敬龙，以求得风调雨顺、五谷丰登。如兰溪市姚村，正月初六举行接龙头。下午4时鸣炮接龙。每三户一节龙身，一节节接起来，共计200节400多米长。一条龙接成后，鸣炮出发。先绕村两周，然后到下龙庙和祖坟上拜祭，再到殿下胡公庙拜祭。接龙的仪式规模相当庞大，要摆出"銮驾"。姚村在附近村落里，接龙最早（正月初六），气魄也很大，整个銮驾队伍排列整齐，恢宏壮阔。銮驾排列是：前导放铳队、锣鼓队、大刀、大斧、大锤、枪、蛇矛、笔砚锤、八仙队，中间是皇扇、龙亭（四人抬，四人保卫），最后是火把队、灯队（扁灯、圆灯、提灯，上书"风调雨顺，国泰民安"）、高照灯（指挥灯，忠诚老实者才可持此灯）、龙头（位于銮驾后50米左右）。上百人的队伍浩浩荡荡。据民间传说讲，这种接龙仪式，主题是祈求来年风调雨顺、大吉大利。又说，接龙仪式是皇帝提出来的，所以仪仗中有皇扇、皇亭（又叫万岁亭）和十八般武器，并称为"銮驾"。

接龙也被引入天旱求雨的仪式中，不过这与年中行事中的接龙大不相同。在姚村，每逢天旱，由属龙的青壮年男子组成一支队伍，到相距30千米的水灵殿泉水洞接龙。这些男子一律穿白色衣服（白色是一种象征死亡的颜色），其中一人手持龙瓶（瓷花瓶，上有龙的图案），四人手持钢叉，两人拿牙斧。到了泉水洞，带领接龙队伍的巫师吹起牛角号，其他人敲锣。待到水动时，用一面铜锣舀起水中的任何一个生物（如一条虫、青蛙等），将其装入龙瓶，这一生物就代表龙。然后用红布包起来，由捧龙瓶的人捧着。此人必须穿白衣，白布包头，脚穿草鞋，全身淋得透湿。在回村的路上，不许红红绿绿的东西出现，车水的水车要停止车水，人们一律不许戴凉帽。这些禁忌，使接龙活动一片肃然，预示着一场生死存亡的斗争。快到村里时，由九个属龙的人敲锣到村外迎接接龙队伍。村里的祠堂门口早已搭起一个露天的台子，叫"龙台"。上放一张八仙桌，巫师将龙瓶放在桌子上，吹起牛角，村里年纪最大的长者身穿白衣，脚穿草鞋，跪在龙台前，所有80岁以上的老人也都如此，他们代众人受过，祈求天降喜雨。从此，巫师每天吹牛角，直到下雨为止。在姚村，求雨时也要动用銮驾，画龙旗，画商羊[①]。据《三教源流搜神大全》记载，商羊是雨师神，是一只神鸟，一足，能大能小，"吸则溟渤可枯"。接龙人在回村的路上不许休息，不然龙就接不回来。龙台附近不许妇女靠近，连马桶、尿桶也要回避。丽水山根村也有同样的求雨仪式，不过仪式比姚村简单。

中国南方的年中行事与农耕仪礼，在长期的历史发展中，以稻作文化为中心，形成了一定的类型和模式。但它们也常因地区、民族、自然条件、耕作技术和农事信仰的不同而出现较大的差异。要想全面、准确、细致地描述这些差异及其形成原因，是困难的，需要进行广泛细致的民俗调查、认真艰苦的田野作业。上述江苏与浙江村落的年中行事与农耕仪礼，只是其中的一端而已。

四、中日南方农耕仪礼的比较

中日农耕民俗文化的联系源远流长。中日南方农耕民俗文化的联合考察结果表明，通过民俗学的田野作业，了解传统的和现代的民俗文化传承，是探讨两种文化源流的重要方面。考古发掘证明，中国古代的百越地区，曾是水稻种植的发祥地之一。在中国大地孕育而成的稻作文化，曾一度传入日本，并对日本文化的形成产生了一定的影响。这种影响是通过一种自发的、缓慢渐进的方式进行的。它完全符合民俗文化的一般传播规律，即和平的选择、采借和引进。我们知道，民俗文化的传播可经历多种途径。如通过战争、饥

[①] 商羊，又名一足鸟。《孔子家语·辩政》："齐有一足之鸟，飞集于宫朝，下止于殿前，舒翅而跳。齐侯大怪之，使使聘鲁问孔子。孔子曰：'此鸟名曰商羊，水祥也。昔有童儿屈其一跳，振讯两眉而跳，且谣曰，天将下雨，商羊鼓舞。今齐有之，其应至矣。急告民趋治沟渠，修堤防，将有大水为灾。'倾之，大霖雨，水溢泛诸国伤害民人，唯齐有备不败。"

荒、移民、宗教传播等非常手段，将某一地区、某一民族的民俗文化带到另一地区和民族，使原生地的民俗文化得到脱胎换骨的改造。另一种方式是和平环境中的采借，也就是吸收异文化中的先进、合理成分，置入本土文化，并将其加以改造。中日两国一衣带水。大约从唐代开始，和平使者即往来不断。虽然历史上两国之间曾发生过战争，但和平相处的历史毕竟悠久。战争是一种政治手段，而民俗文化的交流则是一种非政治的潜移默化的影响。在中日南方农耕民俗文化考察中，我们处处感受到中日传统文化相互影响的历史痕迹；也处处感受到日本民族善于对异文化进行吸收和改造，并使其融入本民族精神的独特气质。这也表现出日本民族一贯的精神。下面从实地考察所得的资料和感受出发，比较中日农耕民俗文化的异同。这种异同在年中行事与农耕仪礼上表现得尤为突出。

其一，中日农耕民俗文化的结构，均包含了刀耕火种、旱地耕作和水稻种植三个有机组成部分。过去学者们的研究，特别是日本学者的研究，主要集中在稻作文化方面，取得了突出的成绩。近几年来，开始关照旱地耕作，将种麦和芋的仪礼纳入农耕仪礼的整体结构中，探讨农耕民俗文化发展演变的历史，是非常有意义的。在中国，西南山地民族的刀耕火种方式和有关的仪礼仍在传承，中国北方地区保存着大面积的旱地耕作及其仪礼，江南地区的稻作文化也自成体系。无论北方小麦产区和南方水稻产区，农村社会的年中行事和农耕仪礼，均表现出既有联系，又有差异。如结合"春祈秋报"的相关仪礼是共同的。但在南方稻作区域，由于水稻的特殊生长条件，产生的泛神信仰和淫祀远远超过北方。

其二，中日农耕民俗文化中的年中行事和农耕仪礼，传统上以岁时、节令为序进行各项活动的安排，在历法上均使用中国的农历。中国的农历是农耕民俗文化的产物，它将年、月、日及二十四节气的划分，配合农事生产的需要固定下来，这不仅保证了农业生产的时序，同时也对农耕民俗文化的传承起了保证作用。从中日年中行事与农耕仪礼的比较中可以看出，两国的年中行事在时间和内容上有许多相似之处。这来自两国自古以来在信仰习俗上的认同，也来自宗教的传播。如春节、清明、端午、七夕、中元、中秋、重阳、除夕等节日名称，在日本的年中行事中都程度不同地保存着。但在节日的内容上与中国大不相同，而是融进了日本民族的传统文化和精神。可见岁时节日文化的影响是有条件的，必须加以改造才能为异文化所接受。形式上的相同和内容上的差异永远存在。在日本本土文化和冲绳民俗文化中，一般学者认为冲绳文化受中国民俗文化的影响尤为强烈，实际上两国之间的差异也是很大的。比如，春节、元宵、端午、中秋，在中国是传统的四大节日，汉族和众多的少数民族都过这些节日，有关这些节日的产生、流传、演变、发展，最能代表中国传统文化的特色。春节的迎神纳福，元宵的灯会，端午的辟邪驱虫，中秋丰收、团圆等包含着十分庞杂的信仰内容。而在日本，如上节日的内容则简单得多。如冲绳读谷村，每年正月初一只有挑新水，预祝丰收的仪式；正月十六名为"新十六"的活动，是到新去世的人的墓地上坟；端午节名为"男人节"（中国叫女儿节，恰恰相反），只留有带菖蒲的习俗；中秋节留有赏月习俗。具体仪礼也与中国不同。由此也可看出，日本与中国的民俗文化，因有大洋阻隔，缺乏民间的广泛接触，文化的借鉴是十分间接的。与此相反，中国边疆的少数民族，由于长期以来与汉族交错杂居和直接交流，在借鉴如上节日风俗文化时，不仅在形式上，而且在内容上兼容并蓄，有些甚至是全盘吸收。

　　其三，中日农耕仪礼中，除年中行事中包含的许多预祝仪礼外，关于农耕的仪礼结构基本相同。如日本本土农耕仪礼中，每年春天在神社或村落举行的庭院插秧和稻田游戏、试锹仪式；小正月的祖灵访问和除害虫的仪礼；象征作物丰收的仪礼与年占等，都是预祝仪礼的有机组成部分。它们和中国农村的"春社"活动十分相似。而每年秋季举行的丰收祭和尝新祭，则和中国农村的"秋报"活动十分相似。由此可见，中日两国农耕民俗文化中，农耕仪礼的主题是相同的。预祝丰收和庆祝丰收，表现了传统农业社会对天神和田神（土地神）的依赖心理。农民们精心安排生产环节中的第一仪礼，越精细，则越虔诚。天时的顺与不顺，既决定农业生产的丰歉，又预示着加重或消除生产者的负重感。而在科学昌明的时代，这些仪式必然变为具有象征和娱乐意义，变为一种无形民俗文化财被保存下来，实际的功能也就逐渐消失。

　　其四，中日农耕仪礼与农业生态的关系。日本在现代已由传统农业社会过渡到现代化的工业和商业社会。城市经济的高度发展，对农耕仪礼的冲击是很大的。在日本，农业人口只占全体人口的不足20%，在这不足20%的人口中，专门从事农业生产的人口更少，而且生产技术和过去大不相同。这样农耕仪礼不但在形式上产生了变化，而且在人们日常生活中已失去以往的凝聚力。所以摆在日本民俗学者面前的任务，是如何通过科学的普查，将传统的农耕民俗文化保护下来，供未来认识历史之用。而中国现在仍是一个农业国家，农民仍占全国人口的80%以上，农业生产方式虽与过去比有了很大变化，但传统的耕作方式仍在传承。也就是说，中国的农业生态仍保持着传统的样式。在广大农村，农事信仰的气氛仍很浓，年中行事和农耕仪礼还在农业生产中发挥作用。特别是一些边远的少数民族地区，如西南诸省的民族地区，还保持着许多原始的耕作技术和信仰。从农耕民俗发展史的角度讲，此类民俗事象具有"活化石"的价值。目前，摆在中国民俗学者面前的任务，是要花大的力气，对现存的农耕仪礼做细致考察、尽力描述，并探讨其功能和价值。中国的农耕民俗文化，覆盖着中国80%以上的土地，影响着80%以上农民的心理和文化，是一座极其丰富的文化宝库。

其五，中日民俗文化的比较研究是一个长期的过程。最近几年来，中日两国学者对比较民俗学的研究兴趣渐次高涨，这为民俗学的研究开阔了视野。民俗文化没有民族和国家的界限，世界各国的民俗文化互相借鉴，共同发展和繁荣。日本民俗学之父柳田国男先生提出的"一国民俗学"的理论，已有学者提出修正，这是民俗学发展的必然趋势。

传统民俗文化主要指农耕民俗文化，尽管现代都市民俗学在兴起，但农耕民俗仍然是民俗学研究的主体。此次中日农耕民俗文化联合考察涉及的范围很广，村落结构、家庭亲族、年中行事、农耕仪礼、民间信仰、民间文艺、人生仪礼、民间用具等无所不包。以此次考察为起头的比较民俗研究，必将顺利开展下去。比较不是目的，而是一种有效的手段。比较需要可比的空间与时间。中日农耕民俗文化源远流长，从历时的与共时的角度，为我们提供了很好的比较典范。如果从这种意义上讲，比较民俗学有着广阔的发展前景。

[原载《中央民族大学学报》1994年第1期]

日本爱知县知多半岛龟崎町潮干祭与山车雕刻中的中国题材

一、前言

1996年10月至1997年9月，笔者应名古屋大学的邀请，以大学院国际开发研究科客座研究员的身份，与樱井龙彦副教授一起，从事为期一年的合作研究。这次的课题是"关于宗教仪礼与民间信仰的日中比较研究"。笔者长期从事民俗学的教学和研究，对中国民间的宗教仪礼比较熟悉，对日本的民间宗教则比较陌生，克服这种缺憾的办法只有做实地的民俗考察。日本同中国一样，是一个多神信仰的国家。日本的佛教是由中国传入的，神道教则是日本的本土信仰。在日本各地，佛寺与神社无处不在，对佛的信仰和对神道的信仰，主宰着日本人的精神世界。

记得1989年的春天，笔者应筑波大学历史人类学系的邀请，第一次访问日本时，开始接触到爱知县奥三河地区的"花祭"仪式。之后，曾数次到东荣町地方做过花祭的考察。在花祭仪式中，笔者所感兴趣的是面具文化的使用和驱傩仪式，它和关于山车的名称，各地叫法不尽一致，有屋台、神舆、地车、山车、山笠、花车、车切等各种称谓。这些称谓，大都是根据山车的形态确定的，体现出各地山车的地域和信仰特色。笔者所看到的是爱知县知多半岛的山车样式，每台山车高约6米，宽约2米，前后车辕长约6米，车身长约4米，重量大约在4000千克，驱动靠4只巨大的木轮，曳行与转动车身，全靠人力，这是山车的第一个特点。山车的另一特点是所有部件都可以自由拆卸组装。全部山车约由520多个部件组成。举行山车祭时，从库房中取出，一天时间就可以组装完毕。山车的第三个特点是，主要部位都有精美的雕刻，帷幕上是华丽的刺绣，车上安置人形进行表演。雕刻和大幕刺绣是山车文化最精美的部分。

日本爱知县的山车祭

山车出现在祭祀活动中，既是流动的，也是静止的。用"静若处子，动若脱兔"这句中国古语形容山车的行止，是最恰当的。因为山车曳动时，众志成城，气势恢宏，而一旦停止，则矗立街头，供人们仔细欣赏雕刻绘画和人形表演，精神享受自在其中。

据说在爱知县保存有200多台山车。知多半岛有山车90多台，几乎占爱知县山车的半数。知多半岛的半田市有31台山车，占爱知县山车总数的七分之一以上，占知多半岛山车的三分之一。这个统计数字足以说明半田山车的规模与传统的深厚。

半田山车从造型来看，在山车造型中属于尾张山车系统。尾张是日本古国的名称，它的辖区包括知多半岛在内的整个名古屋地区，所以山车的体系以"尾张系"称呼。尾张系山车的起源，可以追溯到15世纪京都的祇园祭，16世纪的津岛天王祭。它的最初形态可能是神舆或神轿。神轿在中国的祭祀活动中经常见到，它是由参与祭祀的人们用肩膀扛着巡行的。日本的山车祭往往以神舆为先导，后随山车。这和中国的祭祀多少有些不同。不过在半田的山车祭文献中保存的古老山车样式，和神舆有许多相似。《半田市志》记载的《乙川村祭礼山车绘图》中，山车的前导是狮子和神舆，之后紧随四台山车。山车造型简单，形状大小与神舆差不多，只是安装了木轮曳行而已。18世纪以后，在半田地区传承的山车，属于名古屋型山车，从名古屋型山车发展成旧半田型和新半田型。日本"祭祀同好会"（まつり同好会）发行的《尾张系山车系统图》，描绘了知多半岛山车演变的模式。

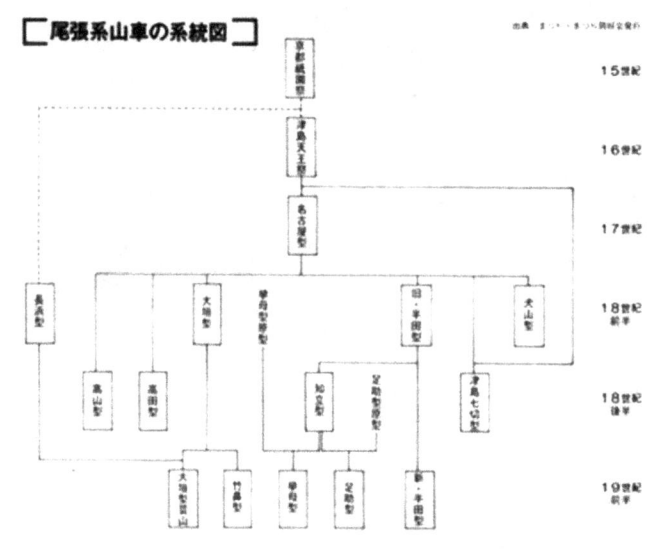

尾张系山车系统图

日本的山车样式十分独特，整个外形像缩小了的神社建筑，雕梁画栋，用大帷幕裹着，十分壮观。"山车"之称，大概取其高大似山之意。有时它的样式又像缩小了的日本民居，所以有的地区将山车称为"屋台"。在历史发展过程中，尾张系山车曾进行过多次改造，最后在知多半岛形成了旧半田型和新半田型。

民俗学篇

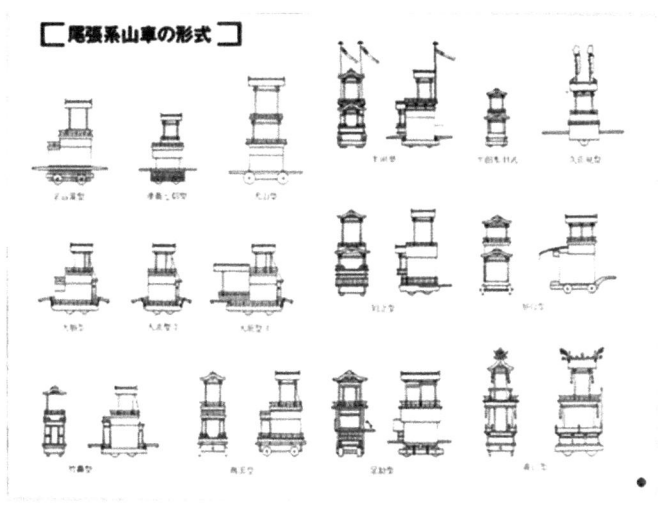

尾张系山车的形式

山车的建造结构分上下两层，主体部分是堂山（又叫胴山），胴山的前部叫前山（又叫前坛、坛箱、前栅、箱坛），二层叫上山。它的建造完全使用了神社寺庙的建筑技法，所有的空间布满了雕刻。雕刻常被安置在山车的蹴、坛箱、胁障子、前山股、太平鳍、前山悬鱼等部分，左右侧面和上山的后部，山车上张挂大幕和追幕，大幕上有一短小的垂幕，叫作水引。大幕、追幕和水引上施以精美的刺绣，色彩绚丽而华美。这些雕刻和刺绣的内容和技法，常常被视为重要的文化遗产。

尾张系山车主要流行在爱知县各地，其中以名古屋型为代表。日本"祭祀同好会"将尾张系山车的样式归纳为名古屋、津岛七切型、犬山型、半田型等15种类型，其中半田型山车独树一帜，造型更加精巧。

日本的山车作为祭祀仪式中的道具，既是祭祀活动的标志物，又是一个流动的舞台。这种祭祀仪式所体现的是参与者的笃实的信仰以及山车祭的严密组织形式和群体意识。这和中国的祭祀活动完全不同。在中国，大型的祭祀活动也有神舆一类的道具出现，但并不重视其装饰性，活动的组织也比较松散。有时甚至还带有自发性质，即在必要的时候（如丰收的年份）临时发起组织，会期过后，所有组织自行解散。在龟崎地方，我们看到了山车祭严密的组织形式，这种组织形式在日本节日"潮干祭"活动中带有普遍性。

知多半岛龟崎町的山车祭名为"潮干祭"，是爱知县指定的有形民俗文化财。传说以前神武天皇东征时，曾访问过此地，所以每年的旧历三月十五、十六两日，龟崎的五台山车要曳至海滨举行祭祀，故名为"潮干祭"。潮干祭仪式在衣浦海岸的神前举行，町内的五台山车，以"组"为单位参加祭祀活动，即东组宫本车，西组花王车，石桥组青龙车，中切组力神车，田中组神乐车。龟崎町山车的构造和拉曳巡回的方法，与东海其他地区比较，有它独特的模式。

龟崎町山车最初的装饰很朴素，大约在江户时代中期以后，由于立川流雕刻师的参与，渐渐追求装饰性，把神社和寺庙建筑中的绘画和雕刻技术运用到山车的装饰中来。龟崎町山车雕刻多数都是雕刻师的作品，题材的丰富、雕刻的精美和技巧的娴熟，可谓上品。

和其他地区的山车一样，龟崎町山车的雕刻装饰也是在坛箱、胁障子、太平鳍、前山悬鱼等部分以及山车前面的主体部分，雕刻更为着意。山车雕刻的题材主要取材于日本《古事记》《日本书纪》和神话故事，而中国故事和历史人物也占有很大比重。它的装饰的豪华性和神秘性往往令人惊叹。山车的修复更是一项复杂的工程，往往一台山车的复原价格要数亿日元。近年来，为了降低成本，日本有些地区的观光协会新造的山车改在中国制作，采用的木材是马来西亚产的红木和中国产的香樟，造价虽然便宜，也在 4000 万日元以上。龟崎町的五台山车制造都很豪华，总的造价估计也要数十亿日元。这样高的造价和日本工业和商业社会的地位是相辅相成的。但山车的竞事豪华，有时也使它原来的文化内涵有了改变，即由原来的敬神、祈祷丰年仪式，变为旅游观光活动。

二、山车雕刻和刺绣中的中国题材

半田山车的帷幕，在明治初期、明治末期到大正时期，以及 20 世纪 20 年代后半期，曾进行过多次修复和改造。这种改造虽然一改过去的朴实风格，但也为山车文化注入大量的文化信息。其中最重要的是雕刻数量的增加，雕刻题材的丰富多彩。

半田山车的雕刻师，留下名字的大都是江户时代末期到明治初期的雕刻家。如名古屋的早濑长兵卫一门、濑川治助一门，诹访的立川和四郎一门等。龟崎町山车的雕刻主要出自诹访的立川流雕刻家之手。在雕刻题材的选择上，立川流的特点是擅长雕刻中国神话、故事和人物，匠心独运，风格明显。龟崎五台山车的主要雕刻内容，大都采用中国题材的故事，这些故事被雕刻家运用得如此娴熟自如，是令人惊叹的。

东组宫本车。建造于江户时代末期元治元年（1864年），主要雕刻是坛箱部分的《龙与虎》和胁障子部分的《狮子落谷》。前箱的四根柱子上漆绘有四条升降的巨龙。大幕的刺绣是珠宝，追幕刺绣《五岳真星图》，形象犹如中国道教的符箓文字，被称为"灵图"。五岳分布在东西南北中五个方位上，可能是五行观念的表现。但在宫本车的刺绣中却代表东岳泰山、西岳华山、南岳衡山、北岳恒山和中岳嵩山。

石桥组青龙车。建造于明治二十四年（1891年）。坛箱部分雕刻的是风伯神和雷电神，中间是云龙纹，坛箱下的蹴部分雕刻的是牡丹，胁障子部分雕刻的是日本武尊，大幕的刺绣是跃出海面的一条巨龙，水引（即大幕上方的垂幕）上绣有凤凰，也称为朱雀。上山（山车的最上一层）的人形是唐子（中国儿童称唐子）游戏。

中切组力神车。力神车创建年月不明，现存山车建造于文政九年（1826年）。坛箱部分的雕刻出自立川流雕刻家之手。坛箱部分的大力神和前山股部分的《子持龙》是立川流的代表作品。胁障子部分雕刻有中国汉代张子房和黄石公的历史故事，前山太平鳍部分雕刻了中国《二十四孝图》，大幕的刺绣是猛虎与竹子，大幕上檐的水引部分绣有青龙。

田中组神乐车。建造于天保八年（1837年）。山车雕刻是立川流常藏昌敬的杰作。坛箱部分雕刻的《(蛙)仙人和铁拐李》，线条柔和，表情自然而奇特，一身仙风道骨。蹴部分的《唐子游戏》雕刻得栩栩如生，胁障子部分雕刻了中国《三国志》人物关羽、赵云和刘禅。大幕的刺绣是《牡丹唐狮子》，水引部分的刺绣是翩翩起舞的蝴蝶，追幕上的刺绣是凤凰（朱雀）。

西组花王车。大约建造于宽政年间（1789—1801），现存山车是弘化三年

（1846年）建造的。雕刻部分由立川流第二代大师和四郎富昌用两年半的时间完成。代表雕刻是坛箱部分的《太平乐乐人》，胁障子部分的《采葡萄的仙人》，蹴部分的布袋和尚（弥勒佛），上山人形是樱花唐子游戏。

仅龟崎町的五台山车中，就有如此众多的中国题材的雕刻和刺绣，足以说明中日文化交流历史悠久，影响深远。如果我们将半田山车雕刻的中国题材罗列出来，更可以看出这种民俗文化交流的盛况。

知多半岛半田市共有山车31台，每年的3月到5月是山车祭最集中的时间。届时，31台山车巡回举行祭祀仪式，场面十分壮观。但就雕刻中的中国题材而言，每台山车选材不同，各有特点。

乙川浅井山宫本车。建造于安政六年（1859年），昭和二十五年（1950年）重新改造。山车雕刻有除魔唐狮子。狮子作为一种灵兽，被认为可以降服恶灵、害兽。宫本车的狮子雕刻，出自立川和四郎富昌之手，表现唐狮子战胜恶灵的场面，气势十分雄伟，当山车从八幡神社前的陡坡上曳下时，似乎具有唐狮子狂奔的威力。

乙川殿海道山源氏车。建造于嘉永五年（1852年），大正十年（1921年）改造。雕刻出自立川流，主要代表作是坛箱部分的《樊哙破门图》，取材于司马迁《史记·鸿门宴》。胁障子部分刻有风神和雷神，前山虹梁的一隅刻有龙、虎形象。台轮的木鼻部分刻的是唐草纹样。

乙川南山八幡车。建造于天保年间（1830—1844），大正六年（1917年）改造。代表雕刻是坛箱部分的《桃园三杰》，取材于中国的三国故事。蹴部分刻有牡丹和唐狮子，前山部分刻有卷龙和腾飞的龙。

乙川西山神乐车。建造于天保七年（1836年），昭和二十五年（1950年）大修。坛箱部分的雕刻是《稻穗与鹤》，蹴部分的雕刻是《司马温公瓶割图》，太平鳍雕刻龙与唐子，前山悬鱼雕刻蛇、神马。

岩滑义烈组八幡车。建造于弘化四年（1847年），大正八年（1919年）改造。坛箱部分刻有《十二生肖图》，蹴部分刻有《儿童狮子舞》。

岩滑西组御福车。旧车嘉永二年（1849年）建造，现存山车为大正七年（1918年）新造。代表雕刻是《七福神》《竹与虎》。七福神是惠比须、大黑、毗沙门天、弁财天、布袋和尚、寿老人、福禄寿，其中的有些形象来自中国的福神。水引部分是黑底金龙刺绣，胁障子雕刻的是《张良与黄石公》。

板山本板山组本子车。建造于大正四年（1915年）。代表雕刻是《七福神》。

板山小板组旭车。建造于江户时代末期。代表雕刻是前山部分的《张良与黄石公》。

西成岩西组敬神车。建造于明治十一年（1878年）。代表雕刻是力神，代表刺绣是水引部分的波上飞龙。

西成岩彦洲组日之山车。建造于明治年间（1868—1912）。代表雕刻是坛箱部分的《桃园三杰》，胁障子部分的《黄平初仙人》，蹴部分的《牡丹和唐狮子》。

成岩北组山车。建造于大正十四年（1925年）。代表雕刻是蹴部分的《七福神》，悬鱼部分的《雷神》。水引部分是凤凰刺绣。大幕是牡丹与唐狮子刺绣。

成岩南组山车。建造于宝历二年（1752年）。后经多次修复。代表雕刻是力神、马师皇与龙。水引部分是龙刺绣。

成岩东组山车。建造于弘化三年（1846年），大正十三年（1924年）改造。代表雕刻是立川和四郎富昌的《唐子与鸡》（坛箱部分），胁障子部分的《铁拐仙人》。还雕刻、刺绣有龙和凤凰。

成岩西组山车。建造于大正年间，昭和二十三年（1948年）坛箱部分的雕刻还有残留，大幕是风神、雷神刺绣。现存山车的坛箱部分雕刻有中国《二十四孝故事》中的《鹿乳奉亲》。

协和砂子组白山车。创建年代不明，现存山车大正三年（1914年）建造。代表雕刻是坛箱部分的《三国志》，胁障子部分的《关羽与张良》以及悬鱼部分的龙。

协和西组协和车。建造于大正十三年（1924年）。雕刻中的中国题材有天命雷、雷兽和力神。

上半田北组唐子车。创建于弘化三年（1846年），现存唐子山车为大正十二年（1923年）建造。雕刻中的中国题材只有龙神狮子，即唐狮子。车以唐子命名。

上半田南组福神车。建造于天保十三年（1842年）。代表雕刻是立川流的《七福神》，昆仑防人和力神。

下半田北组唐子车。建造于天保八年（1837年）。代表雕刻是坛箱部分的《唐子游戏图》，胁障子部分的《手长足长仙人》和蹴部分的《狮子牡丹》。上山人形是肩车"唐子游戏"。

知多半岛的山车雕刻和刺绣以中国题材为主，这些题材可分为如下几类：

（1）灵兽类：龙、虎、麒麟、凤凰、狮子、朱雀、龟、蛇等。

（2）仙人类：佛教人物有弥勒（布袋和尚）、毗卢、力神（力士金刚）等；道教人物有铁拐李（中国的八仙之一）、手长足长仙人（据说采自《山海经》长臂国故事，但从人物造型来看，应属罗汉一类）、昆仑防人、采葡萄仙人、马师皇仙人、黄初平仙人及风伯、雨师、雷神、福神、寿星、福禄寿神、财神、七曜星神、五岳神（以文字形式表示）等。

（3）历史人物故事类：汉代的张良、黄石公、樊哙；三国人物关羽、赵云和刘禅，桃园三杰刘备、关羽、张飞，二十四孝图等。

（4）吉祥图案类：七宝、宝珠、牡丹、松、竹、梅、鱼、石榴、绣球、云龙纹、富贵纹、万字纹、寿字纹等。

（5）生活类：唐子游戏、唐子与鸡、狮子舞、十二生肖图等。

三、立川流雕刻师的贡献

山车文化在日本民俗文化中占有十分重要的地位，流传至今已有500多年的历史。日本的雕刻最初被用于佛像雕刻和神社、佛阁建筑，此即所谓的"宫雕"。宫雕大约形成于安土桃山时代，在江户时代前期逐渐定型，而且被作为装饰艺术得到重视。宫雕艺术最早见于日本的宫廷建筑。在宫廷的栋梁之间施以雕刻装饰，在中国和日本都是常见的。日本在江户时代不仅出现了专门的宫雕师，而且还产生了不同的雕刻流派，它的代表者是江户前期的大隅派和江户末期的立川派。

立川派的创始人是立川小兵卫，因居住在立川地方而得名。信州诹访地方的和四郎富昌是立川派的代表人物，是立川小兵卫的弟子。小兵卫看他天性聪明，便允许他以立川为姓，在诹访独自经营建筑业。当时正是大隅派的鼎盛时期，立川和四郎富昌自知雕刻艺术不成熟，便再次到江户，向宫雕师泽五兵卫学习雕刻技巧。经过数年的磨炼，他们回到诹访，发展新的立川派雕刻艺术；在与大隅派的激烈竞争中，战胜大隅派，使立川派的雕刻达到鼎盛。

知多半岛半田地区的山车，大都建造于江户时代后期和明治时代前期。龟崎地区的五台山车，以中切组的力神车建造最早。而这一时期也是立川派雕刻艺术的鼎盛期。从雕刻艺术的发展来看，在神社、寺庙雕刻之外，山车不仅成了雕刻艺术的载体，而且以微雕的形式出现，更富有艺术魅力。文政九年（1826年），立川派的第二代传人立川和四郎富昌和他的外甥立川常藏昌敬，受龟崎町中切组的委托，进行力神车的雕刻。他们在龟崎用了两年半的时间完成力神车雕刻。和神社、寺庙雕刻不同，山车雕刻完全展示了新的面貌。文政年间不仅对山车的车体进行改造，完成知多型山车式样，而且中切组山车的命名，也以坛箱部分的力神命名，取名为"力神车"。值得注意的是，立川派的山车雕刻大都取材于中国故事，力神车的坛箱部分是力神，胁障子部分是《张子房乘龙和黄石公上马》，前山股部分是《子持龙》，前山太平鳍部分是《二十四孝图》。田中组的神乐车雕刻出自立川常藏昌敬之手，雕刻题材仍然取自中国故事。坛箱部分是《仙人、铁拐仙人和花鸟》，胁障子部分是三国人物关羽、赵云和刘禅，蹴部分是唐子游戏，大幕是牡丹与唐狮子刺绣。西组花王车的雕刻出自和四郎富昌之手，坛箱部分是《太平乐乐人》，胁障子部分是《采葡萄的仙人》，太平鳍部分是喝酒的唐子，前山股部分是花鸟。宫本车和青龙车的雕刻虽不是立川派的作品，但雕刻题材也都是中国的。这绝不是偶然的巧合，它说明立川流擅长雕刻中国题材。立川常藏昌敬曾多次到龟崎访问，明治时期，和四郎富昌的弟子立川音四郎种清还长期在知多半岛滞留，留下大量作品。明治维新以后，西方文化渐进，日本由农业社会逐渐向工业社会发展，这不能不影响到传统文化的传承和发展。随着山车建造的减少，立川派雕刻也渐渐走向衰落。"二战"以后，立川派雕刻几乎灭绝。

值得庆幸的是，日本的山车文化作为传统艺术的代表，得到各级行政部门的重视。民间更是将山车作为村落和町的文化象征，认真加以保护。为了使立川派雕刻艺术恢复青春，龟崎町的间濑恒祥先生为复兴立川派雕刻，付出了艰辛的努力。他着手收集立川派的雕刻绘画，认真研究立川派雕刻技艺，还不辞辛苦访问立川派的后裔。在征得立川家后裔的同意后，他使用立川流名称，并于平成元年（1989年）成立"立川流雕刻研究所"，吸收美术家参加，培养雕刻新人。间濑恒祥先生本人也认真钻研立川派雕刻技巧，进行全国立川流雕刻的修复和制作。他所雕刻的手长足长仙人、力神、子持龙、麒麟、凤凰等，保持了立川流雕刻的风格，弘扬了立川流雕刻艺术。

四、从山车看中日文化交流

山车文化在日本民俗文化中占有显著的地位，它具有很强的装饰性与观赏性。特别是山车主体部分的雕刻和刺绣，是山车文化的精华。

日本的山车文化传承面很广，北起北海道，南到九州鹿儿岛的广大地区，在神社祭祀中，山车充任着十分重要的角色。山车祭是一种综合性的文化现象。举行山车祭时，町和村落的一切活动都围绕着山车展开。原来山车祭的信仰意识很浓。辟邪祈福、祛病消灾、寿命长久、子孙繁衍，是它的共同主题，在龟崎地方也不例外。山车祭的这种信仰意识，是通过山车本体以及它的装饰性雕刻和刺绣表达的，而从雕刻、刺绣的内容和表现形式来看，画面与图案等所有的文化内涵与中国文化有着深厚的渊源关系。中国文化对日本民俗文化的影响由此可见一斑。

（1）中日民俗文化的交流和影响。民俗文化跨国界的交流和影响是一种普遍的文化现象，邻国之间尤其如此。以"文化圈"理论解释这种现象，日本民俗文化属于中国汉文化圈范畴。历史上，日本的文化形态是以中国文化为基础建造起来的。以年中行事为例，日本在明治维新以前借用的是中国历法，岁时习俗是根据中国历法排定的，如春节、清明、端午、七夕、中秋、重阳、二十四节气等，均未脱离中国模式，但节日内容是根据日本人的生活习俗进行加工改造，表现出和中国岁时节日的明显的差异。这种改造加工过的异文化，已部分失去中国文化原来的含义，变为能使日本人接受的新文化。

佛教从中国传入日本，它的传入对日本历史以及人们的思想、观念和行为影响甚大。佛教在很长一个时期内渗透到日本社会的各个领域，成为人们信仰习俗的一部分，中国的情况更是如此。日本社会有它自己独特的发展历史，在这一发展过程中，中国的儒家文化对日本的影响，中国的典章制度、文学艺术对日本的影响不能低估。《史记》《汉书》《三国志》以及明清以后的小说和历史故事在日本广为传播的结果，为日本民俗文化的形成和发展提供了有趣的话题。今天当我们考察日本民俗文化时，总不能脱离中国文化影响的话题，也正是这个原因。知多半岛山车雕刻和刺绣中，有如此众多的中国题材，便是一个证明。

（2）山车文化的信仰系统。日本的山车是一个流动的舞台。在这个舞台上所展示的是日本民族的信仰。而这种信仰中除日本的神道信仰之外，中国信仰的诸神和神话人物占有很大比重。

异文化的传播，在和平的岁月中常常用采借的方式而非照搬。中国民俗文化在传入日本之后，日本民众必须做出有益的选择，并将中国文化的某些成分加以改造，植入日本文化的土壤之中，使它变得能适应日本人的生产、生活和思维方式，山车文化在借鉴中国题材时便是如此。

知多半岛半田山车雕刻和刺绣中，雕刻师们运用最多的题材是灵兽（瑞兽）和吉祥物。其中龙凤文化占有十分突出的地位。

山车侧幕的凤凰刺绣

龙凤文化是中国文化的象征，中国人常常自诩为"龙的传人"。在中国文化中，龙凤文化有它特殊的含义，当龙、凤凰、狮子、麒麟出现在民俗活动中时，它们都是被作为瑞兽来崇拜的。在中国人的民俗世界中，人们将美好的希望寄托在这些瑞兽身上，"龙凤呈祥"是最理想的境界。

山车中的龙刺绣

道教是中国土生土长的宗教，它创造的庞大的信仰系统，支配着中国人的思想和行为，至今中国民间的节日祭祀活动仍充满了道教信仰色彩。道教的核心是"五行"思想，认为金、木、水、火、土五种物质是相生相克的。当它们出现在东西南北中五个方位时，东方属木，西方属金，南方属水，北方属火，中央属土。中国古代的天文学中，将天空中的二十八组星宿，想象成四种动物的形象表示方位，即所谓的东方苍龙、南方朱雀、西方白虎、北方玄武。日本的山车文化中的龙、凤凰（朱雀）、虎、龟、蛇，是作为辟邪物出现的，但它同样代表着东、西、南、北四个方位。这说明中国的五行信仰观念，被日本文化部分地接受了。至少在雕刻师那里，是接受了这一观念的。在山车文化中，我们所看到的也只是那些具有象征意义的符号而已。中国吉祥物中的七宝、宝珠作为辟邪物被大量运用在山车雕刻中。此外还有象征富贵的牡丹、松竹梅岁寒三友，以及云龙纹、万字纹、寿字纹、富贵纹等，在取义上和中国文化是一致的。

民俗学篇

山车中的五行刺绣

山车雕刻中的仙人和神话人物，主要来自佛教和中国道教诸神。中国民间信仰中，佛教的观音和弥勒是最普遍的，日本也是如此。中国的道教，兴起于东汉时期，至今已有将近 2000 年的历史，形成了庞大的神的体系。中国民间信仰受道教影响很深，凡是由民间巫师主持的祭祀仪式，都要礼请道教诸神，一般要请 100 多位神灵。玉皇大帝是最高的主宰神。日本的民间信仰对中国道教神灵做了有限的选择。风伯、雨师、雷神、福神、财神、寿星、五岳神被作为重要的神灵，引进日本文化之中，加以丰富和发展。其中福神、财神、寿星被融进日本的七福神之中；龙的信仰和崇拜，在日本人的观念中不似中国那样强烈，它是吉祥物，也是水神，职能和风伯、雨师、雷神相同。

山车雕刻中的水神和雷神

八仙传说在中国家喻户晓，八仙是最受中国人欢迎的吉祥神。有上八仙、中八仙和下八仙之说。上八仙是指传说中的八个神话人物，他们是铁拐李、吕洞宾、汉钟离、张果老、何仙姑、蓝采和、韩湘子和曹国舅。中国的民间迎神赛会上，都要装扮八仙人物做表演，以示吉祥。八仙中的每一位仙人都有超人的智慧和能力。他们手中的八件宝物，也象征吉祥，就是所谓的中八仙和下八仙。铁拐李在传说中居八仙之首，他神通广大但相貌丑陋，身上的宝葫芦中有治病救人的灵丹妙药。铁拐李还常以乞丐的面貌出现，扶贫济危，所以民间信仰中，他被尊为医药行业的祖师，乞丐也将他尊为祖师。

　　八仙传说传入日本后，日本人在八仙中只选择了铁拐李，大约也取其相貌丑陋，心地善良，治病扶危这一点。在日本民间祭祀中，常常有化装成丑妇人的人物出现，手持大根（白萝卜），蘸上大酱，向观众涂抹，据说可以带给人们幸福。民间绘画中也经常出现这类形象，这种审美情趣和中国人差不多。

　　中国历史人物和故事进入山车雕刻时，大都和征战、忠义主题有关。其中运用最多的题材是汉代故事和三国故事。《桃园三杰》讲的是刘备、关羽、张飞的结义故事。关羽、赵云和刘禅取材于《三国演义》征战故事。张子房乘龙故事将历史中的真实人物张良做了神话式的处理。中国的《二十四孝图》在山车雕刻中只选择了奉亲的情节，"鹿乳奉亲"大概是日本人的理解。十二生肖的概念和形象，中日两国是一致的。

　　（3）山车雕刻刺绣题材的演化。知多半岛半田市各村、町的山车，在历经明治初年、明治末年和20世纪20年代后半期的多次改造之后，逐渐形成半田型山车的独特形式，勇壮而华丽。立川派雕刻风格在山车文化中被完好地保存下来。

　　和一切民俗文化一样，俗随时变。山车的雕刻题材也不是一成不变的。随着日本社会的发展，特别是明治维新以后，山车雕刻在保持中国题材的同时，又增加了许多新的内容，日本题材的雕刻逐渐增多。这一方面是因为立川流雕刻在明治维新以后逐渐衰落，另一方面新的雕刻人才逐渐涌现和走向成熟。在这种情况下，雕刻新人将他们所熟悉的日本故事和题材引入山车雕刻是非常自然的事。

　　山车雕刻中的日本题材，多采自日本《古事记》和《日本书纪》，还有民间传说和神话故事，其中出现最多的是神功皇后、仁德天皇、日本武尊、武内宿祢、惠比寿、大黑、须佐之男命、稻田姬、桃太郎凯旋、金太郎、天狗等。

近些年来，日本各地新造了不少山车，有的地区称作"屋台"。屋台不用大幕、追幕和水引，少了华丽的刺绣艺术，这样为雕刻艺术提供了更多的空间。雕刻题材，除龙、凤、狮子、麒麟、虎、松竹梅等吉祥物外，大部分都是日本人物和故事。山车雕刻题材的变化从一个侧面说明，当自民族的文化走向成熟时，异文化便完全被融化在自文化之中。

在本文结束时，笔者要再次感谢龟崎町朝仓堂雕刻研究所的间濑恒祥先生。在笔者多次造访中，他总是满怀热情地介绍有关山车祭的资料，帮助笔者理解日本文化。同时还要感谢稻吉女士和丰田女士，她们通过各种渠道为笔者提供录像和图片资料，使笔者的认识从感性到达理性。日中文化自古以来有着很深的渊源关系，笔者希望新的时代这种交往更加深化、更加亲密。

参考资料：

《半田市志·祭礼民俗篇》爱知县半田市昭和五十九年
《龟崎町史》龟崎町史刊行会昭和二十年
《青龙车と车元の一年》立松宏监修平成八年
《中切组史》力神车中切组昭和六十一年
《西组のあゆみ》花王车西组平成三年
《半田山车祭り》半田市はんだ山车まつり実行委员会
《全国山车まつり》半田市はんだ山车まつり実行委员会
《立川流雕刻今昔》间濑恒祥著，《爱知的建筑》1996年8、9月号

（原载日文版《日中文化研究》，勉诚社，1997年；又收入《亚细亚民俗研究》第二辑，民族出版社，1999年）

后　记

《民间文学与民俗学论集》将作为《陶立璠民俗学文存》之一付梓。校对书稿清样，回顾走过的学术道路，不由感慨万千。因为其中的大部分文章，撰写于20世纪八九十年代。对于中国民间文学与民俗学研究者来说，这是一段辉煌并值得仔细回味的岁月。人们不会忘记粉碎"四人帮"举国欢腾的景象和从"文化大革命"的桎梏中获得新生的愉悦。一时间，各种学术活动生气勃勃地展开。中国民间文学和民俗学研究也不例外，同样在春风沐雨中迸发出前所未有的活力，大有重新汇聚大军、重整旗鼓的势头，立志为恢复和重建中国民间文艺学和民俗学学科，努力前行。我当时还是一名新兵，在中央民族学院（现中央民族大学）这一得天独厚的环境中，多年来和各民族师生和睦相处，培养了独特的民族感情。因为从事民族文学教学工作，我觉得肩上的责任重大，应该为恢复和重建少数民族民间文学和民俗学学科做出自己的努力。于是在老一辈民间文艺学家和民俗学家的感召下，将全部精力用来关注少数民族民间文学和民俗学的传承历史和现状，确定自己的研究方向。

回想当时所涉足的领域，学术园地一片荒芜。在20世纪80年代最初的几年里，大家对民间文学、民俗学的基础理论和知识知之甚少，只能通过考察、读书、思考，不断扩展学术视野。当时在全国范围内，有关少数民族民间文学和民俗学的研究，很少有系统的理论著作出版，有的只是一些"XX民族民间文学概况"之类的文章。我所在的中央民族学院，少数民族出身的教师不算少，但他们大多数情况下只限于熟悉本民族的民间文学，很少关注各民族民间文学之间的比较研究，更没有开设过"民族民间文学"课程。其时，摆在民族文学研究者面前的任务，是如何确定少数民族文学（包括作家文学和民间文学）在中国文学史上的地位和贡献，在民间文学研究中，特别值得关注的是少数民族神话、长篇叙事诗和英雄叙事诗（史诗）和民歌。因为这类题材的作品，少数民族有着独特的贡献。当时这一研究多少带有专题研究性质，引起许多学者的关心。如关于神话就有广义神话和狭义神话的讨论，还有关于史诗与英雄叙事诗定义的讨论等等。收入本书的《论少数民族文学对中国文学史的贡献》《少数民族民间文学和作家文学》《中国少数民族神话的体系和分类》以及关于民间叙事诗和史诗一类的论述文章，就撰写于这一时期。许多文章在民族地区各高校学术期刊上发表，起到了普及少数民族文学知识和理论的目的，引起学者们的广泛注意。后来这些文章被修改后，作为拙著《民族民间文学理论基础》（广西民族出版社，1985年）的个别章节，录入其中。1987年出版的《中国大百科全书·中国文学卷》中，有我执笔的"中国少数民族文学"条目。这个条目长达11000多字，对中国少数民族古代作家、现当代作家，民间文学以及研究历史和现状做了宏观叙述。

民俗学也是20世纪80年代恢复和重建的学科，中央民族学院是北京民俗学研究和教学的重要阵地之一。这一时期我的研究成果主要体现在《民俗学概论》（中央民族学院出版社，1987年，后由学苑出版社再版并多次印刷）和"文存"之《非物质文化遗产保护论集》《中国风俗发展简史》等著作中。收入本书的文章，大都是八九十年代的作品，如《中国民俗学五十年》，是90年代末，应台湾辅仁大学尹章义教授邀请撰写的，收入其主编的《当代中国学术发展史》（台湾中华综合发展研究院2000年版）。萨满信仰是当今世界学术界普遍关注的课题，国际萨满学会主席霍帕尔曾多次访问中国，与中国学者进行交流。其中中国的傩戏也被归为萨满文化研究之中。其实二者的信仰体系和历史传承是不一样的。我曾写过多篇文章表达自己的观点。最早的论文《傩文化刍议》，是在1987年贵州傩戏研讨会上的发言。最初，许多学者将傩文化作为戏剧门类之一进行研究。我做了傩文化的民俗学思考。《傩文化刍议》第一次提出了"傩文化"概念并追溯了中国傩文化发展的历史。关于萨满文化的研究，《清代宫廷的萨满祭祀》可以作为代表作，配合《中国的面具文化》一文，可以视为这一时期我所关注的课题。《纳西族东巴信仰与风水》《年中行

后 记

事与农耕仪礼的变迁》等文章,是中日联合民俗考察的成果。《日本爱知县知多半岛龟崎町潮干祭与山车雕刻中的中国题材》,是我在日本名古屋大学国际开发研究科做为期一年的客座研究员期间,对日本民俗活动的考察所得,只为留下一段美好的记忆。

改革开放40年,值得庆幸的是我自始至终参与了民间文学和民俗学学科的恢复和重建。这是平和的40年,没有政治运动的干扰,没有折腾,使研究者有充裕的时间参与各种国内外的学术活动,做自己想做的事,研究自己感兴趣的学问。而且一件件落到实处。这无论对个人还是学科的建设,都是极其有益的。我的学术活动,改革开放40年,按时间分配包括两个阶段,即在教学岗位的20年和退休后参与国内外学术活动的20年。作为国家非物质文化遗产保护工作专家委员会委员,我全力投入非物质文化遗产的保护,这才有了"文存"之一的《非物质文化遗产保护论集》。在"文存"之《民间文学与民俗学论集》出版之际,写了如上的话,保存美好的记忆,是为后记。

陶立璠

庚子(2020)酷暑疫情中于五柳居

陶立璠民俗学文存：

民俗学（修订本）

民族民间文艺学

中国风俗发展简史

民间文学与民俗学论集

非物质文化遗产保护论集

田野民俗采风录

作者简介：

  陶立璠，1938年出生。甘肃兰州市永登县人。1965年毕业于北京师范大学中文系。中央民族大学民俗学资深教授，国家非物质文化保护专家委员会委员，中国民间文化抢救工作专家委员会委员。国际亚细亚民俗学会会长，中国民俗学会顾问，《中国民间文学大系》出版工程学术委员会顾问。创建"中国民俗网"并担任主持。一生从事民族民间文学、民俗学理论研究和教学。主要著作有《民族民间文学基础理论》(1985)、《民俗学概论》(1987)、《神秘新奇的天地——民族民俗审美谈》(1996)等。主编《中国民俗大系》(31卷本，2003，2004，甘肃人民出版社)。《民俗学概论》被翻译成日文和韩文出版。与他人合作出版民俗学和民间文学著作20多种，发表论文200余篇。